Anton Kuh · Sekundentriumph und Katzenjammer

Anton Kuh

Sekundentriumph und Katzenjammer

Herausgegeben von Traugott Krischke

K&S

Für Susanna

Lektorat: Brigitte Stammler
Schutzumschlag (unter Verwendung einer Zeichnung von J. Kapralik):
Kurt Rendl, Wien
Satz: Zehetner Ges. m. b. H., A-2105 Oberrohrbach
Druck und Bindung: Tlačiarne, Banská Bystrica
ISBN 3-218-00595-7

INHALT

Anhang

WIENER MITTAGSSTÄNDCHEN

Eine Art süßen Faulenzertums fällt in diesen brutwarmen, lufttrunkenen Tagen die Bewohner unserer Stadt an, eine Sehnsucht nach dem holden Nichtstun und Sichselbstauskosten, das der italienische Sprachschatz zu so zärtlichem Klang bringt. »Tändeln« heißt dafür unser feinerer Ausdruck, dessen Zutreffen uns zu den nächsten Verwandten des Dichtergeistes macht, aus dem dieses Wort am liebsten entsprang. Tändeln bedeutet aber: sich in jeder Sekundenpause der Anmut des Daseins hingeben und seiner Begleitmusik lauschen.

Mehr als jedem anderen Volke ist den tändelnden Leuten Wiens diese Musik ein Bedürfnis; ihre Sinnfreudigkeit braucht eine Entladung, der sie auf der Bahn ihrer täglichen Pflichten nicht völlig genügen können. Darum lassen sie sich gerne »ablenken«, und darum machen sie gerne für ein paar Minuten halt, wenn ein Stückchen rauschender und aufschwellender Musik von weitem zu ihnen flutet, sie gehen den Klängen entgegen und halten vor ihrer Nähe festliche Rast. Ein Straßengottesdienst dem Leben selbst und seiner schönsten Zeit zu Ehren. Wie eine Stadt der Müßiggänger mag unser Wien an solchen Punkten und in solchen Momenten den flüchtigen Zuschauer bedünken. Ganz anders freilich den, der in dieser Zeit etwa jenem Ablösungsständchen im Burghof, das eine Sorte seines Publikums unter der Spitzmarke »Burgmusik« berühmt gemacht hat, anwohnt und hier die Runde entlang sein Auge genau studieren läßt.

Es gibt wirklich Vergnügungen, die keinen Kreuzer kosten und mehr wert sind als die höchstbezahlten; aber gerade ihre Allgemein-Zugänglichkeit bewahrt sie Gott sei Dank vor jenen Operngläsern und Lorgnons, die jedem Schauplatz seine Naivität nehmen. Zu den Vergnügungen dieser Art gehört das Mittagsständchen im Burghofe. Wir sind mitten in der Stadt und doch weit weg von ihrem Getriebe; die lauschende Andacht und die Würde dieses abgesperrten Vierecks schaffen sich selbst eine Barriere gegen das Geschehen im weiteren

Umkreis und gegen die Unberufenen, denen der Eintritt verboten ist. Da ist ringsum der altertümliche Bau geführt in seiner milden, schweigenden Schlichtheit. In der Mitte das Denkmal des Kaisers Franz mit seinen volkstümlichen Habsburgerzügen und der Inschrift, die hier so wahrhaft wirkt, weil man die Wahlverwandtschaft zwischen Volk und Dynastie suggestiver spürt als sonstwo: *amorem meis populis.* Die getreue Haustruppe unter diesen Völkern und jenes Kaisers weitere Familienkinder aber stehen da in dichtem Rondeau – um die Musikbande geschart oder wie auf dem Heimweg festgebannt rings verstreut in jener Art »Stillstandes in der Bewegung«, wie man es auf den Idyllenbildern älterer Zeit findet. Ein himmelblaues Stück Unendlichkeit verquillt über diesem Bilde und gibt ihm ein feierlich-inniges Gepräge.

Nichtstuer soll man die Leute nennen, die hier eine Stunde lang die Wonnen des freien Entree genießen? Freilich, man muß gerecht sein, zu bekennen, daß sich von dieser ehrsamen Gilde hier genug Volk sammelt. Wo anders sollte es auch zu finden sein als bei Lustbarkeiten unter freiem Himmel? Es ist eine Art demonstrativen Gegendrucks der Glücks-Entblößten eigenen oder fremden Verschuldens, daß sie sich, je mehr unter die Oberfläche des kostspieligen Lebens gehalten, als desto berufenere Erbsassen jener Freuden aufspielen, die umsonst zu haben sind. Daher rührt das besondere Talent der Defektgekleideten, in die Sonne zu gehen. Aber es liegt auch etwas menschlich Reizvolles darin, zu sehen, daß sie selbst für ihre paar trüben Lebensminuten Schönheit suchen und ihr Ohr für Musik behalten haben. Da stehen nun die Arbeitslosen und Arbeitsscheuen, die Spitals- und Kerkerentlassenen, die Zerborstenen und Verschlagenen beisammen, so andächtig vielleicht und besserungsfähig wie nie sonst. Für sie ist dieser Aufenthalt beim Mittagsständchen gleichsam eine lichte Haltestelle zwischen den beiden Tunnels ihres Lebens, aus dem sie kommen und in das sie treiben …

Noch andere Nichtstuer sind neben diesen da, und ihre Gesichter geben dieser kleinstädtischen Burghofidylle einen großstädtischen Kontrast. Junges Volk, das sich mürrisch und zynisch unter die Leute stellt, um an seine gefahrvolle »kompakte Majorität« zu erinnern oder unter den vielen irgendein abenteuerliches Glück zu machen, das dann ein Richterspruch korrigiert. Ihre Haltung, ihr Ausdruck bleibt allen musikalischen Rhythmen gegenüber unverändert; sie protzen gleichsam damit, daß ihr hartgesottenes Rinaldiniherz Musik nicht mehr hört. Und doch – ist es eben die verschönernde Begleitmusik oder die Himmelsbläue oder die ganze Szenerie, was uns so Gutes glauben läßt? –, selbst ihre Mißvergnügtheit hat etwas so feierlich Abwartendes, daß sie wie trotzige Kinderei anmutet, sich von den Klängen nicht einmal augenblicksweise berühren zu lassen ...

Diese Stammgäste der Burgmusik sind die wirklichen Nichtstuer. Wie ist's aber mit den anderen, den Gelegenheitsgästen, die sich im Vorübergehen hier länger aufhalten, als es der strenge Chronometer der Pflicht erlauben würde? Ist ihnen der Vorwurf zu machen, daß sie pflichtvergessen sind? Daß sie sich oder ihren Dienstherren die Zeit stehlen? Keineswegs. Man kann getrost sein, daß sie den Zeitverlust aus eigener Kraft vertuschen oder daß sie sich nicht von der Arbeit, sondern vom Behagen der Mittagspause etwas abzwacken, wenn sie hier verweilen. Sie wären gleichwohl Nichtstuer zu nennen, wenn »etwas tun« immer nur seinem Erwerb nachgehen hieße. Sie tun aber viel Höheres. Sie sammeln sich, leben sich aus und zollen dem Frühling ihren Tribut des ruhigen Mitatmens. Die Laufburschen, Ladenmädel, Bürodiener und Kontoristen hier tun in ihrer Art das, was die Dichter tun, wenn sie den Lenz besingen, die Reichen, wenn sie sich zu einer Frühlingsfahrt bereiten, die Jungen jeden Schlages, wenn sie Pläne entwerfen. Sie haben nicht Zeit zu sinnen und zu träumen. Sie dürfen bloß stehenbleiben. Darum sind ihnen die paar Minuten, die sie hier lauschen, eine orchestrale Frühlingsode.

So wirkt im Burghof um die Mittagszeit Alt- und Neu-Wien zu einem seltsamen Bild zusammen. An der Stelle, wo Anno dazumal zufriedene, lachende, behäbige Bürger standen, erschauen wir heute Gesichter und schmächtige Gestalten, aus dem Pferch der Großstadt entladen. Aber siehe! – – Diese Stadt scheint, unwandelbar wie sie ist, auch ihren geänderten Bewohnern ihr eigenes Gefühl aufzuprägen. Denn es bedarf keiner Verstellungsmühe in dem Gesamtzuge, den diese gebändigten, frommen, schlichten und geduldigen Flüchtlinge der Arbeit bieten, etwas von der beschaulichen Heiterkeit zu erblicken, die wir aus der guten alten Zeit kennen, wo dieser Kaiser lebte und jene Burgmauern lebendiger waren.

ZWISCHEN WIEN UND BERLIN

Entdeckungen eines Zugereisten

Der Wiener unterscheidet Fremde und Zugereiste. Als Fremde sieht er die Zugereisten, wenn sie nicht deutsch können oder die Stadt loben; als Zugereiste sieht er die Fremden, wenn sie die Stadt tadeln oder kein Trinkgeld geben. In diesem Fall heißen sie übrigens im vollen Schlaglicht des Dialekts »Zuagraste«, und da ist alles drin, was die impetuose Verachtung eingibt: Das Wort »Rass'« mit seinem Gattungsekel, das Wort »Zua« mit seinem proletischen Ungefähr und obendrein, ins Tonbild klingend das Wort »Zruck!«. Der »Zuagraste« ist also der letzte, erbärmlichste Mensch; denn – wie schon diese Wiener Sprache einen Ausdruck haarscharf von aller Umwelt schneidet – er ist nichts, weder Mensch noch Deutscher noch Mann noch Steuerzahler, gar nichts als zugereist. Und, was das ärgste ist: dabei nicht einmal in Wien geboren.

Ich weiß, daß dieses Wort ganz unwillkürlich auf Lästigkeit reagiert und der redseligen Bereicherung um das, was wir »eh schon« gewußt haben, einen organischen Klaps gibt. Aber der Zugereiste spricht nicht immer, weil ihm die Augen aufgegangen sind; sondern er erhofft sich davon die Wirkung, die etwa das Bäuerliche in der Kunst hat: daß seine Einfalt längst Konstatiertes auf die erste frische Kraft zurückwertet und den heimischen Blick neu anregt. Es kann einer Stadt nicht unwichtig sein, wie sie auf die 24-Stunden-Gäste wirkt: denn diese sind es eigentlich, die ihr landläufiges Weltbild verbreiten; und dann ist ja das erste Bild die Formel ihres letzten Wesens.

Jede Stadt hat ihre Zahl von kulturterminologischen Selbsterkenntnissen, die sie wie ein Plakat auf der Stirne trägt, mit denen sie aufsteht und sich zu Bett legt, die sie ans Ende des Bedeutsamen setzt und ins Unscheinbarste hineinmengt. Alles, was geschieht und sich regt, läuft auf diese Sätze hinaus. In Wien heißen sie: »Bei uns beginnt der Orient«, oder: »Wir neigen zum Süden«, in Berlin: »Wir sind eine Kolonialstadt«, oder: »Wir liegen im Norden“. In Prag hört man beim kleinsten Anlaß und als Abschluß tiefgründiger Selbstdiskussionen den Satz: »Wir liegen zwischen Wien und Berlin.« Die Erkenntnis ist sehr treffend, aber die Landkarte gibt ihr zu recht, als daß sie den gesalbten Ton vertrüge. Ja, es stimmt auf ein Haar: Prag liegt zwischen Wien und Berlin, und ich zweifle nicht, daß bis auf die subtilsten Stadtdetails gesichtet ist, was hinüber und herüber gehört. Wenn sich der Prager wäscht, denkt er: »Das habe ich von Berlin«; wenn er sich anzieht: »Das ist von Wien«; wenn er ins Café geht, Karten spielt, promeniert, über Kunst spricht, Würsteln ißt, politisiert, trascht, liebt und empfindet, weiß er, was wienerisch und berlinisch ist. Aber so klar und scharf geschieden dürfte ihm gerade deshalb der Anteil der beiden Städte an seiner eigenen Stadt kaum erscheinen wie dem Zugereisten, der etwa vom Kaffeehausbalkon auf den Prager Bummel herabsieht und ohne tiefer dringende Aphoristik Bilder wahrnimmt.

Der bucht nun vor allem als Wiener Substrat den Bummel selbst. Aber doch liegt hier schon ein Unterschied. Denn der Wiener Bummel ist eine Vergewisserung auf das wechselseitige Wohlbefinden und Am-Leben-Sein; die Lust an unterhaltsamer Vermischung ist im Spiel dabei. Wien ist die Stadt des Grußes, aber des Grußes aus petschierlicher oder streberhafter Koketterie. Auch Prag ist die Stadt des Grußes. Aber der Gruß ist schwerer, zeremonieller, die Hand bezeugt keine übertriebene Freude und kein legeres Wohlwollen, sondern Achtung und Hochachtung. Wenn man sieht, wie viele Leute sich am Prager Graben grüßen und wie sie sich grüßen, dann muß man an eine Gruß-Kurve denken, die der Prager täglich zwei- oder dreimal absolviert. Es ist ein kaufmännisches Eintragen des Nominalwertes der persönlichen Würde. Es ist ein weitausladendes Ergebenheitsgrüßen, in dem sich täglich nach dem unbekannten Geschehen der Nacht die Wertschätzung der Bürger reguliert. Es ist eine Vergewisserung auf die wechselseitige Geltung. Und um das ist der Prager Bummel nördlicher als der Wiener: man spaziert, aber man kokettiert nicht.

Im übertragenen Sinne nämlich. Denn Blickwerbungen und -entgegnungen gibt es natürlich auch hier. Aber sie sind nicht in dieses typische Wiener Lächeln emballiert, das sie so absichtslos zwischen Wunsch und Unschuld verflattern läßt, sondern sie sind mimische Konvenienz-Sätze, entweder ein konkretes: »Ich will«, oder ebenso bestimmt ein: »Ich will nicht«. Ich nehme an den jungen Leuten hier Teil. Das Wort »Scharmutzieren« ist aus ihrem Vokabular gestrichen oder hat etwas stadtkontraktlich Gewogenes. Sie dürfen nie lose und locker sein und sich nicht mit Empfindungseinfällen spielen. Das Richtmaß ist zu genau. Im Nu ist das Spielen zur Formel der Liebe erstarrt, und im Nu durch einen neckischen Zusatz die Liebe entwertet. An das letztere glaube ich zwar selbst nicht, aber es würde zum andern passen.

Wohin gehören eigentlich die neuen Brillen, die man in Prag sieht, diese großen Rund- und Glotzbrillen, nach Wien oder Berlin? Dort habe ich sie nie gesehen, hier bin ich nicht gewesen. Sie passen aber in ihrem zweckmäßigen spiegelscharfen Aussehen ganz zu den Trichterhosen und Wattaschultern, und ich glaube also, daß sie amerikanischer Import sind. Industrielles Weltmannstum glitzert aus ihnen und Verstandesjugend. Sie wahren das Ästhetische der Jugend, nach der neueren Seite dieses Wortes, wonach es muskelstraffe Lebendigkeit bedeutet und nicht ein herziges Gesichtsarrangement. Nicht mehr Intelligenzbrillen sind es, sondern Kulturbrillen. Aber, mein Gott, das Maß scheint mir etwas zu selbstübernommen. Wie alles Dekorativ-Programmhafte vergrößern sie den Schein und verkleinern sie das Sein der Person. In Wien trägt man für Kunst- und Kulturzwecke doch lieber noch den schlamperten Zwicker, der das Geistige nicht so unterstreicht, aber auch nicht blamiert. Hier ist man gründlich und gediegen und beäugt das Wesen der Dinge ganz nahe der Hornhaut. Das gehört zur pragerischen Strenge. Aber mich wundert, daß sich das strenge, gewissenhafte Prag zur persönlichen Wirkung von der Mode helfen läßt.

Raschen Absatz scheint hier das barhäuptige Lustwandeln gefunden zu haben. Es ist aus Paris gekommen und bedeutet ein peinliches Schritthalten mit der Neuheit aus der City der Weltkultur. Es ist halb studentisch und halb bohemienhaft und durch beides paradekultiviert. Aber ist nicht diese schnelle Übernahme des Neuen, das anderwärts gelesen wird und vergeht, ins tägliche Leben gerade etwas gehorsam provinziell? Ich bin immer gegen Hüte gewesen, denn sie versperren die Gehirne auch äußerlich und gewöhnen sie an Bedeckung statt an Luft. Aber es ist ein Unterschied, ob man keinen Hut auf hat oder den Kopf unbedeckt »trägt«. Im ersteren Fall fuchtelt man mit dem Hut herum und weiß nicht, was mit ihm anfangen. Im letzteren aber nimmt man ein Requisit mit, um es außer Gebrauch zu setzen und unter den Arm zu stecken und hat also nicht: »keinen Hut« auf, sondern man hat das Nichts auf, man trägt modegemäß statt des Hutes gleichsam einen Luftraum vom selben Umfang. Wie verführerisch läßt einen da die Impression mit dem Wort »nichts« spielen, und was denkt man von einem Kopf, der sich so selbstgefällig der Luft ostentiert!

Da sind so kleine Oberflächenbilder, deren der Zugereiste in Prag zuerst gewahr wird. Wohin soll er sie ursächlich-geographisch verlegen, nach Berlin oder Wien? Ich muß den Pragern das Ihre lassen: sie gehören nach Prag und stammen aus Prag. Und wenn nun gegen den Schreiber dieser Zeilen das Wort »Zuagraster!« in der Luft liegt, so will ich darauf ohne Schmeichelei bekennen, daß den aus Wien Zugereisten im ersten und letzten Anblick der Stadt vor allem eines erfreulich berührt: daß hier die sogenannten »Schlieferln« fehlen, dieser Menschenschlag von Zuwaagkreaturen, die jetzt so luftbenebelnd überhandnehmen, seitdem sich das großstädtische Wien der östlicheren Donaumetropole nähert. Hier in Prag ist die Luft doch wenigstens klar – wenn auch kalt.

WIENERTUM

Zum Tode Eduard Pötzls

Während die Stadt vergessen hat, sich selbst zu leben, ist ihr im Wirrwarr heimlich ein Genius ihres alten Wesens weggestorben. Wird er bei ruhigem Himmel wieder in anderen seine Augen aufschlagen?

Der Humor – nicht als Sprachäußerung, sondern als Gemütsbedingung verstanden – sieht die Gegenwart immer als Diminutiv im Zeitenlaufe, ihm gilt nur die Gegenwart, die ewig geworden ist, ihm gilt nur das Entrückte, aus der Debatte Gezogene, geistig – Währende. Darum bangt er auch vor der Zukunft. Und darum glaubt das Wienertum jeden Moment, daß es aus ist, hält den gegebenen Augenblick für das Ende und nennt jeden seines Stammes den letzten. Aber gerade dieser sentimentale Aschenrückstand, den das Leben hier übrigläßt, ist neuer Brennstoff für das Gemüt. Solange es »letzte Wiener« gibt, wird es neue Wiener geben. Aber sie werden nicht mehr aus einem Volk, sondern bloß aus einem Geist heraus sprechen, immer mehr in Gegensatz zum Lebendigen kommen und am Ende zwar die echten, aber nicht mehr die rechten Wiener sein. Und darum wird ihr Wesen an Stelle der runden Linien des Humors die schärferen Kanten der Selbstwehr haben.

Dem Wienertum fehlt Wien. Es fehlt ihm Raumbeschränktheit und Ruhe, Bescheidenheit und Behagen, das reine Schauen und das reine Lachen und alles, was man »Donau-Griechentum« genannt hat. Das Leben ist zu ernst, die Bewegung zu schnell, die Welt kein Theater mehr. Das Wienertum erweist sich nur noch als Geschmacksventil, das die Arbeit aufhält und die Freude durchläßt. Aber es fehlt ihm Humor, dieser Reichtum der Bescheidenheit und Kultur, diese Liebe zur bedeutenden Ruhe.

Man hat den Tod Eduard Pötzls betrauert, als ob der Herr von Nigerl selbst gestorben wäre. Der wird aber gesund und munter fortleben. Gestorben ist die Kultur, die Herrn von Nigerls Sprache sprach und seinen Anzug trug und die die Kultur Grillparzers und Nestroys war, Raimunds und des Kaisers Franz. Der scharfsichtige Pötzl, der eine gute Portion Selbstkritik als Voraussetzung seines Humors hatte und gegen sich mit viel Strenge verfuhr, ehe er harmlos wurde, wird mehr als einmal sehr hochdeutsch in sich hineingelacht haben, wenn er sich als Dichter des Rindfleischs gefeiert sah. Denn das konnten und können die Ironie-»bastardln« nie begreifen, daß ein Beinfleisch, so gewiß es mit Beethoven nicht blutsverwandt ist, unter den »allen Sprachen«, die es dem Lobwort des Wieners zufolge spricht, unter anderem jene einer gastrischen Kultur spricht, welche die Siesta einer geistigen Kultur spricht, welche in einer Zeit, wo sogar dieses Rindfleisch seinen kultursymptomatischen Geschmack verloren hat, hat der, der es mit Kultur bezahlt, nicht unrecht, es anzupreisen. Aber der Lobsänger des Beinfleischs war ja über den Herrn von Nigerl längst hinausgewachsen, bis zu der Grenze beinahe, wo an die Stelle der runden Linien die scharfen Kanten treten ...

Hat man kein Wort dafür gehabt, daß Eduard Pötzl dem Dichter Peter Altenberg, diesem »Ur-Modernen«, zum fünfzigsten Geburtstag einen offiziellen Kranz überreicht hat? Diesem Kranze fehlte alles Blattwerk des literarischen Hokuspokus. Aber der noble, elegante Natur-Ästhet, der im Dialektrock Pötzls stak, schmückte den Kranz aus den Blüten des

Gefeierten selber – und es waren die schönsten, die man finden konnte. Vielleicht war das auch eine persönliche Berichtigung: »Seht's – damit Ihr nicht glaubt's, ich bin selbst der Nigerl. Ich weiß schon, was gut ist. Aber deshalb hab' ich keine Lust, das Schlechte auszuhängen – außer wenn's genug komisch ist.« Ist das nicht die überliefertste Wiener Art? Die Kritik blieb in ihm selbst daheim als ein herber Bodensatz. Aber da er Faxen nicht machte und die Kultur der Scham hatte, diente ihm dieser Bodensatz nur als das edle Gewürz seiner Laune.

Am Tage des Kaiserfestzuges 1908 hat Eduard Pötzl ein Feuilleton geschrieben: »In stillen Gassen«; und es war gewiß eines seiner besten. Am Tage, da alles wegeilte, um zu gaffen, zu drängen und dabeizusein, ging er in den stillen Gassen der Stadt herum, traulich-erhoben in jene eingehängt, die besser zu der feinen Würde des grauen Barock gehörten; er suchte den Genius Wiens und glaubte, ihn im Gestein zu finden. Er fand ihn aber wieder nur in sich selbst. Und so wie er damals die stillen Gassen durchschritt, wird jetzt so mancher nach ihm seine Lieblingspfade schreiten und nach ihm suchen, wie er nach den Seinen suchte ...

In der Herbstsonne

Dieser Herbst ist ein kühler, frisch lachender Johannislenz. Die Stadt leuchtet goldig und mild, wie ein von Tränen reingewaschenes Gesicht, innig-heiter, wie man beim Abschied das Gefühl zur Schau trägt, daß alles schöne Beisammensein ein vorgemaltes Bild des Erinnerns ist. So tief türkisblau ist der Himmel, als ob jetzt erst das Blühen beginnen sollte, Bäume und Gebüsche tragen noch jugendüppig die rotgelb und bräunlich umschimmerte Hülle, und nur die trieb- und geruchlose Luft verrät, daß es zu Ende geht. Ein Frühling, der verdorren und vereisen wird, statt anschwellen und verbrennen. Ob seine Schönheit nicht reiner, entfleischlichter, klarer ist?

Die letzte Sonnenwärme ist die kostbarste. Darum sind jetzt die Straßen, Gärten, Ringstraßenbänke mehr als je von Leidenden und Frierenden aller Art bevölkert: von Greisen und Kranken, Sorgenbedrückten und Verwundeten. Sie lassen sich vom Wind die Haare zausen, beobachten so zärtlich und weltkindlich, wie ein Spatz am Boden hüpft, zwei Tauben zum Pferdemist watscheln, die schneeweißen Wolkenschwaden majestätisch abziehen oder sich zu phantastischen Gebirgen auftürmen, und sie blicken in das unendliche, sonnensprühende Laublabyrinth des nächsten Baumes auf und wollten nur wissen, ob es irgendwo wirklich diesen Glanz endlos gibt – hüben oder drüben. Der Mensch i. P. steht Gott und der Natur am nächsten.

*

Im Prater trifft man in diesen Tagen die vornehmen Lustwandler, Leute, die auch im Leben am liebsten langsam gingen, Fuß vor Fuß, die Schritte mit dem Stock abnehmend, den Blick zum Himmel gerichtet ins malerisch-weiche Gebüsch und nach jedem absonderlich hängenden Blatt. Wenn man jedes einzelnen Nationale abnähme – es ergäbe sich vielleicht eine Allee der Mißvergnügten, die sich schon während ihres ganzen Arbeitslebens nach dem Prater gesehnt haben. Aristokraten der Resignation, die das entschwundene Ideal der guten Erziehung, die unaufgeschlossene heitere Ruhe nur noch in wohlgepflegten Gärten wiederfinden. Alle sehen teils wie Grillparzer aus, teils wie der Anton Dreher, der Biermagnat, mit dem ockergelben kurzen Überzieher und dem flachrandigen Zylinder – und bei der Gelegenheit begreift man, daß dieser von allen Lebenden dem Dichter wahrscheinlich am nächsten stände und wie sehr beide vom selben Stamm sind. Jener Dichter aber hat die jambischen Spaliere der Sprache geliebt, wie diese Baumreihen des Praters, die Metaphern und Metonymien wie farbige Boskette, den Rhythmus wie das adelige Ebenmaß eines Lustparks und die Dichtkunst selbst wie die Sonne des Spaziergängers – bei allem angeborenen Verständnis für die wilden, ungeschnürten Szenerien des Lebens. Darum ist vieles in seinen Werken, was wie ein glänzender Überwurf der Bürgerlichkeit anmutet, wie die Anschauung aus dem Herrschaftswagen des Amateurs. Bei Ferdinand von Saar und der Ebner-Eschenbach war ja dasselbe. Und bei dem Einakter eines ihrer Lieblinge, des Grafen Dubsky, der Freitag im Burgtheater zum erstenmal aufgeführt wurde: »Das Bild des Ramses«, hat sich dasselbe auf assyrisch gezeigt.

Kinder mit ihren Gouvernanten sind da, der Reminiszenz an Peter Altenberg in Freiheit dressiert vorgeführt. Für sie hat der Prater jetzt eine besondere Romantik: die Roßkastanien. Das Großstadtkind erlebt das Wunder von Bäumen, die Früchte tragen, und von Früchten, die man aufheben und abreißen darf. Sie aus der grünen Hülle zu schälen, in Haufen aufzulesen, Kränze aus ihnen zu winden, die Schale anzuschneiden oder sich eine Sammlung der ausgewachsensten Stücke anzulegen – das sind die letzten Genüsse, welche die Nachsaison der Natur noch auf Lager hat. Manchmal, wenn sich das Kindermädchen nach einer Frucht müdegehüpft hat, verhilft ein freundlicher Passant mit seinem ins Blattwerk schlagenden Stock dazu – ob fürs Kindermädchen oder fürs Kind ist einerlei. Wer weiß übrigens, wie lange das Vergnügen noch vorhält und ob nicht eine morgen herausgegebene Verordnung den Sparwert der Roßkastanie entdeckt – als Feuerungsmittel, Suppenwürze, Arzneiersatz. Die Welt ist ja kein Prater mehr, niemals Sonntag und es spießt sich mit dem Herd, auf dem sich der Spieß dreht. Solche getupfte, soignierte Stimmungen erleben heißt also im sozialsten, aktuellsten Sinne des Wortes: tachenieren ...

*

Ich fahre aus dem Prater heimwärts und erfahre, daß ich mir nächstens ein Brot ins Gasthaus mitnehmen muß, weil ... nun, weil das bei uns schon so ist: das Kanzleizimmersystem erstreckt sich auf die neue Mode, die »Ordnung«, und jeder

Bissen ist mit einem Erlaß belegt. »Übrigens, Herr Nachbar, kostet das Seidl Pilsner jetzt 58 Heller ... nämlich beim Windbichler, beim Nowotny kriegen Sie's um 50 und beim Baumgartner um 53. Ja – und von den neuen Postgebühren haben Sie doch auch schon gehört?« – »Knopfabgabe??« ... »Na, mit Sicherheitsnadeln geht's ja auch ... wenn sie nicht zu teuer sind.« – »Man macht sie jetzt aus Efeu.« – »So???« – Der Mann glaubt mir jedes Wort. Ich räche mich nur dafür, daß ich es ihm, wenn er mir's erzählt hätte, ebenso unbedingt geglaubt hätte. Das veränderliche Bild des Tages macht, gerade wo es am schönsten wäre, den Umgang mit Zeitgenossen tunlichst einzuschränken, Geselligkeit nötig. Mag man im Bett zwischen zwei und fünf Uhr früh denken, was man will, und sich mit noch verstopften Ohren in seine vier Wände zurückziehen – zum Essen, Trinken, sich Anziehen und der täglichen Abwicklung des Lebens ist gesellige Nachfrage vonnöten. Wir werden »Nachbarn« und »Gevattern«, gerade wie die psst!-rufenden und tuschelnden Bürger in »Egmont« und schwatzen uns weidlich aus, obwohl wir alltäglich und allabendlich mit stumpfen, achselzuckenden Worten dasselbe zu sagen haben – oder vielmehr deshalb. Das Zeiger-Zurückrichten vom ersten Oktober ist eigentlich viel symbolischer als das Vorrücken vom letzten April ... Diese pflichtgefrorene, sorgenvergilbte Unwelt sieht nicht mehr wie eine lebendige Photographie, sondern nach einem alten Stahlstich oder Holzschnitt aus. Gute, alte »große Zeit« ...

Wenn der Kaiser stirbt ...

Das kam den Österreichern, deren Väter und Großväter unter ihm gelebt hatten und die selbst unter ihm alt geworden waren, immer wie eine mystische Grenzmarke des Daseins vor: Wenn der Kaiser stirbt ... Konnte es überhaupt geschehen? War es möglich, daß sich die Zeit gleichsam selbst verlassen und ihres populärsten Kennzeichens begeben werde? Konnte das Tor der Gegenwart, welches die gemütliche Wärme der Beständigkeit einschloß, je durch Schicksals Macht aus den Angeln springen? ... Der Verstand wußte, daß es kommen müsse. Aber die Gewohnheit und das Gemüt wollten nichts davon wissen und schoben es in eine phantastische, turbulente Zukunft auf. Dem gemeinen Mann bedeutete der Gedanke daran: das Chaos.

Aber nicht ihm allein. Es war eine prickelnde Spielerei an Stammtischen – Biergenuß macht historisch –, die Schranke des Tages aufzuheben und die Frage umgehen zu lassen: Wie wird die Welt aussehen, wenn der Kaiser stirbt? Jede großzügigere, unbedenklichere Kombination gelangte zu der Frage. Jedes Gespräch über Politik und Geschichte kam an die jähe Biegung. Jeder Traum von Sensationen sah es als das Größte, als jenes Ereignis an, für das die Weltgeschichte ihre fettesten Lettern aufbietet. Inzwischen hat die Neugierde eine größere Sensation erlebt, eine Umwälzung, die allgemeiner und tiefgründiger war als jede, die man voraussah: den Krieg. Der Pulsschlag ist ein anderer geworden, und anders der Blick des Zeitgenossen. Die Welt hat ihre mondäne und kulturelle Gemütlichkeit verloren und ist kalt, spannoffen, in stürmischem Fluß. Das früher Gewohnte scheint ungewöhnlich und das Neue alltäglich. Man begreift die Zeit nunmehr als ewiges Provisorium. Und mitten in dieses kriegerische Provisorium hinein stirbt der Kaiser. Ein dramatisches Zwischenspiel – aber nicht mehr, wie man meinte: der Beginn des Dramas. Es reißt nicht aus der Gegenwart, es erinnert an die Vergangenheit. Der Kaiser stirbt im Hintergrund der chaotischen Zeit, die man für sein Ableben erwartete ...

»Wenn der Kaiser stirbt, haben wir Krieg«, sagte der Volksinstinkt; ja er wurde zum Historiker der Zukunft: Frankreich geht auf England, Spanien auf Norwegen, Deutschland auf Rußland – die Welt schlug in Flammen auf vor seinem Gesicht. Man lächelte darüber – und glaubte daran. Nun denn, in Gottesnamen: fallt über uns her, ihr Völker der Erde – es soll ein »lustiges Durcheinander« geben ... Der Zufall hat es anders gefügt. Der Krieg ist gekommen in trauriger, sachlicher Ordnung. Lange bevor der Kaiser starb. Hätte irgend jemand an die Umkehr des Satzes gedacht? Wenn der Kaiser stirbt ... Mit hoffnungsvollem Blick auf Kaiser Karl erwarten wir, was die Geschichte darauf zur Antwort gibt.

DIE KLEINE MARGARETE

Diese tragische Geschichte aus Ungarn könnte selbst von einem jungen Ungarn sein – als veristisches Märchendramolett von Molnár oder stimmungsvoll-krasse Novelle des Ernst Szèp – wenn sie nicht eben wirklich wäre und die Poesie ihrer grausamen Wirklichkeit die frivole Spekulation der Erfindung nicht Lügen strafte. Ordinärheit und Feinheit, Trivialität und Erotik ist in ihr gemischt, wie in jenen Erzeugnissen aus dem sentimentalen Alltag, und die Resignation des Lebens verhilft zum Aktschluß. Was auf der Bühne gemein und gemacht schien, ist also wahr und unverfälscht. Welches sonderbare Land, wo die Lebensfreiheit in so selbstverständlichem Bund lebt mit westlicher Konvention! ...

Die Geschichte von der Margarete Kohn. (Klingt nicht schon der Name wie Absicht?) Sie ist ein blendend hübsches Mädchen von fünfzehn Jahren und besucht die erste Klasse der Handelsschule. Wenn sie heimgeht, renken die Männer die Köpfe nach ihr aus und werfen lüsterne Blicke. Eine blühende Liebesknospe, von Bangigkeit geschwellt und erstem Verlangen durchzittert, zart, schön, zerbrechlich. Alle trinken an ihr Melancholie und Begehren und bekennen sich zu den dichterisch vorgesehenen Typen der Gattung »Mann«: der sentimentale Versemacher, der sie für das Herdfeuer seiner Verzweiflung braucht und den ungeistigen Genießern neidet – selbst bloß ein Philister mit Hemmung; der Galan mit dem hübschen Schnurrbärtchen und dem Meisterschaftspreis im »Tennis«; der verheiratete Fabrikant, der ihr einfach und schlechtweg »nachsteigt«. Und alle die Unglücklichen und Bequemen, die nehmen wollen, ohne zu geben und den »Moment« benützen – den Augenblick dieser vergänglichen, unrettbaren Jugend! Man kann sie jedem gönnen oder keinem. Wer wird der Glückliche des Fräulein Kohn sein? Der Herr Kohn. Ihr wißt es ja aus Molnár, Lengyel, Biró, Herczeg, Heltai und – – Shakespeare. So bekommt jede Desdemona ihren soliden Othello, jede Nora ihren Helmer, jede Pippa ihren Huhn. Besonders in Budapest. Hier gibt es – liebe Margarete – keinen Altenberg, dessen Zärtlichkeit Dich segnet und Dir selber aufbewahrt. Hier gibt's den Molnár, den Lengyel, den Biró ...

Die vielgeliebte Margarete Kohn wird eines Tages von einem feinen Herrn angesprochen. Sie gibt sich mit ihm ein Rendezvous und folgt ihm, da sie nichts oder alles weiß, ins Hotel. Aber einige Leute haben das Kind, das sich vielleicht noch am Eingang sträubte, gesehn und sind zum Wachmann gelaufen, als ob sie verhindern könnten, was einmal sein konnte und einst sein muß! Immer »die Leute«, die das Leben machen! Immer das dumme Publikum, das Schicksal spielt! Ob Wien, Berlin, London, Poděbrad oder Pest. Nur heißt es hier: »Zufall«, und dort: »Moral« ... Als die kleine Margarete mit dem Herrn Rechnungsrat das Hotel verläßt, werden sie beide hopp genommen, zur Polizei geführt und aufnotiert. Der Rechnungsrat geht indigniert heim. Das kleine Mädchen aber geht in ein Haus auf dem Elisabethring und stürzt sich vom dritten Stock in den Hof. Die verständigte Mutter wird tobsüchtig. Der Verführer erschießt sich. Und dann – drei Tage nachher – der traurig-enthüllende Epilog: Gestern erschoß sich der kaum 19jährige Julius Friesenhahn, ein Jugendfreund der Margarete Kohn. Er hatte folgendes Schreiben hinterlassen: »Ich habe Margarete Kohn geliebt. Das unglückliche kleine Mädchen war mein Ideal, und ohne sie kann ich nicht leben. Ich gehe deshalb hinüber in die andere, glücklichere Welt, wohin meine Margarete geflohen ist.«

Drei Tote. Und e i n Leben ist daran schuld, das ungelebte Leben, gegen das es Mütter, Polizisten, Anzeiger und ungarische Lustspieldichter gibt, das Leben, welches sie alle, die geleckten Buberln, Dichterlinge und Fabikanten aus dieser holden Fünfzehnjährigkeit der Margarete Kohn so gern getrunken hätten. Die ungarische Bühne hat recht. Aber sie liebt ja sonst auch die Wendung ins Heitere? Wäre also der Schluß nicht besser gewesen: Margarete lernt auf solche Art die Liebe kennen, wird von Julius Friesenhahn weiter verehrt und heiratet in Unschuld einen Lederagenten? Dem Idealismus wäre dabei nichts passiert. Er hätte wenigstens nicht als so falsches, sentimentales Beispiel gedient.

BARFUSS-KORSO

Die Wiener erinnern sich noch eines Sonderlings, dessen Auftauchen in den Straßen der Stadt vor mehreren Jahren ein großes Hallo entfesselte: er aber schritt – mit seiner biblisch-vollzähligen Familie, die im Dulden abgehärtet war – unbeirrt durch die Menge der Gaffer und Spötter, ein Märtyrer und Schaubudenphilosoph. Es war der bekannte Maler Diefenbach, der dann nach Capri übersiedelte, wo er vor nicht langer Zeit sein Leben beschloß.

Was war nur am Aufzug des malenden Mormonenhäuptlings so Schreiendes und Unerhörtes, daß der Chorus der Unauffälligen hinter ihm herjohlte und ihm lange Nasen drehte? Er trug einen langwallenden Prophetenbart. Gut, das kommt vor – und ein anderer Büßer, der heilige Gurnemanz Bahr, ist deshalb noch immer ein Gesellschaftsmensch. Sodann war sein Gewand frei nach dem Atelier Altenberg entworfen: lose, frei, wallfahrereinfach. Aber auch daran lag es nicht. Der Anblick exotischer Bettlertrachten erzeugt eher Ehrfurcht. Aber – er war außerdem bloßfüßig. Das ist für die beschuhte Großstadt Aussatz und Veitstanz, Exzeß und Narretei. Ein grotesker Kulturverzicht, der die Würdenträger und Würdentreter aufreizt. Für solches Rousseautum richtet der

Pöbel am liebsten das Kreuz auf. Es ist ein Freigut für jeden, der Schuhe trägt und ein Gewand am Leib hat. Der arme Diefenbach – kein Wunder, wenn aus seiner Marotte seine Religion geworden wäre!

Indessen ist für den Witz des gesellig verschwisterten Schamgefühls nicht mehr die Zeit. Die Menschheit ist vom Krieg splitterfasernackt ausgezogen worden, und wahrhaftig, wenn heute einer am Graben in Schwimmhosen spazierenginge – man würde ihn vielleicht arretieren, aber nicht auslachen. Die Angst vor der Auffälligkeit konnte nur so lange gelten, als uns die Kleider voreinander zudeckten. Jetzt aber, wo wir uns im Innern alle gleich wissen, läßt uns die äußere Verschiedenheit kalt. Es gibt keine soziale Scham mehr – das ist der Erfolg unserer spartanischen Rückentwicklung. Und zu ihr gehört jetzt als letztes äußeres Zeichen, als testamentarisches Symbol des »Durchhaltens«, ein Aufruf der »Zentralstelle der Fürsorge für die Angehörigen der Einberufenen« – bloß der Name ist noch nicht ganz spartanisch –, im kommenden Frühjahr und Sommer – barfuß zu gehen.

Verlockende »Simplizissimus«-Bilder steigen auf. Ein Korso der Bloßfüßigen. Würdevolle Perikles-Greise aus der Finanzlandesprokuratur mit Kaiserrock, Vollbart, Zwicker und verwachsenen Tatzen, watschelnde Patrizierinnen mit Reiherfedern, Wiener Modell-Toiletten und verschrumpften Zehen, Jünglinge, deren wattierte Eleganz auf einem kläglich-zoologischen Postament ruht – nein, es wäre zu unwahrscheinlich enthüllend, und die Menschen kennen leider darin keinen Spaß! Sie brauchen Schuhe und Hosen notwendiger als Speise und Trank. Jahrhundert-, jahrtausendalt ist ihr Bemühen, die letzte zoologische Spur aus ihrem Erdenwallen zu verwischen und sich aus der Gottgeschaffenheit in eine bessere Würde zu verwandeln – und da sollten sie sich wieder unter das bloßfüßige, fünfzehige Getier werfen lassen? ... Mag der Wiener Aufruf noch so nützlich und sozial geraten sein, eins ist sicher, die Würdevollen werden nicht mit dem guten Beispiel vorangehen. Wer ihnen die Schuhe nimmt, zieht ihre Würde aus. Der Schwimmhosenzwang ist das Letzte.

SAISONBEGINN

Das ist ein Fremdwort, mit dem der Krieg gründlich aufgeräumt hat: Saison. Heute sagt man klimatisch-einfach: Winter. Und denkt wieder wie anno Volksschulbesuch und Krähwinkel an Schnee, Frost und Dunkelheit und nicht an Eliteball, Jour fixe, Konzert und Nachtlokal. Es geht nicht an die Arbeit des Vergnügens, ans Tagewerk des Nachtlebens, sondern in eine strenge, ungewisse Zeit. Die Geselligkeitsindustrie ist aufgehoben und an ihre Stelle ein Ersatz-Mechanismus getreten, mit der Aufgabe, das »G'schäft« in Gang zu erhalten. Die turbulente, durchsiedelte, lampenhelle, alkoholisierte Welt der Nacht ist eingeengt und rayonniert; die Lichter und Stunden sind gezählt. Das Vergnügen funktioniert mit der Uhr in der Hand. Täglich zwischen sieben und zehn: große Fütterung mit Nachtleben. Der Haustorschlüssel ist wieder das Zunft-Emblem der Nacht. Nach elf Uhr verwandelt sich Wien in St. Pölten, Mödling oder Nikolsburg. Wo hat da eine »Saison« Platz?

Trotzdem rücken die Theaterdirektoren und Konzertunternehmer mit ihren Programmen heraus, überschreien sich die Musikcafé- und Variétéplakate in Farben und Lettern, suchen die Bars und Tingl-Tangls Anschluß und gruppieren sich zu üppigen Reklameseiten. Es ist wie der Start zu einem großen Wettbewerb. Die Chancen sind gering, das »Geläufe« nicht in Ordnung, der Preis kaum nennenswert – aber in letzter Sekunde überlegen sich's alle und tun mit. Man kann ja nicht wissen, was herausschaut. Je enger das Nachtleben zusammenrückt, desto toller wird der Ausverkauf. In der verdichteten Luft kommt mehr auf den einzelnen. So erklärt sich der Widersinn, daß das Geschäft so hitzig ist und so schlecht geht. Daß alle klagen und eröffnen. Immer wieder heißt es: wir werden einpacken – wir können nicht mehr mit. Und dann ist plötzlich erstes Auftreten der Kunstpfeiferin Miranda Abanella, »stets frische Küche« und »Bier vom Faß«. Nur ein Vermerk fehlt, ein sehr wichtiger: »Ende nie«.

Es war das Kennwort des Nachtlebens. Eine Nacht, die irgendwo anfängt und aufhört, aus dem Chaos ein Kosmos geworden ist, verliert allen Reiz.

Ja, die Nächte stehen jetzt wieder im Zeichen des »Ramsch«. Drei Stunden hat die irdische Luft zu durchmessen. In ihnen muß sie Darbietung, Nachtmahl und Plausch absolvieren. Wenn die Stimmung gerade da ist, erlöschen die Lampen, häuft sich hinter den Spiegelscheiben im grünlichen Halblicht ein Gerumpel von verzauberten Sesseln. Keiner hält das Tempo – weder der Genießer noch der Produzent. Jener zählt die Minuten wie der Spätaufsteher, der sich mit dem Schlaf herumfoppt und dabei zur Stubenuhr blinzelt. Dieser aber schwitzt wie der Bierträger am Pratersonntag. (Seligen Angedenkens.) Als Kellner klappert er vom frühen Abend an nervös-ermunternd in der Geldtasche, der Andrang ist für ihn eine unbedingte Säuberung – er möchte, daß der Abend mit dem Zahlen beginnt. Als Dirigent der Salonkapelle hudelt er »Tannhäuser« und die »Csárdásfürstin« in einem herunter. Damit die verschiedenen zechanregenden Musiknuancen alle Platz haben. Als Schauspieler eilt er vom zweiten Akt an dem reservierten Gulasch entgegen; früher konnte er noch im Neben-Engagement stehen und nach Schluß seines Partes einen Sprung ins Kabarett machen. Die Ressource fällt jetzt weg. Wenn ihn der Dichter nicht gnädig um viertel zehn freiläßt. Aber Autoren sind nun einmal so, daß sie sich auf den Episodisten, der im ersten Akt nach Amerika fährt, in der letzten Szene kaprizieren. Er muß zur Lösung herbeikommen …

Und das Tagleben? Da kommen eben kennzeichnend Vorschläge vom Hotelier-Verband »zwecks weitestgehender Ersparungen«. Einer von ihnen – § 3 – lautet: »Die bisher in einzelnen Hotels bestehenden Bars, Five-o'clock-Tees, Musikproduktionen etc. sind unbedingt aufzulassen.« Ein neuer Schlag für das Wohlleben. Der Begriff »fashionable« hat der Not damit weiteres Terrain geräumt. Wohin soll er sich noch zurückziehen? In der Nachmittagsbar ist das Kaffeehaus etabliert, mit allen Typen und Klassen. Man ist daraufgekommen, daß ein »Gin« mit Klavierbegleitung nicht viel teurer ist als

Wasserschokolade oder Tee mit Zitronat und macht unter Wiener-Werkstätten-Lustern und an Adolf-Loos-Tischen seine Geschäfte. Zu Hause aber reicht die erlaubte Watt-Ziffer und der Kohlenvorrat nicht für Empfang. Und auch die Klubs sind neuerdings mit betroffen. Frau Sorge ist Aufräumerin. Immer und überall das zahnlose Weib! Es lauert dem Luxus auf wie der Bettler Azur dem Herrn v. Flottwell.

Aber keine Angst: die Saison wird zwar ausschauen wie wir alle, ihr Puls wird stumpfer sein, ihre Vegetation dürrer – aber sie wird auch das vierte Kriegsjahr überleben. Was können ihr alle Maßnahmen und Verordnungen, alle Spartanergesetze der Sparsamkeit schaden, solange von ihrem gestutzten, verkleinerten, zertretenen Leib noch der Kopf lebt? Und dieser Kopf ist der Wille, der Wille zur Freude. Wer tötet den – in Wien??

WERFEL-MATINEE

Ein Vormittag »neue Generation« (die jetzt an der Neuen Wiener Bühne einen Zyklus hat). So corps-brüderlich und modisch hinausposaunt, klingt das Wort ein bißchen herausfordernd und zirkushaft. Solidarität im Geistigen darf weder trampeln noch tänzeln; sie muß tönen und schreiten. Sonst bindet der Witz zu gern mit ihr an. Und sträubt sich gegen das Glauben.

Zuerst kam Herr Dr. Franz Blei, der ästhetische Abbé, und sprach ein paar salbungsvoll-ätzende Worte: über Spießer, Taugenichtse und Dichter, die zusammen drei konzentrische Kreise bilden, von denen der weiteste der Spießer- und der engste der Dichterkreis ist. (Nach seiner Versicherung umfaßt er gegenwärtig sieben Stück – um eins mehr oder minder werden wir uns nicht streiten.) Das Verhältnis war so und wird stets so bleiben. Die Neuen sind also die Alten, genau so unverstanden und massenfern wie diese. Novalis reicht Werfel, Hölderlin, Däubler die Hand. Franz Blei hat einen Blick für die Apotheose (und unwillkürlich glaub' ich auf einmal, daß sich das Wort aus »These« und »Pose« zusammensetzt.) Darum versöhnt er Rom mit Prag. Seine Behendigkeit im Zurückschauen stellt ihn an die Schwelle des Tages. Über den er nicht hinausblickt. Er steht immer am Endpunkt und kommt so zu allem Anfang. Der Prologsprecher der »neuen Generation« ist ein fanatischer Ästhet. Und zudem – wie er mit je drei schönen Gedichten Ehrensteins und Heyms bezeugte – ein innerlicher Deklamator. Seine Stimmung klingt nach Weihrauch und Wollust ...

Nach ihm seine zarteste Schöpfung: das Töchterchen Sibylle. Eine heilige, schwermütig-schlanke Lyzealistin. Sie trägt mit Anstand und Schlichtheit und nur (wie alle, die an diesem Vormittag zu Wort kommen) ein bißchen weinerlich-gepreßt Gedichte Trakls und Däublers vor. Jener enträt jeder Deklamation durch das neue Geschlecht; seine Muse klingt und singt kommentarlos. Dieser tritt hier nicht als wortgigantischer Berg- und Felsenkneter, der einem eben so viel Absturzstellen wie Panoramen eröffnet, sondern als himmelblauer Mariensänger in Erscheinung. Sein neues Wort siegt durch Melodie. Und lange tönt die Zeile nach: »er will sie in Demut besternen.«

Dann, wie ein Star begrüßt, Franz Werfel. Ein Klumpenkopf in kurzen Leib gestemmt und gegen Wolken rennend, Vulkan oder Feuerwerk? ... Sein Schluchzen und Ächzen ist etwas angekainzelt. Aber die Art, wie er das Wort wölbt und wirft, zum hallenden Klotz ballt und daran – wie er es selbst einmal nannte – steil hinaufschaut, regt beinah' zum Dichten an. Sie entkleidet freilich den Dichter. Er las zuerst seine »Ballade vom Wahn und Tod«, diese schrecklich-schöne Vision, in der sich ekstatisch, wirr und doch blitzschnell – wie eben Blitze zwischen dunklem Gewölk – Wort und Gesicht jagt und dann eine prachtvolle Schauersonate in »ei« – beide den umgewandten und sein Ur-Ich erkennenden Menschen behandelnd. Aber sie eignen sich nicht unmittelbar zum Vortrag. Wer sie nicht vorher gelesen und (was Werfels unausgekochte und im Heißfluß erstarrte Kunst erfordert) die gleiche Stimmung in sich entzündet hat, der versteht eben so viel, wie das Publikum verstand. Seine Kunst ist: der Kampf um die Kunst. Aber, wer so hoch langt wie er, kann nicht fertig werden.

Endlich: ein früher, unaufgeführter Einakter des Dichters: »Der Besuch aus dem Elysium« (eigentlich ein Gedicht mit drei Rollen). Der abgeschiedene – in den Tod oder die Kunst eingegangene? – Mann taucht vor seinem Jugendideal auf, dem Tanzschulen- und Tennismädchen, mit dem er kaum je zwei Worte gewechselt und deren vorüberstreifender Hauch sein Knabentum tragisch beseelt hat. Die Sehnsucht vermochte ihn aus Scholle zu Krätzel zu reißen, die Sehnsucht hat ihm Kraft und Welt erworben. Die Sehnsucht? Nicht der asketische Trotz, der Rückzug vor der unbefreiten Lust? Am Tag des Wiedersehens (oder -Denkens) erkennt er klar: daß er in jener Welt ein Toter, Verschütteter, Unfreier, daß sein Elysium ein Friedhof der Lust ist. Und verschwindet in sein Elysium. Eine Jugendarbeit und doch ein volles Bekenntnis: daß die Kraft des Dichters, wie seiner Generation, im Verzicht wurzelt. Ihre Gehirndynamik bezeugt es wie dieses Stück selbst, das einen Prozeß der Geschlechtsjahre gewaltsam in eine erkennende Stunde drängt. So seid ihr: Erkennen spart und verkürzt euch das Erleben! Vielleicht ist das die Erscheinung, die man »Expressionismus« nennt und welche die Natur zerreißt, um sie in ihrem nahen Zusammenhang wiederherzustellen. So wie in Werfels wortkräftigem, gehirnglühendem und etwas gymnasial behaftetem Einakter, der ein Tanzschulen- und Tennismilieu ins Kosmische wachsen läßt. Diese Nähe von Tanzschule und Kosmos, Metaphysik und Speisezimmer ist des Dichters (starke) Eigenart geblieben.

Herr Mendes gebrauchte seine Stimme als lyrische Gitarre. Damit kam er den übrigen Vortragenden so nahe, daß man ihn selbst für »neue Generation« halten konnte.

Die Leute saßen wie in einer Subtilitäten-Kirche. Keiner schneuzte sich, keiner strampfte, keiner lachte. Aber viele husteten. Die neue Generation regt eben bei den einen das Gehirn und bei den andern die Schleimdrüsen an.

AUKTION

In dem kleinen, rechteckigen Saal des Künstlerhauses, von dessen verhängtem Glasdach vier Bogenlampen ihr grellweißes Licht ausgießen, sind die Sesselreihen überfüllt. An der Tür und im Hintergrund drängen sich neue Gäste. Man könnte glauben, es handle sich wieder um »junge Generation« oder sonst eine literarische Nachmittags-Messe.

Aber das Publikum sieht anders aus. Wie aus einem Bang'schen oder Thomas Mann'schen Gesellschaftsroman, faulig-distinguiert, von abgeblendeter Vielfalt und sordinierter Gemischtheit. Gute und schlechte Gesellschaft, Adel und Jobbertum nebeneinander und im selben Anzug und dazwischen Salon- und Bühnenmarkantheit. Herren mit schmalen, bleichen Gesichtern, von hochaufgeschossener Gestalt, das Monokel ins Aug geklemmt; Damen in Zobel- und Sealskinbehang, nachdenklich in den Katalog vertieft – die Sammler. Patriziergatten, die wie zu einem Urania-Vortrag hieher kommen; ein paar dickere und lautere Wesen, die umständlich nach Plätzen suchen und zu viert ihre Köpfe zusammenstecken – die Käufer; Leute mit Aktentaschen und in Wetterkrägen, von nachlässig-sachlichem Gehaben, die man für eine Kreuzung von Agenten und Sollizitatoren halten möchte – die Händler. Endlich ein paar Herren mit gemeißelten Köpfen, bürgerlich-genialisch à la »Leipziger Illustrierte Zeitung« – die Kenner. Zum Teil: die Hausherren selber. Sie freuen sich unaufdringlich ihrer Intimität mit den aufgerufenen Namen und Werken und ironisieren still in sich hinein das Publikum.

*

Auf dem Podium steht ein grüner Tisch, auf diesem eine Flasche Wasser. Sie dient keineswegs dem Ausrufer zur Erfrischung, sondern seinem Bleistift beim Worte: »z u m . . . ! !« als Signalapparat. Zu diesem Worte aber gelangt er auf dem Weg eines Vortrags, der an die zungenhopsenden Einlagen Nestroys und die Schnellsprech-Voltigen des Komikers Kornau erinnert. Er überschlägt sich auch manchmal, macht halt und muß sich der letztgenannten Zahl besinnen. »Nummer 371 – 500 K, 500 zum ersten, 550 zum ersten, zum zweiten; 600, 600 zum ersten, 600, 1000, 1000 zum ersten, zum zweiten, 1200 zum ersten, zum zweiten, 1200 zum ersten, zum zweiten, 1300 zum ersten, zum zweiten, z u m ! !« – dieses »zum« rüttelt Säumige auf, also rasch höher! – »1400 zum ersten ...« Bei 5000 darf er ausschnaufen. Dreimal hätte er Schluß machen können, dreimal war das Bild schon zu haben: für 1300, 2500 und 4000 Kronen. Aber da kitzelt's noch jemanden, und flugs gibt es eine neue Preisnorm. Das Wort »zum« – nicht Alter, Stil und Schule – bestimmt eben heute den Bilderwert. Es wär' doch zu traurig, wenn man sich's nicht leisten könnte oder wenn es einem der Harrach oder Liechtenstein vor der Nase wegschnappt! Die Auktion – sehe ich schon – steht nicht im Zeichen Rudolf Alts, Munkácsys und Pettenkofens, sondern jenes »zum«.

Daher fahren die Preise so wahnsinnig in die Höhe. Eine Reinkultur der Preistreiberei. Aber an ihr büßt der Käufer ab, was er in der heimlichen gesündigt: sie hat nur noch parvenühaften Selbstzweck – oder doch nicht? Bedeutet die merkwürdig-rege Beteiligung der Herren im Wetterkragen und mit der Aktentasche, die sich emsig Angebot und Erstehungspreis in den Katalog eintragen und – als einzige in dem wahllos gestikulierenden Parterre – einen Betrag in den Saal schmettern, um dann zumeist wieder teilnahmslos zurückzusinken, noch etwas anderes? ... Jedenfalls mokieren sich die Kenner und schütteln die Köpfe. Eine Zeitlang gehen sie mit den Angeboten, dann aber lassen sie resigniert den Bleistift auf das Katalogblatt sinken und notieren den Ausrufpreis. »Die Leut' sind verrückt«, flüstert ein Herr mit akademisch durchgeistigtem Gesicht – Typus Bildhauergenossenschaft – zu seinem Nachbarn. »Nein – zuviel Geld hab'n sie«, erwidert dieser. Unterdessen hebt der Diener schon wieder einen Kriehuber hoch.

*

Wer möchte bei einem Blick in diesen Saal glauben, daß es um Zehn- und Hunderttausende geht, daß sich die Kauflust gierig überbietet? ... Kein Mensch spricht ein Wort als nur der Ausrufer. Keiner erhebt sich vom Sitz, beugt sich herüber, spricht ungestüm auf den Sitznachbarn ein oder fuchtelt mit den Händen. Dafür springt die Erregung wie ein lautloser Funke von Reihe zu Reihe. Man kann es nur von vorn oder hinten beobachten: wie da einer unablässig zwei Finger der rechten Hand ausstreckt, ein anderer mit dem Bleistift auf sich deutet: »mir, mir«, der dritte bekräftigend den Zwicker hebt – alle, ohne mit dem Gesicht mehr zu schreien als mit der Stimme, aber in einer gewissen, unterirdisch fühlbaren Geschäftigkeit. Vom Podium muß es aussehen wie ein Taubstummen-Parlament.

Nur von Zeit zu Zeit vergißt sich eine Stimme und übergellt den Wettbewerb. Aber glaubt nicht, daß dem Mann sein Temperament ausgerutscht ist! Die Psychologie des Auktionsraumes lehrt, daß man nur bei langsamer, ruckweiser Zermürbung der Gegner gewinnt, von 100 K auf 100 K. Eine unerwartete, horrende Überbietung aber, etwa um 1000 oder 5000 K, kategorisch in den Saal geknallt, hat bloß zur Folge, daß die Lüste statt eingeschläfert elektrisiert werden und das Geschäft auf dem gehobenen Terrain fortgeht. Die ersten Rufer im Streit – wie z. B. der fette Leutnant an der Türe, der das erste Angebot sofort mit Heroenstimme und in Diktatorenpose um das Fünffache überschreit und dann links abgeht – sind also niemals die Käufer. Ebensogut könnte ein Bub von der Gasse kommen und hineintrompeten: »10.000 Kronen!« ... Mit den Aufgeregten ist es überhaupt nicht weit her, ob sie schreien oder fuchteln. Bloß der rotwangige, aufgeblähte Herr in der fünften Reihe, dessen gespreizte Hand immer beredt in die Luft fliegt, macht eine Ausnahme. Endlich, bei 15.000: großer Sieg. Er quittiert ihn mit verlegenem Kopfnicken und lächelt nach allen Seiten, als ob er sagen wollte: »Ein Spaß ... für die Kinder.« Dann flüstert er einer Dame, die neben ihm sitzt, etwas zu. Sie blickt darauf in ihren Katalog und sagt ausbessernd: »Van Haanen.«

Noch einer ist sehr bei der Sache: ein ebenso dicker und ebenso roter Mensch hart am Podium und ebenso verlegen die Blicke auf sich fühlend. Er nimmt bei jedem neu hereingetragenen Bild den Zwicker aus der Tasche, bückt sich ganz nahe und mustert es mit emporgezogener Oberlippe und sauer-angestrengtem Blick. Er scheint in sich zu brummen: »Mhm ... die Leinwand ist mir zu dünn.« Ich frage einen Reporter, wer das ist. »Sie kennen ihn nicht? Ein berühmter – Geldagent.«

*

Aber man kann sich auch täuschen.

An der Wand neben dem Podium steht eine Gruppe von Herren, aristokratisch-langnasig, angegraut, mit müden Augen, Bronzeteint und giraffenhohen Stehumlegekrägen, wie die Ausgestoßenen des Zeichners Carl Josef, die den »Morgen« nicht lesen. Sie sehen kaum nach den Bildern hin, gähnen und beteiligen sich durch leises, diskretes Kopfnicken. Kinskys, Harrachs? Nein, Hypothekenagenten. Sie befassen sich gerade mit den Naschmarkt-Parzellen. So wirken sie zugleich für Alt-Wien (nämlich das Rudolf von Alt-Wien) und Neu-Wien.

Oder der Mann in der letzten Reihe mit dem Knebelbart und dem halboffenen Ulster. Er fährt bei den ersten Angeboten aufgeregt mit den Armen herum wie ein tollgewordener Kleiderhändler. Makart in der Judengasse? ... Ich schleich mich hinter ihn. Es ist der akademische Maler S. Er spricht den unverfälschten Wiener Dialekt (der im Verein mit einer gewissen Schäbigkeit von jeher unsere Akademiker auszeichnet und in den sich auch Weltmänner wie Klimt und Kokoschka teilen) und verulkt die Käufer. Fürn Munkácsy 5000 K! Das muß ein Ungar sein. Die Ungarn machen die besten Geschäfte. »'S is, wie wenn er's an Zigeuner hinwirft!« Dann: »Von 500 auf 12.000! Fragen S' ihn, wer der Pettenkofen is'!« Oder: »300 K ... na ja, er is ihnen no net lang genug tot.« Der Witz gehört zum uralten Bestand der k. u. k. Akademie der bildenden Künste. Ein Secessionist oder Futurist hätte ihn nie gemacht. Aber wie sollte so ein Moderner oder Ganz-Moderner auch in diese Auktion passen, in der es sich um den Nachlaß des alten Lobmeyr, des eingeschworensten Feindes der Jungen handelt?! Freilich ist da noch ein »Interieur« von Klimt da. Es hat noch vor der Ausrufung eine kleine Panik verursacht, indem man im Katalog »Klimt« las und den Vornamen nicht beachtete. So kam die »Dame mit dem Papagei« von E r n s t Klimt zu unverhofften Ehren. Der Gustav hat allerdings mehr erzielt.

Aber der Name macht's nicht immer. So wird unter anderem ein Bild aus dem 48er-Jahr feilgeboten mit recht viel Bewegung und Soldateska im Vordergrund. Die Preise fliegen. Oder der Katalog verzeichnet als nächste Nummer: »Motiv aus Gmunden.« Hundert Lorgnons und Gucker gehen hoch. Gmunden – sympathische Gegend. Man denkt an den letzten Sommer. Der Ausrufer bekommt keinen Atem.

*

Und so ist man Zeuge, wie im Parvenü der Snob geboren wird. Er befindet sich vorderhand noch auf dem Punkt, wo ihn Thackeray sah. Aber nach Jahren wird eine bei Kriehuber und grünen Jalousien aufgewachsene Jugend dastehen, dort, wo der Vater dem Besucher das »Kriehuber!« wie ein »prima!« ins Ohr raunte, vom Geheimnis der Farbe sprechen. Wer will, wer kann es hindern?

Der alte Lobmeyr hätte es können. Er hatte seinen Nachlaß zuerst der Stadt Wien zugedacht, sie aber später, als in ihre Kommune jener Geist einzog, der Kunst und Bildung mit Bierkrügeln bombardierte, enterbt. Vielleicht wäre er angesichts des Kriegs und seiner Folgen milder gewesen und hätte den Schlechten um der Schlechteren willen verziehen. Oder im Gegenteil? ... Jedenfalls ist die Zerreißung und Verschleppung dieses Bürger-Erbes symbolisch. Es gibt keinen Bürger mehr.

Der Masseur

Ich liege in der pritschelnassen, von Schweiß und Wasserdampf triefenden Kabine bäuchlings auf der Holzbank, während mich der Masseur (er hat ein Caruso-Gesicht und eine Zahnlücke) in Seifenschaum einpökelt – klitsch, klatsch auf die wohlerzogensten Stellen.

Masseure haben mit Friseuren, Zahnärzten und Maßschneidern das Bedürfnis gemein, sich über die Kriegsdauer zu unterhalten. Da der andere stillhalten muß, können sie reden. Der meine aber singt. »Jo mei Hearz ... Die greßte Söligkeit ... Hoideri hoidero ... is no Zeit ...« Dazwischen trommelt er auf meinem Rücken Generalsturm und kitzelt meine Fersen. Plötzlich aber faßt er sich ein Herz:

»Wie geht's Ihna denn, Her Doktor?«

Woher weiß er, daß ich Doktor bin? (Ich bin es nämlich nicht.) Ist mein Körperbau so semitisch? Hab' ich einen so hochdeutschen Haarwuchs?

– »Kennen S' mich von wo?« frag' ich zaghaft.

Er dreht mich auf den Rücken.

»Na hören S'! Kennen S' Ihna denn net erinnern? Bei der Marie-Tant ...«

Die Marie-Tant (auf der ersten Silbe betont) ist ein Grinzinger Heurigenlokal. Aber an den Masseur kann ich mich nicht erinnern. Wahrscheinlich war damals großer Nebel.

– »Ach ja, ja, ja ...«

»I und der Schutzbier ... der Schutzbier is eing'ruckt ... und der bucklerte Toni ... schene Zeiten ... Se waren daz'mal a besser aufg'legt ...«

Schutzbier, bucklerter Toni – mir geht ein Licht auf. Dieser Masseur – hihihi, immer wieder die Achseln ... ist also ... hihahi ... ich bin so kitzlich ...

»A schön's Stückel Geld hommer verdient. Kan Tag unter an Fufz'ger. Für jeden extra, natürlich. Wann mir's net z'sammg'legt und aufteilt hätten, wär eh' das meiste auf mi kommen – mit meine Tisch'. A Tenor ist do was anders ...«

Und indem er auf meinem Bauch Xylophon spielt, gibt er mit jener bier- und tabakzerfetzten Wehmut, die wie melodisches »Schnackerln« wirkt, eine Probe:

»Das Glück is a Vogerl.
Gar liab, aber scheu,
Es loßt si schwear fo-anga,
Aber fortg'flog'n is glei.«

– »Sehr schön. Warum singen S' denn nicht noch immer?«

»Weil's net dafürsteht. Am Abend därf man net ... die Wirt können uns nichts draufzahlen ... Se hab'ns ja eh' in der Zeitung g'lesen: ›Das Ende des Heurigensängers‹. Na, bin i halt wieder Masseur worden ... Bis daß der Krieg zu End' ist. I möcht nur wissen ...«

Die Frage trifft meinen Nachfolger auf der Pritsche. Denn ich bin genug durchgewalkt und geh' unter die Dusche.

Prag!

Unlängst schrieb einer über mich mit letztem Kraftaufwand, daß ich ein Prager sei. Vorher hatte sich ein anderer (namhafterer) gelegentlich einer Matinee über Prag lustig gemacht. Er nahm damit der Wiener Kritik, die schon immer wie die Katz' um den heißen Brei ging und am selben Witz stickte, einen Stein vom Herzen. Nicht unerwähnt mag sein, daß bei jener Matinee die gekränkte Bescheidenheit Wiens korporativ ausgerückt war, um sich einmal Prag anzusehen. Sie kam, sah und sagte: »Prag!«

Das ist nämlich das neueste »Hepp hepp« unserer Geistigen. Ein Spottwort von gespreizt-merkantiler, familientrockener Ehrbarkeit, das schwerfällig gegen allen Musen- und Lebensschwung tönt. Aber zugleich eine Verwahrung der skeptischen Sinnlichkeit gegen die Hegemonie der ledernen Gedanklichkeit. Es klingt daraus in einem: Der Hinweis auf Selchwaren, Verschwägerung, kaiserliche Räte und apollinisches Strebertum. Wo sich der Geruch altehrwürdigen, gestockten Blutes mit der orthodox-modernen Denkart mischt, da liegt der Verdacht auf »Prag« vor. Es ist der inkarnierte Widerspruch von Inzucht und Freiheit.

Nun ist die Gereiztheit Wiens ja begreiflich. Es ist jahre-, jahrzehntelang in seinem warmen, wohligen Talentnest gesessen, ganz eingebettet in die Watte von Impression, Ironie und Selbst-Koketterie, unbekannt und doch genannt, und da kommt nun von Norden etwas Neues, was unter Verzicht auf Wien via Leipzig, Berlin und Hamburg seinen Weg genommen hat und die Zentrale links liegenläßt, bis sie doch neugierig, verlegen-gleichmütig fragt, was da los sei. Zu merkwürdig sind die Zeichen. Nach uns kräht kein Hahn mehr – und bei euch merkt ganz Deutschland auf, ihr werdet mit Feuilletons-Wirbel und Notizen-Schwall von jeder Kleinstadt empfangen, die Revuen erheben euch zum Problem, Theaterdirektoren laufen euch nach, und dabei hat euere Berühmtheit etwas von politischer Mode. Dann: wie viele ihr gleich seid! Brod, Werfel, Kafka, Meyrink, Kornfeld – und eine gutausgebaute Reservestellung der Preisgekrönten und Epochemacher von morgen. Endlich versteht man euch nicht. Eure Sprache brüskiert das ästhetische Gemeinverständnis und hält sich schon an einen Geheimschlüssel. Man spürt nur eine unendliche Verachtung der »Ich«-Spielerei und eine maßlose Überschätzung der »Wir«-Bedeutung und hat das beklemmende Gefühl, nicht zubi zu können. Ähnliches mag der Bayer empfinden, wenn er auf den Preußen schimpft. Nun hat er sicher damit recht, daß sein Bier, seine Freude und sein Dialekt allen stelzbeinigen Wichtigkeiten überlegen ist. Aber immer nur im Sitzen und für den Augenblick. Einmal steht man doch auf, setzt das Trinkglas ab und spricht mit sich. Und braucht, da man das Hochdeutsch verlernt hat, einen Lehrer.

Aber die Wiener wollen ihn nicht. Sie halten ihren ästhetisch-ironischen Dusel für volle Nüchternheit, das Schwanken für ein Schweben, das Sitzen für Bewegung, das Lallen für die Sprache. Sie können gar nicht begreifen, daß ihnen etwas fehlt. Sie spüren's zwar unter sich schlammweich rutschen und glitschen, aber es ist doch ihr Element. Guschelbauer steht ihnen noch immer näher als Schopenhauer. (Auch jenen, die über Schopenhauer Essays schreiben und zur Mystik ein schlampertes Verhältnis unterhalten.) Ihre Regsamkeit und Reizsamkeit kommt nach wie vor daher, daß ihr Herz bejaht, was ihr Hirn verneint (den Schlamm nämlich), so daß sich beide nur unblutig miteinander recken. Mag ihr Unmut auch überquellen – er will das selige Gefilde des Feuilletons keineswegs verlassen. Unfähig, bei sich zu sein, ist es ihr höchster Triumph: sich nicht ernst zu nehmen. Daher ihre Galligkeit und ihr Spott, wenn sich einer ernst nimmt. Sie glauben ihm dadurch etwas vorzugeben, während er ihnen doch ihre Unaufgeregtheit vorgibt. Franz Werfel, demgegenüber ich oft genug Wien bis aufs Blut verteidigt und Prag verhöhnt habe, um ihn jetzt zitieren zu dürfen, sagte einmal dazu: »Sehen Sie, darin liegt die widerliche Art dieser Witzlinge, daß sie sich aus ihrer Unauffälligkeit und Unanstößigkeit ein Plus machen und gegen die Selbstentblößung und Gestikulation des Schöpferischen ihre Ruhe ausspielen. Wer es mit sich aufnimmt, muß ein Schauspiel bieten. Das wird denen natürlich nicht passieren.« Nein, wahrhaftig nicht. Denn sie sind Graziöslinge der Apathie, Suffisanterln der Bescheidenheit, Gigerln der Nervosität. (Wenn der junge Shakespeare Lärm schlägt, machen sie: »Pst!«) Eigenschaften der Ökonomie, durch die sie ohne Anschluß an die Jahreszahl – den manche schon in der skeptischen Frage zu haben glauben, ob soviel Blutvergießen nötig war? – mitschwimmen. Im Jahre 1912 mag es entzückend gewesen sein. 1917 ist es n u r billig ... Ich gestatte also jedem, über Prag zu spotten – nur keinem Wiener. Wenn er den Anschluß verloren hat, soll er nachlernen und sich einmal ernst nehmen, statt sich vor dem Krieg katholisch, mystisch, ästhetisch-national und adjektivisch ins Feuilleton zu retten. Vielleicht versteht er dann auch die neue Chiffrensprache. Sicher: den neuen Geist.

Ich möchte darum selbst auf das Wort »Prag!« nicht verzichten. Es sagt doch zuviel an intellektuellem Stuckertum, unsinnlichem Schwergewicht und parnassischer Branchentüchtigkeit. Wien steht da Prag gegenüber wie der weltfrohe Mischling dem reinrassigen, steinalten Großvater ... Apropos Großvater! Man sollte die Prag-Schimpfer statistisch nach ihrer Herkunft untersuchen. Was würde sich herausstellen? Daß 15% aus Napajedl sind, 10% aus Kojetin, 14% aus Gurawno, 11% aus Nagy-Szombathely und 50% – aus Prag.

DER BAUCHREDNER

Es gibt einen einzigen würdevollen, souveränen Beruf auf Erden: den des Bauchredners. Ich würde sagen: des Zirkusclowns. Aber das gäbe zu ästhetisch-sentimentalen Mißverständnissen Anlaß. Der Zirkusclown ist seit Shakespeare, Victor Hugo, Leoncavallo, Bataille und Wedekind eine poetische Erscheinung, Held und Märtyrer, triumphierendes Opfer – der Mensch an sich. Sein kreideweißes, von einer ungnädigen Hand zerpatschtes Gesicht blickt voll Gottesgier und tödlicher Betroffenheit, seine schlohgelbe Perücke trägt den Heiligenschein eines höheren Adels. Sein Narrentum ist sein Schicksal, nicht sein Beruf. (Oder Nebenberuf – jeder wahre Beruf dürfte nur Nebenberuf sein.) Seine Melancholie, seine Verachtung, sein Schöpfertrieb wird vom Meckern, Bellen, Kopfstehn, Grunzen, Kollern, Stolpern, Plumpsen zu stark absorbiert, als daß noch Kräfte frei werden könnten. Nichts bleibt ihm nach solchem Rausch des Selbstbewußtseins als das Sodbrennen im Artisten-Café.

Der Bauchredner dagegen bleibt sich. Er braucht sich mit dem Publikum nicht abzugeben und ist mit ihm durch das Phänomen eines sprechenden Bauches, also einer durchaus jenseits seiner Persönlichkeit liegenden Sache in Beziehung. Seine Erniedrigung (im bürgerlichen Sinn) deckt sich mit keinem Wonnetrieb. Er kann seinen Bauch reden lassen, was er will, ohne sich der Stimmung der Zuhörer zu unterwerfen.

Er kann ihn piepsen lassen: »Habt's mich alle gern!«, und hat geleistet; er kann düster murmeln: »Wie blöde mich der Herr in der sechsten Reihe ansieht, Heinrich?!«, und war bürgerlich tätig. (Nur darf ihn diese Freiheit nicht wieder zu üppigem Gebrauch verleiten, weil er sich sonst wie der Clown verausgabt.) Kurz: ich wähle den Bauchredner statt des Clowns, weil er undramatischer funktioniert und den Zug nicht nötig hat, sich erst hinter Gipsnasen und Gummibäuchen zu verbergen.

Über diesen Spezialgrund hinaus führ' ich als prinzipiell an:

Die Kunst des Bauchredners ist der Inbegriff einer absoluten Leistung. Sie wird nicht vom Individuum Josef Müller hervorgebracht, sondern vom Bauch Josef Müller, und darin liegt ihre Reinwertigkeit. Der Fall ist so: der Bauch X hat die akustische Fähigkeit, durch entsprechende Wölbung und Wandpressung Vokalfolgen freizugeben, die eines besonderen Lippen-Manövers entraten. Diese Fähigkeit ist von keiner Weltanschauung und Zeitströmung, von keinem Milieu und Publikum abhängig. Sie ist ein reeller Beitrag zur menschlichen Gemeinschaft und bleibt es nach Revolutionen, Elementarkatastrophen, Umstürzen jeder Art. Nehmen wir ein Ereignis von der hundertfachen Veränderungskraft der Französischen Revolution: was würde dann aus den meisten Berufen? Was aus den Parasiten der augenblicklichen und zufälligen Tages-Konstellation? Was wäre ein Conferencier? Ein Lehrer für rhythmische Gymnastik? Ein Feuilletonist? Der Bauchredner überlebt sie alle. Ein redender Bauch behält seine Nützlichkeit. Auch im Suahelidorf, wo man keinen Schuster, Schneider, Sattler, Lehrer und Restaurateur braucht, dürfte er am Lagerfeuer seine Kunst vorführen.

Sodann übt der Bauchredner einen kompromißlosen Beruf. Sein Menschentum ist ausgeschaltet, sein Wille unbeteiligt. Er braucht dem Zuhörer keine Konzessionen zu machen und hat mit ihm keine Gemeinschaft.

Der Bauchredner bewahrt die höchste Menschenwürde, indem er sie ganz zu Haus läßt. Er ist Souverän über die Gesellschaft, indem er sich vor ihr verleugnet.

Seine soziale Erniedrigung ist seine übersoziale Hoheit – der Triumph seiner Freiheit.

Der Bauchredner schickt einen Ersatzmann ins Treffen des Daseins: den redenden Bauch.

Durch ihn leistet er – und gehört sich selbst.

Durch ihn bleibt er rein.

Mit ihm entrichtet er seinen sozialen Tribut.

Um 1/4 9 Uhr zählt er auf dem Podium die Stufen in den Keller hinunter und wieder hinauf. Um 1/2 9 Uhr ist er ein Kaiser, vor dem sich alle Oberkellner, Großindustriellen, Literaten und Wucherer bis auf die Erde verneigen müssen.

Mein Jugendideal war: am Tag Nietzsches sämtliche Werke zu schreiben und am Abend einen Tirolerbuben aus Papiermaché auf meinen Knieen hutschen und ihn noch mal das schöne Liedchen singen zu lassen: Morgen-ro-hot, Morgen-ro-hot ...

Statt dessen bin ich auf der mittleren Linie geblieben und schreibe Feuilletons.

Hysterie

Der aus Hippersdorf in Niederösterreich gebürtige Landsturminfanterist Josef Kleinbichler wurde nach der Ausheilung seiner Schenkelwunde vom Regiment zwecks Konstatierung ins Garnisonsspital geschickt, weil gewisse Zeichen von Reizbarkeit und Renitenz die Beschaffenheit seines Nervenzustandes als zweifelhaft erscheinen ließen.

Da steht er nun mit zehn anderen zusammen, widerspenstig in die Montur gewickelt, auf dem tritthallenden, hohl durchlärmten Gang, der nach Abortnähe, Lysoform und Monturen riecht, und wartet viereinhalb Stunden. Er sehnt sich nach dem Feld und einem Krügel Bier, die seine Leiden abkürzen könnten. Endlich ruft aus dem ärztlichen Wartezimmer der Zugsführer einige Namen, die Aufgerufenen antworteten mit einem helleren und dumpferen »Hüah«, und der Mann aus Hippersdorf geht mit einem Schub ins Zimmer ab.

Hier ist der Stabsarzt in weißem Mantel, der Assistenzarzt mit Vollbart und psychologischem Interesse und eine Dame im Ärztemantel. Sie trägt einen Zwicker und ist Ärztin.

»Ausziehn!« befiehlt der Zugsführer.

Schüchtern knöpfelt jeder die Bluse auf, streift sie, den Nachbar anblickend, langsam von den Armen und gewinnt Zeit durch die Überlegung, wohin sie zu hängen wäre.

»Dorthin gibt ein jeder seine Sachen!«

Seine Sachen? Wieviel ist das noch? Immerhin, die Füße gibt man am leichtesten den Blicken preis, und so beginnt ein allgemeines Ausziehen des Schuhwerks. Nach fünf Minuten ist das Bild schon pittoresk; einer bückt sich in Hemdärmeln über den Schuh, ein anderer hat fragend die Hosenhälfte in der Hand, ein Durcheinander von Armen, Beinen und halboffener Wäsche.

Ein blasser Landwehrbursche fragt: »Bitte, das Hemd auch?«

»Alles, alles. Bis auf d' Haut!«

Die Ärztin blickt ins Protokollbuch. Sie ist selbst für ihren Beruf keine Schönheit, die Wangen sind wie von Küchenhitze oder medizinischem Eifer verbrannt, die Frisur bohemienhaft-lose, das Auge protokollarisch-unnahbar und so in die Einzelheiten ihres Amtskreises vertieft, als wäre das Altgewohnteste hier noch immer höhere Kabbalistik.

Drei stehen schon in Unterhosen da und nesteln an den Fäden. Sie werfen einen scheuen Seitenblick auf die Dame. »Ach wos«, sagt einer, »i war im Feld draußen!«

Das heißt nicht: ich habe die Scham verlernt, sondern: das Ärgste ist ja hinter mir. Und streift die Hülle ab. Der zweite, dritte folgt nach, bissig nach der Ärztin schielend und doch sofort mit der affektierten Marmorkälte des vorgeführten Objekts, das hier kein Leben hat.

Der Hippersdorfer ist baff und grölt etwas. »Schamt's euch net? Schamt's euch net?« Der Zugführer wirft ein Aug' auf ihn. »Sie da, was bandeln S' denn herum? – Ausziehn!«

Er murrt lauter und lauter: »Weibsbild ... schamen ... hob i mir dafür? ... Weibsbild ...«

»Na, was ist – wird's?«

»Ja«, sagt er ganz laut, »aber z'erscht soll das Weibsbild außagehn.« Er tritt nach vorn. »Gehn S', schamen S' Ihna ... i gangert von selber außa ...«

Der Zugsführer packt ihn von hinten, der Stabsarzt blickt vom Schreibtisch, der Assistenzarzt lächelt in den Lächel-Vollbart, die Ärztin ist froh darüber und lächelt sachlich mit. Es geht die Disziplin an und nicht das Geschlecht.

»Wie reden denn Sie mit dem Fräulein Assistenzarzt? ... Na, warten Sie ...«

»Sie soll außagehn ... dös Luder!« schreit der Kleinbichler und geht auf die Frau los, »oder i zieh ihr selber die Kitteln oba ...« Er hat sie schon bei der Hüfte, sie kreischt und läßt sofort das Protokollbuch, den Zwicker und die Medizin fallen – da tritt der Kleinbichler a tempo zurück und lacht: »Na alstern, schrein konn s' ja do wie a Mensch.«

Inzwischen sind der Stabsarzt und Assistenzarzt aufgesprungen, beide sehr streng und vorgesetzlich, aber doch noch etwas milder als sonst. Ihre Augen zeigen verständnisvolle Ruhe, und nur eine Zehntelsekunde lang blicken sie sich an: »Interessant ... Herr Kollega?« Sie sind viel in diesem Moment losgeworden.

Den Kleinbichler halten von rückwärts vier Fäuste fest, während ihm Flüche und Verwünschungen ins Ohr geknirscht werden. Er blickt aber schon mild wie der Vollmond. Auch die Ärztin ist ruhig und sitzt steif wie eine Statue über dem aufgeklappten Protokollbuch. Der Stabsarzt kommt zum Patienten und fragt ihn gemütlich nach seiner Kriegsteilnahme. Dann sticht er sein Bein mit einer Nadel, kitzelt ihn am Bauch und diktiert mit sehr scharfer, voller Stimme der Ärztin in die Feder: „Hy s t e r i e !«

Die schaut überrascht auf. Es bezieht sich aber natürlich auf den Soldaten.

Proskriptionsliste

Am Tourniquet der neuen Zeit soll man Kontrollorgane aufstellen, um jeden Staatsuntertan, Plakatträger und Apologeten der alten Zeit zurückzuweisen, der behutsam hinüberschleichen will. Achtung auf solche Mitläufer! Sie werden jetzt rasch, fünf Minuten vor zwölf, herumäugen, ob sie keiner sieht, und schwupps! mit unschuldiger Miene, klugschwätzend, feierlich und selbstverständlich im neuen Datum stehen. Versenden wir also, ehe sie sich's so leicht machen, einen Steckbrief! Wer sie darnach erkennt, mag sie kurzweg beim Genick packen und wieder hinauswerfen!

Da haben wir zunächst die Gruppe der sogenannten Sechziger. Das sind die Herren, die in den Jahren 1850 bis 1860 zwischen Prag, Bisenz, Nikolsburg, Luhatschowitz und Königgrätz geboren wurden und im Geiste der Topfenhaluschkas und des Deutschliberalismus aufwuchsen. Ihr Vater und Führer ist noch immer der Moriz Benedikt, der mit seinem rabbinisch-taciteischen Veitstanz, seinem Wichtigkeitsgemunkel und Geschichtsherostrazismus Österreich des Morgens und Abends zum Lachen bringt. Hier scheinen Gestus und Diktion des Liberalismus, seine merkwürdige »Voilà«-Atemtechnik der geschnaubten Doppelpunkte, seine Anspielungs-Finessen rund um eine Anekdote herum und an einer Anekdote vorbei, seine Mirabeau-Fanfare an einen ungebildeten und unerzogenen Epigonen gelangt – und das bewirkt sein kothurnisches Gezappel: das Pathos schlägt aus, die Finessen mauscheln, die Fanfare pfaucht. Er sah und hörte die Letzten, und ihre Nachahmung schuf seinen Geist und das dazugehörige Österreich. Er hat es durch vierzig Jahre fertiggebracht, mit bedrucktem Papier etwas zu repräsentieren, was nicht mehr da war (den »Liberalismus«), und als überholte, ausgeschaltete Spaßfigur dem davonrasenden Wagen der Zeit in die Speichen zu treten. Es ist ihm gelungen, der lebendigen Welt aus einem kleingeistigen Anti-Antisemitismus leblose deutsche Freisinns-Ideale entgegenzustemmen –

ein arteriosklerotischer Feuerkopf, der Sire noch um Gedankenfreiheit bittet, während es um die Selbstbefreiung geht. Kein Wunder, daß der pathetische, mit deutschfortschrittlichen Abwehrgeschützen ausgestattete Ängstling am Ende selbst zum größten Judenschädling, daß er zum Bedeutsamkeitsstotterer werden mußte, in einer unverstandenen und über ihn amüsierten Welt.

Er ist der Nährvater der Verkalkten. Wie schaut aber deren Welt aus? Es ist das alte Herbst-Giskra-Plenersche, zu seiner Entstehungszeit schon als unaktuell bekämpfte, deutschzentralistische Großösterreich; das mächtige, noble, historische Barock- und Landkartenösterreich Maria Theresias mit Wien als unvergänglicher Zentrale und dem deutschvölkischen Übergewicht. Tschechen, Polen, Slowenen, Kroaten sind für sie Völker zweiter Klasse, patriarchalisch betreute Vasallen mit dem Willen zu einer einzigen, unteilbaren Landkartenfarbe. Dort, wo sie sagen »Freiheit« und »Fortschritt«, meinen sie noch immer »Toleranz«; denn sie tragen den gelben Fleck als Menschheitsstandarte. Ihr Idealismus ist eine Anbiederung, von der sie gleiches Recht heraus erwarten. Sie sind deutsch-sentimental und betrachten ihre Liebe zur Bibliothek, von Schillers sämtlichen Werken angefangen bis zu Gustav Freytags »Ahnen« und Spielhagens »Hammer und Amboß«, als ihre Zugehörigkeit zum deutschen Volk. Sie sind arme, gottsjämmerliche, eitle Phraseure, mit einer Neigung, ihr Unwirklichkeits-Bekenntnis den Bekennern der Wirklichkeit neronisch aufzudrängen. Sie glauben sich von Heine zu Flachheit berechtigt, von Börne zu Pathos, von Goethe zum Schlafrock. Ihr deus-maximus ist der Historiker Dr. Friedjung, dem noch immer kein Mensch den Bart ausgerupft hat und der, der schnellste Mitläufer unter ihnen, statt sich heute zehn Klafter tief in die Erde hinein zu verkriechen, seinen dünnen Sach-Schwatz rasch in der neuen Zeit placiert. Wer erlaubt diesem Aufhalter und Verhinderer, diesem schwarzrotgoldgelben Mittelschul-Ostrazisten, der Österreich als ein Hausarbeitsthema ansieht, noch seinen Kopf aus dem Sand zu ziehen und seine Armseligkeit aus einer Zeit, die er mit am

Gewissen, in eine hinüberzuretten, die er verneint und besudelt hat? Genau aufpassen! Was gestorben ist, hat tot zu sein.

Die Sechziger haben aber noch eine Art jüngeren Flügel. Denn siehe, auch der Kalk ist zeugungsfähig, auch der Moder kommt zu Vaterfreuden. Diese Jüngsten bestreichen ihr altliberales Deutschtum, ihre Grillparzer-Unger-Schmerlingsche Österreichgläubigkeit mit ein bißchen neuer demokratisch-rationalistischer Farbe, sie sind von der 1860er- schon zur 1880er-, vielleicht sogar 1890er-Wirklichkeit avanciert, aber sie begreifen noch immer nicht, was Volk und Mensch ist, sondern halten Politik im großen und ganzen für ein Produkt obrigkeitlicher Misch- und Kombinierkunst und schätzen die Wichtigkeit eines Ministerprogramms höher ein als den Willen des Herrn Meier oder Nawratil. Ihrer Weisheit letzter Schluß ist eine Frage an die Regierung: was sie zu tun gedenkt, wohinaus sie will, was sie im Schreibtisch hat. Diese Junioren-Greise sind teils Streber, teils Wichtigtuer, teils beides.

Ich setze weiters auf die Proskriptionsliste: alle die Herren, die mit der Aufgabe betraut sind, Benedikts Welt mit Farben zu beleben, das heißt unter dem Strich ästhetisch fortzusetzen, die »Halt«-Schlankeln und »Ich-weiß-net-wie-mir-wird«-Optimisten, die Autoren und Erhalter eines Staatsfeuilletonismus. Sie sind feudal, nobel, träumerisch und aus Brünn. Ihre philosophische Herleitung ist etwa folgende: Eine Zeitung muß als Weltprodukt die Welt bejahen, damit sich der Abonnent in ihr beruhigt, wohlig, sicher fühlt und an sie glaubt. Ergo ist sie für Fortschritt, Entwicklung, Technik, mehr Licht und weniger Denken. Außerdem für alles, was besteht, für Staat, Stadt, Bezirk, Straße, für den Bestand in jeglicher Art. Das macht ihr manchmal Schwierigkeiten. Aber mit bißchen impressionistischem Hollodrioh, mit schelmischer Gemütssolidarität und Resignationsbrüderlichkeit bringt man alles zustande – auch auf zerrissenem Boden zu stehen und auf ihm zu hüpfen, ad absurdum geführt zu werden und zu tirillieren. Im gewissen Sinne war darin jeder Österreicher Feuilletonist, der Feuilletonismus geradezu seine Weltanschauung, die einzige Form, in der sich das Widerstreitende zur Bejahung schließen konnte. Die Erde klafft unter den Füßen, die Tschechen ziehen am Seil nach Nordwesten, die Polen nach Nordosten, die Ungarn nach Osten, die Slowenen nach Süden, alle gegen einen, einer gegen alle – was tut er da? Er denkt: es ist nicht schön, aber ihr meint es ja nicht so. Denn das Burgtheater ist doch ein ganz schönes Theater, und der Prater hat sehr alte Bäume, und vom Kahlenberg ist eine sehr hübsche Aussicht, und i bin du, und du bist i, und wir gehören alle zusammen. Der Radetzkymarsch überbraust ja doch euer Gezänk, und ihr marschiert eingehängt mit ... So löst sich in einer Wurstelpratervision aller Widerspruch. Und so retten sich auch die Feuilletontapezierer von der Wirklichkeit zu einer phänomenalen, großstaatlichen Lesebucherinnerung (Karl V., Thugut, Prinz Eugen und die spanische Erbfolge) mit holdseliger Operettengegenwart verschmelzender Apotheose: der Lanner, der Makart, das Burgtheater, die Pragmatische Sanktion, der Zeiserlwagen – es muß halt so sein. Ein Verfluchter-Kerl-Imperialismus, ein Anatol-Militarismus, Saisonbuberl Belgerad bejahend. Zu diesen eingewanderten Cottage-Österreichern gehört der Herr Salten (ein Asphalt-Salzmann) und der himmelblaue Müller, eine Art Otto Ernst aus Ungarisch Hradisch. Grotesk nur: welche Welt ihr Feuilletonismus für Kriegsdauer aus dem Grab rief und neu bestätigte. Die Fiktion der Herren Salten und Müller kreierte nämlich die Wirklichkeit des Herrenhaus-Österreich, des imposanten Machtgemäldes der Fürsten Schönburg und Auersperg – genau wie Benedikt durch Jahrzehnte überhaupt ihr Herrenhaus kreierte – und das Staatsideal der Herren von Czedik und Plener, der Würdengreise, die sich von der Aktualität noch nicht den Abschied geben lassen, sondern vor Torschluß respektive Toreröffnung noch wichtigtuerisch herumgeistern. Es ist, wie wenn ein Marquis von seinem Hausjuden Traditionsgefühl lernte ... Meine Herren, daß ich Sie und Ihre Stifter nicht im neuen Staat sehe! Daß Sie jetzt nicht mit derselben Breitspurigkeit zu etwas anderem gehören! Und wenn Sie sich doch dort blicken lassen, dann wird man Ihnen, wie der Nestroyheld dem reaktionären Liebhaber, zurufen müssen: »Und du traust di herein in die Neuzeit? Gehst net glei z'ruck ins Zeitalter der Kreuzzüge!« ...

Der Voltaire jener feuilletonistischen Süßlinge ist bekannt: es ist der Herr von Hofmannsthal, der sich bis zum Krieg die Gegenwart immer drei Schritt vom ästhetischen Leib hielt und in ihm auf die Leibkürassier-Verpflichtung des »Edlen von« besann. Er hat die Vergangenheit geerbt, wie der Millionärssohn die Louis-Seize-Möbeln. Darum setzt er sich breiter in sie hinein und gibt sie schwerer heraus. Mein Gott, wird halt als Balzacscher Leidtragender des Ancien régime auf Rodaun seine Tage fristen! Oder nicht? Gedenkt er mit uns zu gehen und mit behutsam eingetunktem Federstiel neue Staatsraison zu interpretieren? Er lasse es sein.

Von Herrn von Hofmannsthal zweigt noch eine andere Richtung ab als der Feuilletonismus: das sogenannte Neuösterreichertum, repräsentiert durch »Österreichische Rundschau« und »Muskete«, die sich zueinander verhalten wie Witz und Wissenschaft (in derselben Proportion). Die Neuösterreicher sind Bauchaufschwung-Konzipisten, Stirnfalten-Sektionsräte, stilisierte Düsterkeits-Schapseln. Sie haben das Alte von außen durchdacht und sind dadurch zu innerer Ballung gelangt. Das Ergebnis sind die Gedichte des Herrn Schaukal und die Bilder des Malers Wilke, nebst einem Mann, der sich Mirko Jelusich nennt. Mehr weiß ich nicht zu künden. Sie fliegen als Aare der christlichsozial und deutschradikal orientierten, bajuvarischen Armutschkerl-Sippe voran.

Seht ihnen allen auf die Finger. Gebt gut acht, was sie tun und reden! Und ob sie es wagen, sich in den Vordergrund einer Zeit zu stellen, deren größtes Hindernis sie waren.

Republik Hofburg

Still liegt die Wiener Hofburg mit ihren alten massiven Zubauten da. Eine von Straßenstaub, Ruß und Regen gebleichte rot-weiß-rote Fahne, oberhalb des kunstvollen Schmiedeeisengitters des Michaelertraktes befestigt, flattert gelangweilt im Winde. Die Passanten, die durch die nur halbgeöffneten Tore des mächtigen Kuppelbaues eintreten, um dann über die Burgplätze rasch die auf der entgegengesetzten Seite sich hinziehende Ringstraße zu erreichen, beachten das republikanische Wahrzeichen gar nicht mehr. Sie wissen, daß andere Zeiten und mit diesen andere Gefühlsregungen gekommen sind.

Beim Überschreiten des Burgplatzes richtet sich wohl manch scheuer Blick auf jene Fenster, hinter denen durch Jahrzehnte die goldgestickten rotweißen Uniformen der Garden durchleuchteten. Auch das ist vorbei. Der schaulustige Wiener, dem der Putz und die theatralische Aufmachung früherer Generationen geradezu Lebensbedürfnis waren, erblickt nur verstaubte Fenster. Öde ist es geworden im Umkreise des auf mächtigen Granitsockeln aufgebauten Bronzestandbildes eines ehemaligen Kaisers. Dort, wo der militärische Drill täglich bei Musikbegleitung Orgien feierte, ist nichts mehr zu sehen. Gähnende Leere.

Aufmerksame Beobachter, welche die endlosen Fensterreihen der Stockwerke gründlich absuchen, bemerken aber, daß noch nicht alles Leben aus dem altehrwürdigen Baue geschieden ist. Es sind die ehemaligen Hofbeamten, die ihre altgewohnten Kanzleien Tag für Tag aufsuchen, um die Fülle ihrer Liquidierungsarbeiten zu erledigen. Der frische Wind der Revolution konnte aber bisher die dicken Mauern der Hofburg nicht vollständig durchdringen. Wie dem alten Amtsschimmel immer noch »Opfer ohne Zahl« dargebracht werden – und dies nicht gerade nur von den ehemaligen feudalen Büros –, so hat sich auch der interne Verkehr zwischen den hohen und höheren Beamten, zwischen Diener letzter Kategorie und Saaltürhüter 1. Klasse, wie man in Wien sagt: »verflucht wenig geändert.«

Der von den Beamten zu bearbeitende Stoff ist exkaiserlich oder hoheitlicher Natur von oft sehr intimem Anstrich; gehören doch seit der Abreise der hohen und höchsten Herrschaften Alimentationsangelegenheiten nicht zu den Seltenheiten. Vielfach soll beglichene Laune und Lust neue Sühne aus der Konkursmasse finden. Aber was es auch sei, der Beamte atmet bei allen Arbeiten höfische, schwüle Luft, und das mag ihn wohl betäuben. Deshalb hätte es auch eigentlich den Besucher gar nicht wundernehmen sollen, als er beim Eintritt in ein ehemaliges Hofamt schon im Vorzimmer sich um Jahre zurückversetzt sah.

Würdig und stilvoll empfängt der einstens so gewaltige, oft Schicksale mitbestimmende »Herr Türhüter« den Besucher. Wenn auch der Frack, die tadellos gestärkte Hemdbrust und das zierliche Ordensbändchen an ihm nicht mehr zu sehen sind, das einst stets gut rasierte Lakaiengesicht einem nicht mehr entgegenleuchtet, so sind diese Umstände aber auch die einzigen sichtbaren Zeichen eines vollzogenen Umsturzes. Ansonsten läuft alles im alten Geleise. Der rasche Blick des Türhüters, der niemals irrt und den Eintretenden in Bruchteilen einer Sekunde auf Rang, Stand und Zahlungsfähigkeit abschätzt, ist auch der gleiche geblieben.

Ehe der Besucher noch recht seine Wünsche ausgesprochen hat, erteilt der treue Diener erschöpfende Auskunft: »Der Herr Baron sei noch nicht gekommen. Der Herr Baron verspäte sich nur selten ...« Und schließlich ladet er mit vollendeter Grandezza ein, Platz zu nehmen und zu warten. Es dauert aber doch ziemlich lange. Der Besucher wird ungeduldig. Da beginnt der Hüter telephonisch nach seinem Herrn zu forschen. Er klingelt an: »Bitte Fräulein, Obersthofmeisteramt, aber nur mit Vorzimmer verbinden. Halloh! Ist der Baron bei Ihnen?« – »Nein.« – »Dann rufe ich das Oberstjägermeisteramt an. Schluß!« Das Frage-und-Antwortspiel wiederholt sich. »Halt!«, hört man plötzlich den Diener im Selbstgespräche ausrufen. »Ich hab's! Der Herr Baron wird bei den allerhöchsten Privat- und Familienfonds sein.« Wieder wird angeklingelt und gefragt, ob der Herr Baron vielleicht beim Herrn Grafen oder sonstwo sei. Vergebliche Mühe. Alle Anstrengungen des treuen Dieners, den Grund der Abwesenheit seines Gebieters durch Dienstgänge nachzuweisen, sind gescheitert. Der Wartende kommt zu dem Schlusse, daß sich wohl ein Regierungssystem über Nacht stürzen läßt, doch niemand es fertigbringt, eine einschneidende Änderung der Dejeunerstunde durchzuführen ... Ehe der Magen und der Geist nicht durch Pikanterien befriedigt sind, läßt sich – nach uralten Hofregeln – auch nicht arbeiten.

Die Zeit drängt, der Besucher kann nicht länger warten, er verläßt die Räume. War es Wirklichkeit oder Traum, was er in der letzten halben Stunde erlebt hatte? Befangen tritt er auf die Straße ins Alltagsleben, und ihm begegnet eine Art Volkswehrmann mit roter Kappenrose und roten Bändern. Blitzschnell fühlt er sich der Gegenwart wiedergegeben. Sein letztes Erlebnis hat ihn aber überzeugt, daß dort, wo Servilismus und Devotion zum Gewohnheitsgesetz geworden sind, der revolutionäre Geist niemals einzudringen vermag.

ANTISEMITISMUS UND DEUTSCHENHASS

Von eh und je erscheinen die Deutschen als Prototyp tolpatschiger Unsicherheit und verlogener Frohsinnsmarkierung. Sie sind eben auch aus dumpfen Brutnestern ausgekrochen, spüren die Vaterhand im Genick und spazieren als Dilettanten im Freudental des Lebens, von der Sehnsucht verzehrt, unschuldige Gespielen der Völker zu sein. Was immer sie tun – vom Schabernack bis zum Kuß –, der Vorsatz äugt daraus hervor, es setzt sich mit einem sichtbaren »Nu woll mr mal!« in Bewegung. Ein Doppelpunkt trennt ihr Fühlen und Treiben, den ihre Seele nimmer überspringt ... Habt ihr schon die Gesichter deutscher Burschen gesehen, die einen Jux aufstecken? Erinnert ihr euch noch des Witzblattbildes (aus der besseren Zeit), worauf ein deutscher Bürger sein Ehegemahl mit der Anrede in seine Arme zu schließen schien: So laß uns denn alle Anstalten treffen, daß vereinte Sinnenlust uns einen Sprossen beschere! Oder habt ihr einmal die Figuren eines Festzuges betrachtet – hier stock' ich schon, denn ich denke daran, daß sich in solchem Firlefanz der Wunsch des Ungereiften, ein Bild zu stellen und sich etwas vorzugestieren, am liebsten äußert –, mit welchen beklommenen Lustigkeitsmienen sie dreinsehen, als ob sie nur des Gedankens voll wären, daß jetzt alle Blicke auf sie gerichtet sind: wie wenig sie mit Selbstverständlichkeit weiter zu sein wissen, wie die Mädchen, die Gesichter vom eigenen Geschlechte abgewandt, in einem steifen Eiapopaia wiegen – und dann das Treiben eines Volkes dagegenhalten, dessen Frohsinn aus unverstopftem Geschlechtsborn quillt! ... Sie sind unnaiv wie die Juden. Nur ist diese Unnaivität naiver (weil jünger). Sie setzt sich in äußeren Wahn statt in inneren Schmerz um. Wenn ein Mann, der an seinem Stiefel einen Kotrest herumträgt, die mißbilligenden Schnupperblicke der Umgebung auf sich zieht, so kann sich eben zweierlei als Folge ergeben: entweder, daß er trotzig mit verschränkten Armen sitzen bleibt und bis an die Zähne gerüstet fragt: »Wer will mit mir anbinden?«, oder daß er verlegen am Teppich herumwischt, sein böses Schicksal verfluchend.

Nächste Ähnlichkeitsfolge: Daß ihnen der Instinkt der Umwelt feindlich ist. Wie haben sich die Deutschen abgemüht, hinter das Geheimnis dieses Hasses zu kommen, mit welchem Schülerfleiß bemächtigten sie sich des von Europa hingeworfenen Themas: »Ursachen des Deutschenhasses!« Und es war doch einfach nichts anderes als Antisemitismus, was gegen sie revoltierte – mochte seine Lesart diesmal auch »Antibochismus« sein. Eine sonderbare Fügung ließ sie die ganze Gefühlsskala der Verschmähtheit – Selbstverdrehung, Versöhnungsdrang und Liebedienerei – durchlaufen, durch die sie grundsätzlicher und heftiger als alle übrigen Völker die Juden peitschten. (Und wieder kennzeichnend für diese, daß keiner sich erhob und sagte: »Da habt ihr's. – Das ist es«, sondern daß sie sich ihr Gehirn zermarterten um ihnen beizuspringen.) Was diesen Antiteutonismus vollends zum Ebenbild des Antisemitismus machte, war, daß er dem Geruchssinn und der Witterung eines Andersseins, das die Gefahr eines Anderswollens in sich schloß, nicht bloß entstammte, sondern nur beim Einbekenntnis solcher Herkunft berechtigt, in jedem anderen Fall, also mit Philosophie, Politik oder Wirtschaftsdoktrin verquickt, schon Lüge und Unrecht war. Den Deutschen schien das so wenig glaubhaft als für ihren Fall den Juden. Wie bei ihnen etablierte sich eine Anpassungswissenschaft an die Verhaßten, und wie sie wurden sie aus dem Übereifer ihrer Scham zu Windfängern jedes politischen Lüftchens, das irgendwo in Europa über den Boden strich, zu pathetischen Auslöfflern jedes Brockens, der in ihre Suppe fiel.

Dritte Folge: Selbstkontrolle und Selbsthaß. Sie kleideten zum Schmerz der Puristen, die hier die Stelle der jüdischen Nationalisten vertraten (dem gleichen Irrwahn verfallen wie diese), ihren Geist gern in französische, englische, italienische Lappen und tanzten mit Bärengeschick nach der Menuett- und Tangopfeife, die der jeweilige Zeitgeist anblies – immer ein Auge nach dem europäischen Parterre gerichtet, ob sich die dort nicht die Bäuche vor Lachen hielten. Sie versuchten vegetatives Leben zu kopieren, während sie nicht davon loskamen, dieses Leben als Exerzitium zu betrachten und auf der Erde der Begrifflichkeit zu kriechen. Wer weiß – vielleicht war ihr Ohr gegen das Wort »Deutscher« nicht minder reizbar als das jüdische gegen das Wort »Jude«; vielleicht rührt sogar von dieser Betroffenheit die Eigenschaft, die man als Schnoddrigkeit bezeichnet. Jedenfalls war der Selbstgeist ein Stück ihres besten Geistes. Er gehört, mehr zu Scham als zu Forderung ausgebildet, schon Goethe an, findet sich ausgesprochener bei Schopenhauer und endlich schöpferisch-vollendet bei Nietzsche, den ich den Kraus unter den Deutschen nennen würde, wenn dieses Wort nicht Reziprozität gestattete. Das erhabene Trauerspiel dieses Ingeniums war es, daß sein Selbsthaß Ausblicke hatte und sich zwischen Sturm und Hafen am Treibfloß des Wortes festhielt. Aber sein »Nein« war unbedingter. Wenn er etwa, wie aus einem Brief an Overbeck hervorgeht, vor Freude aufhüpfen möchte, weil ihn die Kellner der Turiner Gastwirtschaften für keinen Deutschen halten – wer wäre da noch anders an seiner Stelle denkbar als ein Jude!

Weiteres Ergebnis: Sie wurden die Orakeldeuter unter den Völkern und zehrten sich für sie in metaphysisch-abstrakter Bemühung auf. Europa lebte – Germania dachte. Es stapfte so schwer in den Eisenschienen seiner Sittlichkeit, daß ihm der Gott der Sorglosen nicht genügen konnte. »Es war der Herr von Absolut, das heißt, es war der alte Jud ...« Der Hang zur Unfreiheit mußte durch Kompendien aufgewogen werden. Selbstverzicht und Unterordnung im Widerstreit zur unbändigen Natur zeugten die philosophischen Systeme. Wenn man diese Schöpfungen des deutschen Geistes physiologisch unter einer Hand kennzeichnen wollte, man müßte sagen, daß sie allsamt gigantische wortandächtige Konstruktionen zur Bestreitung einer einzigen Lüge – nämlich der sittlich-beschönigten Unnatur – sind, die vielleicht ein künftiges Zeitalter, mit einem Ruck von der Kette schnellend, auf einen großen Synthesen-Misthaufen wirft. Klingt es euch sehr lästerlich, ihr Bücherschrankhierarchen? Ich beuge mich denn in Ehrfurcht vor der Höchstleistung der menschlichen Vernunft, die sie hier aus Freiheitsangst vollbrachte. Besseres wird nimmer aufgeboten werden, um den Geist in seinen alten Grenzen zu bannen. Aber auch nichts, was ihn weniger ahnen lassen könnte, daß die Grenzen überschreitbar sind. Der Bildungsostrazist, der die Wirklichkeit einer Phantasielandschaft apriorischer Einbildungen unterwirft und mit dem Entschluß ins Leben zieht, daß sich das Widerspruchsvolle nicht aus sich heraus löse, sondern in ein harmonisches Endbild lagere, ist darum ebenso eine deutsche wie eine jüdische Erscheinung. Sie sind, bis auf den Vollbürtigkeitszweifel, auch in bester Eintracht. Wissen sie doch, daß unter dem Schutzstern Name Kant und Hegel die Geschäfte am besten gedeihen.

Sind Deutsche und Juden solcherart in der Geschlechtsanschauung und deren Umbildungen zu Geist und Macht verwandt, so ergibt sich als letzte Analogie: daß trotz mancher Verschwommenheit im Einzelfall in keinen zwei Völkern der Rentner- und Revolutionsgeist so polar geschichtet ist wie bei ihnen. Der stärkste Druck muß den stärksten Gegendruck zeugen. Aus hartnäckigster Auflehnung wird das revolutionäre Genie geboren – in der Gegenwart so unbeliebt wie in tausend Jahren (wenn es dann auch, wie's ihm von gebildeten Patrioten noch immer geschah, in einer grandiosen Sammelimpression des völkischen Wesens mitverrechnet wird und den gleichen Kreaturen zur Bekräftigung dienen muß, die es tödlich gehaßt hat). Dem stärksten Beharrungs- und Bewahrungsstreben entsprach also auf beiden Seiten von jeher der unbedingteste Protestgeist. Die Heimat Bismarcks, Treitschkes, Wilhelms, Hindenburgs, Thomas Manns und August Piesekes mußte auch Nietzsches, Wedekinds, Büchners und Liebknechts Heimat sein; das Volk, das Moses, den Marx des Eigentumsrechts, Walter Rathenau und den Wunderrabbi von Sadagora hervorbrachte, mußte auch Marx, Spinoza und Rosa Luxemburg hervorbringen. Und wie Deutschlands Auserwählte den Haß der im Lügengebälk ihres geistigen und leiblichen Besitzes Bedrohten so ingrimmig gegen sich aufstachelten, daß sie in Höllen der Unduldsamkeit geröstet, von Soldatenfüßen zertrampelt und bis ins zehnte und zwanzigste Glied verflucht wurden, so hatte es der Freigemute zu büßen, wenn er sich nicht unter das Joch der Satzung beugte. Die königlich preußische Amtsvorladung an den größten deutschen Dramatiker wegen »Verbreitung unzüchtiger Schriften« war desselben Geistes wie das rabbinisch-niederländische Interdikt über den größten jüdischen Denker; die furchtbare peitschende Schmach aber, die seinem Vorganger Acosta widerfuhr – vor den Verachteten knien zu müssen –, ist vielleicht mit nichts besser vergleichbar als dem deutschen Kriegsbrauch, Männer, durch deren Brillen ein Besserwissen sah, zur Reinigung des Schuhwerks heranzuziehen.

Mut und Milde

Als – genau vor einer Woche – das Leipziger Urteil über die Rathenau-Mörder gefällt war, erschien in der »Vossischen Zeitung« aus der Feder Georg Bernhards ein Nachwort, das den stürmischesten Protest der deutschen Rechtspresse weckte. Während nämlich ein Großteil der Publizistik für Milde und Begnadigung plädierte, da es ja doch nur verblendete, töricht irregeleitete Knaben gewesen seien, über die man zu Gericht saß, bedauerte es jener Artikel, daß nicht zum äußersten Mittel der strafenden und um ihren Kredit gekommenen Staatsautorität gegriffen worden sei: der Todesstrafe. Sie sei das einzige Mittel, einer neuen Verfassung Respekt zu schaffen; die einzige Vorbeugung von Verbrechen, gleich dem Morde an Rathenau.

Die Rechtsblätter, wie gesagt, bäumten sich auf. Mit der Miene des besorgten Pädagogen und als ob das Treiben dieser Jugend gar nicht nach ihrem Herzen wäre, sprachen sie nur von den »Knaben«. Eine Woche ist um. Schon qualmt aus der bemitleideten Knabengegend wieder neuer Haßdunst und Mordrausch. Es begann mit einer rasch präsentierten Gegenrechnung für Leipzig: der Einberufung jenes berüchtigten »Bundes für Freiheit und Ordnung« in den Zirkus Busch, mit monarchistischer Banner-Entrollung, dynastischen Liedern, Pogromreden und den bekannten Folgen. Bezeichnenderweise erhielt die sozialistische Selbsthilfe gegen ein Nationalistenkomplott in den Berichten den Namen eines »verbrecherischen Kommunistenkomplotts«. Noch bezeichnender klagte man, unzufrieden mit dem Resultat von acht Toten – es wird prompt verrechnet: sechs mehr oder minder mild Verurteilte am Samstag gegen drei Tote am Sonntag! – die Polizei nicht etwa deshalb an, daß sie die Versammlung, sondern daß sie ihre Störung geduldet hätte. Weitere drei Tage: der Präsident des deutschen Reichstages und der Kanzler machen Mitteilung von neuen Mordkomplotten, dessen Fäden wieder einmal bis zu den, in Bayern sicher sitzenden und von Vertragsklauseln beschirmten Führern reichen. Ihre Namen sind bekannt, sie wurden im Prozeß mehrmals genannt und verlesen. Auch ihre Verbände und Schutztruppen kennt man. Aber was ist zu tun? Bayern läßt sich unter dem Namen »Selbständigkeit der Länder« und sonstigem, staatstheoretischem Vorwand nicht durch die Lattenzäune gucken, hinter denen es teils dies, teils das, teils noch etwas zu verbergen hat. Die Führer im anderen Deutschland zu fassen, dazu gehört mehr als Koalitions-Autorität und mehr als Zivilmacht. Die Justiz darf also die Hintermänner und Rädelsführer nicht sehen, sie muß den kleinen Schauplatz mit Exaktheit durchforschen, wenn ihr der größere versperrt ist. Gut – aber dann hatte der Publizist recht, der für die Angeklagten, und seien sie noch so »knabenhaft« und »töricht« und »irregeleitet«, die Todesstrafe reklamierte. Soll es sich bei der Installierung des Reichsgerichtshofes und seinen Prozessen darum handeln, jenes Exempel zu statuieren, das der Verfassungsautorität so not tut – dann muß man irgendwo mit dem Abschrecken und Imponieren beginnen; da oder dort. Entweder man wagt sich an die Führer und Verbände heran – dann mag man die Bürschchen, die ihre Werkzeuge sind, mit Milde behandeln; dann nämlich darf man sagen: nicht ihr seid es, sondern jene. Sieht man aber die anderen nicht, darf und kann man Schuldigere und Strafwürdigere als die Vorgeschobenen nicht sehen – welches Recht gibt es dann auf Milde? Wie wollte man sie begründen? Damit vielleicht, daß die Gegenpartei in ihrem Fall milder wäre? Der Fall des in München zu elf Jahren Zuchthaus verurteilten Sekretärs Kurt Eisners, der vom Vorhandensein gesetzwidriger Waffenverbände in Deutschland Mitteilung gemacht, also die Übertretung eines Verbotes mit Recht zur öffentlichen Kenntnis gebracht hatte, dieses Bluturteil der rechtsprechenden, ungestört sich überlassenen Reaktion, gibt Antwort. Herr Gerd Techow wegen Mordes: etliche Jahre und soundsoviel Monate; Felix Fechenbach, wegen »unpatriotischer« Pressetendenzen: elf Jahre Zuchthaus. So richten die Milden. Um wieviel sonderbarer ist dann ihre auf Schonung ihrer Leipziger Anhängsel zielende Argumentation, in einem Atem von verbrecherischen hirnverbrannten Knaben zu reden, die Gott sei Dank mit den Parteien der Nation nichts zu tun haben und von armseligen Mordsöldlingen, hinter denen größere Herren stehen?

Der Anschlag auf den Kanzler beweist, wie recht jener befehdete Artikel hatte. Den Luxus der Milde kann sich nur die wirkliche Autorität leisten, nur eine starke, vor nichts zurückschreckende Regierung. Denn wo die Hintermänner in Gewahrsam sind, gibt es auch keine Angst vor Knaben mehr. Eine Regierung aber, die an jene nicht herankann, muß sich wenigstens an diesen schadlos halten, sobald es ihr um die Statuierung von Exempeln ernstlich zu tun ist. Milde kann nur eine Begleiterscheinung des Mutes sein, nicht der Ohnmacht.

SAGT MAN „SCHLIEFERL"?

Eine gelehrte Untersuchung

Seit Jahr und Tag spukt in den Zeitungsspalten eine neue Gattung von »Urwienertum«; nicht mehr Herr von Nigerl oder Adabei, nicht Weinberl und Girardi, aber nicht einmal der grillparzerisch verraunzte Hofrat – sondern der Typus des zeitabgebauten, morosen Bildungsspießers, der den Begriff Alt-Wien und die bodenständige Kultur, womit er nicht mehr zu tun hat wie ein Sollizitator mit einer Erbschaft, zum Protest gegen das politische Neu-Wien mißbraucht.

Dieser Menschenschlag ist recht sonderbar. Von eigener Person unfroh, blutlos und von keinem Hauch der Wirklichkeit gestreift, fern jenem gemütskecken Mißtrauen, das alles Würdentum erschlägt, geht er, ein Staberl hinter dem Rükken, unentwegt auf die Bodenständigkeits-Pirsch; Verstöße gegen Muttersprache, Mutterlaut werden von ihm ins feuilletonistische Klassenbuch eingetragen. Er ist sehr streng und pedantisch – eine leibhaftige Wien-Registratur, die Etymologie seiner selbst.

Wenn er nur auch von der Stadt, deren Kulturschatz er so hochhält, die Spur einer Ahnung hätte! Dazu aber fehlt ihm leider eine Kleinigkeit: die Ortszuständigkeit seiner Sippe. Erinnerung und Materialwissen funktionieren tadellos – Aug', Ohr und Geruch aber, die nie Zeit hatten, mit seiner kulturhistorischen Sympathie Schritt zu halten, blieben fremd. Es gibt einen Grund dafür: Die Zeit war für ihn ethnologisch im Augenblick zu Ende, wo er politisch nicht mehr mitkonnte und wollte; das Wienertum endigte für ihn mit der Klasse, in deren Hauptbesitz es war (vielmehr: zu sein schien). So hatte er vom eigentlichen Wien, dem Wien der Unterschichten, soweit nicht von der Bühne und Literatur ein falscher Rosaglanz darauffiel, keinen Tau. Und so wußte er auch von der neuen Wiener Sprache nichts, etwa von der neuerdings in der bröckligen Weichheit des Mundes vollzogenen Verschmelzung von Jargon und Mundart. Seine Dialektkenntnis endigte nämlich ungefähr um die Zeit, wo das der Verbrechersprache entlehnte, originaljüdische Wort »Tarchenierer« – der Wiener Kehle so genial angepaßt! – mundartliches Bürgerrecht erhielt.

Ein Urwiener der hier beschriebenen Sorte nun hielt sich kürzlich (im »Neuen Wiener Tagblatt«) über den Gebrauch des Wortes »Schlieferl« auf, das ein Abgeordneter tags zuvor in einer Parlamentsrede ausgesprochen hatte. »Schlieferl« sei unwienerisch, man sage richtig »Schliffel«; und dieses »gute, alte derbe Wiener Wort« klinge immer noch hübscher als jenes Jargonwort, das zuerst von Eisenbach in der »Klabriaspartie« gebraucht worden sei. Der Gestrenge verlangt also offenbar einen Numerus clausus für die Judaica im Wiener Dialekt; er errichtet antisemitische Sprach-Grenzpfähle. Sein offenbar aus den Makart- und Lobmeyr-Salons stammendes Gehör wird auch das Lichtental und den Thury linguistisch reinigen. Ein hartes Stück Germanisten-Arbeit! – und um so schwerer, als die Wiener darauf auch nur die naive Antwort ihres Dialektes haben! Ob »Schlieferl« oder »Schliaferl« – wenn es dem

Forscher gerade der Umlaut angetan hat –, das hängt bloß von der Schichte ab, die das Wort gebraucht. (Der Aristokrat und der Pülcher haben doch auch sonst ihre Aussprach-Nuancen.) Und warum »schliefen«, von »schlüfen« kommend – ein Schlieferl ist nämlich ursprünglich, Herr Sprachforscher, ein Wesen, das jemandem von hinten hineinschliaft –, warum es undeutscher, unwienerischer sein sollte als »schliffen«, das kann vielleicht nur ein Höhlenbewohner der Pedanterie beantworten.

Der Rüffel – oder sagt man das »Rüafferl«? –, den die Wiener hier einstecken mußten, weil sie nicht »Schliffel« sagen, könnte jedenfalls den Gedanken an eine neue Lustspielfigur anregen: den Mann, der, aus einem Bodenständigkeits-Furor, mittelhochdeutsch redend unter Wiener Bürgern umherwandelt und, wenn er in Rage kommt, eine Flut chinesischer Worte von sich gibt, – wie: »Sie Schliffel!« »Trottbald!« »Gefreise!« »Gefraste!« Es wäre selbst eine Figur, aus Eisenbachschem Geist geformt. Und ein Mitspielender müßte diesem Dialektschnüffler dann mit den Worten apostrophieren: »Gengan S' ham – Sie Schniaferl.«

Der Windjackenbub

Es gab einmal einen frisch-fromm-fröhlich-freien Burschen-Typus, der auf den glanzfarbigen Einbanddeckeln der Knabenbücher sein Modell hatte: der kecke, flotte Pensionatbub mit der Stirnlocke, einen Wetterkragen, vom Wind der Tatenlust aufgebläht, über den Schultern, die Stirn hochgetragen, dem Abenteuer und der Welt entgegen. Das war das Idealmuster des Knaben bis 1914. Daß es eine Lüge in Glanzdruck war, aus den rosaroten Träumen des Philistertums geboren, dieweil nämlich besagtem Knaben gewöhnlich der Kopf brannte vor Stuckerei und das Gesäß von den väterlichen Prügeln, will nichts besagen. Die Schulen und Erziehungsheime lieferten, nach diesem Entwurf gebaut, alljährlich viele tausend Abiturienten ab.

Es gehört zum Wesen der Bürgertumslüge, Schwung und Frische des Lebens aus solchen Titelbildern zu beziehen. Die Unkindlichkeit des älteren Geschlechts steckt das jüngere an. Der Lockenkopf mit der halsfreien Jacke ist kein Naturgewächs mehr, sondern ein Kunstprodukt der väterlichen Gesinnung. Nach 1914 gab es in den Bürgerhäusern nicht mehr so viel und gut zu essen, als daß die Wangen so knusprig frisch hätten bleiben können; des Jammers war zuviel, um die Augen noch blitzen zu lassen; zuviel des Wissens, um die Brust mit Wagemut aufzublasen. Gott Karl May war teils durch U-Boot- und Luftkrieg überholt, teils durch ein neues Abzeichen- und Marschierideal entthront. Aber die darbenden, mißvergnügten, im eigenen Gymnasiastentum steckengebliebenen Väter wünschten einen anderen Nachwuchs – einen, der seine Funktionen der blankstirnigen, blitzäugigen, wanderfrohen und Jung-Siegfried-gleichen Kraft den Forderungen der väterlichen Zeitungslektüre und des väterlichen Stimmzettels gemäß erfülle. Sie wollten den »Aufruhr der Jugend« in natura vor sich sehen, sprachen nichts dawider, wenn sich Klein-Beowulf mit dem Gummiknüttel bewehrte oder das Gewehr zur Sturmtruppenübung umschnallte, ließen sich wohl, wie des Mörders Nowosad Mutter, beim Pläneflüstern und Munitionsversorgen heimlich eintretend, auf die Frage: »Was machst denn mit dem Ekrasit, Alaricherl?«, durch die Entgegnung beruhigen: »Wir wollen Juden verprügeln!«; liefen parlamentierend zur Polizei, wenn etwas schiefging; ließen sich in ihren Gesprächen hemmungslos gehen; empfingen – wenn sie Beamte waren – Kniehosen-Deputationen, predigten – wenn sie Lehrer waren – das Evangelium von Freiheitshaß und Rache, schrieben – als Leitartikler – des langen und breiten, daß, wenn, freilich, jedoch. Sie waren durch die Bank politische Kinderverzahrer. Die Jugend ließ sich's nicht tausendmal sagen: Die Windjacke und der Tornisterschritt kamen in Mode. Wo früher die lange Hose letztes Ziel der Mannbarkeit war, da lockte jetzt die kühne Kniehose.

Kurz: war Politik zur Büberei geworden, da avancierte Bubentum zur Politik.

Natürlich ist ein Knabe, der partout kurzhosig einhergehen will, kein Knabe mehr; und selbstverständlich führt eine Dolch-, Verschwörer- und Abzeichen-Romantik, die, anfeuernd oder gewährend der Vater mitmacht – davon, daß mehr Geld als gute Worte dahinter wirksam sind, abgesehen – statt ins Heldenbuch ins Verbrecheralbum. Der Windjackenbub ist also kein Sturmgeselle mehr wie »Heinz der Lateiner«; er ist ein terroristischer Gernegroß, der macht, als ob er schon so kindisch wäre wie die Erwachsenen.

Der Mörder Nowosad – der Witz der Vorsehung hat ihm als Deutschnationalen den obligaten Tschechennamen gegeben – war wie sein Opfer ein Windjackenträger. Außerdem saß er ein halbes Jahr wegen Diebstahls und wurde aus der Schule geworfen. Ferner bezog er als Terroraspirant ein Taggeld.

An Sonn- und Feiertagen aber ist er gewiß, die bändergeschmückte Laute um die Hüfte geschnallt, mit dem Nagelschuh auf die Erde stampfend, als ob sie ein Freundesgesicht wäre, ins Freie hinausgezogen: Juvivallervallera!

Wie ich es rede

Es gibt Menschen, bei denen die Filmspule der Phantasie mit so rasender Geschwindigkeit läuft, daß, was ihr im Augenblick zufliegt, eine Sekunde später gesprochen oder gedacht, schon nicht mehr wahr ist.

Solche Menschen sind Stegreifsprecher. Redner aus Verhängnis, notorische Nicht-zu-Worte-kommen-Lasser. Ein Sokrates, Anton Kuh, Graf Mirabeau, Peter Altenberg. Ihr Genuß der Glutdurchflossenheit und des Sekundentriumphs bezahlt sich durch späteren Katzenjammer. Sie fallen nämlich aus dem Schall ins Nichts. Weil sie das wissen, lassen sie sich das Wort so ungern entwinden.

Mir imponieren deshalb – vom Fachstandpunkt aus – die großen historischen Worte nur wenig, die den Rundlauf durch alle Lesebücher angetreten haben. Es waren Kolumbuseier des Temperaments.

Was so einen Ausspruch begünstigt, ist die Rapidität der Wortfolge. Das Gehirn muß sich beeilen. Das macht ihm Mut zur Formung. Der große Satz kann eine gesperrt gedruckte Banalität sein.

*

So ist das »gute Reden« (wie des Schauspielers »gutes Spiel«) eine Antizipation der Wirkung. Dabei aber noch – wie bei mir – eine Antizipation des Einwands. Wie gelangt man nämlich am besten zur inneren und äußeren Disposition des Redens?

Dadurch, daß man es sich als Antwort auf eine unbekannte These oder Entgegnung suggeriert, das heißt: sich mit der verschluckten Anrede: »Falsch!« oder »Im Gegenteil« aufs Podium schwingt. Als seien nämlich Hunderte Menschen im Saal versammelt, die einen mit dem gleichen Ruf empfangen. Höchste Gunst des Sprechers – wenn es wirklich geschieht! Er braucht dann keinen Kognak mehr, kein Anfangspathos (das für die Rede ungefähr dasselbe bedeutet wie die Kurbel für das Auto), ja nicht einmal ein Podium. Die große Gefahr des Künstlers, sei er Redner oder Schreiber, aus der er so oft in den ihn mit fixen Aufträgen versehenden Journalismus flüchtet, nämlich die Scham vor unerbetener Äußerung, der Zweifel: »Wer fragt eigentlich danach?« – wird so radikal und mit einem Schlag überwunden. Er braucht sich die »Va banque!«-Wichtigkeit seiner Rede nicht erst vorzumachen, er kann aus dem Zustand des thematischen Blutandranges nach dem Kopfe nicht mehr in die entsetzliche Verfassung der Blutleere und Affektlosigkeit fallen.

*

Dies ist nämlich die große Absturzgefahr für jeden, der sich auf dem gespannten Seil des Wortes produziert: daß ihn irgend etwas aus der eingebildeten Wichtigkeit, aus der hirnheißen Antwortstimmung reißt – sei es, daß ihn etwa plötzlich das Gesicht der Tagestrivialität fixiere oder in der Wortüberfülle des Gehirns eine Lücke entstehe, in die ein unsachlicher, ablenkender Gedanke dringt. Dann beginnt er zu stolpern, und von seinen Nerven rinnt der Schweiß! Diesem Zustand vorzubeugen, dienen alle Anregungsmittel, ihn zu besiegen ist die eigentlichste Arbeit. Ich verstehe es darum, seit ich Reden halte, wofür die Theaterstars so enorm hoch bezahlt werden: nicht für die zwei, drei Stunden nämlich, die sie am Abend auf der Bühne stehen, sondern im Gegenteil für die ganze übrige Zeit, die sie sich nicht oben befinden und in der sie sich, bewußt und unbewußt, für die Balance jener zwei, drei Stunden herrichten. Ihr ganzes Dasein gravitiert ja gewissermaßen nach dieser Abendspannung. Ihre ganze Tätigkeit ist eine Flucht vor der Zwangsvorstellung, ein Vertreiben der Gefahren, die ihrer Trance drohen. Dazu brauchen sie eine merkwürdige Mischung von nicht zu viel und nicht zu wenig Okkupiertheit; eine Animiertheit ohne Überreizung, eine Ruhe ohne Erschlaffung. Wahrscheinlich rührt von diesem unnormalen Gleichgewichtsbedacht das her, was man die Eitelkeit, den Irrsinn, die Äußerlichkeit eines Komödianten nennt. Aber ich habe auch schon Dichter (allerdings: Wortschauspieler der Dichtkunst) gekannt, die sich hier völlig wie Mimen benahmen.

Es gibt noch während des Redens Kniffe, diese Gefahr rasch zu überbrücken. Einer davon besteht für mich darin, plötzlich lächelnd zu verstummen, als zehrte ich an einer ablenkenden Reminiszenz, während ich in Wirklichkeit denke: »Heiliger Gott, spreche ich über Kaninchenzucht oder Zionismus?« Probat ist es, die Grammophonplatte der Sprache leer laufen zu lassen, ohne daß man den Stift des Sinnes aufsetzt. Es geht fabelhaft. Man muß dabei nur die Kunst haben, die riesige Satzschleife an jeder neuen Windung spannungserweckend zu unterbrechen. Mein Hausmittel für Undisponiertheit aber ist und bleibt: die Überzeugtheit. Fehlt es mir an Einfall und guter Laune, eine Welt aus dem Ärmel zu schütteln, dann bezieh' ich die Siegfried-Stellung des Vortrags, das heißt: ich beginne mich wahnsinnig und brüllend zu erregen. Am nächsten Tag heißt es dann: Nicht alles, was Herr Kuh spricht, hält der Kritik stand, aber in ihm glüht der Wahrheitsdrang!

*

Dank an Max Brod, der sich einmal in einem Aufsatz die Leute aufs Korn nahm, so da in ungenannten und doch bekannten Eitelkeiten verletzt, und unwillig über den Haufen geredet, die Höhe der Anregung und Informiertheit, die ihnen mein Vortrag gegeben, dazu mißbrauchen, mir nachher herablassend den Zettel »amüsant« anzukleben! Vor ihm und den Gleichgesinnten kann ich mir diesen Zettel hier selbst an den Hut stecken. Denn sie wissen so genau, wie ernst es mir um das ist, was ich rede, daß jeder mir ins Blatt schauen darf, wie ich es rede.

Ein Ausweich-Baedeker

Anregung eines Sehenswürdigkeits-Feindes

Schreiber dieser Zeilen ist in nahezu 35jährigem Wiener Aufenthalt eine besondere Kunst gelungen: kein Museum von innen zu sehen, weder das kunsthistorische noch das naturhistorische noch die Gemäldesammlung auf dem Belvedere. Er bildet sich auf diesen Rekord nicht mehr ein als andere aufs Gegenteil. Er ist weit davon entfernt, mit seiner Abneigung gegen das Museale, Bildungsbereichernde, allgemein Zugängliche auf Erden renommieren zu wollen. Er will damit nur feststellen, daß ihm ein Menschenalter Untätigkeit und die damit verbundene Menschen- und Völkerforschung nicht Zeit genug ließ, sich dem Studium und der Bewunderung toter Heiligtümer hinzugeben.

Aber die Mehrzahl der Menschen – wiewohl sie außerdem

arbeitet! – hat dafür Zeit. Wie seltsam! Ein einzelner restlos zu Ende beobachteter Maronibrater müßte ihr doch mehr Aufschlüsse über die Kunst und den italienischen Volkscharakter geben als das ganze Quattrocento, ein Blick in die Seitengasse mehr zeigen als stundenlanges Bummeln in den Hauptstraßen. Und daß sie immer schon der Degout vor den millionenfach von Piefke-Augen ‚angegriffenen Sehenswürdigkeiten – seien sie kunsthistorisch oder landschaftlicher Art – zu dieser anderen Methode bringt!

Es ist im übrigen ihre Sache. Ich für meinen Teil habe es zuwege gebracht, bei dreimaligem italienischem Aufenthalt kein einziges Gemälde zu sehen. Ich sah die Peterskirche – aber vorsichtig, von außen. Ich lebte eine Woche in Verona, ein dickbändiges italienisches Reisebuch könnte das Produkt sein –, aber ich bekam das Kolosseum nicht zu Gesicht, ja, das Kolosseum, das unübersehbar inmitten der Stadt liegt. Ich kam einfach nicht dazu.

Zuerst war es ein Zufall. Aber mit fortschreitender Reisezeit und beim ersten Bedürfnis nach innerer Rekapitulierung erschien es mir wie ein System. Von dem Augenblick an war es eins.

Aber nun erkannte ich erst, daß das Verkehrsnetz der Welt höchst einseitig angelegt ist – nämlich nur für die Verbindung von Sehenswürdigkeit zu Sehenswürdigkeit. Was wird die Welt dereinst anfangen, wenn das Sehenswürdige aus der Mode kommt und an seine Stelle das Erlebniswürdige tritt? Und welches Werk der Reiseliteratur steht alsdann dem Mann zur Verfügung, der an den Attraktionen von Kunst und Natur vorbei seine Route nehmen will?

Meine Fahrten verliefen etwa so: Wien – Venedig, aber halt! Da gibt es ja echte Correggios und Tizians, von der Markuskirche ganz zu schweigen, nein, ich steige lieber in Mestre aus und versuche per Boot nach Malamocco zu kommen – dort soll ja bis auf eine uralte Kirche gar nichts Bildungssättigendes los sein! Was dann? Es wäre schön, längs des Weststrandes des Adriatischen Meeres – aber Obacht! Da liegt Ancona, in der Römerzeit gegründet und der erhabensten Baudenkmäler voll. Also ein neuer Umweg – immer vorsichtig und im zarten Bogen an allem vorbei, was den Inhalt kultureller Vorstellungen und den Gegenstand berichtenden Protzentums bilden könnte! Eine mühsame, romantische Fahrt! Droschke, Einbaum, Maulesel, Schubkarren müssen Eisenbahn und Dampfer ersetzen. An Komfort und Verpflegung ist nicht viel vorgesehen. Eine Ausweich- und Umwegreise, deren Lohn der Heimkehrs-Bericht ist: Ich habe viel erlebt und nichts gesehen.

Wer schreibt mir den Baedeker für diese Reise-Art? Wo gibt es ein Buch, das instruktiv schildert, 1. wie man gut und billig und 2. an was vorbeikommt? Ich kenne Feinde der Luftlinie, die es mitinteressiert, Forschungsreisende, die sich den Rucksack für eine südafrikanische Fahrt vollstopfen und für den Lebensrest in Atzgersdorf ausstiegen, weil sie dort einen neuen Volksstamm entdeckten.

Wer schreibt mir dieses Buch, das die Orte mit einem Sternchen bezeichnet, wo absolut nichts zu sehen ist?

DER IDEALE MÄZEN

Als mich vor ein paar Jahren der Kastellan von Sanssouci durch die Räume des alten Schlosses führte, da hatte ich, in die Zimmer Friedrichs und Voltaires gelangend – »Hier befand sich das Schlafgemach des Königs« – »Und hier, gleich angrenzend, das Zimmer Voltaires –, der König hatte es aus Spott mit Vogel-Gemälden versehen« – eine literarhistorische Vision.

Mir fiel nämlich, während Theodor Däubler, der sich in unserer Gesellschaft befand, aus einer Verzückung in die andere taumelte, ein kleiner Aufsatz des Wiener Dichter-Bohemiens Peter Altenberg ein, worin dieser über den landläufigen Typus des Mäzens Klage führte und den unbekannten, heißerträumten Mäzen von Gottes Gnaden besang. Wie schrecklich, sagte er, dem Dichter, den man aus gräflicher oder fürstlicher Gnade beherbergt, zuzumuten, daß er diese Gunst anders als durch idealstes Wohlbefinden zurückerstatte. Wie dumm, auf der Lauer zu liegen und wie durch ein Schiebetürchen zu beobachten, ob der Begönnerte schon ein Musen-Ei gelegt hat, wie taktlos, ihn mit Aufmerksamkeiten und Tageswürzungen zu behelligen, die ihn ja doch nur fester an den Gastgeber binden, die ihm Jubel entlocken und von seinen Geistesfrüchten die eine oder andere zu intimem Genuß ablisten sollen! Nein – der ideale Mäzen täte es anders. Sein Ehrgeiz bestände einzig darin, dem Künstler alle jene Verlegenheiten und Verlogenheiten, ja jede Anpassung zu ersparen, durch die man nur des geringsten Teiles seines Ich verlustig geht – kurz, ihm das Gefühl zu geben, als wohne er bei Lorenzo Medici in einem amerikanischen Riesenhotel. Ehre und Heil diesem unentdeckten Noblen!

Die Gemächer Friedrichs und Voltaires, wohl mit Absicht so hart nebeneinanderliegend, daß der König, wenn er des Nachts nicht schlafen konnte oder einen plötzlichen epigrammatischen Einfall über das System Ludwigs XIV. hatte, bloß die Nachbartür öffnen und hinüberfragen mußte: »Monsieur, vous ne dormez pas?«, widersprachen diesem Ideal. Der arme Voltaire, dachte ich, muß oft Mißliches ausgestanden haben! Immer auf der höchsten Höhe seines Geistes sein zu müssen, keinen Augenblick von enzyklopädischer Weisheit und skeptischem Welthorizont ausruhen dürfen, nie in die Hausjoppe seines Verstandes schlüpfen können – ein hartes Günstlingsgeschäft! Und ich verstand plötzlich, was die Ursache so vieler späterer Bosheiten und Zwischenfälle war: Sie hatten zu nahe beieinander gewohnt – Friedrich hatte seinen Lieblingsdichter so ungeschickt behandelt wie ein allzuversessener Liebhaber seine Geliebte! Und dabei, wie der Gang der Ereignisse bewies, doch das bessere Teil gezogen!

Ich denke an Sanssouci und Voltaires Räume, so oft das Gespräch darauf kommt, wie schwer es eigentlich ist, idealer Mäzen zu sein. In Punkten gerechnet, stellen sich dessen positive und negative Pflichten etwa so dar:

1. Versuche nie, dein Interesse für den Künstler als ein Mittel zu betrachten, ihm interessant zu sein. Er wird dir scheinheilig äußerstes psychologisches Eingehen auf deine Persönlichkeit vormogeln und darauf brennen, dir einen Schabernack zu spielen.

2. Unterlasse es, in allzu großer Geschäftigkeit, ihm ein Paradies auf Erden zu verschaffen, da er ja deine Absicht zu deutlich durchfühlt, dich als den Eigentümer und Urheber dieses Paradieses zu schätzen.

3. Verlange für deine gebotenen Gut-Taten nie die Ausweisung eines moralischen Saldokontos, und misch dich überhaupt nicht mit deiner Weltanschauung in die seine hinein, es könnte sonst der revolutionäre Gedanke in ihm aufkeimen, wie schön das Leben, das du ihm bietest, ohne dich wäre!

4. Setze nie eine Gemeinschaft in Geschmack, Lebenseinteilung, Natur- und Kunstbewunderung voraus – er achtet dich ja bloß als den, der ihm dazu verhilft, seine verhinderte Freizügigkeit auszuleben – also noch mehr der zu sein, der er ist! Was hat er aber von dem Recht, nach seiner Fasson selig zu werden, wenn du ihm die Fasson gegen die Seligkeit abhandelst?!

5. Weise ihm das Zimmer im anderen Trakt an!

6. Warte auf seine Besuche!

7. Unterstütze wie ein Harun al Raschid seine Launen, mögen sie auch zur allgemeinen Moral in Widerspruch stehen.

8. Gib ihm Geld!

9. Gib ihm noch Geld!

10. Beobachte wie ein Shakespeare-König mit einem Horoskop durch dein Fenster, wie gut ihm das von dir verschaffte Leben schmeckt, laß dir die Bissen deines Daseins, auf die dir sicherlich schon halb und halb der Appetit vergangen ist, von seiner reichen Bettler-Phantasie vorkauen, kassiere dir nicht sofort den dichterischen, malerischen, musikalischen und bildhauerischen Ertrag dieses Wohlgefühls ein, denn merk dir: Er wär' ein schlechter Künstler, wenn ihm die Produktion nicht bloß ein Vorwand wäre, gut zu leben – und mag er der Autor von Hamlet sein. Und er ist ein guter Künstler, wenn

er, nach diesem Prinzip lebend, auch gar nichts hervorbringt.

Scheint das sehr paradox? Dann ist nur die Minderwertigkeit der Unterstützten daran schuld, die, statt ihre allerheiligsten Augenblicke abzuwarten – auf sich zu warten, kurz gesagt – tatsächlich für ein bestimmtes, schäbiges Quantum Sorglosigkeit und Lebensfreude ein gleiches Quantum Produktion hergeben.

Ja, was hat denn, wird man fragen, der Mäzen von solchem Unterstützungswerk (sofern er kein Shakespeare-König ist)?

Und es ist wahr, wir sind nicht sehr verwöhnt. Früher, im merkantil-fortschrittlichen Zeitalter, wo der Bürger, Gott sei Dank, noch das Bedürfnis empfand, sich für sein materielles Wohlergehen und seine Mehrbegünstigtheit im Dasein vor dem Geist zu entschuldigen und die Angst hatte, als roh, verständnislos, amusisch zu gelten, besorgte der Snobismus unser Geschäft. Es war nicht der idealste Zustand, aber wo keines Mediceers Güte lächelte, da brauchte man auch nicht Michelangelo oder Raffael zu sein. Man mußte gesellschaftlich heucheln, sich wie Rameaus Neffe benehmen. Es war immerhin die Zeit, die in Wien einen Lobmeyr und Bösendorfer (den erlauchten Kunstglaser und den berühmten Klavierbauer) als willkommene Mäzentypen hervorbrachte und die unterschiedlichen Gönner-Großbankiers vom Schlage der Geheimrat Simons, Oppenheimer usw.

Später und noch lang vor der Zeit des neuen Reichtums verflüchtigte sich der Typus. Selten nur tauchte ein Mäzen-Original auf, und es kam ihm dann nicht auf den Snobismus, nicht auf die Kunst, sondern auf den angenehmen Umgang mit dem Künstler an. So erinnern sich alle Prag-Entstammten der deutschen Literaturgeschichte gewiß mit Genugtuung des Hemdenfabrikanten, der immer eine ganze Korona von Berühmtheiten um sich versammelte. Wie könnten sie auch einen Mann vergessen, der imstande war, einmal mitten im frühlingsjungen Wald auszurufen: »Hier, der Fischotterpelz gehört Ihnen, wenn Sie mich sofort aus diesem Problem herausführen!« Ein Mäzen, der nicht begreift, daß Kunst im

Grund eine Form des Epikureismus ist, eine der vielen Methoden eines lebensgenialen, auf sich neugierigen Menschen, seine Kräfte auszuproben oder mit sich ins Gespräch zu gelangen, und daß es ein zweifelhaftes Lotteriespiel bleibt, wieviel dabei greifbar herauskommt – der ist kein Mäzen, sondern bestenfalls ein Freund der Musen. Ich kann namens des verewigten Peter Altenberg versichern, daß er auf solche Käuze verzichtet hat. Nicht Kunst-, sondern Menschenfreunde tun uns not, Schlüssellochgucker an den Türen des Lebens, die ihre eigenen Speisen damit würzen, daß uns die unseren schmecken!

OUCHY

Ich habe soeben um Papier schicken lassen, um diese Zeilen niederzuschreiben. Aber – Gott schütze einen vor der kantonalen Biederkeit! – das war kein leichtes. Papier kommt nicht auf die Rechnung. Der Hausherr sieht seine Gäste gern dem Natur- und Marmeladengenuß hingegeben. Addiere beides zusammen, und du verstehst, warum im Kronrat beschlossen wurde, mich durch Blicke und Papierentzug die Sonderlingsrolle innerhalb der Gutverpflegten hier wissen zu lassen.

Oder klassifiziert die Wirtin hiedurch bloß mein Schaffen? Will sie damit – tiefblickend und pietätvoll – sagen: Laß es! – Deine Feder reicht ohnedies nicht an die Lord Byrons, und man wird dir in meinem Hause keine Gedenktafel setzen? Der große, melancholische Lord hat nämlich eine. He wrote hier vor hundert Jahren the poem »The Prisoner of Chillon«. Ich möchte nur wissen, ob man ihm freiwillig das Papier gebracht hat, das er hiezu brauchte. Oder ob man es auf die Rechnung gesetzt hat. Oder ob ihn die Wirtin von dazumal mit einem Blick angesehen hat, als wollte sie sagen: Laß das – deine Feder reicht ohnedies nicht an die Shakespeares!

Die heutige war jedenfalls unweise, wenn sie geahnt hat,

zu welchem Werke ich aushole. Ich will Ouchy beschreiben.

Das Örtliche, Landschaftliche ist bekannt. Man weiß es aus der schönen Literatur, nämlich der wirklich schönen, die dem käsegenießenden Leser ein Reich von Parfüm und Esprit, von Marmorweiß und Meeresblau auf Erden vorzaubert. Man weiß es aus soundsovielen mondän-duftigen Komödien, deren Programmvermerk lautet: »Der zweite Akt spielt auf einer Terrasse in Ouchy, acht Wochen später.« Auf einer solchen Terrasse sitze ich nun, blicke teils auf den See, dessen Rivierablau die grellste Ansichtskarte beschämt, mit seinen Schwänen, die wie fette Fragezeichen dahingleiten, wenn sie nicht gerade ganz unanständig ihre majestätischen Hinterbacken herausrecken, um nach einem Fisch zu tauchen – teils nach einem Touristenrockdeutschen, der mit hinausblickt, und frage mich, was das trotz Tropenzauber und Kiesgepflegtheit für eine eigentümliche Luft ist, die von Lausanne uferabwärts sich mit der Seeluft vermengt und mir das Herz abdrückt?

Ich ahne es. Lausanne ist bekanntlich der meistinserierende Ort für Institute, Pensionate, pädagogische Kuranstalten. Auf der freien Landstraße dahin gibt es sogar eine »Auberge d'abstinence«, sprich: Vegetarierherberge, und in nächster Nähe meines Hotels steht über einer riesigen Gittertür – sie ist so stark und dicht vergittert, daß keiner der Schutzbefohlenen, die hier den Frühling ihres Lebens genießen, dem Schutz entrinnen kann – die Aufschrift »L'institution pour les jeunes gens«. Unwillkürlich höre ich die letztgenannten Worte verächtlich-vermanscht von Alexander Girardi aussprechen: »Schön' Schan«. Erinnerungsgefühle kitzeln Hals und Herz, jener Zeit entstammend, wo man »nur auf einige Augenblicke bei der Tante« gelassen wurde, und die Augenblicke wurden eine Ewigkeit, oder wo einen der verhaftende Papa, sich selber Mut zusprechend, hinter einem solchen Gitter mit dem Ausruf zurückließ: »Herrlich – ich beneide dich!« Man soll darin sehr tüchtig werden, fürs Leben. Mir ist's lieber, es nicht geworden zu sein. Denn ich glaube stark, man behält davon ein schmerzhaftes Zugluftgefühl im Herzen – und gegen das Leben.

Solche Instinkte gibt es hier sehr viele. Dazu Präfekten und

Gouvernanten. Und alle zusammen – selbst wenn ich im Bad einen Griechen- und einen Portugiesenknaben sich tollwütig im Instituts-Französisch beschimpfen höre – schaffen die eigentümliche Sittsamkeitsluft dieses Gestades (das ich die »Tugendriviera« nennen möchte). Man spürt den Hauch bis zum See hinab, strahle dieser noch so tiefblau, als sei er mit dem Himmel eines. Einbildung? Keineswegs. Wie man in einer Stadt, die ein Zuchthaus beherbergt, den Dunst jener Eingepferchtheit anderer auf die Seele überstrahlen fühlt, und in einem Kurort, der ein Tuberkulosenheim umschließt, den Hustenreiz nie verliert, so gibt das schöne Ouchy den Atem des korrekten Lausanne zurück, zu dem es in Terrassen aufsteigt. Was hier obwaltet, das ist: Mondänität, in ein Schönschreibheft diktiert. Die blendende Frischgebadetheit, scheint sie nicht weniger, wie in Nizza, Mentone oder so, dem Luxus entstammt als der Pädagogik? Erkenne ich hier nicht die paarweisen Wandler von oben und sogar meine papierversagende Wirtin? (Weil nach zehn kein Mensch mehr zu schreiben hat.) Bei Gott, so logisch und begreiflich ich es finde, daß an diesen Gestaden Jean-Jacques Rousseau sein Leben verbracht hat, dieser radikalste, fanatischste, paroxystischste aller Lehrer, so wenig versteh' ich, daß dort, am anderen Ufer, Voltaire gewohnt hat. Mit einer Nichte!

Auch das Calvinistisch-Prüde hat zwar seinen Reiz, den Reiz der Tiefgeschürztheit, aus der Romantik, Phantasie und der Atem von »Frühlingserwachen« qualmt. (Kein Wunder, daß der Dichter dieses Opus in ähnlich korrekt-sauberer Luft seine Jugend verlebte!) Daher der Brautgeruch Ouchys, aus dessen nachtoffenen Hotelfenstern jene dem Katzen- und Kindergreinen verwandten Geräusche dringen, die kein Pensionatsohr hören sollte. Aber nur unbesorgt, ihre Herkunft ist höchst legitimer, englisch-amerikanischer Natur!

Ouchy ist herrlich. Aber drüben liegt Evian. Es ist, wie wenn, bloß durch eine Seebreite getrennt, Paris gerade gegenüber Dresden läge. Evian les Bains, mit dem Casino municipal, den Hunderten schönen Frauengesichtern, deren Signaltafel wie bei allen Lebensverliebten auf »Frei« steht, dem

Trubel, dem Tanz und dem Orchester, dessen dröhnende »Tannhäuser«-Fanfaren den armen Croupier im Nebensaal (bei der Boule) zur doppelten Stimmkraft zwingen. Ouchy klingt nach zweitem Akt. Aber auf der Terrasse sitzen bezwickerte Ladys. Und absonderlich viel pensionierte Griechen (mit Namen, die die Verschwisterung von Zahnputzmitteln mit dem ionischen Sagenkreis vollziehen).

O Byron, großer Vorgänger, meinetwegen wird hier wahrscheinlich keine Gedenktafel angebracht werden. Auch ist meine Melancholie nicht die deine, die Börne die »Freudigkeit Gottes« nannte. Aber mag sie sich zu jener auch verhalten wie der Stille Ozean zum Genfer See – ich empfinde dir nach, warum du in Ouchy gerade den »Gefangenen von Chillon« geschrieben hast und nicht den »Don Juan«!

DAS FIAKER-DENKMAL

Als ich Alexander Girardi, den ersten, auserwähltesten Sänger des Fiakerliedes, zum letztenmal auf der Bühne sah, da schrieb ich irgendwo die Bemerkung hin: er sei dagestanden wie sein eigenes Denkmal.

Das Wort erhält jetzt gerade in bezug auf die Sippe, der jenes Lied zugeeignet ist und als deren genialster, eigenwüchsigster Bannerherr er es sang, Wahrheit. Die Wiener Fiaker, fühlend, daß sie nur noch als Denkmal ihrer selbst in dieser verkehrsblinden, aus dem Kulturtrab geratenen Zeit ihr Leben fristen, wollen ihr Denkmal haben; sie richten an die Öffentlichkeit die rührende Bitte, ihnen den Abschied von der Straße durch ein Standbild leichter zu machen. Was können sie von der undankbaren, des Kavaliergeistes baren Bevölkerung andres verlangen? Fahrgäste etwa? Wo der mürrische Christengott »Taxa« den alten frohen Heidengott »Übereinkunft« abgelöst hat? Wo »Euer Gnaden«, wenn nicht ein wandelnder Untersuchungsakt oder die fleischliche Kopie eines Steckbriefs, zumindest vom Hut bis zu den Absätzen auf seine täglichen Bedürfnisse zu taxieren ist und der wahre Kavalier auf dem Bock sitzt? Wo die Hast nach dem entfliehenden Profit das schnellste Vehikel über das schönste stellt?

Nein, die Fiaker wissen es wie die Volkssänger und Indianer: daß sie die Letzten ihrer Rasse sind; ein Geschlecht, das sich bei Leib und Blut überlebt hat. Sie sind zu lebensklug, um es der Zeit schief zu nehmen; sie wissen, was Tempo und Billigkeit bedeutet und daß der noble Trab-Trab-Rhythmus, diese hinreißende wienerische Dialektübertragung, die Holzpflaster, Gummirad und Huf mit dem lateinischen Schulvers:

Quadrupedante putrem sonitu
quatit ungula campum

vorgenommen haben, nicht mehr zeitgemäß ist, einfach, weil diese Art »Eile mit Weile«, diese Freude an feudal bezähmter Schleunigkeit, wobei das Gefährt davonfliegt und die Landschaft stehenbleibt, diese straffe Gediegenheit, den Gemütern selbst abhanden kam. Sie wissen, daß der Luxus nie mehr die Höhe erklimmen kann, wo man sich Zeit läßt; daß die wenigsten sich das Privileg leisten können, zu fahren um des Fahrens willen. Was bleibt ihnen da übrig? Zuzusehen, wie einer nach dem andern zum alten Möbel kommt, ohne daß eine Tafel der Nachwelt kündete: »Es war einmal«? Nein, die Fiaker sind sentimental; sie betrachten sich mit retrospektivem, schöngeistigem Aug'; sie fühlen zu gut ihre Kultursymbolik. Darum sind sie, die als Zeitgenossen und Berufsausüber längst ausgespielt haben, auch nicht um sich als gegenwärtiges Geschlecht in Angst, sondern als Rasse.

Wer wollte den fleischstrotzenden, juchtenfesten Giganten mit Stößer und Pepitahose, deren Blut eben noch aus hundert Ritzern und Fasern die Gesichtshaut zu sprengen schien, die marmorne Pietät versagen? Welcher wirkliche Bürger, ob Hausherr, Cafetier oder Kammerlieferant erblickte in ihnen nicht das bewahrenswerte Vorbild jener Feschheit, die – Silberkette auf dem Bauch, Hand in der Hosentasche, Hütel schief – des Wieners Wohlergehen ausdrückt?

Man wird Vorschläge machen; künstlerische, solide, einfache, so für's Herz des Kunstzeitschriftlesers und snobistischen Beschauers. Etwa: Girardi als Fiaker; oder ein Gedenkstein: »Hier ruht.« Wenn irgendwo aber, dann bin ich hier für den Kitsch; er balsamiert das Gewesene ein, statt es zu bedichten. Ich stimme also für Hellmer, für ein luftiges Gespann, den Wiener Fiaker mit Peitsche (daneben oder auf dem Kutschbock) und auf dem Sockel die Worte:

»Mein Zeug, das steht am Grab'n.«

Traktat über das Mauscheln

oder Herrn Faktors empfindliche Ohren

> »Sehen Sie, das ist der Unterschied zwischen uns, Herr Nagelstock: ich kann jüdeln und Sie müssen!«
> Hans Liebstöckl

Ich las in einem deutschen Blatt – dem »Berliner Börsen-Courier« – die Aufschrift: »Das Mauscheln«. Ich sah unter dem Aufsatz, der so überschrieben war, den Namen Emil Faktor. Und, weiß Gott, wie es kam, war's Schuldbewußtsein oder prägnantes Assoziationsvermögen – ich wußte sofort: das geht dich an. Ich kenne Herrn Faktor – nebenbei bemerkt einer der pathetischesten Fadiane, die sich je im Bereiche deutscher Theaterkritik ernstgenommen haben, ein Radamanthys des Referats, der seiner pragerischen, auf »Armitschkerl« und »Herrich« gestellten Aussprache seit seiner Übersiedlung nach Berlin ein so reichsdeutsches Rachen-Timbre gibt, daß seine Wort aus Seriosität und Stockschnupfen geformt scheinen. Ich kenne auch die betagten und minderbetagten Nuancen-Greise, deren Mitarbeit dem Blatt, in dem er sich betätigt, seine zwischen Agonie und Dramaturgie liegende Farbe geben. All dies hätte mich noch nicht ahnungsvoll gestimmt. Aber Milieu, Titel, Unterschrift ließen in ihrer wechselseitigen Beziehung keinen Zweifel, daß hier ein sehr kräftiges »Fi donc!« an die Adresse jener natürlich wienerischen – Prag blickt in Berlin immer gern auf Wien herab – Literaten erfolgen werde, die durch ihr Jüdeln die Ohren aller verletzen, deren Seele es sich soeben abgewöhnen wollte.

Und ich war's wirklich! Ich persönlich!

Nämlich, meint Herr Emil Faktor, dem ich mich immer in der Bescheidenheit des freien Mitarbeiters, also nie anders als jüdelnd nahte – er hätte sonst glauben können, daß ich mich für arrivierter als ihn selber hielte –

»*... wer nie sein Abendbrot mit Grausen ißt, wenn am Nebentisch z. B. Anton Kuh eine mißtönig verzerrte Gettosprache entfesselte, hat keine Ahnung, wie unerträglich der Witz des Mauschelns werden kann.*«

Dies sei um so bedauerlicher, als

»*... der Großvater dieses Schriftstellers ein führender deutscher Politiker und in mustergültigen kämpferischen Aufsätzen der Begründer deutsch-böhmischer Publizistik ..., der Vater Leitartikler eines großen Blattes war. Der Enkel hingegen ...*«

Nun, den Großvater muß ich Herrn Faktor, der auf die Siebzigerjahre zuständig ist, kampflos überlassen – der Vater, von den Faktors zur Strafe für seinen genialen, an ihnen geübten Spott, als »Leitartikler« bezeichnet, blieb besser aus dem Spiel!

Was aber das Abendbrot-Grausen anlangt:

Ich, der ich noch nicht bei Abendbrot, sondern, verjüdelt wie ich bin, noch bei Nachtmahl halte, habe das Grausen oft bemerkt. Ich kann Herrn Faktor hier beschwören, daß es mir immer eine Genugtuung war, zu sehen, mit welchen prompten Appetitverlust-Seufzern er darauf reagierte, wenn ich ihm meine anscheinend so absichtslos gesprochenen Worte ums Ohr pfefferte, deren klangreiche Exzessivität ihn allein im Lebensnerv traf.

Herr Faktor sagt zwar in den nachfolgenden Zeilen selbst, ich »buddle« – buddeln ist ein Lieblingswort mecklenburgischer Bauern, deren Väter in Prag heiligem Synagogendienst oblagen –, ich buddle also » freiwillig im linguistischen Kehricht«, mache darin »vielfach Mode«. Wie er noch milder hinzufügt: »als Erholung nach Vorträgen über Goethe und Nietzsche.« Nun also, wenn er die doppelte Buchhaltung meiner Sprache kennt, warum so unnachsichtig? Erkennt er nicht, daß dieses Mauscheln ein Instrument für den Umgang mit Menschen ist, eine Selbstschützung vor den Bekannten?

Herrn Faktors Anklage ist für meine Ohren ein uraltes Motiv. Von früher Jugend auf geschah es mir, daß ich im Umgang mit Klassenkollegen, die zur deutschen Sprache gekommen waren »wie Euer Gnaden zur Republik«, mich parodistisch eines ihrem Tonfall abgelauschten Idioms bediente, um ihrer krümeligen Intelligenzlersprache, die ich als ein »Hochdeutscheln« empfand, nicht wehrlos gegenüberzustehen, also wie ich es nannte: das latente Jüdeln um mich herum in ein eklatantes zu verwandeln. Was, denkt ihr, taten nunmehr diese Mitschüler? Sie sagten: »Ach, wie er jüdelt!« Ich war ein peinliches Memento an das Haus, das sie zum Verlernen in die Schule schickte.

Ähnlich liegt der Fall Faktor. Ich glaub's ihm, daß er im Umkreis der Literaturkneipen keinen Menschen findet, der schmerzhafter und besser mauscheln könnte als ich. Ich bin überzeugt, daß es ihm aus dem Wald zehnmal ärger zurücktönt, als seine unterirdische Sprache hineinrief. Wie sollte man auch in dieser Gegend anders bestehen, wie sollte man mit den deutschen Literaten anders reden können? Herr Faktor frage einmal die Leute anderer Gesellschaften – nehmen wir patzigkeitshalber an: Wiener Aristokraten –, ob ihr Ohr auch solche Qualen mit mir zu bestehen hat. Daß ich mit oder neben ihm sitzend mauschle, das ist so etwas wie die Prosa in den Shakespeareschen Rüpelszenen. In Jamben rede ich mit mir, Gott und eventuell noch mit zwei, drei literarischen Zeitgenossen. Mit Tinten-Rüpeln genauso zu sprechen, hindert mich wie Shakespeare eine Verlegenheit, ein Bedenken, an falschem Ort pathetisch zu wirken, ein Bedürfnis, mich so klein zu machen wie meine Hörer, damit sie mich nicht für größenwahnsinnig halten (und mir Manuskripte retournieren), kurz eine Angst, für das zu gelten, was Herr Faktor ist: ein Schmock.

Dabei halte ich, wie gesagt, diese spontanen Mauschelausbrüche für sehr nützlich. Sie wirken entsprechend durchleuchtend und verkleinernd. Hätte ich die Kraft dazu, ich würde die Methode auf eine Geschichte der deutschen Literatur der Gegenwart anwenden und ihr Inneres zu entmauscheln versuchen.

BÉKESSY UND DIE IHN ZU FALL BRACHTEN

Emmerich Békessy, bei dessen Blatt ich dreiundeinhalb Jahr lang Mitarbeiter war, ging an dem eigenartigsten Bündnis zugrunde. *Der moderne Justizterrorismus verbündete sich gegen ihn mit einigen Eitelkeitsträgern.* Die er in ihrer Eitelkeit verletzt hat, sind Widersacher des Justizterrorismus. Aber nur scheinbar Widersacher.

Für Uneingeweihte hätte ich zunächst einige prinzipielle Bemerkungen über die Wiener Presseverhältnisse:

wenn man den Justizapparat mit derselben Schneidigkeit, mit derselben Spürenenergie gegen die Mehrheit der Wiener Blätter losließe, mit der man ein halbes Jahr lang an der Vernichtung der Wiener Existenz Emmerich Békessys gearbeitet hat, dann säße heute die Hälfte der Wiener Herausgeber im Landesgericht.

Aber diese haben Glück, sie gehorchen brav. Sie vertreten ein den höheren Kreisen gefälliges Niveau und eine ihnen gefällige Weltauffassung und suchen die Eitelkeit ihrer Mitbürger zu schonen.

Demgegenüber beging Békessy in dem Auge einiger Autoritäten und einiger sogenannter »Kämpfer« das Verbrechen, *daß er ein Brutus war und sich ein Auto hielt.* Einem Autoinhaber verzeiht man heutzutage alles, nur nicht, wenn er zugleich Brutus sein will. Das heißt, man verübelt es ihm, daß er gegen die Gesellschaft und die gesellschaftliche Ordnung, der er das Auto zu verdanken hat, zu kämpfen wagt.

Hier war es dann dem Feinde leicht, den ihnen unangenehmen Menschen anzubohren. Für uns, das heißt für die zwei, drei Leute, die wir aus einer westlicheren geistigen Gegend stammen und über ein unangetastetes journalistisches Pedigree verfügen und die Békessy seinerzeit zu seinem Blatt berief, steht der Fall Békessy folgendermaßen:

Wir ersahen in Békessy vor allem den überaus begabten, von Natur aus nach links neigenden, naiv impulsiven, alle Gemeinlügen hassenden Mann, unter dessen Leitung wir unsere journalistische Energie frei zu entfalten hofften. Diese Hoffnung wurde unterstützt durch das vollständig etikettlose und jeder Wichtigtuerei abholde, ungesuchte Benehmen Békessys. Dies bot uns eine noch größere Garantie für ein erfreuliches Zusammenwirken. Wir wußten genau, daß das gesunde Naturburschentum dieses Mannes die Herkunft aus östlicheren Kulturzonen nicht ableugnen könne. Literarisch gesagt: es fehlte ihm der metaphysische und humanistische Zug, der den Musenmann des Westens von den Stürmern und Drängern des Ostens trennt. Wir hatten auch nicht die Neigung, uns mit »Material« über seinen Werdegang und ähnlichen Dingen zu beschäftigen. Uns genügte der frisch lächelnde junge Mann, der vor uns stand und uns sagte: »*Machen wir eine Zeitung aus den Themen, über die wir am Kaffeehaustisch, Zeitungen lesend, sprechen.*« Für uns war es ein Risiko, aber zugleich hoffnungsvolle Erwartung.

Bald mußten wir sehen, daß »die neue journalistische Methode«, wie man sie nannte, auf manche peinlich wirkte. Merkwürdig oder vielleicht nicht merkwürdig war es, daß nicht die Autorität, nicht die Reaktion, nicht die getroffene Würde gegen diese »Methode« aufschrie, sondern, um einen Pauschalausdruck zu gebrauchen, die Konkurrenz. Die Nachbarn, deren ausschließliches Gebiet bishin diese Art des Schreibens und Sehens war und die diese ihre Art durch einige hergelaufene, nicht protokollierte Existenzen für gefährdet erblickten.

Diese höhnisch uns ins Auge geblasene Auffassung trieb uns sofort in eine Solidarität mit unserem Herausgeber, die sonst – ohne diese Angriffe – vielleicht in diesem Maße nicht bestanden hätte. Infolge der gegen uns sich offenbarenden vereinten Feindseligkeit der verletzten Eitelkeiten der literarischen und ästhetischen Schmöcke waren wir sicherlich einigen ordinären Dingen, sagen wir den hie und da vorkommenden Zügellosigkeiten gegenüber in unserem Hause nachsichtig.

Wir mußten aber auch daraufkommen, daß sich die Leute von Békessy mit oder ohne Absicht ein falsches Bild konstruierten. Anstatt daß sie ihn mit seinen Vorzügen und Fehlern so genommen hätten, wie wir ihn genommen haben, erhoben sie gegen ihn keine menschlichen oder ästhetischen Einwände, sondern warfen sich auf ihn, wie auf einen Glücksritter, auf einen Räuber, auf einen Schuft, einen Betrüger. Wir aber kannten ihn, wir kannten seine heißbrennende Liebe zur Journalistik und sahen, wie naiv er den Kampf aufnahm, der voraussichtlich große Gefahren in sich barg. Wir sahen oft seine fast linkische Schüchternheit und kannten seine Unsicherheit in der persönlichen Berührung sehr gut. Wir wußten es, denn er sagte es uns ja oft, wenn wir Mitarbeiter gegen jemanden vollständig unkontrollierbare Angriffe gerichtet hatten:

»Ihr belastet mein Konto mit der Hypothek eures privaten Hasses.«

Und er hatte recht, so zu sprechen. Wir mußten daher mit verdoppelter Begeisterung an seiner Seite stehen.

Was war eigentlich sein großes Verbrechen? Das, daß er den Haß zweier Menschen auf sich gezogen hatte. Zweier Menschen, die heute schon zu feig oder zu saturiert sind, um Kulturkämpfer im kühnsten und schönsten Sinne des Wortes zu sein. Diese nahmen entsetzt wahr, daß auf ihrem Ackerfeld, das sie, sei es auf Parteibefehl, sei es, weil sie der Lorbeeren schon überdrüssig sind, heute nicht mehr bebauen können, ein Zugereister arbeitet. Ein fremder Barbar auf ihrem Ackerfeld.

Und das ist das unendlich Widrige im Falle Békessy, daß ihn nicht der Haß der politischen Widersacher, sondern die Eifersucht und die Eitelkeit zweier geistiger Nachbarn, zweier kleiner, monomanen Intellektuellen hingerichtet hat. Der eine, der Chefredakteur der Arbeiter-Zeitung, der in privatem Kreis häufig aufgeschrieen hat, daß für ihn heute, wo der Sozialismus ein gewisses positives Niveau erreicht hat, von wo aus revolutionärer Boden einstweilen nicht mehr zu erblicken ist, kein anderer Wirkungskreis geblieben ist als die Gewerkschaft und die langweilige Beschäftigung mit der Frage der Achtstunden-Arbeit. Den schöneren Teil des publizistischen Kampfes haben nun die Békessy ähnlichen, hergelaufenen Neulinge übernommen. Das ist der eine.

Der Herausgeber der »Fackel«, Karl Kraus, ist der andere, der vom ersten Augenblick an höhnisch bemerkte: *»Wer ist es, der da über meinen Grund und Boden lauft? Wer ist es, der aus meinen alten Emotionen Zeitung zu machen wagt?«*

So rächten sie sich dann für ihr freiwilliges oder unfreiwilliges Kastriertsein an dem Nichtkastrierten. Unterdessen kämpften wir gegen die Hakenkreuzler, gegen die Pseudomoral, gegen die Versumpfung der Polizei und Justiz und mußten ständig vor Attentaten uns fürchten. In kritischeren Zeiten wurde zu unserer Sicherheit polizeilicher Schutz beordert. Nach der Ermordung Hugo Bettauers, zu dem wir geistig immer distanziert waren, drohte Békessy und mir ein gleiches Schicksal. Die beiden altgewordenen, ehemaligen Rebellen, die beiden *»Lausbuben in Pension«*, diese beiden heute schon morschen und würdigen Professoren gingen aber entrüstet auf uns los, höhnisch und bösartig. In ihrer Wut, in ihrer Eifersucht, nannten sie *uns* »Lausbuben«. Sie waren gezwungen, sich damit zu begnügen, Grobheiten auf das Haupt des nicht wünschenswerten Nachbars zu schleudern.

Bis zum heutigen Tage ist kein einziges erwiesenes Detail

ans Tageslicht gelangt, das Békessy zu dem Schuft stigmatisieren würde, als den ihn seine Angreifer bezeichnen.

Mehr als ein Jahr lang spürten die Leute in der Justiz, von auswärtigen Feinden unterstützt, die jetzt in der Konjunktur sich verbündeten, nach dem Privatleben und dem Wirken Békessys.

Fast sämtliche Leute, die Békessy je in seinem Blatt angegriffen hatte, wurden einem strengen Verhör unterzogen, in der Hoffnung, daß es vielleicht doch gelingen könnte, eine Anklage, einen Tatbestand gegen den verhaßten Zeitungsmenschen zu konstruieren.

Das Ergebnis war eine mühselig ausgeklügelte Verhaftung, und es wurde nicht einmal ein Mitglied der Redaktion verhaftet, sondern nur ein Mann der Administration, den Békessy nicht mochte und dessen Wirken Békessy immer auf die Nerven ging.

Ich weiß also bis heute nicht, mit welchen konkreten Beschuldigungen man Békessy zum Verbrecher stempeln will. Aber was ich klar aussprechen kann, ist, daß, wenn er etwas getan hat, er sicherlich nichts anderes getan hat, als was ein dreiviertel Teil der Wiener Presse vollständig ungestört treibt, und daß nicht die journalistische Unanständigkeit Békessy zu Fall brachte, sondern im Gegenteil: *seine Kühnheit.*

Békessy wagte es, sich nicht nur mit seinen politischen Gegnern in einen offenen Kampf einzulassen, sondern er wagte sich auch an die hysterische Eitelkeit der Genossen heran. Das war zuviel. Darüber muß man heutzutage zu Falle kommen.

MEIN DEBÜT ALS SCHAUSPIELER

Anton Kuh – selbst Kritiker – wird in der Premiere von »Fannys erstes Stück« am Josefstädter Theater einen der Kritiker darstellen. Sein Schauspielerdebüt begleitet er mit folgender Betrachtung:

Ich habe allen Unbilden getrotzt; ich überwand die schreckhafte Gewißheit, daß es die kühnsten, lautesten Naturmenschen sind, die auf den Brettern am schüchternsten dastehen; ich obsiegte dem Bedenken, daß ich fortan als freier Sprecher den Schaden davontragen müsse, gegen den Hall meiner Stimme von der Bühne her eine Idiosynkrasie zu behalten; ich ertrug es, daß Herr Luis Rainer zu mir nach einer Probe gönnerhaft und voll Beziehung sagte: »Nun, wir sind doch zu Ihnen sehr nett!« (Ergänze: »Und Sie zu uns?«), und daß sich Hans Thimig bei meinem Auftritt in der Kulisse den Bauch vor Lachen hielt. Ja, ich fand es sogar geistreich, als Doppelkollege Egon Friedell, der sich so vollkommen auf den Schauspielerberuf geworfen hat, daß er Wert darauf legt, als eitel und empfindlich zu gelten, nach einem längeren Disput im Direktionszimmer, mit welchen Mitteln ich mich selber darstellen sollte, ausrief: »Beruhigen Sie sich – wenn Sie sich selbst spielen, wird Sie niemand erkennen!« Ich werde sonach versuchen, in der Figur des Kritikers Gunn einen Teil meines Selbst zu verkörpern. Der gefahrlosere Teil des Unternehmens wäre absolviert: ich blicke nun der Kritik ins Auge. Um später die Bürde ihres kollegialen Urteils leichter zu tragen, male ich mir es jetzt schon im einzelnen aus. Und zwar wie folgt:

Alfred Polgar: »Der unsympathische Schreihals Gunn war der zuverlässigen Manier des Schriftstellers Anton Kuh anvertraut. Die Rolle faßte ihn auf, wie er ihr lag; fast lauter als gut war: doch schien umgekehrt er für die Herausarbeitung der Penetrancen, die solchem Publizistenschlag entströmt, ein zu diskreter Gestalter. Wie anders der Dr. Friedell! ...«

Leopold Jacobson: »... und Anton Kuh bekam Gelegenheit, mit den Temperamentsüberschüssen, die sein kritisches Tun so oft verwirren, eine Kritikerfigur zu füllen. Die Probe gelang nur halb: Kuh gab sich gerade hier verständlich!«

Raoul Auernheimer: »Einen Vertreter jener Generation, die sich um soviel lieber in den Bocksprüngen der Verneinung gefällt, als ihre Seele – wie ein schönes Franzosenwort sagt – ›le talent d'être bas‹ (›das Talent, leise zu sein‹) verlernt hat, umkleidete Herr Kuh mit dem Rankwerk schillernder Unziemlichkeiten.«

Hans Liebstöckl: »... meinem Kollegen Anton Kuh aber möchte ich gleich dem Fuchs in der Anekdote, der dem zerschundenen, aus allen Wunden blutenden Wolf die Lehre gibt: ›Wenn du a Fresser bist, was singste?‹ zurufen: ›Wenn du schreiben kannst – was spielste? ...‹«

Felix Salten: »Und so schlossen sich die Leistungen der Damen Darvas, Geßner, Terwin, Woiwode und der Herren Daghofer, Dirmoser, Friedell, Goetz, Rainer, Romberg und Thimig zu einem wohlgelungenen Abend.«

Mord im Restaurant

Am 21. Oktober waren es zehn Jahre her, daß – um mit den Worten des »Prager Tagblatt«-Leitartikels zu sprechen – »in die starre Wand der Kriegsgewohnheit das erste Loch geschlagen wurde«. Rückblickende Chronisten datieren von diesem Tag den eigentlichen Untergang des alten Österreich; sie sagen: Der Schuß, der da aus dem Revolver eines Sozialisten gegen die Stirn des letzten zentralisch gesinnten Ministerpräsidenten losgegangen sei, müsse als das erste, aufrüttelnde Notwehr-Signal der zwölf bis vierzehn vom habsburgischen Zepter gebändigten Völker angesehen werden, deren Freiheits- und Selbständigkeits-Wille sich gegen den sogenannten Staats-Willen bäumte.

So sieht es das Geschichtsbuch; so sah es damals Paris, Berlin, London, Petersburg. In Wien freilich hatte die Tat ein anderes Gesicht; ihr historisches Profil war gleichsam durch die Lokalgemütlichkeit verwischt. Die Person des Mörders wie die des Ermordeten (jener dem Gevatter Tell so ähnlich wie dieser dem Landvogt Geßler), der Ort der Tat, die geradezu chevaleresken Begleitumstände des Geschehens, die Rolle, die einem Oberkellner inmitten des Mordalarms zukam, all dies wirkte so unpathetisch zusammen, daß die Öffentlichkeit fast Mühe hatte, sich zu der Störung, die in ihre Lebensgewohnheit geplatzt war, wie jener Schuß ins friedliche Mittagmahl-Geklapper eines Restaurants, ein Gefühl geschichtlicher Geistesgegenwart zu erzeugen.

Der Hergang ist erzählenswert.

Schauplatz der Tat: Der Speisesaal im ersten Stock des »Meißl & Schadn«, eines Elite-Hotels, das zufolge seiner Spitzbögigkeit, seiner Intimität und dem Ruhm seines Beinfleischs auf die altbürgerliche Bezeichnung »Gasthof« Anspruch hat. Der Oberkellner Fuhrmann (sein Name ist ins Geschichtsbuch gelangt) führt dort ein erlauchtes Gästebuch; Könige, Kronprinzen, Religionsstifter, Komponisten, Weltstars sind darin eingetragen. Der Raum hat in seine engen vier Wände manches Stück Europa eingefangen. Inkognitoglanz der großen Welt. Einmal – eine Woche vor Ausbruch des Weltkrieges – brannten alle Lichter im Saal, Hans Müller (im Frack) hielt an einen Herrn mit scharfzackiger Nase und ratzekahlgeschorenem [Kopf] eine Ansprache; der Ratzekahle war Frank Wedekind, die Rede galt seinem 50. Geburtstag. Ein anderes Mal sah ich dort Gottvater selber, in priesterlichem, blauseidenem Überwurf, wie er nicht ohne Appetit, aber doch so gelassen, als komme diesem Vorgang bloß der Wert heiliger Andeutung zu, ein Rindfleisch aß; und wäre nicht Hugo Heller, der rührige Verlagsbuchhändler und Impresario sein Sitznachbar gewesen und hätte sich nicht ab und zu vertraulich dem Ohr des Geweihten zugeneigt, ich könnte noch heute nicht glauben, daß es auch in der Tat Rabindranath Tagore war.

An jenem 21. Oktober 1916, 3/42 Uhr nachmittags, war das Publikum in dem kleinen Saal besonders feudal. Neben dem Ministerpräsidenten Grafen Stürgkh saßen: Der Stadthalter von Tirol, Graf Toggenburg, ein Baron Aehrental, Vetter des gewesenen Außenministers, ein Baron Wassilko, ein Graf Attems. Am Vis-à-vis-Tisch hatte unauffällig ein in diesem Raum ungewöhnlich, nämlich blondlockig, bebrillt und nach Kunst aussehender Herr Platz genommen. Später fiel es jedem hier auf, wie wenig ihnen doch der Mann aufgefallen sei, der so auffällig ausgesehen habe.

Was sich nun, blitzschnell und überrumpelnd, abspielte, hat die Chronik sogleich danach in hundert Bestandteile zergliedert; ich folge ihrem Lauf:

Der blonde, kurzsichtige Herr ruft: »Zahlen!« Er bezahlt für sein Mittagmahl, bestehend aus »Geriebener Gerstlsuppe, Rindfleisch mit Kohl, Pflaumenkuchen und schwarzem Kaffee« den kulturhistorisch interessanten Betrag von 8 Kronen 2 Hellern. (Es war zwischen der Schlacht bei Lemberg und der zweiten Isonzo-Offensive.) Dann steht er auf, geht an den Nebentisch, wo der Ministerpräsident sitzt. Legt aus einem Revolver auf dessen Stirn an. Streckt ihn mit drei Schüssen nieder.

Nein, dazwischen geschieht noch allerlei: der Graf Toggenburg schwingt abwehrend gegen den Mörder einen Sessel und zertrümmert damit eine Fensterscheibe; ein Rittmeister zieht den Säbel; dem Oberkellner Fuhrmann aber »gelingt es«, wie der Bericht des nächsten Tages sagt, »den Mörder, nachdem er die drei Schüsse abgefeuert hatte, beim Arm zu packen«. Wonach der Attentäter ausruft:

»Ich heiße Friedrich Adler und werde meine Tat vor Gericht verantworten!«

Zwei Zufälligkeiten, eine wienerische und eine menschliche, gaben der Bluttat einen eigenen, fast möchte ich sagen: gemütseigenen Zug. Zunächst: der Mörder und sein Opfer, sie haben sich bei ihrer letzten Mahlzeit im lokalsymbolischen Schnittpunkt »Rindfleisch« begegnet. Das bewußte und das unbewußte Abschiedsmahl war das gleiche. Und dieses Faktum ließ in manchem Zeitgenossen die Frage entstehen: Wozu sie es, bei dem einigenden kulinarischen Band, alsdann überhaupt nötig hatten?

Die zweite Tatsache: Der ermordete Graf Stürgkh war hochgradig kurzsichtig. (Ich sah ihn ein paar Wochen vorher im Wiener Strandbad »Gänsehäufel« und mir gefiel der linkische, vornübergebeugte Gang des hochaufgeschossenen Mannes in Schwimmhosen – er schien immer vor dem Stolpern Angst zu haben.) Hochgradig kurzsichtig war aber auch der Attentäter. Er kam darum der Stirn seines Opfers – wie er später angab: um ihm die qualvollen Wirkungen eines Fehlschusses zu ersparen – ganz nahe; der Graf Stürgkh, in der Meinung, der Fremde wolle ihm etwas mitteilen, steht auf und neigt sich ihm (in so gewinnender Art wahrscheinlich, wie Minister die Wünsche der Abgeordneten ins Gehör notieren) zu. Die beiden Gesichter stecken nun eine hundertstel Sekunde lang ganz dicht beisammen; und in diesem Augenblick, wo sie einander ebensogut hätten umarmen oder abküssen können, fallen die Mordschüsse.

»Tückisch« nennt die Gesetzessprache diesen Vorgang, aber im Moment, wo er sich vollzog, wirkte er fast höflich: wienerisch-höflich, wie das Verhalten der Gäste, die bis auf die zwei Entflammten, die post festum Sessel und Säbel schwangen, augenblicks für eine schonende Abtransportierung des Täters plädierten. Der Statthalter von Tirol, käsebleich im Gesicht, stammelte zum Ober: »Was wird der alte Herr (Franz Joseph) sagen?«

Ein Wiener Mord war diese Tat in mancherlei Sinn. Nicht bloß, weil sie sich mit solcher gesellschaftlicher Unverfänglichkeit abspielte und sich der vulkanische Parkettboden so rasch wieder schloß, wie er geborsten war; nicht allein wegen der fast gebärdenlosen Ruhe der Tat, nicht wegen der Haßlosigkeit der Beteiligten, von denen der eine, der Mörder, bisher als Mathematiker in der Schweiz gelebt hatte, ohne sein Opfer zu kennen, während des anderen Todeswürdigkeit in den Augen des Täters darin bestanden hatte: sein Ministeramt mit der vom § 14 verbrieften Seßhaftigkeit einzunehmen.

Sondern weil in Österreich, dem Land, wo politische Morde überhaupt eine Seltenheit sind, stets unter strikter Bewahrung der Umgangsformen gemordet wird, gerade, wenn man gemütlich beim Rindfleisch sitzt und zur Einbildung neigt, alle Staatsbürger für Stammgäste zu halten.

Der brave Mann

Es ist gut, wenn ab und zu die Tugendlüge, mit der das Gesetz, die Obrigkeit, die Kleinbürgerklasse, kurz: der ganze, weltumspannende Verein der Knaben Gebliebenen und Körperunfrohen die Beziehung von Mann und Weib ausstattet, durch den Blitzstrahl einer Gerichtsverhandlung vor aller Augen in Fetzen hängt.

Da war: ein Mann, Maschinenmeister, fünfundzwanzig Jahre alt, das Muster an Bravheit, der nahm ein hübsches Wiener Mädel zur Frau. Er war zu ihr gekommen, wie in der kleinbürgerlich-moralischen Welt die Männer meistens zu ihren Frauen kommen: ohne sie vorher zu kennen, mit dem Trauschein in der Hand – hie Heiratsgeld – hie Liebesware. Bisher war er nur braver Gesinnungsträger und Meinungsinhaber, ein mit dem täglichen Partei-Abrakadabra angestopfter Vorzugsschüler, der vom lieben Gott abwärts an sämtliche moralische Instanzen auf Erden glaubte und die »Liebe« für ein Christkindlgeschenk an sittliche Bürger hielt. Er rauchte nicht, trank nicht, lumpte nicht und benützte die freie Zeit dazu. Aufklärungsvorträgen über Maschinenbau und die »Moral als Grundlage des Staates« beizuwohnen.

Das arme Mädel war blühende, wienerische Natur. Eines jener freudefrohen, appetitlichen Geschöpfe, die von Haus aus zu Seidenstrümpfen und Wohlgerüchen inklinieren, weil ihre liebebegabte Seele Wolle und Sauergeruch als Parteiabzeichen der Ehrbarkeit und Tugendmerkmale der Notdurft ablehnt. Wahrscheinlich bekam sie einen Schock vor langen Unterhosen. Dieser Mann mit seinem sittlichen Gefasel, seiner zum Schriftdeutsch verbogenen Ausdrucksart, seiner Eingepferchtheit in Pathos und Phrase und seinem körperlichen Unverständnis für die unüberlegenen, schmiegsamen Bedürfnisse einer Frau, war ihr eklig. Glaubte er, die Liebe lasse sich durch seriösen Wohlanstand befehlen? Erwartete er von seiner Bravheit eine Liebeswirkung? »Dein Name gefällt mir nicht, das ist kein Name nicht!« rief die Arme in süß-unorthographischer Bosheit. Womit sie nur aussprach, was ihm ihr Wesen tagtäglich und stündlich zurief: »Ich lieb' dich nicht, ich lieb' dich nicht, ich lieb' dich nicht!«

Männer wie dieser Maschinenmeister (sie sind in der Mehrzahl) können das nicht verstehen. Sie wissen, von der bürgerlichen Moral betäubt und verbildet, so wenig von der Frau. Und so bedingungslos von der Wahrheit ihrer künstlichen Lebensvorstellung überzeugt, daß sie glauben, alles was Leib und Liebe heißt, müsse ihr parieren. Sie ahnen auch gar nicht – da ja all ihr Denken und Trachten darauf ausgeht, den »punctus puncti« des Naturgeschehens zur unsittlichen Nebensache zu degradieren –, ob sie im zärtlichsten Augenblick angenehm wirken und ob nicht von hier aus alles, was sie tun, gegen den Nerv der Frau geschieht. Sie werben und buhlen. Aber mit welchen verkehrten, zwecktötenden Mitteln! Statt so bescheiden-hilflos sich zu geben, wie sie sind (was alsogleich Zärtlichkeit wecken müßte), wandeln sie Reden haltend durch die Zimmer; statt sich gute Wäsche anzuziehen, blicken sie scheel auf die Seidenstrümpfe der Frau; statt den ganzen Parteikram ihrer Männlichkeit einzupacken und sich den andersgearteten, natürlichen Bedürfnissen des Weibes zu beugen – steigen sie als Ordner oder Leitartikler ins Ehebett. Sprüht aus dem Objekt dann nicht der Liebesfunke, so schnappen sie über; betrachten das Schlafzimmer als Versammlungslokal; und toben in dem Zwinger ihrer Ungeliebtheit wie drakonische Pallenberge. Daß die Moralwelt des männlichen Gehirns und die Naturwelt des weiblichen Körpers nicht aufs Gleiche zu bringen ist, drückt ihnen den Revolver in die Hand. Einen Selbstmordrevolver als Mordwaffe gebraucht.

So war's auch bei dem kreuzbraven Maschinenmeister. Der Parteimann der Moral wurde zum Querulanten der Liebe und erschoß das arme Wiener Mädel. Er erschien in langem Jakkett, mit flatterndem Schlips vor Gericht und erzählte als Kuriosum, daß die Selige einst auf die Frage, warum sie Seidenstrümpfe trage, erwidert habe: »Meine Gestalt kommt besser zur Geltung.« (Die weibgewordene »Kronenzeitung« im Auditorium, der schöne Huterln und Strümpferln ein Dorn im Auge sind, wieherte; sie meinte offenbar, Seidenstrümpfe dienen zur Kasserolreinigung.)

Das Gericht war engelszüngig und sprach ihn frei. Die Mutter aber rief schluchzend in unverfälschter Raimund-Sprache dazwischen: »Er hat meine Tochter umgebracht, und sie legen ihm noch zu!« (Will heißen: Tun ihm noch schön.) Sie begriff offenbar nicht, daß solch einen Prozeß, den das Gesetz gegen den Mörder zu führen scheint, in Wirklichkeit die Gesetzesverteidiger gegen die Ermordete führen.

Dorothea Angermann

In der Parkettloge I, links (Wien, Theater in der Josefstadt) sitzt, von den Stürmen der Deflation ungebeugt, wenngleich ermüdet, mit Augen, die aus einem verstörten Bauch kommen und einem Mund, der von langer Beißgewohnheit schlapp hängt, der Hausherr: Castiglioni.

In der Parkettloge I, rechts, ihm grad gegenüber, daß sie miteinander kokettieren können und die Kunst in jeder Minute weiß, wie das Kapital auf sie zu sprechen ist: Gerhart Hauptmann.

Man würde sagen: dieser Rektor scheint ein guter Mann zu sein; er hat gewiß hervorragende pädagogische Schriften verfaßt. Schade, daß er dem Goethe so ähnlich sieht!

Doch in jedem Fall: ein solcher Kopf muß Werke wirken. Findet er Erfolg, kommt es auf ihre Rechnung.

*

Es ist keineswegs gleichgültig, wie ein Dichter ausschaut.

Stell' dir vor, es käme nach dem zweiten Akt, vom Beifall gerufen, ein kleiner, schmaler, blaßwangig-bebrillter Herr heraus, mit Zügen, die im Scheinwerferlicht in ein Passanten-Nichts zerrinnen.

Man blickte, hätte genug, ließe ihn ziehen.

Aber nun erscheint ein Haupt. Nachruhm in Fleischesgegenwart! Majestät in Greifbarkeit!

Da tobt das Volk, es will sehen, sehen, die Ferne zu sich ziehen, kommt nicht zur Ruhe.

Der Dichter ist in diesem Augenblick gerührt. Doch gerade jetzt empfind' ich Mitleid für ihn, den Getäuschten, Kindischen. Hat er nicht in Kerrs bitterbösem, kommerzienratsstrengem Antlitz gelesen? Ahnt er nicht, daß und mit wem das schöne Mädchen vor mir im dramatischsten Augenblick rangaufwärts Blicke tauschte? Entging es ihm, wie Herr Josef Chapiro, Reisender in Ruhm und Ingenium – derselbige, von dem mein Vers sagt:

»Gern lausch ich, wenn die Rede geht
Von einer guten Goethered,
Doch was geht mich das Gemecker an
Von Chapiro, Hauptmanns Eckermann?«

– wie er, jetzt dem lieben Bartgnom Tristan Bernard zur Seite, den Blick über die literarischen Heerscharen im Parkett schweifen läßt, ob sie seinen Konnexionen noch parieren?

Ganz sicher – er weiß nichts. Macht sich noch an Castiglionis Gästetisch blauen, poetischen Dunst vor. Glaubt, daß man dem Dichter lauscht.

*

Dem Dichter?

Tönt aus dem naturalistischen Grammophon, das die Sätze zusammenschmuddelt:

»Nun aber Kopf hoch, Hubertchen!«
»Heut hamwa Kalbsbraten ...«
»Wer da mal hineingesehen hat ...«
»Als Mutter starb, blieben 50.000 Mark ...«
»Huch, draußen is 'n Wetter ...«

und wenn's hoch geht:

»In Nacht und Sturm, in Sturm und Schnee, etwas ganz dicht, ganz nah zu fühlen, etwas wie das greifbare Walten einer Vorsehung« – ein einziger Dichtungston?

Seht, das ist das Seltsame am Fall Hauptmann: es kommt gar nicht darauf an. Diesen Mann, der sein Ansehen dem in ihm als Naturform zur Welt gekommenen Kompromiß zwischen Gefühl und Schablone, Wahrheit und Druckletter dankt, dessen Werke immer bimorphe Gebilde aus Erde und Kleister waren, hat nie sein Wort dazu gemacht, sondern die Unarriviertheit seines Gemütes.

*

Dorothea, blutvolles, triebwarmes Geschöpf aus Rudolf Herzogs Moral-Welt, wird durch einen Proletarier geweckt. (Auf dem Geflügeldach.)

Die Beglückung war dem Wunsche kongenial; wo gibt es derlei zwischen bürgerlichen Stubenwänden, unter Pastoren, Professoren, Fabrikanten!

Dorotheas Schicksal ist entschieden. Wär' – und das ist die Tragödie – der blutsverwandte, überbürgerliche Wecker ein sozial und geistig einwandfreies Geschöpf, alles ginge gut aus. Aber diese Kerle gedeihen in der Regel nur drüben, in der anderen Klasse. Dorothea bezahlt die Lust mit ewiger Entwürdigung, geht an dem Zwiespalt zugrunde.

*

Wie revolutionär gefühlt!

... Und wieder unrevolutionär gestaltet!

Fast nämlich empfand ich vor Tristan Bernard ein Schamgefühl, wie diese in Worten für ihn unverständliche deutsche Welt des Stückes in Bildern auf ihn wirken müsse: wie trostlos, boshaft, inhuman, zuchthäuslerisch, grau, power und – dabei achtunggebietend! Daß sie in ihrer Art recht hat und behält, als sei sie selber Natur!

Hier seht ihr Hauptmanns eigenes Schicksal:

Er selber nämlich – wenn ich ein Geheimnis verraten darf – war's, der einmal auf dem Geflügeldach vergewaltigt wurde; nennen wir die Partnerin: Muse. Ein regelrechtes, schlesisches Geflügeldach, eine regelrechte Notzucht.

Es war die proletarische Muse natürlich.

Oh, sie ist schön, aber sie zieht einen hinab. Was soll man mit ihr zwischen Bürgermauern, auf der Ruhmesleiter beginnen?

Wär' sie nobler gewesen, Hauptmann trüge nicht bloß den Goethekopf, er wäre Goethe. (Oder vielleicht nur Rektor.)

Aber sintemalen sie so ordinär war, befreit er sich von dem schrecklichen Schicksal, immer wieder in die Tiefen hinabsehen, immer wieder fühlen zu müssen, durch eine Gestaltung, die der Bürgerlichkeit den Tribut zahlen muß, nie ganz Dichtung zu sein, das heißt: kein reines Wort zu finden.

(Doch wird er sich heut' nicht zu weh dabei tun. Es gibt auch Großunternehmer des Mitleids).

Der Leibarzt Maria Stuarts

Anton Kuh, der Autor von Jeßners »Maria-Stuart«-Film, spielt darin die Rolle des Leibarztes.

Nie werde ich den markerschütternden Schrei aus dem Ohr verlieren, mit dem Maria Stuarts Boudoir- und Geheimsekretär Riccio, die Füße seiner Mörder umklammernd, Verzerrung in den Zügen, im Filmatelier Staaken (politischer Bezirk Spandau) ausrief: »Ab – blen – den!« (Der Darsteller, Friedrich Feher, war in Jeßners Vertretung zugleich Regisseur und die Weisung galt dem Photographen.) In diesem Augenblick kannte ich das ganze Geheimnis des Metiers: mit der einen Hälfte seines Bewußtseins im Spiel zu sein und mit der anderen im Objektiv.

... Ich ging als Autor Kuh in meine Garderobe und kehrte als geistlicher Herr, Leibarzt der Königin von Schottland, zurück. Dreitausend Tonnen Licht wurden auf mein Gesicht losgelassen. Jeden Augenblick trat der Friseur auf mich zu und trocknete mir mit einem Löschblatt die zerrinnende Pudermaske. Mein Gehirn röstete. Sein Inhalt war versengt. Der richtige Zustand, um sich aus einem Schriftsteller in einen Filmliebling zu verwandeln. Ich ziehe mich wie ein roter Faden durch dieses Kinostück, in dem ich gleichwohl bloß eine verschwindende Episodenfigur spielte. Die Ursache: von Emil Jannings bis zu Anton Kuh wird der Filmdarsteller pro Aufnahmetag bezahlt. Der Regisseur, in Kenntnis meiner Wirtschaftslage, zerteilte meine darstellerischen Funktionen. Bei einbrechender Dämmerung hatte ich mich »ins Bild« zu stellen. Als ich die Hand zur ersten Gebärde erhob, wurde die Arbeit abgepfiffen. Also: Aufschub bis zum nächsten Tag. Einmal war bei meinem Bild bei Tagesende mein Arm »angeschnitten« (d. h. gerade noch mit sichtbar), das nächstemal der Fuß. Da zur stummen Gegenwart der Extremitäten die Anwesenheit der Gesamtpersönlichkeit unerläßlich ist und ich Arm und Fuß nicht per Boten ins Atelier senden konnte, mußte ich Tags darauf wieder hinaus (= Mark ...). Eines Tages war ich unbeschäftigt und stand im Zivilkleid neben dem Regisseur; man drehte gerade eine Szene, wie der schottische Adel der Königin seine Aufwartung macht. »Sie sind so traurig. Was haben Sie?« fragte mich Herr Feher. – »Kein Geld«, war meine bündige Antwort. Darauf er: »Ziehen Sie sich die Kutte an, und führen Sie die Schotten zu Maria.« Man wird die Bedeutung meiner Episodenrolle allmählich ermessen.

Meine Erfahrungen als Mitwirkender im »Maria Stuart«-Film gipfeln in der Erkenntnis: in jedem von uns steckt ein Harry Liedtke. Meine Erfahrungen als Autor des gleichen Films: Friedrich von Schiller war ein großer Dichter. Als Geschichtsforscher jedoch, der ich zur Herstellung des Manuskripts vorher sein mußte, stelle ich dem Einwand künftiger Filmbesprecher: »Wie sich der kleine Moritz die Geschichte vorstellt ...« jetzt schon die eiserne Erkenntnis entgegen: die Geschichte ist genau so, wie sie sich der kleine Moritz vorstellt.

FÜRCHTEN SIE SICH VOR EINER MAUS?

In der kleinen Bar vom »Adlon« war's, dem Sammelkabinett lebender Berühmtheiten. Hier hatte ich am Tage vor seinem tödlichen Absturz mit dem deutschen Botschafter Maltzahn am hohen Bartisch einen Drink genommen: hier lernte ich Sinclair Lewis kennen, den langen, strohgelben, im Gesicht Pallenberg ähnlichen Romancier; hier würfelte ich mit Will Rogers, Amerikas genialem Stegreifhumoristen, um einen Side-car. Hier sah ich die Mistinguett, Paul Withman, den Jazz-König und Mister Zukor, den Filmmilliardär.

Kürzlich nahm eine Dame am Tisch meiner Freunde Platz; sehr groß, korpulent, blond, männlich und an die dreißig. Lincoln Ayr, Korrespondent der »New York Times«, stellte sie mir vor: Fräulein Thea Rasche, diesseits und jenseits des Ozeans hochgefeierte Meisterfliegerin.

Walkürenhaft thronte sie vor ihrem Glas. »Go on«, sagt Lincoln zu mir, »machen Sie ein Interview! Aber originell!«

Ich platze mit der Frage los: »Sagen Sie, Fräulein Rasche, fürchten Sie sich vor einer Maus?«

Nein – wer Sturm und Nebel und die Tücken des Motors nicht fürchtet –, wie soll sich der vor einer Maus fürchten? »Mäuse sind sehr liebe Tiere«, sagt sie, »und überhaupt: die Tiere sind mir lieber als die Menschen.«

Sie hatte den geheimen Sinn meiner Frage noch nicht verstanden; aber sie kam ihm unwillkürlich von selber näher. Denn von den Menschen im allgemeinen, die Fräulein Rasche im Vergleich zu den Tieren so unlieb sind, senkt sich das Gespräch im Sturzflug auf die Männer.

»Ich habe«, bekennt die Luftbezwingerin zwischen Scherz und Ernst, »noch nie einen Mann geliebt, und ich werde auch nie einen Mann lieben.«

»Haben Sie Angst davor?«

»Ja.«

Kleine Pause. »Sehen Sie«, ruft Lincoln Ayr lachend, »Kuh hat recht: Sie fürchten sich doch vor einer Maus!«

KUH, OCHS, STIER

»Sehr verehrte Redaktion! Auf der Durchreise durch München begriffen, lese ich in der Sonntagsnummer Ihres geschätzten Blattes eine Anekdote; wonach Anton Kuh, ›der bekannte Wiener Publizist‹, also vermutlich ich, vor dreißig Jahren die Sängerin Lotte Lehmann geheiratet habe; zum Vermählungsbankett sei auch der Berliner Dirigent Siegfried Ochs erschienen, der jetzt eben in Berlin seinen siebzigsten Geburtstag feiert, und da sei die Vorstellung zwischen ihm und der neuangetrauten Gattin Kuhs mit den Worten erfolgt: ›Herr Ochs – Frau Kuh!‹ Ich bitte Sie, gegenüber diesen Tatsachen festzustellen: daß der Mann, der vor dreißig Jahren eine Künstlerin namens Lehmann zur Frau nahm, nicht ich, sondern mein Onkel Oskar Kuh, der Prager deutsche Publizist, und daß die besagte Lehmann nicht die Sängerin Lotte Lehmann war, die heute wie ich in der Mitte der Dreißigerjahre steht, damals etwa fünf Jahre zählte, sondern die bekannte Schauspielerin Else Lehmann. Unter so akkuraten Umständen dürfte es sich auch bei der drittgenannten Person nicht um den Berliner Dirigenten Siegfried Ochs, sondern um den österreichischen Dichter Franz Grillparzer gehandelt haben.

Ergebenst Anton Kuh.«

An die Redaktion
der »Bayerischen Staatszeitung«.

Ich habe dieses Schreiben nicht abgesandt. Es hätte nämlich leicht nach Gekränktheit eines von der Natur mit einem komischen Namen bedachten Menschen ausgesehen. Nein, ich bin nicht gekränkt. Wenn man einen solchen Namen fast vier Jahrzehnte trägt, gewöhnt man sich nicht bloß an ihn, sondern auch an die Wortspiele, zu denen er herausfordert. Ja, man hat in stillen Stunden, wo andere ihren Namen als Unsterblichkeitsinsignien auf die Schulbank kritzeln oder ihm, mit einer kühnen Schleife versehen, gefällige Titulaturen und Ehrengrade anhängen, sämtliche Witzchancen erwogen, die sich bei angestrengtem Nachdenken aus ihm erzielen lassen. Das war ein ganz automatischer Vorgang, und ich bin überzeugt, daß der erwähnte Grillparzer, von dem ein zeitgenössischer Dichter nach der Premiere der »Ahnfrau« den Spottvers sang:

Wo Grillen und Parzen sich vereinen,
Da müssen grause Trauerspiele erscheinen;

diesen Reim nicht bloß vorempfunden hat, sondern daß er vielleicht erst unter der suggestiven Mitwirkung dieses Namens die »Ahnfrau« verfaßte.

(Kurioserweise hat sich auch dieser, selber namensgepeinigte Dichter eines Wortspiels mit »Kuh« nicht enthalten können: das war, als er einen anderen Vertreter literarisch betätigter Kühe, nämlich den Hebbel-Biographen Emil Kuh, mittels des folgenden Epigramms als Ochsen (oder richtiger als Stier) bezeichnete:

Der Mann benennt die Frau
Doch ausnahmsweise schau
Den Literator Kuh –
Benannt nach seiner Frau.

Auf der anderen Seite wird das Gehör eines so unglücklichen Namensträgers frühzeitig zu jener Notwehr erzogen, die man als »satirische Veranlagung« bezeichnet; denn es ist schon dem Knaben, der auf den Namen »Kuh« hört, als hätte die Stupidität der ganzen Welt sein Ohr als Zielscheibe genommen. Er geht in die Schule und hört hinter seinem Rücken den Chor-Reim:

Die Kuh gibt Milch und Butta
Wir geben ihr das Futta ...

Oder, ein Kollege faßt ihn in plötzlicher Anwandlung von Tiefsinnigkeit beim Arm und fragt ihn: »Kuh, warum machst du nicht Muh?«

Ich habe mich von Kindesbeinen an daran gewöhnt, diese Fragen ad absurdum zu führen, indem ich sie wörtlich nahm; also etwa der letzten Frage entgegnete: »Ich weiß nicht, ich habe es schon versucht, es geht so schwer.« Doch mag man sich leicht vorstellen, wie einen die Gewöhnung an solche Humore frühzeitig zum Menschenkenner und -verächter erzieht. Wenn man mich fragt, welchen Segnungen der Natur oder des Zufalls ich eigentlich mein sarkastisches Talent verdanke, ich muß wahrheitsgemäß erwidern: »Meinem Namen.«

Ungeachtet dieses Vorteils, den mir der Name Kuh einbringt, versuchte ich der Flut von Wortspielen oft Einhalt zu gebieten. Einmal stellte ich eine Liste aller Witze auf, die mit meinem Namen schon gemacht wurden und bat um Originalität bei den künftigen. Es war ein Preisausschreiben, das ich für ein ganz neues, mir unbekanntes Wortspiel mit meinem Namen erließ. Ich nahm selber an dem Wettbewerb teil, indem ich mich mit der Scherzfrage an die Spitze stellte: Was ist nicht paradox? Wenn der Ochs, der Kuh, stier ist. (Kein Geld hat.)

Idyll im Hotelhof

Ein Hotelhof ist nicht wie andere Häuserhöfe; zeigen diese das Haus in seinen grau-kümmerlichen, schäbigen Eingeweiden – Topfblumen, baumelnde Leibwäsche, Kehrichteimer, Küchengeräte –, so ist jener so »hui!« wie die Außenfront, strahlend, sauber, rein von Menschenspur. Kein Stubenmädchen beutelt durchs Fenster sein Staubtuch aus, kein Antlitz stiert hinter den Scheiben. Palast der Durchreisenden. Unmelancholisch, doch menschenleer. Einen solchen Hof mag man leicht, auch wenn ihn nicht mehr als ein kärglich abgegrenztes Rasenstück schmückt, euphemistisch »Garten« nennen.

Der, in dem ich jetzt sitze und meine Briefe schreibe, heißt sogar: Goethe-Garten. Noch weiß ich nicht, warum; doch ich werde es in einer halben Stunde erfahren. Man hat auf den schmalen Steinrand, der zwischen dem Rasen und der Hotelhalle läuft, für den Sommer Tische und Stühle aufgestellt. Da sitzen jetzt ein paar Filmmanager und schlürfen ihre Orangeade. Ich blicke im Schreiben auf; blankweiß und sonnenhell starrt das noble Viereck der Fronten; kein Laut, kein Fleck. Doch – da droben sieht eine alte Dame aus dem Fenster; den schneegekrönten Kopf in die Hand gestützt. Vergnügt und sinnend. Offenbar ist sie wie ich in den Anblick des kleinen, von der Weite gesandten Stücks Himmelblau verloren, das sogar über dieser Enge leuchtet – als ein eindringliches pars pro toto für: Sonne, Welt, Sommer. Denn auf was sollte man sonst hier schauen als Hotelgast Numero Soundsoviel? Der chinesische Brunnen ist von oben gesehen nur eine schwarze Zacke. Man kann nicht einmal die Backen der Faune oder Götter bemerken, die das Wasser ausspritzen. Und die Blumen in den Buketts sind duftlos, tot, bei aller Farbe.

Ich schreibe weiter. – Ob sie noch schaut?

Ja, die alte Dame schaut noch immer. Genau so vergnügt wie zuvor, ganz übers Fensterbrett gebeugt (eigentlich ein wenig undamenhaft). Sie hat einen markanten Kopf, eine kurzgeschorene Silberperücke über vollem, rotbäckigem Gesicht. Eine Engländerin?

Ich trockne das Kuvert. Letzter Blick nach oben. Noch immer der Kopf am Fenster. Sieht die Miß mit ihrer sonderbar nackten, hohen Stirn nicht Goethe ähnlich?

Ich stehe ohnedies auf. Da kann ich rasch noch, ohne aufzufallen, das Monokel ins Aug' klemmen. Ich tu's, blicke im Weggehen nach dem Fenster im zweiten Stock zurück – –

Die alte Dame ist der Dichter Gerhart Hauptmann.

HEIMWEH

Als ich vor drei Jahren in den Blättern las, die Rebellen Bronnen und Brecht hätten bei einer Schnitzler-Premiere die »schlimmen Buben in der Schule« gespielt und nach der Nasenspitze des Dichters imaginäre Tintenkugeln geworfen, da tat ich vor dem grauverwitterten Mann, der bei aller Verplauschtheit seiner Figuren zeitlebens ein Beispiel noblen Schweigens gab, in meinem Herzen den ersten Kniefall; ich hatte das Gefühl, daß grade diese Lautlosigkeit die Jüngern reize.

War es nicht auch eine Tragödie des Schweigens, was der Dichter jetzt in seinem Haus erlebte? Er hätte der Tochter, die den Fascisten-Capitano zum Gatten wollte, viel vorhersagen – sie hätte ihm nach einjähriger Ehe viel erzählen können. Sie redeten beide nichts, und die Zeitung preßt jetzt die Summe dieser stummen Verständigungen in das Wort: Heimweh. Aus Heimweh also, heißt es, hat sich Arthur Schnitzlers Tochter erschossen.

Heimweh? Das Flugzeug, in dem der Vater (zu spät) herbeieilte, braucht von Wien nach Venedig drei Stunden. Doch auch sonst: Venedig ist nicht Irkutsk. Und Wien kein Hochland-Weiler. Wonach sollte das Weh gehen? Nach dem Schutt, der Armut, der provinziellen Entzaubertheit, oder dem Rommey und Bridge, womit sich die Stammgäste Deutschösterreichs bis zur Stunde ihrer Auslösung durch Zahlungskräftigere ihre Zeit vertreiben? Wien ist doch heute fast überall mehr als in Wien. Es mietet Geschäftsläden auf den Champs-Élysées, debattiert bei Schwanneke, filmt in Hollywood und sonnt sich in Venedig. Heimweh? Schnitzler selber wird, weise deutend und andeutend das Wort gesprochen haben, in seinem eigentlichen Sinn: Weh nach dem Heim.

*

Es ist nicht das erste Mal, daß ein junges Patriziermädchen des Nordens sich, betört von Ferialgluten, in den schmucken, zungen- und augenrollenden Träger einer Montur verliebt und ihn zum Mann begehrt hat; wie leicht weckt so ein braungebrannter Amoroso alle Puccini- und Verdi-Reminiszenzen unreifer Herzen, und wie nahe rückt sein Bild an Canio, Rodolfo, Tonio. Und es ist auch nicht das erste Mal, daß ein junger, italienischer Ubikations-Offizier (womöglich jener Kleinbürger-Miliz zugehörig, die die Tapferkeit vorläufig erst hinterm Feind gelernt hat), irgend so ein armer, sich zu Tod langweilender Taschengeldteufel, der tagsüber im engen Kleid dampft und sich abends die Augen trunkener Freudenhausphantasie nach schönen Ausländerinnen auskegelt – die Einheimischen halten es nämlich sehr mit der Moral – zur Versorgung seiner Sinne und Finanzen ein solches Mädchen in sein kleines Kasernennest setzt. Das sind die glücklichen, romantischen Sommerheiraten. Fragt nicht, wie sie ausgehen!

Man liest: Lili Schnitzlers Gatte, Hauptmann der Fascistenarmee, schwöre so heilig auf das Evangelium Mussolinis, daß er seine junge Frau dazu bekehren wollte. Man liest: die seelische und wahrscheinlich auch: die erotische Nase der Armen habe sich dagegen gesträubt. Man brauchte beides nicht schwarz auf weiß zu haben. Denn der Inhalt der Fascistenerotik ist Fascismus; und umgekehrt: gibt es einen gründlichern, schmerzhaftern Schnellsiedekurs über das Wesen des Fascismus, als ihn eine Frau via Eros erleben kann?

Schweigend ist Lili Schnitzler ins Grab gegangen; schweigend war der alte Dichter, als er das letzte Mal mit seiner Tochter beisammen war, von ihr geschieden. Er fühlte ihr Heimweh.

Wiener Neustadt

Sie dürfen aus dem Namen dieser Stadt, in der der neugegründete österreichische Fascismus am letzten Sonntag seine Generalprobe abhielt, nicht etwa schließen, daß sie vor den

Toren Wiens liegt. Sie ist in Wahrheit von der Mutterstadt weit entfernt. Trotzdem gehört sie zu Wien.

Mein Ohr bewahrt als erste Melodie des Reisezaubers die mit jedem neuen Stationsnamen in die Ferne entrollende Stimme des Schaffners: »Einsteigen zu den Zügen in der Richtung: Liesing – Mödling – Gumpoldskirchen – Baden – Vöslau – Wiener Neustadt!!« Durch die ersten Stationen fuhr die Stimme beschaulich Wiesen und Rebenhügel entlang – bei »Neustadt« mündete sie mit jähem Ruck in Qualm, Stadtdunst, Remisenruß. Es klang wie: »Achtung – erste Großstadt!« Und bedeutete eisenbahntechnisch: Ende der Lokalzone. So war schon dem Kind begreiflich, daß diese Stadt der letzte Vorposten Wiens im niederösterreichischen Gelände sei. Zugleich aber: daß sie ein rauchschwarzes, kahles Stück Armut sei und keineswegs ein Tummelplatz für satte Dreschflegel und Sensen.

Eben deshalb aber hat Pater Seipel jetzt den Dreschflegeln und Sensen dorthin den Einzug erlaubt. Im Sinne und Geiste der ehemaligen k. u. k. Militärakademie, die bis zum Kriegsende der stolze Hauptbesitz Wiener Neustadts war. Hier erfolgte ja an jedem 17. August die feierliche Kadettenmusterung, mit »Gott erhalte« und blank gezücktem Säbel. Sie bildete fast sieben Jahrzehnte lang die Introduktion zu Kaisers Geburtstag, und zwei Monate später sah die Wiener Kärntnerstraße im und ums Café »Scheidl« immer eine neue Generation von »Walzertraum«-Leutnants – lauter frischgebackene Rickis, Muckis und Hupsys aus Neustadt. (Näheres darüber nachzulesen in Roda Rodas Selbstbiographie.)

Doch hegt die Stadt (heute noch) ein viel edleres, heiligeres Symbol der Vergangenheit – das teuerste Gut aus dem Nachlaß der Habsburgerzeit. Maximilian, der »letzte Ritter«, der Melancholiker auf Habsburgs Thron, hat seinen Leib hier, in der St. Georgs-Kirche, bestatten lassen. Warum gerade in Wiener Neustadt? Was zog ihn zu der »allzeit getreuen«? Gewiß nicht die Vorahnung ihrer neuesten politischen Bestimmung. Maximilian war ein Feind des Lärms und der Massen, er konnte nicht einmal den Krieg leiden.

Noch wären der Vollständigkeit zuliebe und als letztes Wahrzeichen die berühmten Wiener Neustädter Würstel zu erwähnen, die sich der Semmering- und Italienreisende als kulinarischen Abschied von der Heimat ins Waggonfenster reichen ließ. Sie werden heute freilich wie so vieles andere unter dem erbarmungslosen Walten der Geschichte ihren Geschmack verändert haben. Und dürften sich nunmehr zu ihren delikaten Vorgängern verhalten wie die Heimwehr-Offiziere, die sich am Sonntag in Wiener Neustadt versammelten, zu den Leutnants der ehemaligen Wiener Neustädter Militärakademie …

P. A. UND DIE DEUTSCHE GEGENWART

Zum 10. Todestag Peter Altenbergs

Nehmen Sie an, wir schreiben 1914. Sie befinden sich, so viel Schlechtes Sie über diese Stadt auch gehört haben, in Wien an der Donau; spazieren mit mir die schöne, in ihrer Architektur überschätzte, aber in ihrer sonnigen Raumweite Paris ähnliche Ringstraße entlang. Da geht auf der anderen Seite der Straße ein merkwürdiger Mann, d. h.: er ist nicht bloß merkwürdig, er geht auch merkwürdig. Er hat keinen Hut auf, seine Glatze leuchtet in der Sonne. Ein langes, schwarzes Zwickerband hängt ihm über den flachsroten, buschigen Schnurrbart. Er trägt eine Art Bauernjoppe, die durch einen Gürtel umschnürt ist, dazu ganz unheimlich weite, karierte Hosen, wie man sie sonst bei den Wiener Fiakerkutschern findet und – aber was jetzt an die Reihe kommt, das hört man so, wie man es sieht. Sie haben nämlich mit mir auf die andere Seite geblickt, weil Sie ein gleichmäßig klapperndes Geräusch vernahmen; und dieses Klappern kam von den Holzsandalen, die der seltsame Mann dort drüben am unbekleideten Fuß trägt und mit denen er so soldatisch und mit hochfliegendem Knie aufs Pflaster stampft, als wolle er für diese Diogenestracht Propaganda machen. Und das will er auch! Als diesen Mann, der natürlich kein anderer ist als der Dichter Peter Altenberg, einst ein Wachmann wegen des allzu klappernden Geräusches der Sandalen mit zartem Vorwurf zurechtwies: »Sie, Herr, dös geht net, Sie machen zu viel Aufsehen!« – da raste der Propagandist der Unbeschuhtheit: »Was, zuviel?? – Zuwenig!!«

»Der Peter!« – nun ja, erklärt man Ihnen auf Ihre Frage, das ist der Mann, der von abends bis morgens in den Nachtlokalen sitzt und sich dann von früh bis abends ausschläft; der, von dem in Kürschners Literaturkalender als Adresse angegeben ist: »Wien I, Grabenhotel«, weil er noch nie eine anständige Wohnung gehabt hat. Er schreibt so kleine Sachen – aber, halt, das dürfen Sie ihm nicht sagen, das Wort »kleine Sachen« macht ihn ganz wild!

Ein sonderbarer Kauz. Er geht herum, nichts weiter, und nennt das »schöpferischen Müßiggang«. Natürlich trinkt er auch wie toll, er war ja zweimal – auf eigenes Ansuchen bitte, das ist wahr – in einer Trinkerheilanstalt. Am Tag, nachdem er entlassen worden ist, hat man hinter seinem Bett eine ganze Batterie von Schnapsflaschen aufgefunden. Die hat ihn kuriert! ... Was in seinen Skizzen drinsteht? Nun ja: die Leute sollen lieber Kartoffelpüree und gesprudelte Eidotter statt Apfelstrudel essen, und die jungen Mädel mögen bis Mittag schlafen, damit sie schön und jung bleiben usw., usw.

So wird man Sie informieren; aber natürlich gibt es auch andere Leute, die weniger gut zu ihm stehen und über ihn reden, die sagen nicht »Peter!«, sondern »Der Poseur«. Denn sie können es nicht glauben, daß jemand aus einem anderen Grund sich so schamlos von den übrigen unterscheidet, als zu dem Zweck, um Aufsehen zu machen.

Ich gestehe, daß ich den Argwohn begreiflich finde. Doch reden Sie mit dem Seltsamen zwei Worte, und Sie werden sofort Ihr Mißtrauen beiseite stellen. Der Mann, wie er leibt und lebt, ist ja ein lebendes Ausrufungszeichen; alles an ihm ist Pathos und Enthusiasmus, bis zur Siedehitze geladen. Er spricht in einem abgehackten kategorischen Takt, als ob er der Menschheit Kommandobefehle zu erteilen hätte – jede Silbe, wenn man sie mit einem Philisterherzen auffängt, eine revolutionäre Umkehr aller Dinge, und alles mit gleich starker Leidenschaft heraustrompetet, ob es sich um die Anpreisung eines idealen Nährmittels oder um die schwärmerische Schilderung einer Frau handelt. Und sein blaues, weit aufgerissenes Kinderauge scheint dich während dieses Sermons förmlich aufzufressen, wenn du einen Widerspruch wagst.

Ich brauche Ihnen nun nicht erst zu sagen, daß dieser Edelnarr der vernünftigste und weiseste Mann Wiens ist. Er wirkt ja nur so komisch, weil er den Mut hat, genau so auszusehen, wie er denkt. (Stellen Sie sich vor, Bernard Shaw würde sich auf einmal leiblich so anziehen, wie er geistig kostümiert ist, er getraute sich als der Mensch gewordene Inhalt seiner Stücke auf die Straße zu gehen – glauben Sie, er sehe normaler aus?) Und das Närrische dieses Wiener Sonderlings liegt offenbar nur darin, daß er seine geistigen Zechen mit dem Bargeld seines Lebens und seiner Natur zahlt – kein Schreibtischhockender, Besessenheiten vorspiegelnder Zechpreller wie die anderen! Darin also, daß die wunderbare Hemmungslosigkeit diesem Mann, den man dummerweise oft einen »Dekadent« nennt, während er in Wahrheit wie ein Walderemit unter den Smokingträgern der Weltstadt wandelt und sich nicht grundlos gerade den dörflichen Namen »Peter« zugelegt hat, Wort und Gehaben sprengt! Er ist ein Unikum dieser Hemmungslosigkeit.

1914. Wien schwimmt im Glück und Überfluß, ohne es zu wissen. Die egozentrische Kultur des 19. Jahrhunderts hat ihren Höhepunkt erreicht. Den Höhepunkt des Vergnügens und der Selbstverzärtelung. Die Üppigkeit wandelt hart am Rande der Melancholie. Eine soziale Frage gibt es nicht, oder nur insoweit, als es ein Parlament gibt und stürmische Zwischenrufe. Ganz Europa eine Bühne, auf der man Gesellschaft spielt, ohne zu fühlen, daß es nur ein Spiel ist. Kein Schrapnell hat sie noch durchlöchert. Und da ist nun jemand, ein Sprosse aus patrizischem Hause, ein Lebensfreudiger, der sich maßlos an jede Sekunde seines Daseins verschwendet, mißratener Sohn, wie jene Jünglinge heißen, die bei aller Begabung keinen festen Beruf finden wollen – so eine Art Wiener Hamlet, der beim Abiturium durchgefallen ist, aber dabei andererseits von der Blutfülle, dem Witz, der Trinkfreude und der gutmütigen Selbstverulkung eines Falstaff. Dieser Jüngling, frühzeitig beglatzt, eignet sich frühzeitig dazu, in den Nachtlokalen, in denen er sein ekstatisches Dasein verbringt, mit seiner Glatze weithin hellen Schein zu verbreiten. Er kann nichts als: Richtiges denken und richtig. Er kann nichts als: vom Kleinsten begeistert sein mit Größe; und zuweilen gelingt es ihm, diese konzentrierten Richtigkeiten und Begeisterungen so brühwarm aufs Papier zu werfen, daß eines Tages Freunde dem Müßiggänger sagen: »Peter, du bist kein verkanntes Genie – du bist ja ein Dichter. Natürlich eine ganz neue Art Dichter. Deine Eigenheit liegt darin, den Dingen, die wir als Alltag bezeichnen, ohne daß du über sie schreibst, sondern nur, indem du sie unter deine ganz persönlichen Gänsefüßchen setzt, also sie ihren Inhalt selbst erzählen läßt, so Leben zu geben, daß man sagt: Schau, schau, die Lokalnotiz einer Zeitung kann also auch eine Ballade sein! Auch nimmst du dir keine Zeit, diese Stoffe erst in eine Form umzulügen, du gibst an Stelle dessen das Rohmaterial – soll sich jeder, wie man sich aus einer in heißes Wasser geworfenen Konserve eine Suppe kocht, sein eigenes Gedicht daraus machen!«

Aber wenn Altenberg nichts weiter getan hätte als dies, was ihm seine Biographen so gern nachrühmen und was ihm von blutschwachen Epigonen soviel kopiert wurde, dann freilich wäre es kaum noch zeitgemäß, von ihm zu reden, dann könnte man sogar verstehen, daß die von der gewissen Wiener Note angewiderten Leser, denen bereits die ganze Duftel des Donau-Feuilletonismus auf die Nerven geht, Peter Altenberg gleichsam für deren Chef-Chemiker halten und sich sagen: »Na – lieber nicht!« Der Kaffeehausliterat (und Ästhet) hält sich das Leben, wie bekannt, zehn Schritte vom Leib. Doch Altenberg retirierte um keinen einzigen. Man kennt ihn als den Dichter der kleinen patrizischen Speisezimmerdüfte, jener zarten Beziehungsdramen, die gleichsam in den Stores und Spitzenvorhängen eines noblen Haushalts hängengeblieben scheinen. Man kennt ihn nicht als Partner, Kamerad und Spießgesellen aller Abwegigen. Man rezitiert seine Hymnen, die auf den Parkwegen der Kultur erblühten. Warum nicht jene auch, die aus dem Urwald des Großstadtrealismus wuchsen? Dieser Originalmensch, der als belustigender Parasit an den Champagnertischen der Nachtlokal-»Kultur« von 1914 zu sitzen schien – er saß dort wie der schimpfende Bettelphilosoph Apemantus aus Shakespeares »Timon von Athen«, der mit Ingrimm den Sekt seiner Gönner austrinkt, mit Bettlerwut am Mahl der Reichen teilnimmt und die Zeit, die folgen muß, voraussieht. »Sokrates«, so sagte er einmal, »mußte in einer Nacht den Schierlingsbecher leeren. Ich aber werde Nacht für Nacht von Kavalieren, die meine Weisheiten und Erhitzungen hören wollen, zum Sekt eingeladen, d. h. ich werde nach und nach hingerichtet.« Ja, das war Altenbergs Januskopf, und damit zahlte er für seine beiden Blutbestandteile: zum Teil dem Patriziat anzugehören, dem er entstammte, zum Teil der Genie-Rasse: daß er der letzte Sänger der letzten Verfallsblüten des neunzehnten Jahrhunderts war, der große Dithyrambiker jener Schönheiten, die aus der Weichlichkeit und dem Genuß der Vorkriegszeit blühten – und wo anders hätte der Mittelpunkt dieser Welt sein sollen als in Wien? –, zugleich aber; der Vorahner und Pfadfinder der neuen Wirklichkeit. Jener Wirklichkeit, wo man nicht mehr auf einer Bühne Geselligkeit spielt, sondern Mann gegen Mann, ohne Maske, weiß, was man voneinander zu fordern und zu halten hat.

Hausse in Tönen

»Hallo, dort Herr K? ... Hier Regisseur R. Ich bitte Sie, lieber K., Ich sitze im Vorzimmer des Generaldirektors Blumenblatt von den United picture universal Metro brothers – in fünf

Minuten werde ich empfangen – muß ihm den Inhalt der ›Kreutzersonate‹ von Tolstoi erzählen – rasch, in drei Worten: was kommt drin vor?«

»In drei Worten? ... Ehe und Ethos.«

»Machen Sie keine Witze – ich brauche ein Exposé ... Sie verdienen die Hälfte – was kommt drin vor?«

»Na ja, das ist in drei Worten der Inhalt.«

»Aber die Musik.«

»Der Roman heißt doch ›Kreutzersonate‹ ...?«

»Ja, symbolisch.«

»Sym ... Musik kommt keine drin vor?«

»Nein.«

Mein Freund gibt nur noch ein kurzes Enttäuschtheitröcheln von sich, ehe er anhängt; ich sehe, wie im Bildfunk, sein Gesicht länger werden; er ist in diesem Augenblick auf Leo Tolstoi wahrscheinlich nicht gut zu sprechen.

*

Ich habe dieses Gespräch als Musterprobe hierhergesetzt für unzählige andere. Seit der Tonfilm über den Ozean kam, ist Literaturbeschlagenheit wieder ein Verdienst geworden; Belesenheit notiert heute auf der Filmbörse ungefähr wie anno 19. Sie war allmählich außer Kurs gekommen. Denn ein Zeitraum von ein bis anderthalb Jahrzehnten hatte genügt, die Generaldirektoren, Produktionsleiter, Dramaturgen dieser Erde mit sämtlichen Stoffen des Bücherregales bekannt zu machen. Und wahrscheinlich: wenn sich ein solider Geschäftsmann einmal über die Weltliteratur informiert hat, kann ihm kein Intellektueller mehr etwas vorflunkern. Ein kurzer Anruf im Haus, und er weiß, welches Werk frei ist, welches im Kostüm spielt, wo eine dominierende Frauenrolle drin ist und wieviel zuzüglich Ateliermiete der dramatische Konflikt kostet. Nun ist der Literat über Nacht wieder ein Umworbener. Holla – es gibt neuen Erwerb! Wer was Klingendes weiß, soll sich melden. Auf, Schneeschipper des Geistes! ... Geheimagenten durchstreifen das »Romanische Café«, um die Gäste auszuhorchen, welche Sujets des modernen klassischen Schrifttums »tönen«. Und in den Filmkneipen schwirrt die Unterhaltung so: Der »blinde Musiker« von Korolenko – musiziert er? ... – »... brauchte eigentlich eine Paganini-Novelle ...« – »... der arme Spielmann schon gedreht worden ...« – »... die Panflöte ist nicht von Molnár ...« – »... bearbeitet den Postillon von Lonjumeau ...«, »... aber das Lied von der Erde ist nicht frei ...« Kurz: es ist so, als werde die ganze Literatur, die sich in den vergangenen Filmjahren auf dem Einlauftisch angesammelt hat, wieder nach rückwärts geblättert, von neuem Gesichtspunkt: man liest nicht mit den Augen, sondern mit den Ohren: man greift bis auf Homer zurück, den blinden Sänger; man prüft Bücher wie Grammophonplatten. Literaten der niederen Rangklasse: beeilt euch mit Ratschlägen! Bald liegt in den Firmen der neue Kataster auf: »Bücher, die tönen ...«

Schmelz, der Nibelunge

Arnolt Bronnens neues Gesicht ist hier von Ignaz Wrobel gezeichnet worden. Ich habe nur einen Zusatz vermißt: daß es das alte ist. Denn, wenn man da und dort liest, des »Dichters Haltung« habe viele »überrascht« – wen hat sie überrascht? Seine Verehrer. Nun, sie mußten ja nicht. Der exzessive, der neutönerische, der radikale Bronnen, war er ein anderer? Kam diese Tatkraft, dieser Sturmschritt der Affirmation, dieser Büchnersche Unband, der sich Bordelle als Tummelplätze erkor und Böcke als Lustpartner, nicht direkt aus dem Kaufhaus des Westens her? War nicht schon Jung-Sexual-Bronnen ein Renommist? Trug Eros bei ihm nicht Wickelgamaschen? Und war dieses Stürmer- und Drängertum nicht bereits das umgestülpte Futter des Hakenkreuzlers? Nein, dieser Kopf hat sich nicht verändert; der Stahlhelm war seine vorbestimmte Zier.

Vorbestimmt – durch einen Tantalidenfluch. Ja, hören Sie

die düstere Geschichte, vernehmen Sie, wie von Generation zu Generation ein an die Wand gemaltes Unheil immer mehr Gestalt annimmt.

Bronnen hieß einmal Bronner. (Das war um die Zeit, wo Arnolt noch mit einem »d« geschrieben wurde.) Die Bronners sind ein stolzes Mährisch-Ostrauer Geschlecht, dem Spirituosenhandel zugeneigter als dem Kriegshandwerk.

Ein Sproß dieses Hauses siedelte nach Wien über und wurde Deutschprofessor für mittlere Lehranstalten – wie ich bezeugen kann, keiner der mildesten. Er nahm es besonders mit den Interpunktionen sehr genau ... künftige Psychoanalytiker mögen untersuchen, inwieweit die revolutionäre Haltung seines Sohnes Arnolt in der Frage der Kommas und Semikolons als Protest gegen väterliche Fingerklasse zu bewerten ist.

Ferdinand Bronner (dies des Professors Name) wandte sich getreu dem spätern Beispiel seines Sohnes fünf Jahre vor dessen Geburt dem deutschen Drama zu. Er nannte sich zu diesem Behufe Franz Adamus und wurde daraufhin sofort von Hermann Bahr entdeckt, was bei einem Haar auch seinem Sohn passiert wäre.

Franz Adamus-Bronner, Jude, schrieb ein Drama, worin er seine Rassengesinnung dokumentierte. Es hieß »Schmelz, der Nibelunge«. Wissen Sie, was dann – etwa im Geburtsjahr Arnolts – gezeigt wurde? Wie und warum Arnolt fünfunddreißig Jahre später einen völkischen Oberschlesienroman schrieb. Nämlich so:

Der Held des Stücks heißt Schmelz und ist Sohn eines braven Provinzjuden. Er kommt in Wien mit Couleurkreisen in Berührung, streift sein Judentum ab und tritt einer völkischen Burschenschaft bei, der »Nibelungia«.

Eines Abends ist Fuchsenkneipe, Schmelz, der Nibelunge, pokuliert, reibt Salamander, fährt mit den Händchen, ich meine Gläschen ins Unterland, frißt alle Juden gesotten und gebraten, Indem öffnet sich die Tür – und ein braver Kaftanjude tritt ein; Schmelz senior.

»Mein Sohn«, ruft er ungefähr in Ton und Sinn, »du bei den Rosches?«

»Papa«, gellt des Jüngels Ruf zurück, »ich kenne dich nicht mehr!«

Zusammenbruch des alten Schmelz, Hallo der Kommilitonen, Ende der Nibelungen-Herrlichkeit.

Das ist der Inhalt von Franz Adamus-Bronners wackerm, vätertreuem Werk.

Nun sage mir einer, ob über dem Haus Bronnen nicht ein Tantalidenfluch liegt?

ADALBERT STERNBERG GESTORBEN

Graf Abraham a Sancta Clara

In einem Wiener Sanatorium erlag gestern nach längerer Krankheit Adalbert Sternberg einem Schlaganfall. Er war unverheiratet und stand im 62. Lebensjahre. Er entstammte dem böhmischen Hause der Grafen Sternberg und war ein Bruder des Majoratsherrn Leopold Sternberg. Der Verstorbene, im alten Österreich und auch nach dem Umsturz eine bekannte Persönlichkeit, betätigte sich politisch und literarisch in reichem Maße. Der nachfolgende Aufsatz von Anton Kuh wurde vor wenigen Wochen geschrieben, er umfaßt prägnant den Menschen Sternberg, wie er war, ehe ihn die Krankheit rasch dahinraffte.

Eine Shakespeare-Figur unserer Tage ist der Graf Adalbert Sternberg. Auf seiner sprichwörtlich gewordenen Visitenkarte stehen die Worte

Adalbert
aus dem urgräflichen Hause
Sternberg.
Geadelt unter Karl dem Großen –
entadelt unter Karl Renner.

»Geadelt unter Karl dem Großen« – dieses stolze Beiwort ist ihm nicht nur ins Gesicht geschrieben, es war der verborgene Sinn manches Streites, mit dem er seinem weiland kaiserlichen Herrn Franz Joseph das Leben sauer gemacht, mancher Unbotmäßigkeit, mit der er im alten Reichstag paradiert hatte. Dabei trifft der Ausdruck »unbotmäßig«, der alten Lehenssprache entnommen, den ganzen Mann und sein Leben. Er beruft sich selber gern darauf, ein wie unbotmäßiges, starrköpfig-eisernes Geschlecht die Sternberge in alter Zeit waren, spricht von ihren Fehden mit dem Herrscherhaus, als ob sie noch in seinem Blute rumorten; doch wurde ihm dieser genealogische Größenwahn auf der anderen Seite zur Quelle des empfindlichsten Kavaliergefühls. Er war nie ein donquichottischer Streithansl wie die Junggeadelten, die bei der geringsten Unbill die Haut kitzelt; aber er hatte immer eine unzeitgemäß-heroische Auffassung von der Aristokratenpflicht. Nicht die Privilege des Adels sind ihm wichtig – er steht als geistig-geselliger Mensch dem simpelsten Fiakerkutscher oft näher als seinen Standesgenossen; wichtig ist ihm, daß der Aristokrat noch immer beispielgebend wirke, daß sein Leben und Treiben sich die Vorrechte selber schaffe. Diese Sternbergsche Romantik hat ihn aber frühzeitig mit der Mehrzahl der österreichischen Adeligen entzweit. Ich wohnte einmal Tür an Tür in einem kleinen Wiener Winkelhotel mit einem verarmten Grafen Festetics (dem Bruder des großen Magnaten gleichen Namens, der die Vorteile des Majorats genießt). Wir kamen im Speisesaal ins Gespräch; und der alte, power gekleidete Herr erzählte mir in seinem Ungarisch-Schwäbisch von seiner Jugend-Großtat: wie er vor 30 Jahren einem scharfen Pistolenduell Sternbergs als Sekundant beigewohnt habe – gegen Sternberg. »Was war damals der Grund des Duelles?« fragte ich. – »Na, wie immer beim Montschi« (so wird Graf Sternberg unter seinen Wiener Freunden genannt): »Kavalierdienst für eine beleidigte Frau!« Sternberg hat, nebenbei bemerkt, erst in jüngster Zeit wieder für die Unbedingtheit dieses Kavaliertums ein Beispiel gegeben: Bekanntlich ließ sich Franz Josephs Enkelin, die Prinzessin

Elisabeth Windisch-Graetz, mit einem einfachen Arbeiterrat (seines Zeichens Lehrer) standesamtlich trauen. Darüber große Entrüstung in den Adelskreisen; auch die großbürgerliche Presse zeigte über den »taktlosen Schritt« Verstimmtheit. Bloß Sternberg, wiewohl monarchistisch gesinnt, setzte sich für die Vielbefehdete öffentlich ein: man habe sich um die Not der erlauchten Frau nicht gekümmert – man möge auch seinen Schimpf über ihre privatesten Entschließungen sparen! Kurze Zeit danach ging ich mit ihm (er barhäuptig, trompetenstimmig, wie immer) über die Ringstraße, zwei hochgewachsene, schlanke Buben im Obergymnasiasten-Alter, adrett, aber dürftig gekleidet, ziehen die Hüte bis zum Boden und flöten wohlerzogen: »Küß die Hand!« Sternberg mit weitausladender Hand zu ihnen hinüber: »Grüß Gott! Wie geht es der Mutter?« und dann im Weitergehen zu mir: »Arme Burschen – die Urenkel Seiner Majestät!« Es war, im Sonnenglanz des Wiener Opernrings, ein kleines Shakespeare-Bild. Ich mußte an Richard III. denken, wie er, zugleich Protektor und Untertan, mit den kleinen Prinzen scherzt. (Allerdings ein bißchen anders als Sternberg hier: ihre Ermordung im Herzen.)

Doch einmal kam er mir leibhaftig wie der dritte Richard vor. Das war bei einem seltsamen, ergötzlichen Anlaß. Die Wiener Polizeidirektion, für Originale und Vollblutnaturen nicht sehr empfänglich, hatte vor vier Jahren den unbequemen Grafen, dessen Zwist mit den Mitgliedern des Jockey-Klubs kein Ende nehmen wollte, ausgewiesen (er durfte später zurückkehren); Sternberg berief vor seiner Abreise aus Wien eine Versammlung in einen berühmten Vorortsaal: »Wimbergers Prachtlokalitäten« am Mariahilfer Gürtel, wo im Fasching die lustigen Maskenbälle stattfinden. Auf einen Faschingsabend machten sich auch Sternbergs Anhänger gefaßt; sie kannten des Grafen lockere Zunge, sie freuten sich im voraus, wie derb und drall er den führenden Parteiherren die Meinung sagen werde. Sie kamen also scharenweise, arme Amtsdiener, Portierfrauen, Veteranen beiderlei Geschlechts, die der monarchistische Oberst Wolff zu diesem Zweck zusammengetrommelt hatte – und daneben, Kopf an Kopf, gute Wiener Gesellschaft. Der Graf stieg die Rednertribüne hinauf. Diener, Portierfrauen, Veteranen beiderlei Geschlechts staunen: Er spricht zum Volk und unterstreicht den Grandseigneur. Dann – zweites Staunen – setzt er sich eine riesengroße, gelehrte Hornbrille auf die Nase. Und nun – was ist das für ein herrlicher, goldstrotzender Schmöker, den er auf den Tisch liegen hat und langsam aufzublättern beginnt? Er erklärt es den Massen: »Das ist die Vulgata – die Urausgabe der Heiligen Schrift.« Man wartet, wartet auf die Kernworte, und Sternberg liest fromme, erbauliche Lehren aus dem Buch vor. Oh, er hat heute unter dem Smoking nicht den Harnisch, er hat eine sanfte Soutane an; ganz wie Richard von Gloucester, wenn er, um sich dem Volk in seiner kronwürdigen Einfachheit und Gottesfurcht zu zeigen, zwischen zwei Bischöfen auf dem Altan des Towers erscheint und, ganz in Gläubigkeit versunken, allerhand Sanftmut von den blutlechzenden Lippen träufeln läßt. Sehr schön, sehr sittsam – aber wie lange wird es noch dauern? Der neue Abraham a Sancta Clara ist vorderhand nur ein Abraham a Sancta Unclara. Unsere Ungeduld scharrt heimlich mit den Füßen ... Aber jetzt, das Buch zusammenklappend, die Quintessenz aus dessen heiligem Inhalt ziehend, spricht er von einer neu zu schaffenden Partei der wahren Christlichkeit, des praktischen Katholizismus, deren Mitglieder ehrliche, treue, jedem Partei-Unfug abgeneigte Menschen sein müßten – ganz anders als die heutigen Herrschenden ... »auf die wir Besseren, von der Lehre Christi Erleuchteten, nur sagen können ...« er stockt, malt das fehlende Wort in die Luft, lächelt ein wenig und brüllt dann in den Saal: »Schweinehunde!«

Schallendes Gelächter – das Eis ist gebrochen! Dieser gute Mann hat sein Naturell, wiewohl von der erbarmungslosen Ausweisungsexekutive bedroht, doch nicht länger als zehn Minuten verleugnen können! Nun weiß man, warum man bei Sternberg ist – und es geht im gleichen Ton weiter, Wort um Wort, Schlag auf Schlag. »Als ich einmal bei Ernst von Körber, dem bedeutendsten österreichischen Ministerpräsidenten, zu Besuch war«, erzählt Graf Sternberg nun weiter, »da machte dieser eine Lade in seinem Schreibtisch auf und sagte zu mir: ›Da in dieser Lade ist das ganze Österreich; da liegen die Empfangsbestätigungen aller derer, die sich von der Regierung Schweige- und Bestechungsgelder zahlen lassen!‹ Ja,« fährt Sternberg fort, »das war das alte Österreich; eine Maffia der Empfangsbestätigungen. Aber wie [ist] es heute? Früher standen wir wenigstens noch unter der Herrschaft derer, welche diese Empfangsbestätigungen ausgestellt haben – heute aber werden wir von jenen beherrscht, die sie unterschrieben haben!« Dann kam er, Appetit auf eine so hochfeudale Häuslichkeit erweckend, wo derlei Wandschmuck zu sehen ist, auf einen alten Stahlstich aus der Zeit der französischen Revolution zu sprechen, der über seinem Schreibtisch hänge: »Das Bild stellt einen Hühnerhof dar; die Hühner stehen um einen Hahn herum, der sie zur Volksversammlung einberufen hat und an sie die Frage stellt: ›Wollt ihr lieber gekocht oder christlichsozial gebraten werden?!‹«

Er war immer schlagfertig, ein Redner, der seine besten Wirkungen der Situation und dem Einfall verdankte – schon im Parlament, wo er einmal, als der Präsident gegen Sternbergs Angriffe auf die Krone verzweifelt die Glocke schwenkte, das Hohe Haus durch die hinausgeschriene Doppeldeutigkeit zum Entsetzen brachte:

»Auf dem Dache sitzt ein Greis,
Der sich nicht zu helfen weiß.«

Er hat übrigens dem Kaiser später in einer Versöhnungsaudienz diese und noch manche andere Missetat abgebeten. Der Anblick des alten Herrn rührte ihn. »Ich habe ihm«, erzählte mir Sternberg, »damals die Hand geküßt. Er fragte mich: ›Ja, können Sie nicht mit diesen Geschichten aufhören? Müssen Sie die Fehden immer fortsetzen?‹ – ›Das müssen Sie meinen Gegnern sagen, Majestät‹, erwiderte ich, ›die sind's ja, die mich befehden!‹ – ›Na ja‹, sagte der Kaiser darauf, ›Sie sind halt zu grob!‹«

Der Kraftsprache des Grafen entspricht seine Gesinnung; wie es in seinen Worten grollt und wettert, so gewittert ihm die Brust, wenn irgendwo und irgendwem ein Unrecht geschieht. Er kann dann – ob er schreibt, ob er zu Gericht geht oder ob er freundbrüderlich eingehängt über die Ringstraße spaziert – so exzessiv werden, daß Leuten das Hören und Sehen vergeht. Sein Gefühl für Recht macht ihn, ungeachtet seiner konservativen Kulturideale, zum Demokraten, den das parteiverengte Wien noch hat. Als eine arme böhmische Bedienerin wegen Mords unschuldig zu fünfzehn Jahren schweren Kerkers verurteilt wurde, da schäumte er in zahllosen Zeitungsaufsätzen gegen die Willkür der Justiz auf; und dieser Zornausbruch wiederholte sich bei jedem noch so geringfügigen Anlaß, mochte er sich dem Schubfach des monarchistischen Parteibekenntnisses fügen oder es sprengen. Und in einer vor Jahresfrist gegründeten Zeitschrift »Sternbergs Halbmonatsschrift« – einer der eigenartigsten Druckschriften des deutschen Sprachbereichs – erweist er sich oft als der einzige, der den Mut hat, eine behördliche Ungeheuerlichkeit anzuprangern oder sich auf die Seite eines Verfolgten zu stellen. In der Zeitschrift Sternbergs kommt übrigens nicht bloß die Entrüstung und der Eklat zum Wort, sondern auch die Gelehrsamkeit. Sternberg, der ein in vielem – auf dem Gebiet der Geschichte und Kulturgeschichte – profundes, ja, fast professorales, im ganzen aber (offenbar durch die verspätete Vielseitigkeit seiner Neigungen) kunterbuntes, an das »Frag mich was!«-Spiel erinnerndes Wissen besitzt, hat nämlich seit längerer Zeit den Ehrgeiz, mehr als ernster Schriftsteller und Buchmensch denn als Stegreif-Original unserer Zeit genommen zu werden. Er schreibt unermüdlich. Tage und Nächte lang; gießt den Inhalt von Enzyklopädien in popularwissenschaftliche Flaschen um. Und diese Amateurleidenschaft im Verein mit – apropos: »Flaschen« – seiner theoretischen und praktischen Verherrlichung des Alkohols, das sind die Schilde, hinter denen die Leute, die schon das Wort »Graf« beleidigt, gegenüber der Vollbluterscheinung Sternbergs ironische Deckung suchen. Sie wissen nicht, daß Sternberg aus einem ähnlichen Grund und mit dem ähnlichen Ergebnis trinkt, wie einst der ihm wesensverwandte Dichter Peter Altenberg: um das ermüdende Gehirn in jenen Hochdruck zu versetzen, wo die Phantasie stürmischer arbeiten kann – oder wie Altenberg gesagt haben würde: um immerwährend begeistert sein zu können.

Franz Werfel und Adalbert Sternberg

Am 26. April starb in Wien Adalbert Graf Sternberg, eine der letzten Originalgestalten dieser Zeit, blaublütig nicht nur im genealogischen, sondern mehr noch im menschlichen Sinne. Im November desselben Jahres erscheint im Verlag Paul Zsolnay (Wien) »Das Reich Gottes in Böhmen«, ein Drama des Dichters Franz Werfel. Die beiden Ereignisse haben einen Zusammenhang. Ich will hier zu zeigen versuchen, welchen.

Eine Zwischenbemerkung vorher: Sternberg und Werfel, der politisierende Adelssprosse und der dichtende Kommerzialratssohn, waren Landsleute – in Werfels Sinn: »Böhmen«. Die Bürger Prags hatten in den Jahren, da der Dichter noch in die Schule ging, Mund und Augen aufgesperrt, wenn sie aus der Zeitung erfuhren, mit welcher Freiheit und Kühnheit sich der deutschsprechende, aber von Tschechen gewählte Graf im alten Reichsrat aufführte; wie landsknechtsgrob und witzig er sein Herrentum in die Ohren des Hohen Hauses trompetete; wie respektlos – gleichwie aus dem Frohlocken der Ebenbürtigkeit – er sogar mit dem alten Herrn verfuhr. Man mag sich ausmalen, wie der trotzige Nicht-Aufsteher den Kommerzialräten imponierte – mochte von ihm auch das Klischeebild im Umlauf sein: Rauhgraf, Saufgraf, Duellgraf.

Wer Sternberg kannte, wußte, wie billig diese Abstempelung war. Der wilde Mann – eines jener »Genies des Daseins« à la Peter Altenberg, deren schriftliche und protokollierte Lebensäußerungen nur einen mangelhaften Begriff ihres Wesens geben – war ein Gütiger und Weicher, er konnte, trotz Bullenhaupt und Trompetenstimme, zart sein wie ein junges Mädchen und kindisch wie ein Gymnasiast. So traten in seinem Leben immer wieder lyrische Krisen auf, die das politische Holterpolter unterbrachen. Einer dieser Anfälle (verschuldet durch eine morphiumsüchtige schöne Dame) befiel ihn 1926. Er saß da allnächtlich in dem als Bar eingerichteten Vorraum eines Wiener Tanzkabaretts, um – ja warum? Um zum zwanzigsten, dreißigsten, fünfzigsten Male tränenüberströmten Auges durch den Vorhangspalt Josma Selims Lied auf den »guten, alten Herrn von Schönbrunn« (Text und Musik: Ralph Benatzky) zu lauschen und auf diesem Wege die Renitenzen wider seinen kaiserlichen Herrn zu sühnen. Er gab damals – im Selbstverlag – einen Band Liebesgedichte heraus; der Titel lautete »Das Rauschen der Seide Gottes über dem Samt meines Herzens«.

Eines Abends kam Franz Werfel in die Bar. (Gefolgt von Schwager und Schwester.) Sternberg blickte auf – der neue Kopf interessierte ihn. »Wer ist der Mann?« – »Das ist Franz Werfel.« – »Werfel? Kenn ich nicht!« Ich als freiwilliger Kindermann dieses Serenissimus aus Falstaffschem Geblüte: »Der Dichter Werfel.« – »Ein Dichter??« Er fieberte. Ob ich ihn persönlich kenne ...? Ja? – dann her mit ihm! Nun reizte es mich ohnedies, die beiden miteinander bekanntzumachen. Einmal Sternbergs wegen, der (darin wiederum Altenberg ähnlich) in seiner Erfolggier kindlich-durchsichtig war und vor neuen Menschen prachtvoll sein Rad schlug; eigentlich aber, um dem Dichter einen Mann vorzuführen, dessengleichen er sicher noch nicht gesehen hatte und dem er fortan alle voreiligen Impressionen abbitten würde. Das Experiment schien zu glücken. Werfel kam mit einer Introduktion herzlicher und aufrichtiger Verbindlichkeiten an den Tisch: er freue sich, die frühesten und erquickendsten Eindrücke der Zeitungslektüre heute verfleischlicht vor sich zu sehen – liebe den Grafen seit langem –, entsinne sich dessen Parlamentsreden, Kraftworte, seines politischen – – Bei diesem Wort schnitt Sternbergs imperatorische Stimme dazwischen: »Ich bin kein Politiker – –« Und mit Elefantenkraft, daß die Gläser auf den Tischen zu zittern begannen: »Ich bin Lyriker!!«

Franz Werfel: »Das Reich Gottes in Böhmen. Tragödie eines Führers.« Auf dem Umschlag des (starken, theaterkräftigen) Werkes steht: »Ein großes dramatisches Gleichnis der Gegenwart in historischem Gewande.« Ja, das stimmt. Wenigstens, soweit es die Gestalt Adalbert Sternbergs betrifft. Werfel, dessen Abwehrauge immer rascher ist als sein Erlebniswille und der gleich einem Tenor seine Sicherheit gegen jeden neuen Menschen schützt, läßt darum die Personen seines Umgangs in seinen Büchern gern als Schlüsselfiguren auftreten (siehe »Barbara«); das hatte er diesmal – bei der Tragödie Prokops des Großen und des zusammenbrechenden Hussitenkrieges – leicht: denn in Sternberg, dem Zeitgenossen, lebte ein anderer Sternberg fort: Sternberg, der Feind Prokops. Eigentlich alle Sternberge, vom Stammgründer Jaroslaw angefangen, der anno 1241 die Mongolen schlug. Doch sicher auch Holicky von Sternberg, der die Bürgerschaft Prags gegen die Hussiten auf die Seite des Adels brachte, obwohl er sie als dummes Werkzeug verachtete; der geschickt die Fäden des Basler Konzils spielen ließ; und dabei – laut Werfel – in Suff und Derbheit schwelgte. Ja: Das Konterfei ist unverkennbar – die Stunde in der Wiener Bar hat ihr literaturgeschichtliches Moment bekommen: Holicky von Sternberg – Adalbert von Sternberg – das gleiche Blut, der gleiche Mensch. Wie charakterisiert ihn Werfels Regieanweisung? So:

(»Mächtige Statur, violett gedunsenes Gesicht. Es scheint von Suff und Selbstbewußtsein zerplatzen zu wollen. Trompetige Stimme. Er spricht nicht, sondern schießt seine Sätze ab.«)

Er läßt ihn reden; es ist, mit gutem Ohr eingefangen, Sternbergs Mutterlaut, die Melodie seiner kurz knatternden, wie mit der Faust auf den Tisch gehauten Sätze, die gleiche Grobheit, Zornfülle und erhabene Ungeniertheit, von dem – sogar original entlehnten – Ausspruch: »Dein Geist zeigt die Wiener Mehlspeis-Prägung« angefangen über den Leitsatz: »Ich bin nicht Deutscher, ich bin nicht Tscheche – ich bin ein Herr!«

bis zu dem effektvollen Abschluß: »Kusch und sauf!« In diesem Punkt also und soweit es die musikalische Gabe des Dichters anlangt, einen Menschen als die Verfleischlichung seines eigenen Tonfalls zu empfinden, ist Werfels Sternberg keine Verfälschung; das Shakespearesche des Mannes bleibt erhalten. Doch was er tut und denkt, ist im Grunde nichts anderes als eine dramatische Abwandlung jenes dreiteiligen Klischeewortes: »Rauhgraf, Saufgraf, Duellgraf«, mit dem die Kommerzialräte Prags – die Nachkommen jener Bürger, denen Holicky im Stück sein verächtliches »Du« anträgt – Adalbert Sternberg abtaten.

Mir fällt eine Geschichte ein, die ich einst gerade aus Werfels Mund hörte: Er hatte mit Arthur Schnitzler darüber disputiert, inwieweit ein Autor Schlüsselfiguren in sein Werk einführen dürfe. Schnitzler sagte: »Kennen Sie den Tenor S.? Er stammt aus einem kleinen galizischen Dorf. Fünf Jahre schon spielte und sang er in Wien mit Erfolg, aber seine Mutter hatte ihn noch nicht auf der Bühne gesehen. Als sie eines Tages aus der Ferne hergereist kam und ihren Sohn zum erstenmal bewundern durfte, fragte dieser nach der Vorstellung: ›Nun, Mutter, wie hab' ich dir gefallen?‹ – ›Sehr gut, mein Kind. Aber warum hast du nicht das schöne Lied gesungen: Ach, ich hab' sie ja nur auf die Schulter geküßt!?‹ – ›Aber Mutter, das ist ja aus einer ganz anderen Operette – das hab' ich gar nicht singen dürfen!‹ Darauf die Mutter, mahnend den Zeigefinger nach oben: ›Wenn man brav ist, mein Kind, darf man alles.‹«

Wenn man brav ist, darf man alles. Ist Werfel brav? Als Dramatiker ja. Sternberg hat sein Monument. Ein gut gehauenes, derbes Monument. Aber es wäre schöner, wenn es den Zug aufwiese, den Werfel damals, trotz einiger Beleidigtheit, an Sternberg erfuhr: Güte. Dichten heißt Gerichtstag halten. Heißt Gerichtstag halten Rache nehmen?

Der unsterbliche Österreicher

Aufmerksamen Zeitungslesern, Nachtlokalbesitzern und Organen der öffentlichen Ordnung und Sicherheit wird es im Laufe der letzten Jahre nicht entgangen sein, daß ich meiner österreichischen Heimat in aller Stille den Rücken gekehrt habe; doch keineswegs nur in dem leichtgemuten, kecken Sinn, in dem Menschen ihren Mitbürgern manchmal ihre Kehrseite zu zeigen pflegen.

Mein Abschied erfolgte in dem bangen Zeitabschnitt, wo sich die politischen Verhältnisse in Österreich allmählich zu einem Kampf zwischen den Sommerfrischlern und den Eingeborenen zuspitzten; respektive zu einer Belagerung der einen durch die anderen, wobei am Ende – seltsames Spiel der Geschichte! – gerade einem Nachkommen des Befreiers aus Belagerungsnöten (1683) jetzt die Rolle des Belagerers zufiel. In diesen Wirrwarr wollte ich nicht hineingezogen werden. Amtsdegen und Polizeisäbeln kann die bedrängte Vernunft allenfalls ein Rückzugsgefecht liefern – Heugabeln machen sie wehrlos.

*

In diesem bedeutungsvollen Augenblick, da sich fast die Sterblichkeit des Wieners zu erweisen scheint, übergebe ich der Öffentlichkeit mein Buch vom »Unsterblichen Österreicher« (Verlag Knorr & Hirth, München). Der Zeitpunkt ist günstig. Denn wann sollte man eine Welt den anderen zur Besichtigung, Nacheiferung, Kenntnis und liebevollen Fortbewahrung empfehlen, als in dem Moment, wo man fürchtet, von ihr wirklich Abschied nehmen zu müssen!

Mein Werk (wenn man eine Sammlung gedruckter und ungedruckter Aufsätze mit diesem hochtrabenden Wort benennen kann) ist also zugleich Liquidation und Hymnus. Teils Requiem, teils geschriebenes Kabarett. Die Unartigkeiten des Improvisators so wenig verhehlend wie die Tugenden des ernsten Schriftstellers auf die Spitze treibend. Schlampig wie das Land, wo meine Wiege stand, und doch auch exakt und hirnsauber, wie jenes, wo ich heute unter guten Österreichern lebe. Wenn ich mir etwas darauf zugute tue, so ist es der Umstand, daß ich mir nichts darauf zugute tue. Ich bilde mir nämlich nicht ein, daß man durch das Sammeln seiner Aufsätze von ihrem Verfasser zu ihrem Schöpfer avanciert. Trotzdem hoffe ich, daß Freund und Feind des Autors in seinem Buch mehr erblicken werden als die literarische Manifestierung eines Vorschusses, den er empfing. Vielleicht sogar: Liebe. Denn, um bei der obigen Geschichtsdarstellung der letzten anderthalb Jahrzehnte zu bleiben: aus ihr geht logisch hervor, daß gerade jene unter den geistigen Österreichern, die sich einst ungestüm nach der neuen Zeit sehnten, heute, enttäuscht über den Ausgang des vaterländischen Hasardspiels (ich nannte es »Kropf oder Adler«) um so pietätvoller in die alte zurücktauchen. Einige beschwören die Vorkriegstage und erwärmen sich an der Gestalt Franz Josephs. Andere gehen bis zum gütigen Ferdinand. Die dritten versenken sich in den Wiener Kongreß. Das ist mir alles zu nah, alles zu wenig. Ich halte bei den Babenbergern und ihrem gütigen Herzog Jasomirgott.

*

Übelwollende Leser (namentlich solche, die mir im Gerichtssaal gegenüberstanden) bitte ich am Schluß, den einen oder anderen Druckfehler meines Buches nicht zum Garderobehaken ihrer Ironie zu machen. Wenn etwa bei der Erwähnung meiner Vorträge irrtümlich von dem »Ausüber über einer solchen Kunst« die Rede ist, so läge freilich nichts näher, als meine Vortragskunst dahin zu chrakterisieren, daß ich der Ausüber über ihr bin. Aber zartsinnig wäre es nicht.

Den Wohlwollenden hingegen sei angelegentlichst Seite 93 zur Lektüre und Beherzigung empfohlen. Wenn einst nichts mehr von mir übrig ist – diese Kanonade der Ungeniertheit, die ich einmal im Konzerthaus auf die verblüfften Ohren meiner Zuhörer losließ, wird mich überdauern. Leider begegnet sie nicht in gleichem Maße dem Verständnis norddeutscher Leser. Ein Berliner, der mein Buch las, meinte: »Sehr amüsant – nur sag'n Se mal: wer is denn der Mann, von dem Sie da immer reden – dieser Herr O-a-rsch?«

ÖSTERREICH 1930

Angelockt vom Beispiel ruhmbedeckter Autoren, die mit kühnem Satz aus dem Journalismus in die Literatur sprangen, indem sie ihre langweiligen Feuilletons als kurzweilige Bücher herausgaben, beschloß der Verfasser dieser Aufsätze, das Publikum glauben zu machen, sie seien von jeher eine geistige Einheit gewesen und nur durch das auseinanderflatternde Zeitungspapier aus ihrem Zusammenhang gerissen worden.

Sein Beginnen wurde ihm durch die Materie erleichtert; wo seine Schere zum entscheidenden Schnitt ansetzte, grüßte die Heimat: Österreich.

Doch entpuppte sich in der Nähe gerade diese Erleichterung als Erschwernis.

Österreich? ... Wer will davon etwas wissen? ... Für die Neue Welt ist es ein alter Film, für die Alte ein Operettenrefrain, für Mitteleuropa eine Sorge, für Westeuropa eine Last, für die Literatur eine Schmutzkonkurrenz, für Deutschland ein Belang, für die Wiener ein Kerker, für die Berliner ein Diminutiv, für die Entwischten ein Steckbrief, für die Weltgeschichte ein Alpdruck, für die Buchhändler ein rotes Tuch – und für alle zusammen: eine Entbehrlichkeit. Oder, um es im Geist meiner neuen Heimat zu sagen: Österreich ist unaktuell! Die soignierten Gespenster, die von dort auszogen, um die Welt mit dem Evangelium des Kleingedruckten zu beglücken, haben seinem Marktwert vollends den Garaus gemacht.

Hoffte ich es also hiermit zur Aktualität wiederzuerwekken? ... Oder schrieb ich bloß ein Totenbuch?

Staunen Sie, geneigter Leser:

Ich tue beides zugleich! Indem ich von einem Heimatbegriff Abschied nehme, wünsche ich, daß sich ihn die ganze Welt einverleibe. Seine Träger hat er sich ohnedies schon einverleibt. Seit dem Ende des Großstaats Österreich ist das Österreichertum über die früheren Landkartenränder geflossen und hat sich, von Moskau bis Hollywood, werktätig über die Erde verbreitet. Aber bei dem Talent zur Mimikry, das die Österreicher aus dem Zusammenleben mit ihrem alten Staat erwarben, hat die Welt davon nur neue Arbeitskräfte, nicht neuen Geist gewonnen.

Neuer Geist – welcher wäre das? Der uralte. Lange nämlich, bevor es den Grafen Coudenhove-Kalergi gab, war schon ein Paneuropa da. Ein Miniatur-Paneuropa. Leider versäumten es damals die Politiker, mit entgegengesetzten Dingen beschäftigt, dieses gesegnete Land zu entdecken. Und wie hätten sie es entdecken sollen? Indem sie sich zu seiner Eroberung und Unterwerfung zusammengeschlossen, es von den Banden großstaatlichen Eigensinns befreit hätten. Aber sie taten das Umgekehrte. Statt das Land beizubehalten und den Staat von der Landkarte zu streichen, radierten sie das Land weg und errichteten viele Staaten.

Elegisch blickten seither die früheren Insassen jenes Staates (und die Hochverräter fast mehr noch als die Patrioten) nach ihm zurück, wie nach einem verlorenen Paradies. Dieses Österreich hatte etwas Wunderbares. Es war das letzte Beispiel von Staatsromantik. Zum letztenmal zeigte sich der Ordnungswille so pittoresk durch die Menschlichkeit gelokkert, ja zerbröckelt; zum letztenmal trug die Humanität eine Amtskappe. Denn die Geschichte hatte hier ein neues Wesen geschaffen: den vielsprachigen, den entnationalisierten Menschen. Wäre der nicht zum Umgang mit gewaltsamen, großstaatlichen Fiktionen gezwungen gewesen, aus denen er sich am liebsten in den Trunk flüchtete und die in seinem Kopf bei einem bestimmten Temperaturgrad von Beschwipstheit wie Blasen hochstiegen, man hätte den landesüblichen Ausspruch: »Der Österreicher is a Mensch!« in den Satz umkehren dürfen: »Der Mensch ist Österreicher!« Doch gerade diese

Kreuzung des Homo communis mit dem Homo politicus, diese schon den Physiognomien aufgeprägte Notwehr gegen den Staat war das Österreichische, das nunmehr, wo es keine besondere Heimat mehr hat, Weltgut werden müßte.

Ich glaube an das »A. E. I. O. U.« Kaiser Friedrichs wie an die Idee des auserwählten Volks. Es gibt ja bis auf weiteres noch über fünfzig Millionen Österreicher. Ihre Länder liegen in Europa, aber außerhalb der Zeit. Es sind Wiegen der Zukunft und Ausstellungen der Vergangenheit. Ruinen stehen in ihnen neben Betonpalästen. Die alten Menschen leben hier nach neuen Gesetzen. Und der Staat, der sie beide zusammenbringt, blufft nicht durch Wirtlichkeit, er behielt seinen warnenden Desinfektionsgeruch. Alles wie einst. Wenn man bei Tetschen die Grenze überschreitet, erblickt man an Stelle einer Bahnhofsretirade einen Schutthaufen; dafür hat der Schaffner bereits ein Menschengesicht. Wenn man in Agram nächtigt, stehen unruhige Stunden im Bett bevor; doch das Antlitz des Hausknechts kann ein Abenteuer sein. Ja sogar die Parlamente in diesen Ländern (soweit sie noch welche haben) sind Nachgeburten des alten Reichsrats. Wie hallen sie von der frohen Erkenntnis wider, daß sich die Stimme des Volks lieber in Zwischenrufen Luft machen soll als in Ausschußreden!

Österreich überall – nur nicht in Österreich! Der arme Kleinstaat an der Donau, dem die Geschichte den stolzen Namen hinterließ, ist bei der Aufteilung des Österreichertums nach dem Umsturz am schlechtesten weggekommen: das Pilsnerbier und die gebildete Bürokratie wanderten nach Böhmen – der Weizen und die Freudenhäuser fielen an Ungarn – Galizien erbte die Schnäpse und das Finanzministerium – Rumänien die Ochsen und die Heimatscheine der deutschen Literatur – Österreich aber behielt: die Kriegsanleihe, die Beamten von der 5. Rangesklasse abwärts und das Polizeipräsidium.

Unglückliches Land – unglücklichere Hauptstadt! Abgeschnitten vom Zustrom immer neuen Mischbluts, das deine freie, heitere, menschliche Art bewirkte, erscheinst du über kurz oder lange nur noch der bajuvarischen Inzucht preisgegeben. Heute noch edle Scherbe eines Großstaats, bist du unaufhaltsam auf dem Weg, dich in eine neue Eidgenossenschaft zu verwandeln; in eine Schweiz der Komfortlosigkeit. Denn das Ziel der Geschichte ist erfüllt: zuerst haben Österreichs Kronländer gegen die Residenzstadt Krieg geführt (unter dem Namen »Weltkrieg«), indem sie sich des Mißgeschicks ihrer in Wien seßhaften Adeligen und Militärs zur Aufwiegelung Europas bedienten. Dann kam der verkappte Krieg, den die Bundesländer im folgenden Dezennium gegen die Hauptstadt führten, indem sie sie zum Sitz ihrer gesetzgeberischen, ordnungschaffenden und sittenreinigenden Tätigkeit erwählten. Dieser Feldzug ist jetzt ein offener geworden: kriegerische Alpenstämme sind im Begriff, der immer noch stolzen, durch das Tragen von Filzhüten und langen Hosen herausfordernden Stadt Mores beizubringen. Die Wiener, die in den letzten zehn Jahren seit dem Kriege als brave Stammgäste bei Bridge und Rummy im Café »Österreich« saßen und warteten, bis ein Nachbarstaat käme, endlich ihre hochaufgelaufene Zeche zu bezahlen (die Rolle ist gegenwärtig Deutschland zugewiesen), blicken jetzt sorgenvoll nach den Fenstern des Kaffeehauses, ob die Scheiben nicht sogleich von Steinwürfen splittern werden; sie beklagen zum erstenmal die Gründung der Ringstraße, mit der bekanntlich die Niederreißung der schützenden Glacis und Linienwälle verbunden war.

Schlimme Zeiten! ... Ich sehe bei dieser Entwicklung der Dinge den Verlust des letzten schönen Anrechts voraus, das den Österreichern aus der Vergangenheit verblieb: nämlich ihr Bekenntnis zum Staat in einem Seufzer mitteilen zu dürfen, der über die Unerwünschtheit seines Bestehens keinen Zweifel läßt. Das war die gute altösterreichische Formel des Patriotismus von den Bettlern bis zu den Kaisern. Es war die Verständigungssprache zwischen Häftlingen. In diesem Sinn durfte man ja Franz Stelzhamers Verse:

Ein Österreicher bin i
Aus'm Österreicher Land

Das is zwar kein Unglück
Aber doch is's a Schand.

als eigentliche Volkshymne nehmen. Die Selbstverkleinerung und Staatsresignation war die Quelle des österreichischen Volksbewußtseins. Und ich sehe noch den Sozialdemokraten Pernerstorfer vor mir, graubärtig und grobstimmig, eine Art Jakobinischer Gymnasialprofessor (oder Schlossermeister?), dem das rote Schnupftuch aus der Tasche hängt, wie er in einer Reichsratssitzung des Jahres 1917 unter schallender Heiterkeit des Hauses den Satz sprach: »Aus dem Mund meines Vorredners ist das Wort ›Hochverräter‹ gefallen. Hohes Haus – lassen wir dieses Geschimpfe! Wer ein richtiger österreichischer Patriot ist, ist mindestens einmal in seinem Leben Hochverräter gewesen!«

Das war einmal. Der Zeitgeist ist strenger. Im Gefolge des Dalles marschiert wie so oft das Nationalgefühl. Der Staat äugt seine Bürger an wie ein patrouillierender Wachmann. Er will nur noch Musterschüler vor sich sehen, nicht mehr Juxbrüder und Eigenbrötler. Wien, das einmal ein edles Asyl der Sonderlinge war, wo jeder Barfüßler des Geistes und Leibes, von Altenberg bis Sternberg, besondere Liebe genoß, schützt seine Narren nicht mehr, sondern macht ihnen den Prozeß. Wie lange noch, und es gibt dort unten einen Staatsgerichtshof wie in Leipzig?!

Ist es unter solchen Umständen erstaunlich, daß der Autor dieses Buchs außer Land zog? Daß er es vorzog, in Berlin unter Wienern statt in Wien unter Kremsern zu leben?

Trotzdem ist er der Widrigkeit österreichischer Verhältnisse hier Dank schuldig. Denn die Unmöglichkeit, in der Heimat zu bleiben, hat ihm wie so vielen anderen erst den Weg gewiesen, sich und seine Aufsätze zu sammeln.

Da dieses Buch sonach einen Teil des österreichischen Wirtschaftsproblems darstellt, darf es nicht wundernehmen, wenn sein Verfasser selbst als Figur darin vorkommt; und zwar so unseriös und typenhaft, wie man es braucht, um ihm hüben wie drüben seine Sünden zu vergeben.

Mendel Singer war beim Kaiser

Emanuel Edler von Singer, Jargon-Großmeister des Wiener Journalismus, Urstimme des gravitätischen Leitartikels, Bergführer angehender Parlamentarier – ich beschreib' ihn an anderer Stelle.

Als im Jahre 1907 das Werk der Wahlreform unter Dach und Fach gebracht war, ging auf die Helfer und Mitarbeiter ein Adelsregen nieder. Auch Singer kam auf die Liste. Doch das »von« war nur ein Vorgeschmack des Himmels; er durfte in einer Dank-Audienz zum erstenmal den Kaiser Franz Joseph von Angesicht zu Angesicht schauen. Am Abend des denkwürdigen Tages versammelte er in seinem Redaktionszimmer alle Kollegen.

Berichtete:

»So müßt ihr euch vorstellen ... ich steh' im Vorzimmer ... auf einmal wird gewunken ... ich im Frack ... alles ausgebügelt ... weiße Handschuh' ... kommt der Diener ... sagt: Seine Majestät. Und wie ich eintret' in den kaiserlichen Saal ... so stellts euch vor ... do rechts am Tisch, halb angelehnt, die Hand so ... wie wenn er sich möcht stützen ... kerzengrad ... eine soldatische Figur ... von Wucht und Weihe ... in seinem Generalsrock ... ein Sinnbild der Strammheit ... mit sein Boart ... steht seine allerdurchlauchtigste Majestät, der Kaiser und König Franz Joseph der Erschter ... der Landesvater von achtundfünfzig Millionen ... angelehnt am Tisch ... neben seiner ... so vielleicht ein Metter oder zwei: der Firscht Montenuovo ... Obersthoffmeister ... in taktvollem Abstand ... ein junger Mann ... Und er, der Kaiser, halb vorgebückt ... wie er so dasteht ... und ich seh' vor mir Seine Majestät, Kaiser und König Franz Joseph, den Fürsten von Lodomerien, Markgrafen von Tirol und Großwojwoden von Siebenbürgen ... eine historische Figur ... das erhabene Symbol der Geschichte ... wie wir ihn alle kennen von die Bilder ... mit sein Gesicht von Allmacht und Weisheit ... das edle Profil ... hineingemeißelt in die Herzen der Völker ... und er steht so do, zwei Schritt von mir ... mit seinen grauen Boart ... wie in den Schulzimmern ... der Monarch ... von der Vergangenheit umflossen ... der allerhöchste Patriarch des Staates ... und er steht vor meiner ... zum Fassen mit den Händen ... der Kaiser Franz Joseph ... und ich steh' vor ihm ... der Geist der Geschichte ... so mit rote Streifen an die Hosen ... sag ich zu ihm: ›Majestät! ... ich bin ä Juud!!‹«

Betrachtungen über den Gigolo

Eh' die Sonne des Eros niedersinkt, wandelt den Menschen zum letzten Mal ein Bedürfnis nach wohlfeilen, romantischen Bewegungen an.

Alternde Männer drehen sich auf der Straße mit auffälligem Ungestüm nach den ganz jungen, zartbeinigen Mädchen um; sie vertragen, wenn man so sagen darf, die Schwerkost der Liebe nicht mehr, mit großen Frauen und Gefühlen und den daraus entspringenden Konflikten, Problemen und Komplexen; sie brauchen leichtverdauliche leckere Gerichte, die das Auge so flüchtig reizen, wie sie den Leib verlassen; die Natur hat ihre Sinne jetzt durchaus auf Bequemlichkeit eingerichtet. Alternde Frauen umschwärmen Epheben-Taillen mit ihren Blicken; sie sehen den Knaben Bacchus in jedem Smoking; im Schein der Sonnenwende steht, goldglänzend und göttlich, der Gigolo.

*

Wenn man den Punkt, auf dem er steht, geometrisch bestimmen wollte, müßte man sagen: er befindet sich dort, wo die Linien Geld und Romantik einander kreuzen. Romantik – von jener ritterlichen Zeit her, wo der Knecht Fridolin zu Füßen der Gräfin von Savern saß; Geld – als Maß einer Zeit, die für den Besitz nicht mehr den kategorischen Imperativ und die Kreutzersonate vorschiebt. Der Gigolo verkörpert diese und jene. Er ist die Inkarnation einer Sehnsucht und der Angestellte einer Industrie (wobei es der Zweck der Industrie ist, die Sehnsucht zu befriedigen); er ist das Idol, das sich fix ab Lager selber ins Haus liefert. Oder, wenn man mit dem alten Balladenwort sein Spiel treiben will: der Page von 1430 als Hotelpage von 1930.

Knappe Franz aus Goethes »Götz«, von Frau Adelheid zur nächsten Runde befohlen.

Eine bürgerliche Regel sagt, daß es schimpflich sei, wenn Männer von Frauen Geld annehmen; dem steht ein ebenso hartnäckiges Bedürfnis der Frauen entgegen, sich jemanden zu erwählen, dem sie alles Geld hinwerfen, das sie von anderen empfangen haben – den sie von Kopf bis Fuß kleiden, zum Gentleman machen, als Prinzen neben sich schreiten lassen; sie brauchen den einen, der von ihnen ganz und gar abhängig ist, nicht so sehr deshalb, weil sie ihn mit einer den Gatteninstinkten ebenbürtigen Habgier für sich allein besitzen wollen, als, um eine Art Garantie zu haben, daß der Erkorene sich nicht in irgendein der Liebe so feindliches Männer-Phantom wie »Arbeit«, »Kunst« oder »Gesinnung« verstricken lasse. (Wahrlich, ich glaube sogar: wenn die Frau des Kapitäns in Strindbergs »Totentanz« ihren in wissenschaftlichen Männer-Kindereien versponnenen Mann hätte aushalten dürfen, sie hätte es neben ihm ausgehalten!)

Man betrachte bloß den Blick und die zitternden Finger einer Frau, die ihrem Geliebten für diesen unerfüllbaren Traum wenigstens die neugeschenkte Krawatte um den Hals bindet.

Das Bedürfnis, zu zahlen, mag man als Protest gegen jahrtausendlanges Bezahltsein auffassen. Es entspricht jedenfalls dem natürlichen Trieb. Der Gebende, Wirtschaftskräftige ist der Feind. Also genügt einer Frau oft bloß die Willigkeit eines Jünglings, etwas anzunehmen, dazu, daß in ihr teils Gefühle von mütterlicher Zärtlichkeit, teils einer Bundesgenossin erwachen.

Die Liebe ist kein Nebenberuf. Aber sie wird von den erwerbstätigen Männern dazu degradiert.

Infolgedessen suchen die Frauen mit zunehmendem Alter, der bürgerlichen Annehmlichkeiten müde, nach Gesichtern, die der Liebe als Hauptberuf verfallen scheinen; in denen weich und verspielt und widerstandslos die Geistesgegenwart für die heilige Sache flackert. Mit welcher Mühsal müssen sich die anderen zunächst aus ihrer Welt lösen, eh' sie soweit sind, und wie ungraziös wirkt dann immer die Verwandlung. Der Gigolo ist immer da, immer bereit, immer im Bilde. Ach, und seine Sorge hat den Charme der Unterwürfigkeit! Und er radebrecht so abenteuererhaft balkanisch. Und er trägt den Smoking bei Tag und Nacht! Und die Existenzschwäche lächelt aus seinem bübischen Gesicht! ... Es scheint verlokkend, durch ihn das sichere Lebensschiff ins Schaukeln bringen zu lassen; mit ihm aus der Langeweile der Geborgenheit in eine gefahrvolle, abschüssige Landschaft hinüberzutanzen, wo es nur noch Liebe und nichts als die Liebe gibt – so wie Stendhals Madame Rênal, die großzügige Kleinstädterin, Mann und Kinder verläßt, um ihrem heißen Knaben Julian durch die Welt zu folgen.

*

Das Erwachen ist grausam. Kennen Sie Grillparzers berühmte Gigolo-Tragödie »Sappho«? ... Sappho, Poetin entre deux âges, Nobelpreisträgerin von Hellas, hat bei den Olympischen Spielen den jungen Phaon gesehen. Ein Götterknabe, der den Siegerkranz davontrug. Wofür? Für die Dichtkunst, sagt der Dichter, ich aber bin sicher: als Preistänzer. Sappho nimmt ihn zu sich, in ihre Privatvilla, entwindet ihm sanft die Laute, kauft ihm einen eleganten Chiton (mit Hüftspange), schirmt und protegiert allewege den Jüngling, in dessen Lebensunzulänglichkeit sie eigentlich verliebt scheint. Mit Göttern und Heroen hat sie genug zu tun gehabt – endlich ein Unreifer, ein Törichter, Fescher! Doch der Gigolo sieht eines Tages die Gigolette (Melitta). Da erwacht der alte Drang zum Tanzparkett in ihm – er hält es in der Sapphischen Nobligkeit nicht mehr aus und sagt »Hinweg!« ... Eintänzer fand sich zur Eintänzerin, und Sappho springt ins Meer.

*

Tragisch und romantisch betört der Gigolo nämlich nur angejahrte Damen. Da erbte er ungefähr die Rolle, die vor hundert Jahren dem dichtenden Hofmeister, vor dreißig dem Zigeunerprimas zukam – nach der Leyer und dem Fiedelbogen der selbsttätige Tanzfuß.

Wir anderen sehen den bedauernswerten jungen Mann, der den Smoking als Arbeitsjoppe trägt, nur als einen Schwerarbeiter im Dienste der schwebenden Leichtigkeit. Manchmal als einen Servierkellner der eig'nen Grazie. Aber fast immer als ein Wesen, das unter der erotischen Atmosphäre, die es verbreitet, leidet wie ein Küchenangestellter unter dem Dunst von Kuchen, Fisch und Braten.

Wohin immer die verliebte Huldin ihn entführt – sie wird nichts zu lachen haben, wenn er die durchtanzten Lackschuhe von den Sohlen streift! ...

AUSVERKAUF EINER KULTUR

Salzburger Festspielwochen

Wollen Sie in die Unaktualität reisen? ... Weg aus der Zeit, in ein freudiges, doch von einer elegischen Abschiedsonne beglänztes Gestern? Dann: hin nach Salzburg! Ein Zauberspiegel läßt Sie der harten Jahreszahl entfliehen, deren Gefangener Sie eben noch waren; Sie werfen an eine Insel humaner Wirklichkeit Anker inmitten des Ozeans von sozialer Gegenwärtigkeit; Sie glauben sich in ein schöneres, sorgloseres Land versetzt und ahnen nicht, daß es bloß ein menschlicheres ist, ohne den unedlen Chauvinismus der Existenzsorge, der sich für heldenhafter und gewissensvoller hält als die heitere Begnügsamkeit. Steingewordene Menschlichkeit ist hier Architektur, Fels und Landschaft; aber sie ergäben trotzdem zusammen nur ein Museum glücklicher Jahrhunderte, wären sie nicht von einem Volk bewohnt, das in allem Kampf ums Dasein dessen Sinn hingegeben ist und nicht der Geltungswut.

Festspiele? ... Wer gibt sie wem? Eine Stadt den Fremden? Die Vergangenheit der Gegenwart? Nein. Ein Volk feiert sich selber. Ein Menschenschlag, in dem sich Koketterie, Freude, Sinnlichkeit, Grandezza und Wirklichkeitsgefühl zu romantischer Deutlichkeit mischt, stellt sich in seinen Kulminationen zur Schau: Mozart und das Reinhardt-Theater und der herrliche Sänger Mayr (Sohn eines Salzburger Bierbrauers) und die Philharmoniker und alles, was von den italienischen Bezugsquellen des Barock dazugehört. Doch fast wichtiger als dieses leuchtende Personal sind die Nebenfiguren: Der Verkehrsschutzmann nah' dem »Platzl«, vom Aussehen: ein römischer Prätorianer, in der Sprache: ein Liebhaber aus Hernals; wie submiß sein Kopf geneigt ist und wie schelmisch dabei seine Augen spielen, wenn er beim Auskunftgeben seine Lektion »Zuvorkommenheit« hermemoriert! Oder der Magister in der alten Hofapotheke, der von den eigenen Medikamenten abrät, weil sie »eh nix nutzen«. Oder der Pater Kellermeister im Peterskeller, grüßender und nach dem Begehr fragender Geschäftsführer in geistlicher Tracht (mit dem mich die respektlose Mär verbindet, ich hätte ihn einst mit den Worten apostrophiert: »Herr Ober – beichten!«). Oder die Zahlkellnerin aus der Schwemme des Restaurant »Traube«, in der kein Filmproduzentenauge die Lindenwirtin wiedererkennen wird – eben weil sie es in Wahrheit ist. Oder die Straßenarbeiter, die bei Kalham, oberhalb Salzburgs, vor dem vorbeisausenden Auto die Mütze lüfteten, wo sie ihm doch mit der gleichen Wahrscheinlichkeit hätten nachspukken können. War das würdelose bäuerliche oder domestikenhafte Devotion vor dem Mann im Wagen? Oder hofften Sie auf eine Zigarette? Nein, dazu ging's zu rasch. Es war ein Reflex der Freude am vorbeirollenden Gefährt.

Ein Salzburger Hotelier (übrigens Chef des österreichischen Hotelgremiums, also Fachmann für kapitalistische Gewissensfragen) sagte mir noch in den Tagen des 100-Mark-Protestes: »Wissen S', die hundert Mark machen's nicht, die würde mancher gern zahlen. Aber die Deutschen glauben jetzt vielleicht, daß das Verreisen etwas Unpatriotisches ist – und daran können wir z'grund gehen.« Nun, wer beim seelisch reichsten Stamm des deutschen Volks einmal zu Gast ist, wird diese Angst nicht mehr fühlen. Doch eine andere Bangigkeit: daß es ein »letztes Läuten« der Geschichte war, das ihn herüberrief; daß er hier, in wunderbarer Rekapitulation und gleichwie zum Ausverkauf hingestellt, die Herrlichkeiten einer Kultur zu schauen bekommt, die sich nur noch in einer großen Parade zeigen, nicht mehr erneuern kann. Die letzten Insignien und Besitztümer aus der habsburgischen Verlassenschaft sind darunter das Essen, der Umgangston und – die Spanische Reitschule. Wir haben die schneeweißen vierfüßigen Ballerinen mit dem reichen Sattelzeug, die auf zartesten Schenkelauftrag Vorderbein und Hinterbein nach dem Takt einer österreichischen Militärkapelle heben, dieser Tage in der alten bischöflichen Reitschule bewundert, die wie vom Stift eines Menzel ins Felsgestein gezeichnet daliegt: turmhoch zur Zinne der Festung hinaufragend, wo – wahrhaftig spanisch in der lautlosen, kribbelnden Neugier – Volk über dem Blattgerank des Felsens gekauert liegt, mit den Steinlogen, die wie Honigwaben natürlich aus dem Fels zu wachsen scheinen, den Kirchtürmen und Dächern umher und dem türkisfarbigen Himmel, der das Dach der Unvergänglichkeit darüberspannt. Die Hufproduktionen wurden bejubelt, fast wie die Kehlenkunststücke der »Scala« (die an den gleichen Tagen zu Gast war). Ja, »Napolitano Afrika«, der Schimmelhengst, der am »langen Zügel«, das heißt: geführt und nicht geritten von seinem Abrichter, seine Fertigkeit in Touren, Tänzen und Windungen zeigte, bekam einen beinahe so stürmischen Applaus wie am Tage zuvor Tommaso Alcaide, der neuentdeckte portugiesische Tenor, der den Ernesto in »Don Pasquale« sang. Er und Stabile und Fernando Autori waren die Leuchten dieses Gastspiels. Und das Italienische klang in dem kleinen Haus des Stadttheaters gar nicht fremd, sondern wie die andere Muttersprache der Salzburger Architektur, wie eine phonetisch dargelegte Vorgeschichte ihres Barock. Ein Auftakt aus dem 17. Jahrhundert sozusagen, zu dem dann die Aufführung des »Rosenkavalier« – das Hofmannsthalsche Barock des 20. Jahrhunderts – Höhe und Krönung bildete. Dieser Abend aber gehörte dem österreichischen Volk, sein Held war der Ursalzburger Mayr, ein Girardi aus dem musikalischen Bezirk, Emporkömmling laut Rolle, aber Edelmann von Gnaden der lebensverliebten, grandseigneuralen Heiterkeit, die den Keltogermanen dieses gesegneten Landes im Blut liegt. Als dem Baron Ochs von Lerchenau vom jungen Octavian so übel mitgespielt wird und der amoralische Lebensgenuß, den jener verkörpert, vor der neuen Sittlichkeit die Segel streicht, dröhnt Mayrs baßgewaltiger Ruf durchs Haus: »Leopold – mir gengan!« Mir klang es diesmal wie ein Salzburger Abschiedsruf. Eine Welt geht unter und gibt im Sterben noch ihr schönstes Spektakel.

SCHREI NACH DEM AMTSKAPPEL

Was würden Sie tun, Herr Nachbar, wenn Sie von heut auf morgen glaubten, daß die ganze Staatsmacht in Ihrer Hand ist?

Nun, Sie würden ohne Zweifel Ihr Mütchen zunächst an den Dingen kühlen, über die Sie vordem am meisten geschimpft haben. Erdrückt von den unausweichlichen Vokabeln: Instanzenweg, Bescheinigung, Kompetenzbereich, Quittungsgebühr, Gerichtsbezirk, Gesuchsbeilage liefen Sie (wie Kinder, die sich, von der Machtergreifung träumend, als Paragraphen eins ihrer neuen Herrschaft den Satz ausdenken: »Heut ist keine Schul'!«) zuerst nach dem nächsten Amtshaus, ordneten die Verbrennung des Papierbergs an, der sich dort aufgehäuft hat, versiegelten Tür und Schloß und schrieben drüber: Endgültig geschlossen.

Die Putschisten von Steiermark haben's umgekehrt getan. Zwei bis fünf Stunden standen ihrer Herrschaft zur Verfügung. Was könnte Phaeton, der den Sonnenwagen der Diktatur lenkt, in dieser Zeit alles neu machen und umstoßen? ... Danken wir Gott, daß den Phaetons von Bruck und Kapfenberg die Phantasie dazu fehlte. Aber was sie doch nicht taten, das heißt: wie sie sich die Zeit ihrer Minutenmacht vertrieben, das eröffnet in ihre revolutionäre Seelen einen bedeutungsvollen Blick:

Sie stellten Passierscheine aus; sie beschrieben Amtsbogen; sie besetzten Amtsräume – keineswegs, um einen Schneesturm von Papierschnitzeln durchs Fenster wehen zu lassen, nein, im Gegenteil: um Aktenstöße zu sichten, um die Schilder von den Türen zu entfernen und mittels Visitkarten und tintenbeschriebener Zettel den eigenen Namen an die Tür zu heften, um Dienstkappen aus den Schränken zu langen und sie sich selber aufs Haupt zu stülpen – kurz: um zu amtieren. Dieses Kinderspiel: »... wir sind Beamte!« war der Sinn der Schießübung.

Ich erinnere mich eines Aufsatzes von Franz Werfel, worin dieser das Bedürfnis und die heimliche Sehnsucht nach solchen Kinderspielen der Männlichkeit als Urgrund alles Übels bezeichnete; ja zu beweisen suchte: daß es nicht so sehr der Wunsch nach Kampf, Krach, Marsch, heroischem Piffpaffpuff sei, der die Lust an den Kriegen hervorrufe, als die Chance (so wie auf den Kinderspielplätzen) Abzeichen zu tragen, sich in einer mysteriösen Zunftsprache zu verständigen und einander etwa mit den Worten zu apostrophieren: »Guten Abend, Tagcharge ..., wo ist der Gefreite Zimmerkommandant?«

Auch den Putschisten aus der Steiermark kam es zum Schluß, wie sich ergab, nur auf den Dienstcharakter an. Seltsam und wunderbar. Man hätte geglaubt – zumal in Österreich, dem gelobten Land der Amtshypertrophie, wo sich ein Sonderling einmal den Spaß machte, in seinem Testament

Kreuzotternprämien für die Erlegung unnützer Beamter auszusetzen –, Aufständische und Mißvergnügte würden zunächst einmal einen Krieg gegen die Amtskappe beginnen: sie würden mit einem Federstrich – bei den Spesen läuft's ja auf dasselbe hinaus – dekretieren: Schluß mit Jubel – Diktatur des Löschpapiers nimmt jetzt, wo die unsere beginnt, ein Ende. Statt dessen geschah das Gegenteil: aus Empörern wurden Offiziale.

Das also bloß war das geheime Weh? Beamte habt ihr sein wollen?... Nun, diesen Traum hättet ihr billiger haben können. Dazu braucht man keine Staaten zu stürzen.

DU SOLLST NICHT PARADOX SEIN!

Eine Selbstanzeige

Aus meinen frühesten Jugendtagen bewahrt meine Seele die Erinnerung an einen Mann, der sich, eine Schnitzler-Locke tief in der Stirn, ein schwarzbebändertes Monokel im Auge, nachdenklich und mokant seinen geölten Spitzbart zwirbelte. Über ihm stand »Aus dem Tagebuch eines Frauenkenners.« Unter und neben ihm wimmelte eine Schar von gedruckten Sternchen und Gedankenpunkten. Denn der Mann lebte nicht, er war bloß die Vignette über der ersten Spalte einer erotischen Wochenschrift. Trotzdem bin ich ihm so tief verpflichtet, als hätte er leibhaftig gelebt. Seit ich ihn kenne, verabscheue ich den Klang und Tonfall der Geistreichheit. Ja, kaum daß an meinem Tisch nur das Wort »geistreich« fällt, erscheint mir sein Bild vor Augen. So wie er sah das Salonlöwentum der 30er Jahre aus (vom Stamme jenes Bellac in Paillerons »Welt, in der man sich langweilt«, der sich seine pomadisierten Schöngeistereien aus dem Bart zupft), der ganze vor-Wildesche Esprit der Gesellschaft, dessen letzter Sproß Oscar Wilde selber war. Der Geistreiche war ihr verzärteltes Schoßkind, Frucht ihres schlechten Gewissens und ihres Drangs nach Rehabilitierung. Sie hatte mit ihm den Vertrag: Schillere, aber sei unpräzise! Sag in Anmut Vorletztes und Drittletztes, niemals Letztes! Verwirr unser Vokabular, aber zerstör es nicht! ... So ist durch sie am Ende mit der Geistreichheit der Geist überhaupt in Verruf gekommen – man hat ihn seither als Spielzeug genommen statt als allmächtiges Element. Doch noch etwas leitet sich aus jener Zeit her: das Mißtrauen gegen Aphorismen. Ihr Geistesbogen, ansteigend aus den Worten: »So mancher, der ...« oder »Eine Frau, die ...«, spannte sich damals bekanntlich immer über der Melodie der Vorsichtigkeit. Artigkeit, Bedingtheit – als Versuchsproben können die Sätze gelten. »Wenn eine Frau den Zweiten ihrer Freundschaft versichert, so liebt sie manchmal schon einen – Dritten« oder »Das Buch, das eine schöne Frau am liebsten liest, ist oft das – Scheckbuch«. (Man beachte in beiden Fällen den Gedankenstrich! Dem Geschlecht von 1900, das auf grader Bahn erzogen und den paradoxen Bocksprüngen des Geistes noch nicht gewachsen war, mußte ein Steigeisen zur Höhe, ein Sprungbrett für die Tiefe gewährt werden – der Gedankenstrich diente dem Halt.) In gewagteren Fällen wurde ein Sprichwort umgedreht. (»Wie man sich bettet, so liegen die anderen.«) Nichts schien infolgedessen den Mitgeborenen leichter, als Aphorismen zu verfassen, man brauchte sich ja bloß aufs Papier zu setzen und das sentenziöse Lirumlarum, dessen die Ohren voll waren, in die Feder zurückfließen zu lassen.

Ich habe keinen Spitzbart. Meiner Stirn fehlt die Schnitzler-Locke. (Das Monokel kann ich nicht abstreiten.) Trotzdem bin ich paradox. Als Produkt dieser Eigenschaft liegt ein Band Aussprüche vor mir, betitelt »Physiognomik« (Verlag Piper & Co., München). Meine Unähnlichkeit mit Bellac, dem Causeur, diene dem Buch als Empfehlung. Ich ziehe es, im Gegensatz zu jenem vor, das Letzte ohne Grazie zu sagen. Ja, zuweilen erscheint dieses Letzte bei mir im schlichten Kittel des Gemeinplatzes oder Kalauers – man verweile trotz der täuschenden Gewandung, horche tiefer hinab –, es wird niemandem schaden. Daß sich im übrigen Aphorismen in jeder geraden Sekunde des Nachdenkens über sie als richtig, in jeder ungeraden als falsch erweisen, spricht nicht gegen sie, das liegt in ihrer Natur: handelt es sich ja nur darum, wie lange und mit welcher Schärfe sie die Köpfe nachzudenken zwingen. In diesem Sinn darf ich wohl, was meine eigenen Aphorismen betrifft, der Hoffnung Ausdruck geben, daß sie dem Leser mindestens zu einem anständigen Niveau verhelfen, auf dem er entgegengesetzter Ansicht ist. Reichliche Anspielungen auf Zeitgenossen, die er teils liebt, teils nicht leiden kann, werden seine Mühe lohnen. Er erkennt schließlich, daß diese Aussprüche nicht Einfälle sind, sondern Resultate, vielleicht Splitter eines explodierten Denksystems. Und daß sie deshalb die Präzision höher stellen, als …

Weh – »Präzision« – ich habe den Mund zu voll genommen. Ich habe vergessen, daß mein Buch Mitarbeiter hat. Bellac hat sich an mir gerächt, der Mann mit dem Spitzbart hat meine Aphorismen durchgesehen. Das geschah so: Gerade um die Wende der 90er Jahre herum und zugleich mit ihren Aperçus wurde der sogenannte produktive Druckfehler geboren. Die Setzer, an die wackere Gradheit der Sprache gewöhnt, im Zeitalter des Sprichworts auf die Welt gekommen, standen vor der Erscheinung des Paradoxen ratlos. Doch das schadete vorerst nichts. Es stellte sich damals heraus, daß Aphorismen durch Druckfehler an Sinn nur gewinnen, nicht verlieren können … Immerhin dauerte es einige Zeit, bis die Setzer darauf kamen, daß Umkehrung und Gegenteil des Witzes Würze sind. Aber dies Gesetz blieb ihnen dann in Fleisch und Blut. Ihr Wahlspruch war: wir sind auf alles gefaßt. (Obendrein hatten sie ja die Gedankenstriche als Wegweiser.) Auf mich waren sie nicht gefaßt … O wär' ich doch in ihrem Sinne paradox geblieben! Hätte ich mich zu der alten Aphorismenform bekannt, wonach zweimal zwei fünf ist – jeder Korrektor hätte mich verstanden. So halte ich einen Schritt weiter – bei mir ist zweimal zwei schon wieder vier: Gipfel der Verwirrung! Daß ich mich so auf eigene Paradoxienfüße stellte, statt mit denen der Vorzeit zu marschieren, hat mein Buch zum Schlachtfeld aufeinanderprallender Interpretationen und Gesinnungen gemacht. Man war um mein Geistes- und Seelenheil besorgt, man wollte mir wohl, ich weiß es. Die Schwester des leitenden Prokuristen im Verlag sah, daß da etwas über Revolutionäre geschrieben stand – nein, sagte sie sich, das meint der Autor gewiß nicht, das ist ein Druckfehler – und sie merzte ihn aus. »Oho!« rief der sozialistisch gesinnte Metteur entgegen, »da kennt ihr ihn schlecht ... wenn z. B. auf Pagina 9 steht, daß Robespierre seinen Wahrheitseifer nur der Unruhe über die Dantons dankt, wie Rousseau seine Tugend bloß dem Neid auf die Voltaires – so ist das gewiß nicht seine wahre Ansicht: Rousseau und Robespierre stehen diesem Fanatiker zu hoch – er meint gewiß das Umgekehrte.« Und änderte entsprechend die Namen um. Dann griff eine Tante des zweiten Compagnons ein. Der Umbruchkorrektor widersprach ihr. Das Gefecht wurde hitzig, eine Einigung war nicht zu erzielen, Druckfehler bedeckten die Walstatt. Bloß in einem herrschte ungeteilte Eintracht: im Respekt vor meiner paradoxen Artung. Sie sahen »Phentesilea« statt »Penthesilea«. »Apamantus« statt »Apemantus«. »Nee«, sagten sie, »lassen wir's stehen, bei dem Kuh kann man nie wissen, was gemeint ist – wahrscheinlich ist das schon der Aphorismus.«

Ich beschloß, als ich das Werk sah, meinen nächsten Band unter dem Titel »Druckfehler« zu edieren. (Motto: »Druckfehler sind die Aphorismen der Setzmaschine.«)

*

Lieber Leser, wenn du mich von dem Alpdruck dieser Ungenauigkeiten befreien willst – kauf die Auflage zusammen! Es sind nur vier, fünf in dem Buch, aber sie haben mir den Appetit aufs Paradoxe für lange hinaus verdorben. Wenn du mich unterstützt, verspreche ich dir, auf briefliche Anfragen mitzuteilen, was ich mir bei jedem Aphorismus gedacht habe.

PHYSIOGNOMIK

Aus dem Vorwort zur nächsten Auflage (a. d. Jahr 2030)

... Heute begreift man, warum er diese Sätze Aussprüche genannt hat; einmal deshalb, weil sie nicht so sehr Höhepunkte eines geschriebenen als die Überreste eines geredeten Daseins waren; sodann aber deshalb, weil er sie geflissentlich von der Kunstart der als »Aphorismen« bezeichneten, aus der Selbstbespiegelung der Sprache entstandenen Formeln unterschieden wissen wollte. Er war ein Chauvinist der Wirklichkeit. Man darf also glauben, daß ihn jeder Gemeinplatz, ja Kalauer, der diese ins Herz traf, eine tiefere Sentenz dünkte als der beste Aphorismus. Und es scheint ab und zu sogar, als habe ihn diese Leidenschaft dazu verführt, die Schlampigkeit als neuen Formwert einzuführen ...

... Wir wissen heute auch, warum er für sein Buch gerade den Titel »Physiognomik« wählte. Bildete er doch, indem er seine Aussprüche in einer Art Notwehr aus den Gesichtern seiner Zeitgenossen riß, die Physiognomie jener Zeit nach. Ja, er wird wohl, wie wir annehmen dürfen und mehr als man seinem oft leichtfertigen Witz zutrauen möchte, an deren Anblick gelitten haben. Es war zwischen Torschluß und Anfang. Zwei Kulturen lösten einander ab. Der adelige Mensch wich dem gemeinen, der Geist streckte die Waffen, der Plebejer regierte das Zwischenreich. Aus dieser Abschiedsstimmung ...

... Eine gewisse Anzahl der Aussprüche freilich ist heute nicht ohne weiteres verständlich. Das sind die Zeichnungen und Definitionen von Figuren, die um 1930 herum eine gewisse Rolle in der Literatur oder Tagesgeschichte gespielt haben mögen, vor denen man sich aber heute fragt: Wer ist das? Was hat er Unsterbliches getan? Warum erweist ihm der Autor soviel Reverenz der Bosheit? Und weshalb hat er ihm nicht wenigstens nach der Art des La Bruyère einen anonymen Hut aus dem Schäferspiel aufgesetzt? ... Nun, es wird ihm vermutlich bis zu einem gewissen Grad Spaß bereitet haben, die Leute zu ärgern. Sicherlich war das nicht der beste Teil seines Wesens. Aber wir haben trotzdem auch diese Aussprüche in unsere Sammlung aufgenommen. Man achte der Namen nicht und prüfe die Bilder! Denn die Eigennamen wechseln, aber die Typen bleiben ...

DER ARISTOKRAT AUS WIEN

Die Operette hat von ihm das Zerrbild eines näselnden Kretins geschaffen, der auf den Vornamen: Mucki, Xandi, Bubi, Pintschi hört und grundlose Erheiterungs-Gickser von sich gibt. In dieser Verulkung lag aber wahrscheinlich bloß eine Rache des Gehörs für eine Redeweise, die stets als affektiert und manieriert empfunden wurde: das Feudal-Wienerische. Hugo von Hofmannsthal hat diese lächelnd-gelassene Sprache, in der die französischen Redensarten brockenweise herumschwimmen und deren Hauptkennzeichen ein Mangel an innerer Beteiligtheit ist, in seinen Komödien meisterhaft aufbewahrt; er hatte das Ohr dafür, wieviel Kultur, Menschlichkeit, Klugheit und Lebensstil oft in ihr schwingt. Aber auch er selber gelangte bei dieser Nachbildung manchmal an die Grenze des Manierierten. So ergab sich nach der Generalprobe des »Schwierigen« folgendes: Einer seiner Freunde, der damalige Londoner Botschafter Graf Mensdorff-Pouilly (der jüngst seinen siebzigsten Geburtstag feierte), kommt im Zwischenakt auf Hofmannsthal zu, drückt ihm gratulierend die Hand und sagt: »Sehr schön, sehr fein, lieber Hofmannsthal. Aber sagen Sie eines: gebraucht denn die Wiener Gesellschaft wirklich so viele Fremdworte? ... Könnt' man da nicht noch ein bisserl ... (er sucht nach einem richtigen Wort) ... attenuieren?«

Auch Franz Joseph sprach dieses Idiom. Dem hausväterlich-patrizischen Bild zufolge, das man sich von dem Virginier rauchenden, mildbärtigen, in Jäckerrock und Gamsbart verliebten Monarchen gemacht hat, würde man zwar auf einen anderen Tonfall gefaßt gewesen sein. Aber Franz Joseph wurde von den Hochadeligen Österreichs nicht ohne Grund »der erste Aristokrat des Reichs« genannt; er war nicht bloß in seinen Gesinnungen und seiner Etiquettestrenge, sondern auch in seiner Redeweise einer der Ihren. So erzählte mir Baron Sch. (dem ich auch die vorstehende Hofmannsthal-Episode verdanke), wie ihm aus der Knabenzeit ein Wort des Kaisers gewissermaßen als Schlüssel zu dessen Wesen und vielen seiner unverständlichen Eigenschaften unvergeßlich blieb: Sch. hatte gerade Pagendienst in der Ischler Kaiservilla; eine uralte Fürstin Windischgrätz kam zu Besuch; der Kaiser geleitete sie am Schluß galant bis zum Parkgitter und hielt nach dem Wagen der greisen Durchlaucht Umschau. Er blickte rechts und links und wandte sich dann kopfschüttelnd um und sagte: »Es ist uncroyable ... der Wagen ist untrouvable.«

Es dürfte des Kaisers Naturton gewesen sein. Anders verhält es sich freilich mit den vielen Anekdoten, die man ihm nach seinem Tod zur Kennzeichnung dieses Aristokraten andichtete. So weltfremd war er gewiß nicht.

Doch da diese Geschichten immerhin einen Geschmack von Hofton geben, will ich zwei von ihnen erzählen.

Einmal, so hieß es, sei Katharina Schratt (seine noble, ihm heute die Pietät des Schweigens beweisende Freundin) mit einem funkelnagelneuen Smaragdring am Finger bei ihm eingetreten, habe ihm das Schmuckstück unters Auge gehalten und gefragt: »Was meinen Majestät, daß dieser Ring kost'?« Der Kaiser dachte nach, schätzte dann unsicher: »Achtz'g Gulden?« – »Aber, Majestät, wo denken denn Majestät hin, das ist doch ein Smaragd, der kostbarste Stein, den's gibt, der kann doch keine achtzig Gulden kosten – achtzig t a u s e n d Gulden kost' er!« Darauf der Kaiser, mit leisem Kopfwiegen: »Auch net teuer.«

Ein anderes Mal saß er (sagt der erfindungsreiche Chronist) in der Villa der Schratt. Es ist ein kühler Herbsttag, drum hat man das Besuchszimmer tüchtig geheizt. Dem Kaiser ist's zu drückend. »Wieviel Grad hat's denn hier?« – »20 Grad, Majestät.« – »Und draußen?« Man läuft zum Fenster, sieht das Thermometer an: »Drei Grad, Majestät.« Der Kaiser, indem er ermunternd mit der Hand die Luft zu sich weht: »Na also, dann auf die Fenster ... nur herein mit die drei Grad.«

Welchen tiefen und menschlichen Sinn aber diese oft so verblüffend tonlose und selbstverständliche Sprechart haben kann, die man als Ah-äh-Aristokratentum verspottet, das erlebte ich in diesem Sommer, am Abschluß der Salzburger Festspiele, an einem reizenden Beispiel: Der Zufall hatte mich zum Sitznachbarn des Grafen Franz Esterházy gemacht, jenes sonderbaren Musikschwärmers, der die Philharmoniker wie ein guter Freund und Protektor, wohin sie immer auf Gastreisen fahren, durch die Welt begleitet. Plötzlich, während des zweiten Aktes (man gab die Entführung), neigt sich mein Nachbar an mein Ohr und flüstert: »Ausgezeichnet ist heut' der Niedermayer.« Der Niedermayer? ... Ich blicke verstohlen unter meinen Sitz auf den Zettel: einen Niedermayer gibt es nicht. »Wen meinen Sie?« fragte ich zaghaft. Er weist in den Orchesterraum: »Die zweite Pikkoloflöte ...«

WIE VERHALTE ICH MICH NACH EINER OHRFEIGE?

Es ist hier unmißverständlich von jener Ohrfeige die Rede, die man bekommen, nicht von der, welche man ausgeteilt hat. Diese nämlich bedarf keinerlei ergänzender Verhaltungsregeln; sie ist selber der beste Abgang von der Szene, das klatschende »ergo«, das von einer Menge verschluckter Folgerungen auf der Wange des anderen zurückblieb. Daß jedes hinzugefügte Wort ihren Wert mindert, wissen bereits die Kinder.

Anders ist es mit der empfangenen Ohrfeige. Die Einmischung einer fremden Hand in unsere persönlichen Pigment-Verhältnisse, der blamable Schall, die brennrote Spur, die davon gleich einem Stempel zurückbleibt, sowie überhaupt die Herabwürdigung der Physiognomie zu einer öffentlichen Anlage erfordern sofortige Maßnahmen. Aber welche? Eine Ohrfeige ist ein Zündschlag. Was danach kommt, kann mit dieser tönenden Pointe nicht mehr wetteifern, nicht einmal das Zurückschlagen. »Die erste sitzt ...«, sagt ein alter Spruch. Womit ausgedrückt ist, daß die zweite, dritte und so weiter zwar möglicherweise auf der Wange, aber nicht im Gedächtnis der Umwelt haftet. Zwischen Schlagen und Zurückschlagen ist ein Unterschied wie zwischen dem Werk und seiner Kritik. Oder wie zwischen Verdikt und Rekurs. Selbst das Blut, das dem anderen von der Nase rinnt, ist eine unzureichende optische Quittung für den akustischen Angriff. Auch setzt die Entschlossenheit, eine fremde Haut zu berühren, eine gewisse vorhergehende Intimität mit ihr voraus, zumindest: einen Mangel an Abscheu, der nicht jedermanns Sache ist. Von welcher Seite man es also immer betrachtet – lauter Erschwernisse für den Mann von Mut und ebensoviele Stützen für den Hasenfuß.

Wie denn also? Soll der Geohrfeigte sich in edler Haltung fassen, den roten Fleck mit Würde tragen und vorübergehend so tun, als sei die mißhandelte Physiognomie gar nicht Bestandteil seines Selbstbewußtseins, sondern ein zufälliges Revier von fremder Leute Unerzogenheit? ... Das Christentum empfiehlt diese Methode. Aber der Dulder müßte schon vorher im gleichen Geiste gelebt haben, damit man ihm soviel Heiligkeit erlaubt. Also den Schlag zurückerstattet, aber nicht mit leiblichen, sondern mit geistigen Kräften, mit einem Bonmot statt mit der Faust? ... Auch davor ist zu widerraten. Nirgends spielt der Esprit eine kläglichere Rolle als in der Nachbarschaft einer schlagenden Handlung, zumal in deren Gefolge. Hätte Voltaire seine berühmten Worte an den Herzog von Rohan: »Mein Adel beginnt mit mir, der Ihre endet mit Ihnen!« n a c h statt v o r den Prügeln gesprochen, die er von des Herzogs Häschern empfing, sie wären nicht an die

Nachwelt gekommen. Wo eine Faust und ein Kopf aneinandergeraten, bleibt für den Augenblick die Faust immer das Stärkere. Es gibt nur ein Verfahren, sich nach einer Ohrfeige richtig zu betragen: das der Weiber – und es wundert mich, daß man es ihnen hierin nicht allgemein gleichtut. Sie fallen nach dem geringsten Schimpf, der ihrer Körperoberfläche angetan wurde, in Ohnmacht. Das ergibt mehrere Vorteile. Zunächst gilt dann von dem klatschenden Tatbestand das Wort, das der alte Grieche über den Tod sagte: »Wozu ihn fürchten? Wenn ich da bin, ist er nicht da, und wenn er da ist, bin ich nicht mehr da.« Der Effekt der Bewußtlosigkeit ist so stark, daß er das vorangegangene Geschehnis auslöscht; die Ohrfeige scheint bereits einen Abwesenden ereilt zu haben. Außerdem (für nachfolgende Gerichtsverhandlungen nicht zu unterschätzen!) verschiebt sich das Faktum der Beleidigung zu dem einer Verletzung. Alles schart sich um den Bewußtlosen oder zu Boden Gefallenen, man trägt Schüsseln, Labetränke, Tücher herbei, man spielt Hektors Begräbnis, und der Hingefällte heimst anstatt Spott Heldenehren ein. Irgendwo im Raum verduftet mittlerweile der Übeltäter, froh, daß man ihn in der Verwirrung nicht beachtet.

Man könnte dieses Verhalten, dessen sich mancher unserer Zeitgenossen zu seinem Vorteil befleißigt, die Igel-Taktik nennen. Talleyrand hat es bekanntlich erfolgreich angewandt, als er auf einem Leichenbegängnis die Ohrfeige seines entlassenen Polizeiministers erhielt. Verleumder und Schurken kennen kein besseres Mittel, der Stunde des Gerichts zu entgehen, als diese Vorbeugung: daß sie käsegesichtig alle Viere von sich strecken. Was ihnen dann geschehen mag, geschieht einem ausgepumpten Balg, in dem sich kein Hauch menschlichen Bewußtseins mehr befindet. Mag der Angreifer mit der eingerollten Kugel tun, was er will – die Ohrfeige klatscht, aber sie sitzt nicht mehr. Freilich rettet dieses Betragen den Mißhandelten nur vor den Augen der Umwelt. Tief in ihm bleibt trotzdem das Erlebnis graviert, dessen Wesen der alte Johann Nestroy mit dem Satz umschrieb: »Zwischen einem, der eine Ohrfeige kriegt hat, und dem, der sie 'geben hat, schlingt sich ein magisches Band; und nach Jahren noch, wenn sie sich wiedersehen, gibts dem einen ein Riß in der Hand und dem andern ein Zucken ums Maul ...«

EMIGRANTEN

Sie haben einen besonderen Blick, einen besonderen Gang, ein unverkennbares Betragen. Manche von ihnen sehen aus wie Rekonvaleszente, die im Spitalsgarten herumspazieren; manche wie vom Schaffott Gerettete, deren Aug' den Schreck der letzten Sekunde in der Netzhaut bewahrt hat. Andere wie Häftlinge der Freiheit, die nicht wissen, wohin sie den Schritt lenken sollen, um sich Abwechslung zu schaffen. Oder wie Mitspieler auf der Szene des Lebens, die ihren Text nicht mehr kennen. Einige freilich (man verzeihe das Bild!) bloß wie Hunde, die ihr Halsband verloren haben. Sie mögen gute oder schlechte Anzüge auf dem Leib haben, gesichert oder in Sorgen leben – gemeinsam ist ihnen dieser Blick, der eine angenagte Seele zurückspiegelt; eine Verarmtheit des Lebensgefühls und eine Haltung, als ob sie, wie der alte Ekdal in der »Wildente«, den einen Fuß nachschleppten. Ein Wort allein gibt den Eindruck von ihrem Wesen völlig wieder; es heißt: beschädigt ...

*

Sie verlieren nach einiger Zeit für das Auge der Umwelt die Schärfe dieser Wirkung und tauschen sie dafür vor dem eigenen gegen eine Art Beschwerlichkeit. (Um nicht zu sagen: Tragikomik.) Dieser Zeitpunkt ist früher da, als er aus ihren dampfigen, Verschwörerluft ausstrahlenden Phantasien, ihren anachronistischen Ereiferungen und empfindlichen Plänkeleien auch für die anderen offenbar wird. Dann nämlich – wenn sie einander zum achten oder elften Male begegnet sind. Bis dahin sind sie Landsleute, Brüder des gleichen Schicksals.

Von dem Moment aber – und bei aller Verbundenheit und Eintracht – einander unbequem, wie Kleinstädter, die sich zehnmal des Tags in die Arme laufen müssen. Diese Beschwerlichkeit kommt eigentlich (wie bei den Kleinstädtern) daher, daß sie einander zu durchsichtig sind. In der Heimat mochten sie was immer sein oder treiben, aber sie kamen aus den wimmelnden Millionen, sie waren mit tausend Zufällen verquickt, alle Straßen standen ihnen frei. Hier dagegen wirken sie wie an den Vordergrund gepickt; also ärmlich durchschaubar. Selbst wenn sie sich vormachen, was sie alles mit ihrer Zeit anfangen – sie wissen über einander zu genau, was sie nicht tun werden oder können. Und man begreift da, was sie verloren haben: nicht die Heimat, nicht eine Sprachwelt, nicht die Volkszugehörigkeit, sondern die Wirklichkeit; richtiger: die Zeitzugehörigkeit.

*

Dostojewski, der – selber Emigrant des zaristischen Rußland – einen großen Teil seines Daseins zwischen Wiesbaden und Homburg verlebte, hat das Angekränkelte, Vergiftete, dem Peinlichen Nahe und manchmal von einer leisen Lächerlichkeit Umrandete des Emigrantendaseins (und der Emigrantengespräche) rührend geschildert. Und ebenso Turgenjew, der in Baden-Baden eine Gedenktafel hat. Doch mir erscheint heute diese fast ans Armselige streifende Tragik der verengten Weite nirgends greifbarer ausgedrückt als im Lebenswerk Ludwig Börnes, des Deutschjuden, gleich tausend anderen (darunter Heine, Herwegh, Laube) ein Flüchtling vor Metternichs Kerkern.

Sein Landsmann Heine hatte ein besseres, vielleicht weiseres Los erwählt (und vielleicht kommt es daher, daß er der lodernden, herzwunden Bitterkeit, mit der jener von Goethe angefangen gegen alle Herrschenden Deutschlands anstürmte, nicht zu viel Verständnis entgegengebracht hat). Er wußte, daß einem in Frankreich keine andere Wahl blieb: Emigrant zu sein oder Franzose zu werden. Zum Emigrantentypus mit allen seinen edlen Lächerlichkeiten und kampffrohen Begeisterungen taugte er nicht; sagte er doch sogar von den Deutschen in Paris, es »scheine ihre Mission zu sein, ihn vor Heimweh zu bewahren«. Also beschloß er, sich sozusagen Hals über Kopf und mit allen Fasern in einen Pariser zu verwandeln. Und das gelang ihm, trotz seiner Beteuerung, er fühle »seinen Geist in eine fremde Sprache exiliert«. Von seiner Deutschheit blieb deshalb noch immer genug zurück.

Börne dagegen, der Weltunkundigere, Gemütsverengtere, Politischere, blieb Emigrant. Nicht nur in seinem Leben und in der Abstinenz von den tausend Geselligkeiten der Fremde, sondern in jeder Zeile, die er schrieb. Da ist alles, was den Exilantenstil ausmacht: das Schwelende, manchmal fast Brenzliche des Heimwehs; die im Kern vergiftete Überschwenglichkeit; das Pathos des Fernweilenden, der als einzelner über eine chinesische Mauer hinüberruft; der Sturmlauf einer Sprache, die auch im Spaß keinen leichten Atem findet. Und dazu: die unaufhörliche Wiederholung des einzig-einen, was ihn beschäftigt. Man könnte glauben, daß es Börne, wie hundert Jahre später dem aus Ungarn vertriebenen Baron Ludwig Hatvany, trotz allem Weltbürgertum und allem Sarkasmus dafürgestanden wäre, zwei Jahre im Zuchthaus zu sitzen, um nur einen Tag lang die Luft des Vaterlands mitzuatmen ...

Grillparzer schildert in seinen Tagebüchern einen Abend, den er mit Börne in Paris verbrachte. Der Exulant, begeistert, einen deutschen Dichter umarmen zu können, lud den schüchternen Wiener zu einem gemütlichen Beisammensein mit »Landsleuten« ein. Grillparzer sagte widerstrebend zu.

Am Abend fand er sich in Gesellschaft mit seltsamen Menschen. Sie hatten hochgerötete Wangen, schienen in Rütlischwur-Stimmung, schwangen Reden über längst Vergangenes, feierten den Ankömmling – und sprachen trotzdem für seine empfindlichen Ohren ein Kauderwelsch. Es tat ihm, um Börnes willen, leid, aber sobald er den ersten Anlaß wahrnehmen konnte, verduftete er auf leisen Sohlen ...

*

Bildet sich in der kleinen Episode nicht das ganze Wesen des Emigrantentums ab, mit seinen tragischen Lächerlichkeiten und seinen heroischen Hartnäckigkeiten?

Der Emigrant hat eine Schwäche, die zugleich seine Stärke ist; sein gutes Gedächtnis. Wie man von Menschen, die ein aufwühlendes Erlebnis, sei es einen Anschlag oder einen Unfall überstanden, sagt, daß sich der »Affektmoment« in ihnen fixiert habe, so prägt sich ihm unauslöschlich und vorherrschend die Situation des Abschieds von der Heimat ein, das politische Gesicht des Tages, an dem er ging und gehen mußte. Die Zeit verrinnt, die Welt läuft weiter. Er aber sieht niemanden und nichts, als was ihn vertrieben hat, spekuliert nur darüber, was damals übereilt oder versäumt wurde, haftet mit allen Gedanken, Wünschen, Hoffnungen, Plänen in der von der Umwelt vergessenen und bald überholten Stunde, wo er das Bündel schnüren mußte. Wenn Benedetto Croce, der feine und tiefsinnige Geschichtsphilosoph, der vor dem Fascismus floh, heute in Paris mit Landsleuten zusammensitzt, so dreht sich ungeachtet der elf Jahre, die darüber hinweggingen, das Gespräch genau so unfehlbar um Mussolini und den Marsch auf Rom wie das der deutschen Emigranten von heute um den 30. Jänner und den Sturz Schleichers und das der Ungarn – wer hat sich noch die Namen gemerkt? – um Sanniely und Hejas. Für die unbeteiligte Umwelt wird dieser Schwärmer bald zum Kannitverstan. Während er die Vergangenheit in Spiritus aufbewahrt, wird in seiner Heimat neues Leben, neue Wirklichkeit und – schmerzlichster Gedanke! – eine neue Generation.

*

Für den Emigranten ist die Zeit ein Wartezimmer. Minuten und Stunden des gelebten Daseins zählen ihm nicht, nur Geschichts-Epochen und Höhepunkte.

Die scheinbar kindische und sonderlinghafte Tagfremdheit, mit der er – nach Nietzsches Gedicht auf Spinoza – dem »Eins in Allem zugewandt« bleibt, hat ihre ernste, welthistorische Kehrseite. Denn aus denen, die warten können, die der

Mut, die Selbstverleugnung, die Zähigkeit, Verbissenheit, Begeisterungskraft haben, zu warten, wird manchmal am übernächsten Tag – mehr als aus der neuen Generation, die indessen daheim entstand – die neue Zeit.

Man lese aus Trotzkis (des chronischen Emigranten, der zuerst vor der Zarenpolizei und ein Menschenalter danach vor Stalin floh) Lenin-Buch, wie er seinen berühmten Kampfgefährten kennenlernte. Er kam in den ersten Morgenstunden, fast noch bei Nachtdunkel, in London an. In seiner Tasche die Adresse Lenins. Wohin jetzt? Die Gaststätten sind geschlossen, fürs Hotel reicht das Geld nicht. Also den Genossen aus dem Schlaf wecken?

Es bleibt ihm nichts anderes übrig. Er kriecht die fünf Treppen hinauf. Klopft an die Türe. Nach langem Warten antwortet eine verschlafene Frauenstimme. Dann öffnet Frau Lenin mißtrauisch – es könnte ja ein Spitzel sein. Trotzki nennt den Namen eines Freundes, der zugleich als Losungswort gilt. Da weckt sie freudig ihren Mann.

Fünf Minuten später und ohne daß für persönliche Förmlichkeiten Zeit blieb, spaziert Lenin mit dem Gast in heißem Gespräch die Stube auf und ab. Das Gespräch dreht sich um Kautsky. Bernstein, Alexander Herzen ... Man hatte vergessen, dem durchfrorenen Besucher eine Tasse Tee anzutragen. –

Einige Jahre danach sitzt Trotzki in Wien (Hütteldorf) und freut sich – laut Selbstbiographie –, daß seine Buben schon so hübsch Wienerisch reden können. Nach Kriegsausbruch stellt er mit derselben Freude fest, wie gut sie Französisch gelernt haben. Für Genossen Ahasver ist die weite Welt eine Lehranstalt.

*

Wohl denen, für die sie auch das wahre Daheim ist! Den freiwilligen Emigranten, die ihre Heimat erst finden, wenn sie sie verloren haben!

Ihr lächelnder Patron ist der alte Herr Voltaire auf Schloß Ferney. Er hätte ohne viel Schwierigkeit vermutlich, wenn auch mit einigen Konzessionen an die Wahrheit, ruhig in

Paris leben können. Ferney, von ihm zur Hauptstadt Europas erhoben, war ihm lieber. Denn was ihm hier aus der Feder floß, war echt, tapfer, heiter. Von hier aus nur konnte er Weltbürger sein, von hier mit der großen Katharina korrespondieren oder durch sein Wort der Familie Calas helfen.

Als er sich ein halbes Jahrhundert zuvor – nach dem Rencontre mit dem Prinzen Rohan, der ihn durch seine SA-Kolonne verprügeln ließ – unfreiwillig ein paar Jahre in England aufhielt, da schrieb er ganz andere Sachen, teils zeitabgewandtere und verspieltere, teils bösere und stärker verklausulierte; Bitterkeit und Zeitvertreib. Er wäre, hätte er hier länger weilen müssen, bei einem Haar ein richtiger Emigrant geworden – vielleicht mehr Rousseau als Voltaire.

Erst in Ferney ist er Voltaire geworden. Und kehrte nach Paris nur heim, um sich begraben zu lassen ...

Übrigens: heimgekehrt sind sie alle.

WIEN

An einem heiteren Februartag des Jahres 1893 trat der junge Michael Reitinger, Konzeptspraktikant der niederösterreichischen Statthalterei, aus dem Amtsgebäude auf die Straße. Es war halb vier Uhr; der junge Beamte wußte nicht, ob er sich nach rechts oder links wenden solle; da sah er, gerade sich gegenüber, die Spiegelscheiben des Café Central und beschloß, angezogen durch die warm kribblige, etwas muffige Gemütlichkeit, die sich drüben in das Halbdunkel des Lokals zu hüllen schien und wie frischer Mokkageruch die Nase Reitingers kitzelte, dort einzutreten. Er setzte sich an ein kleines Tischchen neben der Eingangstür und bestellte: eine Schale Kapuziner mit Haut, eine Regalia Media und das Abendblatt der »Neuen Freien Presse«.

Am nächsten Tag, Schlag halb vier Uhr, trat Reitinger wieder auf die Straße. Sein Blick fiel wie am vorigen Tag auf das gegenüberliegende Café. Automatisch lenkte er seine Schritte hinüber. Der Kellner erkannte ihn sogleich wieder. Er wartete die Bestellung des Gastes nicht ab, sondern brachte, ohne ein Wort zu sagen: eine Schale Kapuziner mit Haut, eine Regalia Media und das Abendblatt der »Neuen Freien Presse«. Reitinger kam jeden Tag, Punkt vier Uhr. Und jeden Tag stand zwei Minuten später auf dem Tisch: ... siehe oben! Der junge Konzeptspraktikant machte die übliche Karriere: er wurde Konzipist, Sekretär, Statthaltereirat, Ministerialrat ... Doch in seiner Nachmittagsgewohnheit änderte sich durch alle die Jahre nichts. Der Krieg von 1914 kam – der Ministerialrat Reitinger saß um halb vier Uhr bei seiner Schale Kapuziner wie zwanzig Jahre zuvor der Konzeptspraktikant. Im Jahre 1916 ging er in Pension. Da sein Bruder in Graz ein kleines Anwesen hatte, übersiedelte er wie die meisten Pensionisten nach Graz.

Dem Ministerialrat i. P. Michael Reitinger starb im April 1933 seine einzige Schwester, die an einen Wiener Fabrikanten verheiratet gewesen war. Der alte Herr fuhr zum Leichenbegängnis nach Wien. Kopfschüttelnd schritt er durch die veränderten Straßen der Heimat. Ein anderes Volk schien da zu wohnen, aus der kaiserlichen Phäakenstadt, die er noch zu Franz Josephs Lebzeiten verlassen hatte, war etwas Neues und Fremdes geworden, eine Mischung aus Regensburg und Bukarest ... Auf dem Heimweg vom Leichenbegängnis kam er durch die Herrengasse. Da stand noch immer das Gebäude der nö. Statthalterei, zweistöckig, nobel, ockergelb, wie damals. Aber drüben, auf der anderen Straßenseite, waren neue, wolkenkratzerartige Bauten aufgeschossen, die zu dem alten Amtspalais gar nicht paßten. Nur ein Haus war unverändert geblieben – er erkennt es erst jetzt richtig wieder – natürlich!, da ist ja noch das Café Central! Der alte Ruheständler zieht seine Uhr aus der Tasche: um dreiviertel sechs Uhr geht der Zug nach Graz zurück: jetzt ist es halb vier ... Man könnte ... Er kann der Neigung nicht widerstehen, dem alten Lokal seinen Besuch abzustatten, hier die letzten Wiener

Stunden zu verbringen. Was sich wohl drin alles geändert haben mag?

Er tritt ein. Zufällig ist das Tischchen an der Eingangstür frei. Er nimmt Platz, blickt verlegen um sich, wartet. Gerade wie er sich anschickt, mit dem Zündstein auf die Marmorplatte zu klopfen, um den Kellner herbeizurufen, steht dieser vor seinem Tisch. Und hat in seinen Händen:

eine Schale Kapuziner mit Haut, eine Regalia Media und das Abendblatt der »Neuen Freien Presse«.

GROSSE MÄNNER UND IHRE STÄDTE

Im Frühherbst des vergangenen Jahres sah ich zum erstenmal Grenoble. Sechs Nachmittagsstunden und eine ganze Nacht blieben mir zur Besichtigung der Stadt, die mir im ersten Anblick kaum mehr als ein südlicheres, heroisch im Gebirge verschanztes Villach bedeutet hätte, wäre sie meiner Phantasie nicht längst durch die Nachbarschaft eines geliebten Namens heilig gewesen: des Namens Stendhal. In der Hotelhalle lag ein Prospekt. Der trug auf dem Deckblatt als Motto einen Vierzeiler der Comtesse de Noailles, ungefähr folgenden Wortlauts:

Un soir d'été, si doux si noble
Nous enveloppe à Grenoble
Tout dans l'air est sentimental –
Voici la ville de Stendhal!

Doux und noble war der Abend wirklich. Und in der Luft lag auch die Sentimentalität – besser gesagt: die süße, von Frühlingserwachen durchwehte Herzbeengung, die man in Schülerstädten immer zu spüren glaubt und die Stendhal als lebhaftestes, unverlierbarstes Jugenderlebnis bis an den Tod trug. Nun war noch er selber zu finden, der große Sohn Grenobles, sei's in seinem Geburtshaus, in einem Monument oder in einer Gedenkplatte. Ich ging auf die Suche. Um Mitternacht kehrte ich heim. Ich hatte gesehen: ein herrliches altertümliches Justizgebäude, leibend und lebend wie ein Nachlaß aus den Zeiten des Jean Calas. Eine Büste des Musikers Berlioz, von dem ich also nebenher erfuhr, daß auch er Grenoble entstammt war. Ein Denkmal des Edlen Bayard – »Ritters ohne Furcht und Tadel« –, der seinem Bourbonenkönig das letzte Häufchen der Getreuen heranbrachte und dafür in den Lesebüchern Frankreichs geheiligt ist wie in den unsern der Wilhelm Tell. Schließlich einen wunderbaren, nach Versaillesschem Stechmuster gepflegten Stadtpark mit vielen Statuen und Bildwerken – aber Stendhals Gedenkstein war nicht darunter. Ich war kreuz und quer gelaufen, hatte junge Mädchen, alte Herren, Parkwächter, Museumsdiener gefragt: sie waren verlegen, als sie einen Namen hörten, der sich bei ihnen bestenfalls mit vernachlässigten Bildungspflichten verband. Ob Stendhal in seiner Geburtsstadt ein Denkmal hat, vermag ich nicht zu sagen. Aber daß ihn die Leute von Grenoble nur notdürftig kennen, dafür steh' ich ein. Oder ist er bei ihnen noch so verfemt, wie er's vor einem Jahrhundert war? ...

Ein paar Monate später stieg ich in Belfort aus dem Zug. Drei Stunden Aufenthalt. Auch hier war den Spuren eines Berühmten nachzugehen, zwar – keines Menschen, aber eines sprichwörtlichen Kolosses: des Löwen von Belfort, der bekanntlich demselben Meißel entstammte wie die New Yorker Freiheitsstatue. Ich hatte mir den Löwen als ein weithin sichtbares, die Landschaft überragendes Wahrzeichen vorgestellt à la Riesenrad oder Eiffelturm. Daß er sich vor meinem Blick versteckte, reizte meine Neugier. Die Einwohner Belforts sandten mich zur Ermittlung aus: nach rechts, nach links, nach oben, nach unten. Endlich erfuhr ich, daß er wie ein richtiger, lebender Löwe seine Tage hinter Gittern verbringe: er hause eingemauert, oben in der Festung. Hinaufgeeilt! ... Schilder mit Richtungspfeilen tauchten zur Seite eines schmalen Holperwegs auf: »Lion!« Der Weg wurde immer mühsamer, das Wort »Lion« immer größer. Als es fast so groß wie der Löwe selber am Steintor der Festung aufgeschrieben stand, war zwanzig Minuten vor Abgang meines Zuges. Ich gab die Löwenjagd auf. Wenn mich eines über das Versäumnis tröstet, ist es der Gedanke, daß die Belforter selber ihr Wahrzeichen kaum je gesehen haben.

Kürzlich ging ich in Basel an Land – ein sonnengetränktes, altdeutsch-edles Land, wo leider nur vom Herrgott bis zum Teufel alles ein verkleinerndes »li« angehängt hat. Aber der sauberen, lebzelten-putzigen Stadt entwuchsen ein paar knorrige Männer: Maler und Dichter von vielhundertjährigem Ruhm. Mich geht unter den Baslern nur ein Jüngerer an, und auch der ist über dreißig Jahre tot: Jacob Burckhardt, Nietzsches Lehrer, der Autor der »Weltgeschichtlichen Betrachtungen«. Die Schweiz müßte aus ihrer heutigen Lage doppelt glücklich sein. Burckhardt einen der Ihren nennen zu dürfen. Denn richtig gelesen – ich erinnere nur an seinen Ausspruch: »Als die Barbaren zu glauben anfingen, war die Kultur verloren« – führt dieser griechisch-hellste unter allen deutschen Gelehrten alles ad absurdum, was seit einem Jahr Geschichte ist. Sein Wort ist Labsal geblieben, neben ihm wirkt beinahe der erlauchte Schüler plebejisch. Ich sehe seinen Kopf: kurzgeschoren, milde und fast schmerzlich über den halbweiten Rock gesenkt. Und dieser Eremit des Denkens war ein Epikureer in seinen vier kalkgetünchten Wänden. Nietzsche erzählt uns, wie genießerisch der Alte in seiner Vierstock-Wohnung den besten Südwein entkorkte, gleich einer lebendigen Essenz von all dem, was sein Geist je aus Italien und Hellas als Erkenntnis gewann. Diese Vierstock-Wohnung, ihre weißen Türen, die Wendeltreppe hinauf – das mußte eine wahre Sehenswürdigkeit sein! Ich fragte nach Burckhardts Haus. Zuerst in einem Reisebüro. Da empfahl man mir zur Ablenkung Holbein. Hernach auf dem Rathaus. Da saßen zwei Beamte und waren darüber betroffen, daß ein hergelaufener Basel-Schwärmer von der Stadt mehr wissen wolle, als sie wußten. Im städtischen Museum endlich erhielt ich eine Adresse: Totentanz Numero Soundsoviel. Ich stieg auf den Platz, der den merkwürdigen Namen trägt »Totentanz«, kam vor ein zweistöckiges Häuschen und fand die Aufschrift: »Hier wurde Johann Peter Hebel geboren.« In einem Antiquitätengeschäft wies man mich in die Vorstadt: oben in der Malzgasse stehe Burckhardts Sterbehaus. Ich fand die Malzgasse, ich fand sogar ein Schild mit dem Namen Burckhardt, aber es war eine Baumeisterfirma und neben dem erhabenen Namen stand ergänzend: ... & Compagnie. Müde, angetrunken mit allem Größli und Wunderli, die das Herrgöttli über Basel ausgeschüttet hat, kam ich zum Bahnhof. Der Bildungs-Eigenbrötelei kann's nicht anders ergehen. Ich hätte lieber nach Böcklin fragen sollen.

MOHAMMED POLDI WEISZ, DER FREUND DES WAHHABITEN-KÖNIGS

Kurzer Abriß einer Biographie

Der Berater Ibn Sauds, des Königs der Wahhabiten, die jetzt mit dem Nachbarreiche Yemen im Krieg stehen, stammt aus Wien. Er heißt Mohammed Leopold Weisz und ist zirka 36 Jahre alt. Da ich einen Teil der Jugend mit ihm verbrachte, will ich hier in Kürze die Geschichte seines Werdegangs und Wandels erzählen:

1917: Leopold Weisz, Obergymnasiast, versäumt sein Studium und läuft dem Elternhaus tagelang weg, um in Kaffeehäusern und auf Nachtspaziergängen mit dem von ihm verehrten Psychoanalytiker Otto Gross beisammen zu sein. Dieser behexte, unnachgiebige Traumdeuter, eine Art Religionsgründer im Fanatismus seiner Reden, ist sein Meister. Er geht mit ihm eingehängt, ohne der Kellner und ihrer Wassergläser zu achten, einige hundertmal ums Billard des »Herrenhof«: Gross, der Lehrer, Weisz, sein gläubiger Johannes.

Das Brot, von dem sich der junge Leopold Weisz damals nährte, ist das Gespräch. Und dessen Inhalt am liebsten: China, der Orient. Poldi Weisz hat damals schon einen Gott gesucht und ihn gefunden.

1920: Leopold Weisz geht, arbeitsuchend, nach Berlin. Er lernt eine fünfzehn Jahre ältere Frau kennen und fährt (nach einigen Streifzügen ins Land des Filmmanuskripts) mit ihr und ihrem Sohn (der nicht viel jünger ist als Weisz) nach Palästina.

1922: Leopold Weisz schreibt unter dem Pseudonym Pol Torren Aufsätze an die »Frankfurter Zeitung«. Diese Artikel, die zum Teil in einem Band gesammelt erscheinen, erregen Aufsehen. Unliebsames, wie man gestehen muß. Leopold Weisz war gewiß der erste Jude, der in seinen Reiseberichten – wenn auch verstohlen – die Partei der Araber gegen die Juden genommen hat. Die Außenstehenden wissen nicht, warum, und beschuldigen ihn unlauterer Gründe. Den Freunden aber kommen seine Chinagespräche von anno dazumal ins Gedächtnis, seine Verteidigung des Orients gegen die Betriebsamkeit.

Um diese Zeit bahnt sich in ihm ein Wandel an: er begreift – vorläufig nur verstandesgemäß – den Mohammedanismus.

1924: Er kehrt nach Deutschland zurück, geht ein zweites Mal in den Orient. Die Frau stirbt, der junge Sohn bleibt seiner Erziehung überlassen. Da vollzieht sich in ihm die eigentliche Bekehrung: Er wird (wiewohl noch für abendländische Zeitungen tätig) strenggläubiger Mohammedaner, schließt sich darum dem Stamm der Wahhabiten an, kommt in Ibn Sauds, des Königs, Nähe. Ja, er läßt sogar den Stiefsohn, den er später in einem deutschen Internat unterbringt, den Glauben der Moslems annehmen.

1925 bis 1927: Die Wahhabiten genießen bei der englischen Regierung wenig Gunst. Man hat einige Zeit Grund, um den jungen Leopold Weisz in Sorge zu sein. Seine Freunde erfahren, daß er in den Dienst Ibn Sauds, des Wahhabitenkönigs, getreten ist – sie hören, daß England einen Kopfpreis auf ihn ausgesetzt hat – und nun ist er plötzlich verschollen! Die Weltpresse forscht nach seinem Verbleib, man glaubt ihn tot. Indessen war er nur in kurzer Haft.

1928: Durch Leopold Weisz' – nunmehr: Mohammed Leopold Weisz – Vermittlung kommt der Friede zustande, den der Wahhabitenkönig mit der britischen Regierung schließt. War der junge Wiener bis dahin Ibn Sauds Außenminister und nächster Berater, so wird ihm jetzt von seinem Herrn in Anerkennung seiner Verdienste der höchste Titel verliehen, den der Wahhabitenstamm zu vergeben hat: Freund des Königs. Und dazu ein Fleckchen Erde in Medina, der heiligen Geburtsstätte Mohammeds, wohin Leopold Weisz als einziges Erinnerungsgut, das ihm von Europa verblieb – Tomaten verpflanzt.

Die letzte Nachricht von ihm kommt vor einem halben Jahr. Leopold Weisz genießt seinen Ruhestand auf morgenländischem Acker als »Freund des Königs«. Er kann, gleich Voltaires Candide und dessen treuem Pangloss, weltabgekehrt seinen Garten bestellen.

1934: König Ibn Saud steht mit dem Reiche Yemen im Krieg. Was in diesem Zwist mit Mohammed Weisz geschah oder geschehen wird, wissen seine Freunde nicht. Auch Candides Garten lacht jedenfalls kein Frieden.

Die Unberühmten

Ich saß mit einem berühmten Filmhelden, nennen wir ihn: Forst, auf dem Strohbänkchen unter dem Portal eines großen Ringstraßenhotels. In dem Hotel steigen mit Vorliebe Filmhelden ab. Infolgedessen kreisen unablässig Schwärme von jungen, vornehmlich weiblichen Autogrammjägern ums Haus. Manchmal stehen sie lauernd in der Seitenstraße wie Wachedienstkorps, die bei politischen Umzügen Bereitschaft haben. Erspähen sie eine Prominenz, so stoßen sie mit Rudelgeschrei vor, schwingen ihre Notizbücher und erjagen die Unterschrift. Das Wild schlürft die Schmach genußvoll und gottergeben. Kaum hatte der Berühmte neben mir Platz genommen, als ein Schwalbenschwarm von jungen Mädchen über die Straße geschossen kam. Sie umflatterten ihr Opfer schreiend mit Papier, Bleistift und nackten Armen wie der Kreischchor in der Operette den unwiderstehlichen Tenor. Aber sie waren jünger als solche Choristinnen zu sein pflegen, ungeschminkt, ranke Schulmädel zwischen 14 und 16, dazu geschaffen, eines Peter Altenberg Aug' zu erquicken.

Als das letzte und hübscheste der Mädchen mit der Unterschrift abgefertigt war, erwachte in mir der Neid. So unbeachtet, unberühmt dazusitzen! Wenn mich wenigstens die letzte mit einem Blick gestreift hätte ... »Na – und wer ich bin, fragen Sie gar nicht?« rief ich ihr nach. Alle machten kehrt zum Bänkchen. »Wer sein Sie denn?« Ich überlege nicht lang: »Haben Sie schon etwas von Schaljapin gehört?« – »Der Schaljapin!!« Zehn Notizbücher und zwanzig Arme fuchteln vor seinem Gesicht.

Da schäme ich mich aber vor dem eigenen Ruhm. Ich gönne dem Schaljapin meine Lüge nicht. »Nein, ich bin's ja gar nicht, ich hab' Sie angeschmiert ...« Doch der Verdacht, den ich weckte, läßt sie nicht mehr aus: »Wer sein S' denn nachher?« Ich mit großem Nachdruck: »Ich heiße Gröpfelmeyer ... von der Wechselstube Gröpfelmeyer.«

Vom Gröpfelmeyer wollen sie nichts wissen. Sie verflattern, wie sie gekommen waren. Bald verläßt mich auch der Berühmte. Mittagsglut schwimmt um mein einsames Haupt. Ich blicke in die Sonne. Da steht drüben noch, an einen Baum gelehnt, das hübsche schlanke Schulmädel (Handelsschule Allina, 2. Klasse) und schaut teilnehmend nach meiner Bank. Sie kommt langsam herüber, klappt ihr Album auf. »Gengans, Herr Gröpfelmeyer ... schreiben S' mir auch Ihren Namen ...«

Es war der Tag der guten Werke.

IN PARIS ÜBERRASCHT,

daß die Pariserin in ihren Forderungen an die Liebe ungefähr der Vorstellung entspricht, die man gemeinhin von den Bewohnerinnen des Tegernsees hat;

daß man in den Kaffeehäusern das Geld für die Zeche auf die Serviertasse legen kann, ohne »Zahlen!« zu rufen;

daß ein »Bock« nicht eine bestimmte Bier-Sorte oder -Farbe bezeichnet, sondern eine Maßeinheit, nämlich zwei Deziliter;

daß man für den Umgang mit Ämtern oder wichtigen Persönlichkeiten einen sogenannten »tuyau« braucht, das ist: eine Empfehlungszeile;

daß man auf den Terrassen der Kaffeehäuser nicht Eierspeise essen darf, weil im Freien nur Getränke serviert werden, resp. kalte Schüsseln;

daß man auf dem Boulevard Saint-Michel bis um ein Uhr morgens Buchhandlungen offen findet;

daß ein schwarzer Kaffee nicht »café noir« genannt wird, sondern »café nature«, wohingegen der Milchkaffee »café crème« heißt und nicht »café au lait«;

daß der letztgenannte eine graue und keine braune Tönung zeigt;

daß man als altösterreichischer Zögling der Bürokratie mit den Ausdrücken »expreß«, »rekommandiert«, »Recepisse«, »arretieren«, »Commissaire« vor Reichsdeutschen nicht nur im Umgang mit Ämtern einen uneinholbaren Vokabel-Vorsprung hat;

daß der Name des Sozialistenführers Léon Blum nicht, wie man annahm, »Blöm« ausgesprochen wird, sondern schlicht und deutsch »Blum«;

daß hingegen ein Dichter namens Heine hierorts genau so unbekannt ist wie ein zum Ersatz präsentierter: Henri 'Aen – weil die Pariser den Verfasser des »Buchs der Lieder« nur als »eine« kennen;

daß um die Mittagsstunde auf den Treppen der Bankpalais unbeanstandet Bettler schlafen;

daß den Hausbesorgern hier eine so dominierende Stellung zukommt wie im alten Wien Eduard Pötzls und Vinzenz Chiavaccis;

daß das Radebrechen der französischen Sprache auf Frauenohren keinen erotischen Reiz übt;

daß die Polizisten im Dienst rauchen dürfen;

daß die musikalische Entwicklung Frankreichs hinsichtlich der Stücke, die von Orchestrions und Konzertkapellen bevorzugt werden, soeben bei den Schlagern: »Sagen Sie geschwind, sind Sie das schöne Kind? ...«, »Hupf mein Mäderl ...« und »Sei gepriesen du lauschige Nacht!« angelangt ist;

daß es zwar weniger Bettler gibt als in Wien, Berlin oder Prag, diese wenigen aber so erbarmungswürdig und vorsintflutlich-realistisch aussehen wie der Strolch, der in unserer Kindheit wegen eines Tellers Suppe an die Türe klopfte;

daß es zwischen zwölf und ein Uhr mittags leichter ist, den Ministerpräsidenten Frankreichs zu sprechen als den Portier, der uns zu ihm hinauflassen soll, da dieser gerade das Mittagessen zelebriert;

daß in die Kunstausstellungen wirklich Menschen gehen;

daß die regelmäßige Benützung der Metro (Untergrundbahn) fraglos den billigsten und gesündesten Körpersport darstellt, weil man an den Umsteigstellen immer einige hundert Meter unterirdisch zu laufen hat;

daß die Deutschenfrage außerhalb des Quai d'Orsay nur die wenigsten Menschen interessiert;

daß sich jemand, der um ein Uhr mittags, statt sechs Gänge zu bestellen, eine Schinkensemmel verlangt, politisch verdächtig macht;

daß im August jeder zweite Fleischer-, Bäcker-, Schuster-, Krämer- und Grünzeugladen geschlossen ist, weil sich der Inhaber in der Sommerfrische befindet;

daß der Besitzer eines Zehn-Franc-Scheins von diesem nicht (wie es dem valutarischen Verhältnis entspräche) anderthalbmal, sondern zwanzigmal so schwer Abschied nimmt, als ein Tschechoslowake von zehn Kronen;

daß man in der Nacht den Fahrpreis der Auto-Taxis aushandeln kann;

daß den Franzosen hauptsächlich für zwei deutsche Worte der synonyme Ausdruck fehlt, weshalb sich diese zwei als Lieblingsfremdworte bei ihnen eingebürgert haben: »Ersatz« und »Weltanschauung«;

daß die Zeitungen auch am Sonntag erscheinen, und zwar dreimal täglich;

daß in der sprichwörtlichen Fremdenstadt der Zugereiste, vom Volk geringschätzig als »Metèque« (von den griechischen »Metöken«) bezeichnet, weniger Achtung und Liebe genießt als der Aschantineger im weiland Wiener Tiergarten;

daß man im Kleinhandel niemals vom Franc als Einheitsgeld redet, sondern von »vingt sous«, zwanzig Fünfsoustücken;

daß der »Temps«, das berühmte Regierungsblatt, erst um sechs Uhr abends erscheint;

daß der Pariser genau so ist, wie ihn Voltaire vor zweihundert Jahren in seinen Romanen »Candide«, »L'ingénu« und namentlich der »Prinzessin von Babylon« geschildert hat;

daß es für einen distinguierten Ausländer kein größeres Malheur gibt, als »Kuh« zu heißen.

Die Kurkapelle

Die Kurmusik soll man nicht von den Bänken und Promenadesesseln aus hören, die um sie aufgestellt sind, nicht von dort, wo sie wie ein tönendes Idyll das Baum- und Berg-Panorama rings in heiterem Stillstand an sich fesselt. Man soll ihr durch geöffnete Fenster zuhören, wenn man auf der Badepritsche liegt, aus dem Bett, vom Liegestuhl her. Da genießt man ihr Wesen, ihre Bestimmung. Wie ein zugehöriges Teil von Sonne, Wind und Landschaft schwillt sie aus den Lüften, bald im schmetternden Braus der Hörner, bald zur Unhörbarkeit versickert, wie ein Bach, der jetzt über Klippen schäumt und im nächsten Augenblick dem Gehör entschwindet, ein windverwehtes, von den Sonnenstrahlen zerrissenes Stück Wohlklang. Dann ist sie wahrhaft Kurmusik; ein Bestandteil der segnenden Natur, die von allen Seiten auf uns strömt, aus Wasser, Luft und Kühle.

Es kommt nicht darauf an, was sie spielt. Die Klangbündel, die uns dargereicht werden, sollen bloß in einer Harmonie ab- und anschwellen, die vom Sonnenspektrum selber entsendet scheint. Ob das mittels des Pilgerchors aus »Tannhäuser« geschieht, durch die »Freischütz«-Ouvertüre oder den Walzer »Wiener Madeln« von Ziehrer, ist einerlei. Der Kapellmeister weiß genau, welches musikalische Zeitalter sich am besten dazu eignet, welche Stücke der Opern- und Konzertliteratur sozusagen der Windprobe gewachsen sind. Mit der exzessiven Moderne fängt er sich nichts an, der Wind ist kein Freund von Atonalitäten und Synkopen. Auch das unmittelbare Gestern läßt er links liegen, es trägt noch den Dunst der Nachtlokale, den man hier ja aus der Seele loswerden soll. Er verordnet, gleich der weisen Kuranstalt, als Therapie gegen das Heute eine Spülung mit Vorgestern. Sowie man im Sanatoriumspark von Gräfenberg unter den Zeit- und Ehe-Leidenden – die aber hier alle hell-leuchtende Gesichter tragen – gleichwie in einem heiligen, stehengebliebenen Hain des 19. Jahrhunderts wandelt (Franz Joseph könnte noch am Leben sein und Schnitzler gerade das »Weite Land« geschrieben haben), so will die Kurkapelle den eingewickelten, massierten, abgeduschten und gewogenen Zeitgenossen, der an den Titelaufschriften der Zeitungen erkrankt ist, bereden, daß er sich im Herzen von 1890 befindet. Es entspricht der Devise: keine Langeweile, aber auch keine Aufregung! Gleichtakt eines Zeitalters, das wunde Herzen in einen phonetischen Prießnitz-Umschlag hüllt: die Melodie. Mich wundert, daß ich dazu kein Tandem auf der Promenade sehe, keine Kinder, die Diabolo spielen und keine Damen im Autoschleier.

Der Kapellmeister – dieser hier heißt Thomas und führt seine Leute zur reinen Höhe von Kammermusik – scheint sich also alle Tage mit dem Kurarzt zu besprechen: Was bringen wir denn morgen? »Les patineurs« von Waldteufel für die Mondänen; für die Heroischen die Ouvertüre von »Zampa«; ein bißchen Karfreitagszauber für die Zerbrochenen; ein Waldhornsolo aus Weber oder Mendelssohn für die Romantischen; und ein Potpourri »Fesch und resch« für alle, die sich aus dem Datum 1934 directement nach »Venedig in Wien« sehnen.

Wenn alles verklungen ist hängt das Waldhornsolo noch eine Weile in den Zweigen. Die Kulisse – Baum- und Bergumrahmung ringsum – reißt jetzt das Leben an sich, der kleine Platz, dem der Wohlklang entstieg, ist tot. Der Massierte auf der Pritsche hört statt dessen den bienensummenden Mittag, Waldhörner en miniature, aus Liliputs Klangreich.

Über den Fremdenverkehr

Über eine merkwürdige Erscheinung dieser Erscheinung habe ich mir heute vormittag auf der Alten Wiese von Karlsbad eine halbe Stunde lang den Kopf zerbrochen. Ich wälzte die Sache hin und her, belichtete sie politisch, ethnologisch, ökonomisch, psychologisch und kam zu keiner Lösung. Doch versteht der Leser mich und mein Problem vielleicht besser, wenn er erfährt, was das Drehrad in mir zum Antrieb brachte: ich beobachtete vor einem der adretten Verkaufsläden das Wiedersehen zwischen einem Geschäftsführer und einem Kurgast. Jener kam, als er den andern am Schaufenster vorbeispazieren sah, herausgesprungen wie der Orest auf den Pylades. Er schüttelte ihm beide Hände gleichzeitig, rief: »Jessas – Sie?«, bewunderte sein jugendliches Aussehen, fuhr ihm sogar liebkosend übers Haar. Der also Bewillkommte wurde rot wie ein Bub. Dann, als er sich in dem gegenüberliegenden Kaffeehausgarten niederließ, stand mit derselben strahlenden Miene die Kellnerin vor ihm. »Recht viel Schlag«, sagte sie mit Kundenkennerblick, als er seine Bestellung gemacht hatte, stellte drei Körbe voll Semmeln vor ihm hin und breitete über seine Beine vorsorglich eine Decke. Es wird zum Verständnis dieser Studie beitragen, wenn ich hinzufüge, daß es sich übrigens um einen abscheulichen Patron handelte, mit Dickbauch, Wulsthals und Fischaugen.

»Nicht nur diese zwei«, sagte ich mir, »nicht nur Ladenchef und Kellnerin bezeugen diesem Unhold Teilnahme, Liebe, Zärtlichkeit. Sicherlich fragt ihn der Hotelportier am Morgen: ›Na, gut geschlafen?‹ Sicherlich reicht ihm das Brunnenfräulein sein Glas mit aufwartendem Lächeln. Sicherlich zeigt sich der Briefträger kummerdurchwühlt, wenn er ihm keine Frühpost bringen kann. Und der Bademeister wird ihm das volle Schaff gewiß mit der Ermunterung zur Gesichtskühlung reichen: ›Jetzt ein Wassili!‹ Hier muß der zweihundertpfündige, bejahrte Schubiack wieder zum behüteten Kinde werden, in Obhut und Aufmerksamkeit gehüllt wie in weichste Daunenfedern. Warum? Weil er Kurgast ist. Oder präziser gesagt: der Herr Fremdenverkehr.«

Hier begann meine Frage: jeder von uns, sowohl du, der du dies liest, wie ich, der ich's schreibe, ist, wenn er die Grenzen seiner Stadt überschreitet, so ein flaumgebetteter, umwedelter Fremder. Bleibt er aber daheim, so ißt er das saure Brot des Stadtbürgers. Zu Hause: unfreundlich angesehen, von Verordnungen geschunden, mehr gelitten als geachtet, von Devisenspähern beäugt, eingeteilt, abgefertigt, vorgeladen. Auf Reisen: segenspendender Rajah, umdienert, gekost, mit Erleichterungen bedacht, in Liebe getaucht. Kurz: dort der Untertan und hier der Fremdenverkehr. Ein kleiner Grenztausch nur – und das schimpflichste, schutzloseste Wesen wird zum geschütztesten. Und bleibt doch hier wie dort der gleiche Edelmann oder Gauner!

Eine seltsame doppelte Buchführung dieser Zeit, die den Menschen einmal als das höchste Warengut betrachtet und das andere Mal als die letzte Kreatur. Man kann leicht errechnen, welche Frage dieses kleine Selbstgespräch nah'legt: warum kein Staat auf die Idee kommt, seine Mitbürger so anzusehen, als wären sie Kurgäste und reisende Ausländer? Ich plane einen Verein zur Hebung des Einheimischenverkehrs.

DIE TRAGÖDIE FRITZ WREEDES

Fritz Wreede tot aufgefunden.
Berlin. Der Verleger Fritz Wreede, Mitinhaber des Theaterverlags Felix Bloch Erben, wurde am Ufer des Pichelsees mit einer Schußwunde an der rechten Schläfe tot aufgefunden. Wreede hat Selbstmord begangen. Er hat sich den Schuß vermutlich auf der Freybrücke in Spandau beigebracht und sich dann ins Wasser gestürzt. – Der Selbstmord Wreedes dürfte darauf zurückzuführen sein, daß der berühmte Bühnen-Verlag unter den heutigen Verhältnissen mit Schwierigkeiten zu kämpfen hatte.

So also endet ein Glücklicher.

Ich war 26 Jahre lang mit dem ewig jugendhaften, heiteren Menschen befreundet, kannte alle Phasen seines unwahrscheinlichen Aufstiegs vom Nichtstuer zum Kabarettconférencier und dann zum bedeutendsten Bühnenverleger Deutschlands. In ihm war immer etwas Amerikanisches. Vor dem Krieg wohnten wir in einer kleinen Wiener Pension zusammen. Er war kaum der Schule entwachsen (der er einmal entlief, um einer gefeierten Operettensängerin, in die er sich verliebt hatte, nach Paris nachzureisen) und verkaufte ein Rechenmaschinen-Patent nach den Vereinigten Staaten. Dann ging er zur Bühne, ich zur Zeitung. Über sein Debüt hatte zufällig gerade ich zu berichten, ich fand ihn nicht hinreißend und hielt mit dieser Meinung nicht zurück. Er kam in die gemeinsame Wohnung nach Hause und sagte schmerzlich: »Ich wußte, deine Objektivität wird bei mir anfangen.«

Von Kunst und Literatur verstand er in dieser Zeit nicht allzuviel, bekannte gerne auch darin seine Kenntnislücken.

Um so respektvoller blickte er zu Menschen auf, die seiner Meinung nach vor ihm darin einen Vorsprung hatten. Und nun setzt die eigentümliche Tragödie dieses Mannes ein, der »Glück hatte«. Es war ein Erlebnis, fast jenem vergleichbar, das in Schillers »verschleiertem Bild zu Sais« beschrieben steht: Wreede, der durch seine Verheiratung mit der Witwe des letzten Eigentümers von Felix Bloch Erben den größten deutschen Theatervertrieb – und damit zugleich den bedeutendsten in Europa – in die Hände bekommen hatte, lernte jetzt als Autoritätsperson, naher Bekannter und Vorschußgeber alle die Heroen des Schrifttums kennen, zu denen er naiver als ich emporgeblickt hatte: Gerhart Hauptmann und Kaiser und Brecht und Sudermann. In der Bewertung ihrer Stücke leitete ihn – wie er leider entschuldigend sagte – bloß ein »Flair«. Aber wie bald konnte er die Genugtuung erleben, daß dieses Flair des weltgeübten, die Kniffe des Theaters von Jugend auf richtig durchschauenden Menschen zuverlässiger und instinktsicherer sei als die abgrundtiefste, belesenheitsstrotzende Buchweisheit der Kenner. Der Kritik sah er bald in die Karten. Aber nicht nur ihr: auch den Autoren. Sein Umgang mit ihnen brachte ihm schwere Enttäuschung. Das also war das Exklusivrecht des Geistes? So sahen die Olympier in der Nähe aus? Er hatte sie im Anfang durch Vorschüsse verwöhnt, die das Haus in seiner guten Zeit leicht tragen konnte – in schlechter hätten sie seinen Untergang gebracht. Er setzte eine Ehre drein, gerade als der ehemalige Schlagersänger und Schlagerverkäufer Leute wie Bronnen, Brecht, Klabund, Sternheim an seinen Verlag zu ketten, ihnen den Salut von unten zu bezeugen. Am Ende fühlte er nur Trostlosigkeit. Der Himmel seiner Jugend stürzte ihm ein. Vielleicht war in ihm damit der Keim zu der Melancholie gelegt, die den Selbstmordplan schon seit Jahren in ihm gereift hatte.

Wie wenig dünkelhaft machte ihn dabei diese Erfahrung, wie sachlich blieb er der Ehrfurcht treu, die er im Grund schon begraben hatte. Ich erinnere mich eines Abends in seiner Berliner Wohnung. Gerhart Hauptmann hatte vom Semmering das erste Leseexemplar seines »Sonnenuntergang« geschickt – Fritz Wreede, der ehemalige Bänkelsänger und Monokelconférencier, hatte die mißliche Pflicht, den Nobeldichter des Hauses untertänigst darauf aufmerksam zu machen, daß ihm wie Reinhardt die fünfaktige Fassung des Dramas, wo der Held irrsinnig wird, verfehlt erscheine und daß sich statt dessen eine dreiaktige, mit anderem Ausgang empfehle. Plötzlich, wir saßen beim Abendessen, läutete das Tischtelephon: Semmering ruft; Wreede wischt sich erst den Ehrfurchtsschweiß von der Stirne, hierauf macht er seine Bedenken geltend (mit so rotem Verlegenheitsgesicht, daß Hauptmann seine Freude dran gehabt hätte) wird immer entschiedener – ich kann mir kaum vorstellen, daß eine so heikle Aufgabe mit solchem Takt und soviel Sachlichkeit dazu gelöst wird. Nach eineinviertel Stunden war dem Altmeister der Wunsch des Verlegers eingegeben – der »Sonnenuntergang« hatte dann in der vieraktigen, in Wreedes Sinn umgestalteten Fassung einen Erfolg, wie ihn Hauptmann seit zwanzig Jahren auf der Bühne nicht gefunden hatte.

Aber Wreede hatte das verschleierte Bild zu Sais geschaut. Der Ex-Bonvivant glaubte nicht mehr an Götter. Auf den Gipfeln seines Erfolgs wurde ihm traurig zu Mute. Ist es nicht eine bittere Zeitwahrheit?

Aber war er eine merkwürdige Art Glückspilz, so war er ein noch sonderbarerer Selbstmordkandidat. Als ich ihn nach seinem ersten Selbstmordversuch im Wiener Sanatorium besuchte, hatte er gerade nach dreitägiger Bewußtlosigkeit die erste Mahlzeit zu sich genommen. »Wie schmeckts?« fragte ihn zärtlich die Pflegerin? »Danke«, sagte er, »für einen Toten augezeichnet ...« Dieser unglücklichste Glücklichste war auf der anderen Seite der heiterste Selbstmörder.

Geist im Gästebuch

Jeder zweite Lokalinhaber oder Oberkellner von persönlichem Zuschnitt führt heute ein Gästebuch. Ob zu seiner eigenen Genugtuung, es hinieden mit der Crème der Menschheit zu tun zu haben, ob zur Selbstbespiegelung seiner Kundschaft oder für eine künftige Autographen-Auktion, das bleibe dahingestellt. Tatsache ist, daß man kaum dreimal hintereinander – in auserwählten Fällen genügt das Debüt – im gleichen Bar-Raum oder Speisesaal Platz genommen haben muß, ohne daß nicht zwei dienstwillige, zwischen Füllfeder und Hangerl schwankende Hände gleich einer Weinkarte mit parnassischen Getränken ein Album auf den Tisch breiteten. Man blickt auf, sieht in ein zuversichtsstrahlendes Gesicht und hört die Ermunterung: »Bitte, was Geistreiches! ... Es kann auch kurz sein. Vielleicht in Versen.«

Nun blätterst du unschlüssig nach hinten und vorn. Du findest mittelbekannte Namen unter mondänen Zeichnungen, die mit Rotstift überschmiert sind oder unter Notenzeilen aus eigenen Werken; dreiviertelbekannte, zu einem Stammtisch-Eck sich schließend, ganze Namens-Trauben in einer intimen Korrespondenz miteinander, die gewöhnlich in den Satz ausläuft: »Weil er soviel gesoffen hat. Der Obige«; berühmte, die sich schlicht, im stillen Bewußtsein ihres Wertes, an den Rand ducken; ganz berühmte, von denen man schon wieder ein Herausgehen aus sich und herablassende Freundlichkeit erwartet – sie verkünden: »Ihre Kochkunst lobt den Meister, Herr Meier! Gerhart Hauptmann.«; und unbekannte unter handgeschriebenen Gedichten, die sich auf fünfzehn Seiten erstrecken – der Albumbesitzer grollt wegen der Raumverschwendung und verweist den nachfolgenden Leser und Schreiber doch nachdrücklichst auf die Verszeile 45 ff.; »Hier findest Du des Beefsteaks Saft in unerreichter Rinderkraft ...« Das zwinkert und spaßt und scharmutziert und will vor dem Nachweltsaug' doch seine Fasson behalten. Ein Zusammenstoß von tausendundeins Originalitäten, von denen keine vor der anderen zurückstehen darf. Jede zieht um sich selber einen Isolierrand, die eine mit Gelassenheit, die andere durch Abstand, die dritte durch Pointenknall, die vierte schlicht-sinnig. Alle zusammen aber erreichen uns dennoch nur als Kollektiv; als ein Sammelsurium von gewesenen Appetiten und verrauchten Würzen. So riecht eine Gasthausküche um vier Uhr nachmittags.

Wenn sich tausend Ungezwungenheiten verewigen, entsteht daraus ein einziges Grinsen. Nun steht neben mir ein freundlicher Herr und verlangt, daß ich mitgrinse. Es müsse ja nicht in Versen sein, auch was Fesches in Prosa sei genehm. Sie wissen nicht, was? ... Aber gehen Sie, das glaubt Ihnen jemand. Ein Mensch wie Sie, alles aus dem Stegreif. Ich hab' ihnen eigens ein Platzl frei gelassen zwischen dem Nobile und dem Kiepura. Oder wollen Sie sich auf die Seite vom Ringelnatz schreiben? ... – Der Füllfederhalter in seiner Hand zielt mir wie ein Pistolenlauf nach dem Hirn. Ich schenke dem Spiegel das Gesicht, das er von mir verlangt. Der Spiegel sagt (unter dem 26. 2. 32): »Hier ist's lustig, werde weiter empfehlen.« Ich erwidere etwa: »Wurde gewurzt – hei wie froh!« Manche dieser Spiegel – wie das Gästebuch des braven Restaurateurs Schwarz in München, wo sich anno olim sogar SA-Staffettenführer bei Gänseklein von der Strapaze des rassischen Bewußtseins ausruhten – scheinen noch von dem Fett zu triefen, das den Lippen vorher herunterlief. Man findet da (bei Schwarz) erlauchte Köpfe, doch alle nachschmatzend. Ich konnte mich nicht enthalten, diese Wirkung in meinem Beitrag gleich vorwegzunehmen und schrieb: »Die Gerstelsuppe war hervorragend, nicht zu fett, nicht zu gewürzt, der Lammsbraten ...« usw. Ein Jahr später war meine Eintragung von Feindesstimmen umkränzt: »Ex unque leonem.« – »Kuhfleisch.« – »Fresse Künstler, rede nicht!« Nun ja, mir fehlt bei der Aufzählung von Gerichten noch die innere Würde, ich hätte mich bei der Niederschrift in einen blau-seidenen Propheten-Mantel hüllen sollen, gleich jenem, in dem ich vor zehn Jahren den Dichter Rabindranath Tagore – er war wie der Heiland auf dem Abendmahl-Bild Leonardo da Vincis zwischen dem Verleger Hugo Heller und desen Gemahlin gesessen und hatte jedes einzelne Bratenstück mit leicht-andeutender Hand ins Salzfaß getaucht – seine Dankerfülltheit ins Gästebuch des Oberkellners Fuhrmann vom Meißl und Schadn eintragen sah. Ich stürzte mich damals sogleich auf das Buch und las den einprägsamen, beherzigenswerten Satz: »rawahrassa jughodalaschy wabu gadamassa ...«

Auf indisch hat man's auch im Gästebuch leicht. Gerstelsuppe sieht da wie Buddhas Zeichen aus. Das mag auch der Komiker Karl Valentin begriffen haben, als er das obenerwähnte Münchner Gästebuch auf die genialste Art foppte – uns allen, die wir am Federstiel kauen und aus dem Wettbewerb mit den tausendundein Originalgeistern schlecht wegzukommen fürchten, ein Vorbild: er warf mit reißender geniegeladener Feder ein Kritzelkratzel von zwanzig Zeilen hin, freie Nachempfindung der Geheimschrift von ärztlichen Rezepten. Es war so gut getroffen, daß man eine halbe Stunde daran studierte, bis man wußte, daß der Inhalt Null war. Darunter aber stand: »Dies wünscht Ihnen aufrichtigst Ihr Karl Valentin.«

Ich glaube, daß keine andere Eintragung den Stürmen der Mit- und Nachwelt so standhalten wird wie diese.

DER EINFALL

Die Szene spielt im dramaturgischen Büro eines Filmunternehmens in Wien, Paris, London, Hollywood oder Shanghai. Die handelnden (man kann diesmal mit Recht sagen: handelnden) Personen sind ein Schriftsteller aus Budapest und der Filmproduzent. Jener macht diesem eben Produktionsvorschläge.

Der Schriftsteller: ... Dann ein Drama ... ganz modärn ... für Veidt oder Douglas Fairbanks ...

Der Produzent: ... Frei?

Der Schriftsteller: Klaine Ablöhse!

Der Produzent: Also!

Der Schriftsteller: ... also: ein jungär Mann ... sehr gutes Haus ... Pappa ist Kaisähr oder König ... studiert er Philosophie in deutscher Stadt ... Ich erzähle nur ganz kurz ohne Detaileinstellung ...

Der Produzent: Ja, nur kurz ...

Der Schriftsteller: ... bekommt er Telegramm von zuhaus: Pappa gestorben. Also natürlich, erster Gedanke: nach Haus! Kommt ganz traurig ... er ist Mellanchohliker sowieso ... wegen Klima ... ganze Sache spielt in Dänemark.

Der Produzent *mißtrauisch:* Dänemark?

Der Schriftsteller: Kann man machen in Attelier. Oder Handlung verlegen nach Riviera ... kommt also an, däprimmiert, grüßt Mutter und sieht: keine Trauerkleider. Begrüßt Onkel – Vatter hat gehabt Bruddär – auch ganz hell, in grauen Sakkoh ... fragt herum, hört: Onkel hat Mamma geheiratet ...

Der Produzent: Der Bruder des Verstorbenen die Witwe? ...

Der Schriftsteller: Ja, in Dänemark. Kann man aus ihm auch machen Vetter oder Gliedcousehn ... Oder Handlung verlegen nach Rußland ...

Der Produzent: Weiter!

Der Schriftsteller: Jetzt natürlich dieser melancholische Bursch', Kronprinz, ist er ganz gespalten in seine Gefühle, wie auch natürlich ... weil jeder moderne Mensch muß sich in einer solchen Situation sagen: Gestern tot und heute neu verheiratet? ... Das Gefühl will nicht wahr haben; Extravaganz. So trifft er einen Freund, Offizier, sehr feiner Mensch, kann spielen Edthofer oder Barrymore ... der erzählt ihm hochinteressante Neuigkeit ...

Der Produzent: Ein Rahmenfilm?

Der Schriftsteller: Nein gehört dazu ... Sie spazieren ganz allein, erzählt ihm der Offizier: gestern, wie er Wache gehabt hat auf Terrasse von Palais ... hat er gesehen ein' Geist ... richtig wie ein Gespenst ...

Der Produzent *nachgrübelnd:* Den Stoff kenn' ich ... das ist doch ein Theaterstück ... ein berühmtes ...

Der Schriftsteller *gekränkt:* ... Das ist alte ungarische Bauernlegende ... jedes Kind kann Ihnen erzählen in Mármaros-Sziget ... dann hat einmal vor dreißig Jahren Franz Herczeg daraus gemacht ein Feuilleton über königliches Schauspielhaus ... Bekeffy hat versucht grotesk zu gestalten für Femina ... aber aigentlichen Einfall hat gehabt: Siegfried Geyär ... *Der Schriftsteller erzählt nunmehr die Handlung von Hamlet zu Ende.*

Der Produzent: Und wegen der Ablöse – wer kriegt sie?

Der Schriftsteller: Fodor! ... Fifty-fifty mit Gajda ...

WIE SOLL IHR NEKROLOG AUSSEHEN

Eine kleine Anleitung für künftige Biographen zur richtigen Gestaltung des Nachruhmes

Ich wünsche mir,

1. daß mein Nachruf von keinem meiner Zeitgenossen gelesen wird (wie alt muß ich also werden?);

2. daß der Nachruf mit so viel Originalität geschrieben ist, daß der Leser das Gefühl hat: »Wenn der Schwachkopf zu meiner Überraschung so originell wird, wie originell muß erst der teure Verblichene gewesen sein!«

Es gibt nur eine Form zu überleben – nämlich die, daß die Leute das Gefühl haben, das Eigentliche und Wesentliche, das mit einem gestorben sei, könne in keine Nachrufformel gefaßt werden. Es kann sich nur in der von Mann zu Mann gehenden Legende erhalten.

Und zum Schluß verbiete ich hiermit, öffentlich und testamentarisch, daß der Schreiber meines Nachrufes Honorar dafür nimmt.

Nachwort

In seinem Lebensbericht »Der Wendepunkt« notierte Klaus Mann während seines New Yorker Exils unter dem Datum des 2. Februar 1942: »Mit E[rika], Gumpert, Lotte Walter in der Eröffnungsvorstellung des Österreichischen Theaters [. . .] vor einem ziemlich gespenstischen Parkett. Wie eine ›große Premiere‹ in Wien oder Berlin, vor fünfzehn Jahren! Da sitzt Alfred Polgar mit seiner Frau; dort Kurt Pinthus neben Manfred Georg, der jetzt in New York eine übrigens sehr gut gemachte deutsch-jüdische Wochenschrift, ›Aufbau‹, redigiert. Curt Rieß ist natürlich dabei, auch Kesten, Ferdinand Bruckner, Franz Schönberner, Oskar Maria Graf . . . Wieviel gute Bekannte man hat! Heinrich Eduard Jacob erzählt mir über zwei Parkettreihen hinweg, daß Anton Kuh gestorben ist, vor einigen Tagen schon. Unheimlich, daß sein Verschwinden, selbst in diesem abgeschlossenen Emigrantenzirkel, zunächst überhaupt nicht *bemerkt* worden ist. Und war doch einmal ein fast berühmter Mann!«[1]

Sie kannten ihn alle, die Prager Autoren, die Wiener Literaten, die Münchner Bohemiens und die Berliner Filmleute. Mitten im »Palatschinquecento«[2] Kaiser Franz Josephs, am 12. Juli 1890 in Wien geboren, wurde der 19jährige Anton Kuh, wie schon sein Großvater in Prag und sein Vater in Wien, Journalist, Kritiker – und Stegreifsprecher. Ein »notorischer Nicht-zu-Worte-kommen-Lasser«, dessen »Genuß der Glutdurchflossenheit und des Sekundentriumphs sich durch späteren Katzenjammer« bezahlte.[3]

Hugo Bettauer, Erfolgsschriftsteller zahlloser Fortsetzungsromane, ließ Anfang 1922 in seinem »Kampf um Wien« Anton Kuh unter dem Namen Felix Korn auftreten. Er beschrieb ihn als »schlanken, noch jungen Mann mit Künstlermähne, das Monokel wie eingewachsen«, ein »hochbegabter Schriftsteller, aber etwas exzentrisch«, »ein glänzender Rezitator«, ein »Psychoakrobat«, gewissermaßen »ein Spaßmacher, den man einlädt, erstens, um den Gästen die Langeweile zu vertreiben, zweitens, weil er einem ohnedies Geld schuldig ist, das man nie zurückbekommen wird«. Denn Kuh »spielte oft den Schmarotzer«, weil er der Ansicht war, »daß der Philister seine amüsante Gesellschaft zu bezahlen hatte, der Reiche verpflichtet war, ihm von seinem Überfluß abzugeben. Weil er sich hoch genug einschätzt, um durch seine Gesellschaft Werte zu geben.«[4]

Auch im »Kuriositäten-Kabinett«, dem Klatsch- und Tratschbuch des Weltenbummlers Emil Szittya, wurde Anton Kuh 1923 neben Peter Altenberg als zweites »Pumpgenie« angeführt. »Manchmal treibt er auch Journalismus. Schreibt im Nestroy-Karl Kraus'schem Stil Theaterkritiken.«[5]

Kurt Tucholsky war es, der Anton Kuh einen »Sprechsteller«[6] nannte. Das war 1932 in Berlin anläßlich des Erscheinens seiner »Physiognomik«, eines Bändchens mit Aussprüchen. Kuh hatte Österreich etwa 1928 verlassen, weil er es vorzog »in Berlin unter Wienern, statt in Wien unter Kremsern zu leben.«[7] Als »Okkasionsverdiener« arbeitete er in Berlin für den Film, meist als Drehbuchautor, manchmal auch als Schauspieler und hatte ein Mittel entdeckt, »wie man dem alten Intellektuellenlaster, den anderen nicht zu Wort kommen zu lassen, ungestört huldigen kann: indem man Entree dafür einhebt«[8] – im Nobel-Hotel Adlon zum Beispiel, oder in Max Reinhardts »Deutschen Theater«.

Dann aber trat der »Anstreichergehilfe« auf den Plan, Hitler, dieses »Labsal für Dienstbotenaugen«.[9] Österreich – 1930 noch unaufhaltsam auf dem Weg, sich »in eine Schweiz der Komfortlosigkeit zu verwandeln«[10] – wurde zur Transitstation für Exilierte. Als Bleibe war die Republik des Bundeskanzlers Engelbert Dollfuß, die österreichisch gemilderte Spielart einer faschistischen Diktatur, ebenso ungeeignet wie der Ständestaat des Kurt Schuschnigg.

Unter denen, die in Österreich Zuflucht suchen mußten, war 1933 auch Anton Kuh. Zu seinem »ordentlichen Wohnsitz« aber machte er Paris[11], nicht Wien, wo sein 1931 in Berlin erschienenes Buch »Der unsterbliche Österreicher« von der Bundes-Polizeidirektion verboten wurde, weil seine »Verbreitung eine Propaganda für die Kommunistische beziehungsweise sozialdemokratische Arbeiterpartei darstellt«.[12] Vierunddreißig Meldezettel in den fünf Jahren von Februar 1933 bis Februar 1938 belegen Anton Kuhs Unstetigkeit. Reisen nach Paris und London, Fahrten nach Salzburg, Brünn und Prag. Politische Aktivitäten bis zu seiner fluchtartigen Abreise aus Wien am 11. März 1938.

Zwei Monate später, bei dem zweiten Jahresdinner, der Mitgliederversammlung der American Guild for German Freedom in New York, sprachen der Publizist Oswald Garrison Villard, Ernst Toller und – unmittelbar vor einem Referat von Thomas Mann – auch Anton Kuh. Seine Rede wurde, wie es heißt aus persönlichen Gründen, nicht auf dem offiziellen Dinner-Programm angezeigt und die Presse wurde gebeten, nicht darüber zu berichten.[13] Unter dem Datum des 11. Mai ist im Tagebuch Thomas Manns vermerkt: »Reden von Villard, Toller und Kuh (schlimm).« Und ergänzend dann: »Meine sachlichen Hinweise.«[14]

In der Emigration, so wird berichtet, fing Kuh an, sich völlig zu verändern. »Er wurde ein ganz anderer Anton Kuh. Er war ernster geworden, milder«, verdingte sich als »ghostwriter« für die Dissertation eines reichen Amerikaners. Seine schon sprichwörtlich gewordene Begabung zum »Schnorrer« setzte er nun ein, um Neuankömmlingen aus Österreich Hilfe, Arbeit und Quartiere zu verschaffen, veranstaltete in New Yorker Appartements Matineen. »›Wiener lassen bitten‹, nannte eine sehr gastfreundliche amerikanische ›Hostess‹ diese Sonntage, an denen Anton Kuh das ›beste Wien‹, das er je ergattern konnte, einer distinguierten Gesellschaft vorstellte.«[15] In Zeitungsartikeln, Kolumnen und Vorträgen beschwor er alle, »die durch eine so schwere Zeit wie die heutige wandeln«, ihr Gedächtnis frisch zu behalten. »Das Gedächtnis ist das Archiv, aus dem eines Tages die weltgeschichtlichen Rechnungen präsentiert werden.«[16]

Als Anton Kuh am 19. Januar 1941 an den Folgen eines Herzinfarktes starb, schrieb Franz Werfel in einem Nachruf: »in unserem Gedächtnis lebt er und leben viele seiner staunenswerten Worte weiter. Möge sich in bessern Tagen eine Hand finden, die sie sammelt und überliefert.«[17]

Das geschah zwei Jahrzehnte später. Da entdeckte der 30jährige Helmut Qualtinger als Interpret Anton Kuh neu. Wenig später erschien auch ein erster Sammelband »als kleiner Beitrag der Skepsis gegenüber gewissen literarischen Moden«.[18]

Nach den »Luftlinien« (hg. von Ruth Greuner) 1981 und »Zeitgeist im Literatur-Café« (hg. von Ulrike Lehner) 1983 liegt nun ein weiterer Band mit Texten von Anton Kuh vor. Seine Reflexionen zum Tagesgeschehen der Jahre 1914 bis 1935 haben die Zeit überdauert und nichts von ihrer Aktualität eingebüßt, ob er 1914 das sterbende Wienertum beklagt oder 1933 über die Emigranten schreibt, ob er den Unterschied zwischen Fremden und den nach Wien »Zuagrasten« definiert, Peter Altenbergs gedenkt oder an Adalbert Sternberg erinnert, Betrachtungen über den Gigolo anstellt und über den Windjackenbub, uns zu Auktionen oder Dichterlesungen führt, in die Wiener Hofburg oder ins Garnisonsspital, von Hippersdorf nach Paris und an die Riviera, nach Karlsbad und nach Prag, nach Wiener Neustadt und Salzburg . . .

1930 verfaßte Anton Kuh ein fiktives Vorwort zur nächsten Auflage seiner »Physiognomik« in hundert Jahren und bezeichnete sich dort als »Chauvinist der Wirklichkeit« in einer Zeit zwischen »Torschluß und Anfang« als zwei Kulturen einander ablösten: der »adelige Mensch wich dem gemeinen, der Geist streckte die Waffen, der Plebejer regierte«. Er schrieb »von Figuren, die um 1930 herum eine gewisse Rolle in der Literatur oder Tagesgeschehen gespielt haben mögen, von denen man sich aber heute fragt: Wer ist das? Was hat er Unsterbliches getan? Warum erweist ihm der Autor so viel Reverenz der Bosheit?«[19]

Namen wie Camillo Castiglioni und Siegmund Bosel, Josef Chapiro und Tristan Bernard, Thea Rasche und Ago Maltzahn, Josma Selim, der Mörder Nowosad und Fritz Wreede . . .

Ein ausführlicher Anmerkungsteil mit biographischen Hinweisen zu erwähnten Namen, mit Notizen zu Ereignissen und Entschlüsselung von Anspielungen ergänzen Anton Kuhs Kommentare zu zwanzig Jahren Tagesgeschehen.

Als Tucholsky 1932 Anton Kuh einen »Sprechsteller« nannte, fügte er – quasi begründend und zugleich auch ergänzend – an: »er sagt seins besser als ers schreibt«.[20] Vierzig Jahre später knüpfte Friedrich Torberg (er schrieb die Wortschöpfung irrtümlich Egon Friedell zu) wieder daran an, als er schrieb, Kuh habe sich außerstande gezeigt, »den Witz und den Geist, den er am Kaffeehaustisch mit müheloser Grandezza versprühte, in eine für den Druck und vollends für den Buchdruck geeignete Form zu fassen«. Mag sein, daß Friedrich Torberg recht hatte, wenn er schrieb, es »hielt die Druckfassung der kleinen Glossen und Feuilletons, die er sich um sehr hoher Honorare willen abzuringen bereit war, keinen Vergleich mit der Erzählfassung aus«.[21] Mag alles seine Richtigkeit haben. Wir aber, denen uns nur mehr die gedruckten Texte Anton Kuhs zur Verfügung stehen, halten es mit den Worten Karl Löbls aus dem Jahr 1993: »Kuh war ein ironischer, zuweilen satirischer, gar zynischer Kommentator dessen, was man heute mit einem Modewort die ›Szene‹ nennen würde. Kollegen, also Autoren, galt vielfach sein verbaler Biß – und hier vor allem Karl Kraus. Politikern galt sein kritischer Blick, und was er sah, das machte ihn oft genug schaudern. Liest man die Texte des Anton Kuh, erkennt man bald, was uns heute fehlt: die präzise *literarische* Kritik an Umständen, Zuständen, Mißständen. Anlaß für eine solche Kritik gäbe es genug. Aber vielleicht fehlt uns auch das Publikum, das für eine literarisch formulierte, pointierte Kritik empfänglich wäre.«[22]

Traugott Krischke

ANMERKUNGEN

1 Klaus Mann, Der Wendepunkt. Ein Lebensbericht, Frankfurt/Main 1963; S. 374 f.
2 Zit. nach Franz Werfel, Anton Kuh. In: Aufbau, 31. 1. 1941; S. 9.
3 Anton Kuh, Wie ich es rede; S. 62 in diesem Band.
4 Hugo Bettauer, Kampf um Wien. Ein Roman vom Tage. Salzburg 1980; S. 82, 83, 129, 130.
5 Das Kuriositäten-Kabinett. Begegnungen mit seltsamen Begebenheiten, Landstreichern, Verbrechern, Artisten, religiös Wahnsinnigen, sexuellen Merkwürdigkeiten, Sozialdemokraten, Syndikalisten, Kommunisten, Anarchisten, Politikern und Künstlern. Gesammelt von Emil Szittya, Konstanz 1923; S. 288.
6 Peter Panter (d. i. Kurt Tucholsky), Auf dem Nachttisch. In: Die Weltbühne, 2. 2. 1932; S. 179.
7 Anton Kuh, Österreich 1930; S. 128 in diesem Band.
8 Anton Kuh, Über das Reden. In: Ders., Zeitgeist im Literatur-Café. Feuilletons und Publizistik. Neue Sammlung, hg. von Ulrike Lehner, Wien 1983; S. 147.
9 Anton Kuh, Pallenberg über Hitler. In: Ders., Luftlinien. Feuilletons, Essays und Publizistik, hg. von Ruth Greuner, Wien 1981; S. 484.
10 Wie 7.
11 Meldeunterlagen im Wiener Stadt und Landesarchiv (Meldearchiv).
12 Österreichisches Staatsarchiv, Wien.
13 Deutsche Intellektuelle im Exil. Ihre Akademie und die »American Guild for German Cultural Freedom«. Eine Ausstellung des Deutschen Exilarchivs 1933–1945 der Deutschen Bibliothek Frankfurt am Main, Frankfurt/Main 1993; S. 135 f.
14 Thomas Mann, Tagebuch 1937–1939. Hg. von Peter de Mendelssohn, Frankfurt/Main 1980; S. 221.
15 Mr. Anatole (USA), Charmantes Amerika (V): Der Schnorrer von Wien – König von Amerika. Zeitungsausschnitt vom 29. 12. 1962 in der Dokumentationsstelle für neuere österreichische Literatur, Wien.
16 Anton Kuh, Geschichte und Gedächtnis, in: Luftlinien, a. a. O., S. 381.
17 Wie 2.
18 Nachwort in: Anton Kuh, Von Goethe abwärts. Aphorismen – Essays – Kurze Prosa. Wien 1963; S. 327.
19 S. 143 in diesem Band.
20 Wie 6.
21 Friedrich Torberg, Die Tante Jolesch oder Der Untergang des Abendlandes in Anekdoten. München 1975; S. 249.
22 Karl Löbl, Vorwort. In: Traugott Krischke, Ein fast berühmter Mann: Anton Kuh. Collage, Wien 1993; S. 5 f.

Quellen und Anmerkungen

S. 7

Wiener Mittagsständchen. Prager Tagblatt, 31. 5. 1914.

der italienische Sprachschatz: Kuh meint Dolcefarniente, das süße Nichtstun.

Spitzmarke: im Druck hervorgehobener Satzanfang.

Lorgnon: Brille mit Stiel.

Denkmal: im Auftrag Kaiser Ferdinands I. (1793–1875) zu Ehren seines Vaters, Kaiser Franz' I. (1768–1835), im Innenhof der Wiener Hofburg von Pompeo Marchesi (1789–1885) errichtetes Denkmal, das 1842–1846 in Mailand gegossen und dann nach Wien geschafft wurde.

Dynastie: Herrscherhaus.

amorem meis populis: Die Inschrift lautet richtig: »Amorem meum populis meis« (»Meine Liebe meinen Völkern«) und ist dem Testament des Kaisers Franz I. entnommen.

Rondeau: Rund, Kreis.

Musikbande: Musikkapelle.

Entree: Eintrittsgeld.

Erbsassen: Grundbesitzer.

Defektgekleideter: Schlechtgekleideter.

Rinaldiniherz: nach dem Titelhelden des Romans »Rinaldo Rinaldini, der Räuberhauptmann« (1798) von Christian August Vulpius (1762–1827); Rinaldini beraubte die Reichen und beschenkte die Armen.

Chronometer: Zeitmesser.

Kontoristen: Angestellte eines kaufmännischen Betriebes.

Pferch: ein für Weidevieh umzäuntes Feldstück.

S. 10

Zwischen Wien und Berlin. Entdeckungen eines Zugereisten. Prager Tagblatt, 17. 6. 1914.

impetuose: stürmische.

Aphoristik: die Kunst, Erkenntnisse kurz und präzise zu formulieren.

Substrat: Nährboden.

petschierlich: ungeschickt.

Prager Graben: tschech. Na Příkopě; ehem. Stadtgraben am Rande der Altstadt; gilt als eine der schönsten Straßen Prags.

Nominalwert: Nennwert.

emballiert: verpackt.

Konvenienz: Übereinstimmung, Schicklichkeit, Bequemlichkeit.

scharmutzieren: schöntun.
Wattaschultern: wattierte, ausgepolsterte Schultern.
ostentiert: zur Schau stellt.
Schlieferln: Schmeichler, Kriecher.
Zuwaag(kreaturen): eigentl. Zuwaage, d. i. die Knochenbeigabe beim Fleischkauf.

S. 14

Wienertum. Zum Tode Eduard Pötzls. Prager Tagblatt, 2. 9. 1916.
Eduard Pötzl: (1851–1914); ursprüngl. Eisenbahnbeamter, leitete ab 1874 das Feuilleton des »Neuen Wiener Tagblattes«; schrieb Wiener Lokalskizzen und Humoresken.
»Donau-Griechentum«: vermutl. Übertragung der Bezeichnung »Donau-Phäaken« für das, ähnlich den griech. Phäaken, an der Donau glücklich und sorglos dahinlebende Volk.
Herr von Nigerl: von Pötzl geschaffene Figur eines spießigen Wiener Kleinbürgers.
Kaiser Franz: (1768–1835), als röm.-dt. Kaiser Franz I., 1792–1806; als österr. Kaiser Franz II., 1804–1835; unter seiner Herrschaft wurde Wien als »k. k. Kaiserstadt« für mehr als ein Jahrhundert zum Zentrum Mitteleuropas.
(Ironie)Bastardln: Lebewesen, die durch Kreuzung verschiedener Arten entstanden sind.
Beinfleisch: Rindfleischsorte (mit Knochen).
gastrisch(en): den Magen betreffend.
Peter Altenberg: (eigentl. Richard Engländer; 1859–1919), österr. Schriftsteller und Bohemien; Meister der pointierten Kurzprosa. Siehe auch S. 104 ff.
Siesta: Ruhepause.
Faxen: Späße, Possen.
Am Tage des Kaiserfestzuges 1908: Aus Anlaß des 60jährigen Regierungsjubiläums von Kaiser Franz Joseph I. (1830–1916) fand, gegen seinen ausdrücklichen Wunsch, am 12. 6. auf der Ringstraße vor 300.000 schaulustigen Wienern ein »Kaiserhuldigungsfestzug« statt.

S. 16

In der Herbstsonne. Prager Tagblatt, 4. 10. 1916.
Johannis(lenz): 24. Juni.
i. P.: Abk. für »in Pension«, d. h. im Ruhestand; aber auch Abk. für »(Requiescat) in pace«, d. h. »(Ruhe) in Frieden!«, nach den in der kath. Totenmesse verwendeten Schlußworten.
Nationale: Personalien, Angaben zur Person.

Anton Dreher: Gemeint ist Anton Dreher jun. (1849–1921), Besitzer der größten Brauerei Österreichs. Das Unternehmen hatte er von seinem Vater Anton Dreher (1810–1863) nach dessen Tod übernommen.
Metaphern: bildhafte Umschreibungen.
Metonymien: übertragener Gebrauch von Worten für verwandte Begriffe.
Bosketts: Gruppen von beschnittenen Büschen und Bäumchen in Parks oder Gärten
Ferdinand von Saar: (1833–1906), österr. Lyriker und Erzähler; schilderte vor allem die Wiener Gesellschaft.
Ebner-Eschenbach: Marie Freifrau von Ebner von Eschenbach, geb. Gräfin Dubsky (1830–1916); bed. österr. Erzählerin.
Graf Dubsky: Franz Graf Dubsky d. J. (1883–1965), Großneffe der Ebner von Eschenbach.
Freitag: 29. September 1916.
Reminiszenz: Erinnerung.
soignierte: gepflegte.
tachenieren: faulenzen.
Seidl: Seidel, auch: Seitel; entspricht 0,35 Liter.
Pilsner: im böhmischen Pilsen (tschech.: Plzeň) gebrautes, weltberühmtes Bier.
»Egmont«: Trauerspiel von Johann Wolfgang von Goethe (1749–1832); 1788 entstanden.
Zeiger-Zurückrichten: Vom 1. 5. bis zum 1. 10. 1916 galt zum ersten Mal in Österreich-Ungarn die Sommerzeit.

S. 19

Wenn der Kaiser stirbt ... Prager Tagblatt, 24. 11. 1916.
Kaiser stirbt: Am 21. 11. 1916 war im Schloß Schönbrunn der 86jährige Kaiser Franz Joseph gestorben; er hatte 68 Jahre lang regiert.
Kaiser Karl: Karl Franz Joseph von Habsburg-Lothringen (1887–1922) wurde am 21. 11. 1916 neuer Kaiser von Österreich, mußte aber am 11. 11. 1918 auf jeden Regierungsanteil verzichten; er starb im Exil auf Madeira.

S. 21

Die kleine Margarete. Prager Tagblatt, 7. 2. 1917.
veristisch: kraß und unreflektiert die Wirklichkeit darstellend.
Molnár: Ferenc Molnár (eigentl. Ferenc Neumann; 1878–1952); erfolgreicher ung. Dramatiker.
Ernst (Ernö) Szèp: (1884–1953); ung. Schriftsteller.
Trivialität: Plattheit.

Galan: Liebhaber.
Lengyel: Melchior Lengyel (1880–1970), ung. Schriftsteller.
Biró: Lajos Biró (1880–1950), erfolgreicher ung. Schriftsteller.
Herczeg: Ferenc Herczeg (eigentl. Ferenc Herzog; 1863–1954), bed. ung. Dramatiker.
Heltai: Jenö Heltai (eigentl. Jenö Herzl; 1871–1957), ung. Schriftsteller.
Desdemona/Othello: In »Othello« (um 1603) von William Shakespeare (1564–1616) wird Desdemona von ihrem Mann Othello in rasender Eifersucht erdrosselt.
Nora/Helmer: In Henrik Ibsens (1828–1906) »Nora oder ein Puppenheim« muß Nora erkennen, daß sie für ihren Mann Torvald Helmer nur Besitz und Spielzeug war, er als Mann und Beschützer aber versagt hat.
Pippa/Huhn: Pippa ist in Gerhart Hauptmanns (1862–1946) »Und Pippa tanzt!« (1906) Ziel der sexuellen Begierde des Glasbläsers Huhn.
Poděbrad: Kleinstadt in Böhmen mit 5.400 Einw. (1908).
Elisabethring: Erzsébet körút in Budapest.
Lederagent: Lederhändler.

S. 23
Barfuß-Korso. Prager Tagblatt, 25. 4. 1917.
Korso: festlicher Umzug.
Diefenbach: Karl Wilhelm Diefenbach (1851–1913), Vegetarier und Lebensreformer, gründete im Isartal bei Höllriegelskreuth eine Landkommune. Bis 1892 lebte Diefenbach in München und Umgebung, zog dann nach Wien, wo er in Ober St. Veit die »Kolonie Himmelhof« gründete und ein internationales Kinderasyl plante, in dem ein neues Menschengeschlecht herangezogen werden sollte. In Wien galt Diefenbach als Schwindler und Schnorrer und wurde nach einer heftigen Kampagne von der Polizei »unter Kuratel« (Aufsicht) gestellt; schließlich verließ er Wien und ging nach Capri, wo seine Villa zu einem Treffpunkt weltberühmter Künstler und Schriftsteller wurde.
Mormonenhäuptling: Mormonen, von Joseph Smith (1805–1844) organisierte Gemeinschaft, in der die Vielehe gelehrt und praktiziert wurde. Ob Diefenbach wirlich Mormone war, ist nicht belegt.
Gurnemanz: In Wolfram von Eschenbachs (um 1170 – nach 1230) höfischem Epos »Parzival« (zw. 1200 und 1210) ist Gurnemanz der greise Oheim Parzivals, der ihn in das Ritterwesen einführt.
Bahr: Hermann Bahr (1863–1934), österr. Schriftsteller und Kritiker. Als »Büßer« bezeichnete Anton Kuh ihn, weil Hermann Bahr, um 1895 die jüdische Schauspielerin Rosa Joel (eigentl. Rosalie

Jokl; 1871–?) heiraten zu können, sich für konfessionslos erklärte, 1914 aber nach gescheiterter Ehe wieder zum Katholiken wurde.

Gewand frei nach dem Atelier Altenberg: vgl. die Beschreibung von Altenbergs Kleidung auf S. 104.

Rousseautum: nach dem franz. Schriftsteller Jean-Jacques Rousseau (1712–1778), der mit seinen Werken für die Rückkehr zu einer ursprünglichen und natürlichen Lebensweise eintrat und als Prediger einer »unschuldigen Natürlichkeit« gilt.

»Simplizissimus«-Bilder: Gemeint sind die Zeichnungen in der 1897 in München gegründeten satirischen Wochenschrift »Simplicissimus« mit Künstlern wie Th. Th. Heine (1867–1948) und Ferdinand von Reznicek (1868–1909), Eduard Thöny (1866–1950) und Rudolf Wilke (1873–1908).

Perikles: (nach 500–429 v. Chr.), athen. Staatsmann.

Finanzlandesprokuratur: Landesfinanzdirektion.

S. 25

Saisonbeginn. Prager Tagblatt, 25. 9. 1917.

Krähwinkel: Bezeichnung für eine spießbürgerliche Kleinstadt und die Beschränktheit ihrer Bewohner (s. Johann Nestroys Posse »Freiheit in Krähwinkel«, 1848).

Jour fixe: regelmäßig wiederkehrendes Treffen.

rayonniert: in Abschnitte unterteilt.

St. Pölten: an der Westbahnstrecke gelegener Ort mit 145.000 Einw. (1903).

Mödling: eine der ältesten kleinen Städte Niederösterreichs mit 15.000 Einw. (1930).

Nikolsburg: tschech. Mikulov, kleine Stadt in Südmähren mit 7.800 Einw. (1930).

Geläufe: Boden der Pferderennbahn.

Ramsch: billige (minderwertige) Ware.

»Tannhäuser«: »Tannhäuser und der Sängerkrieg auf Wartburg« (1845). Romantische Oper von Richard Wagner (1813–1883).

»Csárdásfürstin«: »Die Csárdásfürstin« (1915). Operette in drei Akten von Leo Stein (eigentl. Leo Rosenstein; 1861–1921) und Béla Jenbach (1871–1943). Musik von Emmerich Kálmán (1882–1953).

seine Partes: seines Teiles.

Ressource: Reserve, Geldmittel.

Episodisten: Darsteller von Nebenrollen.

kaprizieren: bestehen.

Adolf-Loos(-Tischen): 1899 hatte der Wiener Architekt Adolf Loos (1870–1933) in Wien das Café Museum (1., Operngasse 7) eingerichtet, dessen karges und nüchternes, nur auf seine Funktionalität hin konzipiertes Mobiliar revolutionär wirkte.

unter Wiener-Werkstätten(-Lustern): Die von den Künstlern Josef Hoffmann (1870–1956) und Kolo Moser (1868–1918) gemeinsam mit dem Bankier Fritz Wärndorfer (1868–1939) im Jahr 1903 gegründete »Wiener Werkstätte Productiv-Gemeinschaft von Handwerkern« hatte die Absicht, alle Lebensbereiche zweckmäßig und dennoch künstlerisch zu gestalten. Die »Wiener Werkstätte« betrieb ein Baubüro und erzeugte außerdem noch Möbel, Geschirr, Besteck, Stoffe, Schmuck, Mode, Tapeten u. a. m.

Watt-Ziffer: Anzahl der (verbrauchten) elektrischen Einheiten.

Bettler Azur: nur für den »Verschwender« Flottwell (siehe unten) sichtbarer Bettler, der ihm etliche Wertsachen abtrotzt.

Herr von Flottwell: Julius von Flottwell, Titelfigur in Ferdinand Raimunds Zaubermärchen »Der Verschwender« (1837).

Five-o'clock-Tees: Fünf-Uhr-Tees.

fashionable: modisch.

S. 27

Werfel-Matinee. Prager Tagblatt, 10. 10. 1917.

Neue Wiener Bühne: In dem 1864/65 von Otto Wagner (1841–1918) in der Wasagasse 33 (9. Bez.) errichteten ehem. Harmonietheater (später Danzers Orpheum) eröffneten am 31. 10. 1908 der Schriftsteller und Schauspieler Robert Wiene und der Berliner Adolf Steinert die »Neue Wiener Bühne«, die 1912 von Emil Geyer (eigentl. Emil Goldmann; 1883–?, im KZ Mauthausen ermordet), einem ehem. Regisseur Max Reinhardts, übernommen wurde, der das Theater bis 1928/29 führte und namhafte Schauspieler gastieren ließ. Auf dem Spielplan des Jahres 1917 standen »Ostern« von August Strindberg und »Die Bürger von Calais« von Georg Kaiser, 1918 folgten »Der Arzt am Scheideweg« von G. B. Shaw und »Fannys erstes Stück« (siehe auch S. 84), Frank Wedekinds »Totentanz«, »Erdgeist« und »Liebestrank«.

Dr. Franz Blei: (1871–1942); österr. Schriftsteller und Publizist, Kritiker und Förderer.

der ästhetische Abbé: In den Bohemekreisen von Berlin, München und Wien wurde Blei »Abbé« genannt. Gregor Eisenhauer beschreibt in seinem biographischen Essay »Der Literat: Franz Blei« (1993) das »ehrwürdige Erscheinungsbild«, das Blei von Jugend an kultivierte: »die schlanke, hohe Gestalt, die er absichtsvoll und mit dezenter Herablassung zu den Zuhörerinnen hinabbeugte; die feierlich schwarze Gewandung, der nach italienischem Vorbild gearbeitete Priesterhut, die zum Charaktersymbol gewordene Rundbrille und schließlich die weihevolle Gestik« (S. 21). – Über den ital. Nationalökonomen Ferdinando Galiani (1728–1787) hatte Blei 1895 in Bern promoviert, von ihm übersetzt und kommentiert erschienen »Galianis Dialoge über den Getreidehandel« aus dem Jahre 1770 zuerst 1895 in Bern und 1912 in München. Blei charakterisierte Galiani (1904) mit den Worten: »Galiani war einer jener Abbés ohne Weihen, wie sie in der zweiten Hälfte des achtzehnten Jahrhunderts zu den Unentbehrlichkeiten der guten Gesellschaft gehörten.«

Novalis: (eigentl. Georg Philipp Friedrich Freiherr von Hardenberg; 1772–1801), dt. Lyriker und Erzähler.

Werfel: Franz Werfel (1890–1945), aus Prag stammender österr. Lyriker, Dramatiker und Erzähler; war bis dahin vor allem mit Gedichten hervorgetreten. Seit August 1917 arbeitete Werfel im Kriegspressequartier in Wien.

Däubler: Theodor Däubler (1876–1934), dt. Lyriker.

Apotheose: Verherrlichung.

Ehrenstein: Albert Ehrenstein (1886–1950), österr. Lyriker, Erzähler und Essayist.

Heym: Georg Heym (1887–1912), dt. Lyriker, Novellist und Dramatiker.

Sybille: Sybilla Blei (1897–1963?), Tochter Franz Bleis aus seiner Ehe mit der Zahnärztin Maria Lehmann. Nach ihrer Heirat 1925 lebte Sybilla von Lieben zuerst in Wien, ab 1938 in Lissabon.

Trakl: Georg Trakl (1887–1914), bed. österr. Lyriker.

angekainzelt: nach der Sprechweise des Burgschauspielers Josef Kainz (1858–1910), der als der größte deutschsprachige Schauspieler galt, mit einer bis zu Tenortönen geführten Baritonstimme.

Ballade von Leben und Tod: 1915 entstanden.

Besuch aus dem Elysium: romantisches Drama in einem Aufzug; 1910 in Hamburg entstanden.

Herr Mendes: vermutl. der Schauspieler und spätere Filmregisseur Lothar Mendes (1894–1974).

Subtilitäten(-Kirche): Feinheiten.

S. 30

Auktion. Prager Tagblatt, 28. 10. 1917.

Künstlerhaus: in den Jahren 1865–1868 als Ausstellungsgebäude der »Genossenschaft bildender Künstler Wiens« von August Weber (Daten unbekannt) erbaut.

Bang'schen oder Thomas Mann'schen Gesellschaftsroman: Anspielung auf »Hoffnungslose Geschlechter« (1880), den Erstlingsroman des dän. Schriftstellers Herman Bang (1857–1912) und »Buddenbrooks« (1901), den Erstlingsroman von Thomas Mann (1875–1955).

sordinierter: gedämpfter.
Jobber(-tum): Börsenspieler.
Sealskin(-behang): Fell der Pelzrobbe.
Urania(-Vortrag): Volksbildungshaus mit Sternwarte und Planetarium, 1909/10 von Max Fabiani (1865–1962) am Donaukanal in Wien errichtet und am 6. 6. 1910 eröffnet.
Sollizitatoren: Sachwalter.
»Leipziger Illustrierte Zeitung«: eigentl. »Illustrirte Zeitung«, die als erstes illustriertes Wochenblatt von dem Leipziger Verleger Johann Jakob Weber (1803–1889) gegründet worden war; sie erschien am 1. 7. 1843 zum ersten Mal.
Komiker Kornau: Eduard Kornau (eigentl. Eduard Korngold; 1861–1939).
K: Abk. für Kronen.
Rudolf Alt: Rudolf von Alt (1812–1905), Wiener Maler.
Munkácsy: Michael von Munkácsy (1844–1900), ung. Maler.
Pettenkofen: August von Pettenkofen (1822–1889), Wiener Maler.
parvenühafter: neureicher.
Kriehuber: Josef Kriehuber (1800–1876), Wiener Maler und Lithograph; schuf Porträts von Persönlichkeiten aus der Wiener Biedermeierzeit.
Van Haanen: vermutl. Remy van Haanen (1812–1894), holl. Landschaftsmaler und Radierer, der sich 1837 in Wien niederließ.
Carl Josef: (1887–?), Maler und Grafiker; studierte in Wien und Prag und führte in österr. Tageszeitungen die politische Karikatur ein.
Kinskys, Harrachs: böhm. Uradelsgeschlechter; seit dem 13. Jh. nachweisbar.
»Morgen«: Wiener Montagszeitung, die am 24. 1. 1910 zum ersten Mal erschien; sie galt als fortschrittlich liberal; von 1917 an veröffentlichte auch Anton Kuh in diesem Blatt.
Naschmarkt Parzellen: Seit dem 18. Jh. hatte sich der Wiener Milch-, Obst- und Gemüsemarkt vor dem Kärntner Tor befunden; nach der Regulierung und Einwölbung des Wienflusses und in Zusammenhang mit der Erbauung der Stadtbahn ab 1895 wurde der Naschmarkt auf den heutigen Standort (zwischen Linker und Rechter Wienzeile) verlegt. Der zusammenhängende Baugrund wurde in Parzellen (kleine Grundstücke) aufgeteilt, die unter den kaufkräftigen Wienern zum Spekulationsobjekt wurden. Auf diese Situation spielt Kuh an.
Knebelbart: gedrehter Spitzbart.
Ulster: zweireihiger Herrenmantel.
Makart: Hans von Makart (1840–1884), aus Salzburg stammender

Maler, der mit theatralischen, von üppigem Prunk überladenen Großgemälden den Kunststil der »Gründerzeit« prägte.

Judengasse: Straße im 1. Wiener Gemeindebezirk; seit 1391 so benannte Verkaufsstraße jüdischer Altkleiderhändler.

Klimt: Gustav Klimt (1862–1918), bed. österr. Maler.

Kokoschka: Oskar Kokoschka (1886–1980); bed. österr. Maler, Graphiker und Schriftsteller.

Akademie der bildenden Künste: nach Plänen von Theophil von Hansen (1813–1891) in den Jahren 1872–1876 am Schillerplatz 3 erbaut.

Secessionist: Angehöriger der in Wien am 22. 5. 1897 gegründeten »Vereinigung bildender Künstler Österreichs Secession« unter Führung von Gustav Klimt.

Futurist: Vertreter des Futurismus, einer Kunstgattung vor dem Ersten Weltkrieg, die alle überlieferten Kunstformen ablehnte und das Maschinenzeitalter darstellte und verherrlichte.

Lobmeyr: Ludwig Lobmeyr (1829–1917), österr. Industrieller.

»Interieur«: (in der Malerei) Darstellung eines Innenraumes.

Ernst Klimt: (1864–1892), österr. Maler; Bruder von Gustav Klimt.

Gmunden: am Traunsee gelegene oberösterr. Stadt mit 6200 Einw. (1903).

Thackeray: William Makepeace Thackeray (1811–1863), engl. Erzähler. In seinen Skizzen »The Snobs of England« (1846/47) zeichnete er ein satirisches Bild der engl. Gesellschaft; aus dem lat. »sine nobilitate« (ohne Adel) entstand der Begriff »Snob« für jene Studenten an den engl. Universitäten, die sich ihren adeligen Kommilitonen anzubiedern suchten.

Kunst und Bildung mit Bierkrügeln bombardierte: vermutl. Anspielung auf den Satz »Wann i Kultur hör', hab' i schon g'fressen« des ehem. Käsehändlers Hermann Bielohlawek (1861–1918), der als christlichsozialer Wiener Gemeinderat (1900–1918), Stadtrat (1901–1905) und Reichstagsabgeordneter (1897–1911) wegen seiner Zurufe ebenso bekannt wie gefürchtet war.

S. 35

Der Masseur. Prager Tagblatt, 1. 12. 1917.

Caruso(-Gesicht): Enrico Caruso (1873–1921), ital. Sänger; der berühmteste Tenor des Jahrhunderts.

Xylophon: Musikinstrument, auf dem mit Holzklöppeln kleine Metallstäbe zum Klingen gebracht werden.

Schnackerln: Schluckauf, krampfartiges Zucken des Zwerchfelles.

»Das Glück is a Vogerl«: Das Zitat ist dem Refrain des gleichnamigen Liedes entnommen, endend mit den Zeilen »Das Herz is der Käfig, und schaust d' net dazua, / So hast auf amal dann ka Glück

und ka Ruah«. Text: Alexander von Biczó (1868–1935). Melodie: Karl Kratzl (1852–1904).

S. 36

Prag! Prager Tagblatt, 15. 12. 1917.

Hegemonie: Oberherrschaft.

apollinisches: ausgeglichenes, maßvolles.

inkarnierte: verkörperte.

Brod: Max Brod (1884–1968), in Prag geborener Schriftsteller und Publizist; Förderer von Kafka, Werfel u. a. Prager Schriftstellern.

Kafka: Franz Kafka (1883–1924); bed. Prager Dichter. – Vgl. Anton Kuhs Artikel anläßlich des Todes von Kafka »Kierling in der Literaturgeschichte« in »Luftlinien«, S. 471 f.

Meyrink: Gustav Meyrink (eigentl. Gustav Meyer; 1868–1932); ursprüngl. Bankier in Prag, das er 1902 verließ; wurde einer der bed. mystischen und okkultistischen Erzähler. – Vgl. auch Anton Kuhs Beitrag »Gustav Meyrink und das deutsche Prag« in »Luftlinien«, S. 465–471.

Kornfeld: Paul Kornfeld (1889–1942), dt. Schriftsteller; lebte 1916 in Prag, wo er auch 1933 wieder Zuflucht suchte.

zubi: hierzu, dazu.

Guschelbauer: Edmund Guschelbauer (1839–1912), beliebter Wiener Volks- und Heurigensänger.

Schopenhauer: Arthur Schopenhauer (1788–1860), dt. Philosoph.

Suffisanterln: nach dem franz. suffisant (für selbstgefällig).

Gigerln: Gecken.

Stuckertum: angestrengtes Lernen.

parnassisch: den Parnaß (das Reich der Dichtkunst) betreffend.

Napajedl: tschech. Napajedla, Stadt im südöstl. Mähren; 3.900 Einw. (1930).

Kojetin: tschech. Stadt im nordöstl. Mähren; 6.160 Einw. (1921).

Nagy-Szombathely: eigentl. slowak.-ung. Nagyszombat, tschech. Trnava, dt. Tyrnau, auch als »slowakisches Rom« bezeichnete Stadt in der südwestl. Slowakei, 12.500 Einw. (1903).

S. 39

Der Bauchredner. Prager Tagblatt, 7. 4. 1918.

Shakespeare: Der engl. Dramatiker William Shakespeare zeichnete in seinen Bühnenstücken eine ganze Reihe von Narren und Clowns; Probstein in »Wie es euch gefällt« (1599) und in »Was ihr wollt« (um 1600), der Narr in »König Lear« (1605) u. a. m.

Victor Hugo: (1802–1885), bed. franz. Dichter. Gemeint ist hier vor allem die Figur des Gauklers Ursus in dem Roman »L'homme qui rit« (1869; dt.: »Der lächelnde Mann«, 1869).

Leoncavallo: Ruggiero Leoncavallo (1858–1919); ital. Opernkomponist, in dessen Oper »Bajazzo« (1892) ebenfalls ein Clown im Mittelpunkt steht.

Bataille: Henri Bataille (1872–1922); erfolgr. franz. Boulevardschriftsteller.

Wedekind: gemeint ist Frank Wedekinds Nicolo in »König Nicolo oder So ist das Leben« (1902).

Josef Müller: österr. Schauspieler und Kabarettist, der um 1910 vor allem durch seine Auftritte in der Wiener Possenbühne »Max und Moritz« (1., Annagasse 3) bekannt wurde.

Morgen-ro-hot ...: »Morgenrot, Morgenrot! Leuchtest mir zum frühen Tod!« Anfangszeile aus »Reiters Morgengesang« (1824) von Wilhelm Hauff (1802–1827).

S. 41

Hysterie. Der Friede, 21. 6. 1918.

Hippersdorf: Ortschaft in der Nähe von Tulln an der Donau.

Garnison(sspital): Standort (des Regimentes).

Lysoform: Desinfektionsmittel.

Monturen: Uniformen.

pittoresk: malerisch.

Kabbalistik: Lehre der Kabbala, der jüdischen Geheimlehre und Mystik.

bandeln: zögern, herumtun.

a tempo: sofort.

S. 44

Proskriptionsliste. Der Friede, 10. 10. 1918.

Proskriptionsliste: Ächtungsliste polit. Gegner.

Tourniquet: Drehkreuz.

Apologeten: Verteidiger.

Bisenz: tschech. Bzenec, Ortschaft im südöstl. Mähren.

Nikolsburg: tschech. Mikulov; Bezirksstadt im südl. Mähren; 7800 Einw. (1930).

Luhatschowitz: tschech. Luhačovice; Markt und Badeort im östl. Mähren; 1760 slowak. Einw. (1930).

Königgrätz: tschech. Hradec Kralové; Kreisstadt im böhm. Elbebecken; 13.110 Einw. (1921).

Topfenhaluschka: Topfenfleckerln oder Topfennockerln.

Moriz Benedikt: (1849–1920); studierte in Wien Volkswirtschaft, war zuerst Börsenberichterstatter bei der »Neuen Freien Presse«, deren Mitherausgeber er ab 1881 wurde. Unter seiner Leitung (ab 1908) wurde die »Neue Freie Presse« die bedeutendste Tageszeitung Österreichs. Der Journalist Benedikt war einer der mächtigsten Männer Österreichs; sein größter Gegner war Karl Kraus.

rabbinisch-taciteisch: Wortschöpfung aus: in der Art eines Rabbiners und nach dem röm. Redner Tacitus (ca. 55–ca. 122 n. Chr.).

(Geschichts)herostrazismus: verbrecherische Ruhmsucht; von Herostrat, der 356 v. Chr. den Artemistempel in Ephesus in Brand steckte, um berühmt zu werden.

Mirabeau(-Fanfare): Honoré de Riqueti Graf von Mirabeau (1749–1791), franz. Politiker, Publizist und glänzender Redner.

kothurnisches: stelzendes.

mauscheln: jüdeln.

arteriosklerotischer Feuerkopf: verkalkter Feuerkopf; zu diesem Zeitpunkt war Benedikt 70 Jahre alt, Kuh gerade 29.

der Sire noch um Gedankenfreiheit bittet: nach Marquis Posas Ausruf »Sire, geben Sie Gedankenfreiheit!« in »Don Carlos« (1787) von Friedrich Schiller.

Herbst-Giskra-Plenersche . . . Großösterreich: Eduard Herbst (1820–1892), österr. Jurist und Politiker; 1861–1868 Führer der Deutschliberalen im österr. Reichstag. – Karl Giskra (1820–1879), Professor der Staatswissenschaften an der Wiener Universität; sympathisierte mit den Großdeutschen in der Frankfurter Nationalversammlung. 1861 im österr. Reichstag und bis 1867 im mähr. Landtag, wo er zu den Führern der Deutschliberalen gehörte; 1867–1870 Innenminister. – Ignaz Edler von Plener (1810–1908), unterstützte als österr. Politiker die deutschliberal-zentralistische Politik.

Maria Theresia: (1717–1780), Königin von Ungarn und Böhmen, Erzherzogin von Österreich.

Gustav Freytags »Ahnen«: Gustav Freytag (1816–1895), »Die Ahnen«. Zyklus von sechs Romanen (1872–1880) über die Entwicklung einer deutschen Familie von den Anfängen der Völkerwanderung bis zum Revolutionsjahr 1848.

Spielhagens »Hammer und Amboß«: »Hammer und Amboß«. Roman von Friedrich Spielhagen (1829–1911), 1869 erschienen.

neronisch: diktatorisch; von Nero herrührend.

Heine: Heinrich Heine (1797–1856); dt. Dichter.

Börne: Ludwig Börne (eigentl. Löw Baruch; 1786–1837), dt. Schriftsteller und streitbarer Journalist. 1922 edierte Anton Kuh einen Auswahlband aus Börnes Werken mit dem Titel »Börne, der Zeitgenosse«. – Vgl. die Einleitung zu dem Band in »Luftlinien«, S. 406–428.

deus-maximus: Abwandlung des lat. deus ex machina (plötzlich erscheinender Helfer) zu deus maximus (der allergrößte Gott).

Dr. Friedjung: Heinrich Friedjung (1851–1920), österr. Historiker und Publizist; mit Georg Ritter von Schönerer (1842–1921) an der Abfassung des Linzer Programms von 1882 beteiligt. Schönerer war radikaler Antisemit und trat für einen Anschluß Österreichs ans Deutsche Reich ein. Durch die antisemitische Erweiterung des Linzer Programms wurde jede Aktivität Friedjungs innerhalb der deutschnationalen Bewegung unmöglich. Friedjung wandte sich wieder seinen historischen Publikationen zu.

die Grillparzer-Unger-Schmerlingsche Österreichgläubigkeit: Franz Grillparzer (1791–1872), österr. Beamter und Dichter. – Joseph Unger (1828–1913), österr. Jurist und Universitätsprofessor in Prag und Wien; einer der bedeutendsten Privatrechtslehrer des 19. Jahrhunderts; deutschliberaler Politiker und Minister. – Anton Ritter von Schmerling (1805–1893), österr. Minister, organisierte die Großdeutsche Partei; als Staatsminister führte er eine deutschliberale und zentralistische Innenpolitik.

Ostrazisten: Scherbengerichtler.

Schlankeln: Schlingel.

Kahlenberg: nördlichster Ausläufer der Alpen; einer der schönsten Aussichtspunkte (483 m) in der nächsten Umgebung von Wien.

Prater: 1712 ha großes Gelände; im 16. Jh. Tierpark, seit 1766 für die Öffentlichkeit freigegeben und seitdem eine der beliebtesten Vergnügungsstätten der Wiener Bevölkerung.

Radetzkymarsch: zu Ehren des österr. Feldmarschalls Joseph Graf Radetzky von Radetz (1766–1858) benannter Marsch (op. 228) von Johann Strauß Vater (1804–1849) aus dem Jahr 1848, anläßlich des Sieges der österr. Truppen über die ital. Streitkräfte am 25. 7. 1848 bei Custozza komponiert.

Wurstelprater(-vision): zwischen Hauptallee und Ausstellungsstraße gelegener Teil des Praters mit Wirtshäusern, Schaukeln, Karussells, Rutschbahnen, Schieß- und Schaubuden.

Karl V.: (1500–1558); röm.-dt. Kaiser (1519–1556), in dessen Reich (zu dem damals auch die Überseegebiete gehörten) »die Sonne nicht unterging«; Sinnbild für den Höhepunkt habsburg. Macht.

Thugut: Johann Amadeus Franz de Paula Freiherr von Thugut (1736–1818); von 1793–1800 Außenminister unter Kaiser Franz II. (1768–1835); war als Anhänger von Fürst Kaunitz (1711–1794), dessen Nachfolger er war, ein erbitterter Gegner Preußens.

Prinz Eugen: (1663–1736); österr. Feldmarschall, Sieger in der Entscheidungsschlacht über die Türken am 11. 9. 1697 bei Zenta;

führte die erfolgreichen Anfangskämpfe im Spanischen Erbfolgekrieg gegen die Franzosen in Oberitalien 1701/02.

spanische Erbfolge: Seit Philipp dem Schönen (1478–1506) bis zu Karl VI. (1685–1740), der sie an die franz. Bourbonen verlor (1714), gehörten die span. Gebiete zur habsburgischen Krone.

Lanner: Joseph Lanner (1801–1843); österr. Walzerkomponist.

Burgtheater: nach Plänen Gottfried Sempers (1803–1879) in den Jahren von 1876–1888 von Karl von Hasenauer (1833–1894) erbautes Theater mit dem Ruf, die beste deutschsprachige Bühne zu sein.

Pragmatische Sanktion: von Kaiser Karl VI. am 19. 4. 1713 verkündetes Gesetz der Habsburger über die Unteilbarkeit der habsburg. Länder und die Regelung der Erbfolge.

Zeiserlwagen: in Alt-Wien urspr. eine Art Leiterwagen für acht bis zwölf Personen.

Anatol(-Militarismus): nach der Titelfigur in Arthur Schnitzlers (1862–1931) dramatischer Skizze (1893) für einen überreizten Frauenhelden der Wiener Gesellschaft ohne jede Tatkraft.

Zu diesen eingewanderten Cottage-Österreichern gehört der Herr Salten: Cottage hieß die nach engl. Vorbild durch Gärten und Grünflächen aufgelockerte Villengegend im 18. und 19. Bezirk von Wien, zwischen 1873 und 1884 errichtet. Dort (Cottagegasse 37) wohnte auch Felix Salten (1869–1945) von 1910 bis 1939; er war in Budapest geboren, aber schon als Kind nach Wien gekommen.

Herr Salten (ein Asphalt-Salzmann): Der ursprüngliche Name von Felix Salten war Siegmund Salzmann.

der himmelblaue Müller: Gemeint ist vermutlich der aus Brünn stammende Lyriker und Erzähler Hans Müller (Ps. Müller-Einigen; 1882–1950), der ab 1906 auch für die Bühne schrieb und sich mit dem Drama »Könige« der pathetisch-patriotischen Stimmung zu Beginn des Weltkrieges anschloß. Sich immer am Publikumsgeschmack orientierend, wurde Müller ein sehr erfolgreicher und einer der meistgespielten Bühnenschriftsteller seiner Zeit und belieferte auch Operette und Film mit Stoffen.

Otto Ernst: (eigentl. Otto Ernst Schmidt; 1862–1926), kleinbürgerlicher Erzähler und Dramatiker; verfaßte beschauliche Bildungsromane mit autobiogr. Hintergrund.

Ungarisch-Hradisch: tschech. Uherské Hradiště, kleine Bezirksstadt im südöstl. Mähren mit 6.000 Einw. (1930).

Herrenhaus-Österreich: Nach der Verfassung der österr.-ung. Monarchie übte im Kaiserreich Österreich (bis zur Revolution 1918) der Kaiser gemeinsam mit dem Reichsrat die gesetzgebende Gewalt aus. Dieser Reichsrat bestand aus dem Herrenhaus mit 291

Mitgliedern (1914) und dem Abgeordnetenhaus mit 516 Mitgliedern (1914). Dem Herrenhaus gehörten die Erzherzöge, die Häupter der bedeut. Adelsgeschlechter, Kirchenfürsten und vom Kaiser auf Lebenszeit ernannte Personen an.

Fürsten Schönburg und Auersperg: Alois Fürst von Schönburg-Hartenstein (1858–1944), urspr. österr.-ung. Generaloberst, war 1895–1897 Militärbevollmächtigter in Berlin, quittierte dann den Militärdienst, war 1898–1918 Vizepräsident des österr. Herrenhauses und Obmann der deutschnationalen sog. Mittelstandspartei; ab 1926 Präsident des Reichskameradschafts- und Kriegerbundes. – Carlos Fürst von Auersperg (1814–1890) war 1861 Präsident des österr. Herrenhauses, zog sich Anfang der 80er Jahre aus dem politischen Leben zurück. Sein Bruder Adolf Fürst von Auersperg (1821–1885) war seit 1868 Mitglied des Herrenhauses und ab 1879 Präsident des Obersten Rechnungshofes.

Czedik: Alois Freiherr Czedik von Bründelsberg und Eysenberg (1830–1924), 1869 in den österr. Reichsrat gewählt, war in den 90er Jahren im Herrenhaus ebenfalls Anhänger der deutschnationalen sog. Mittelstandspartei.

Marquis: franz. Adelstitel, im Rang zwischen Herzog und Graf.

Hausjude: Wie die »Schutzjuden«, die vom Kaiser mit Schutzbriefen versehenen, und die »Hofjuden«, von den Fürsten zur Führung der Finanzen und Organisation von Handel und Geschäften an den Hof gebundene Juden, verpflichteten sich auch einzelne Adelshäuser »Hausjuden«, um deren Begabung in Finanz- und Handelsgeschäften auszunutzen.

Hugo von Hofmannsthal: eigentl. Hugo Hofmann, Edler von Hofmannsthal (1874–1929); österr. Lyriker, Dramatiker und Erzähler; schrieb als 16jähriger seine Gedichte unter dem Pseudonym »Loris«; lebte ab 1901 als freier Schriftsteller in Rodaun bei Wien (heute 23. Bezirk).

Louis-Seize-Möbel(n): Stil des Frühklassizismus nach der Zeit Ludwigs XVI. (1754–1793; König von 1774–1792), mit Geradlinigkeit und Symmetrie als wesentl. Merkmalen.

Balzacscher Leidtragender: nach den Figuren des franz. Romanciers Honoré de Balzac (1799–1850), dem Begründer des realistischen Romanes.

Ancien régime: alte (nicht mehr zeitgemäße) Regierungsform; im besonderen für die Regierungszeit der franz. Bourbonen vor der Revolution 1789 gebrauchter Begriff.

»Österreichische Rundschau«: 1904 gegründete Halbmonatsschrift, herausgegeben von Karl Glossy (1848–1937), Alfred Freiherr von Berger (1853–1912) u. a., mit betont deutschem Charakter, ohne aber anderen Nationalitäten gegenüber eine feindliche Hal-

tung einzunehmen. 1922 mußte die Zeitschrift eingestellt werden.

»Muskete«: Wiener Witzblatt für Offizierskreise, nach Art des Münchner »Simplicissimus«, 1905 von Wilhelm Freiherr von Appel (1875–1911) auf relativ hohem Niveau gegründet mit namhaften Mitarbeitern, zu denen anfangs (1909) auch Anton Kuh zählte. Nach 1918 sank das Niveau ab; 1927 ging das Blatt ein.

(Düsterkeits-)Schapsel(n): unbedeutender Mensch, Untergebener.

den Herrn Schaukal: Richard (seit 1918: von) Schaukal (1874–1942); österr. Lyriker und Erzähler mit betont konservativer, aristokratisch verinnerlichter Haltung.

des Malers Wilke: Karl Alexander Wilke (1879–1954); Karikaturist und Illustrator.

Mirko Jelusich: eigentl. Vojmir (d. h. Siegfried) Jelusich (1886–1969); hatte 1914 durch sein »Kriegsvaterunser« und einige Bühnenstücke von sich reden gemacht; arbeitete als Theaterkritiker an der »Deutsch-österreichischen Tageszeitung«, ab 1926 offizielles Organ der österr. Nationalsozialisten, zu denen auch Jelusich zählte.

Armitschkerl(-Sippe): armes, hilfloses Wesen.

S. 49

Republik Hofburg. Prager Tagblatt, 7. 8. 1919.

des Michaelertraktes: Abschlußbau der Hofburg zum Michaelerplatz hin, 1889–1893 entstanden in Anlehnung an das von Joseph Emanuel Fischer von Erlach (1693–1742) entworfene Konzept nach Plänen von Ferdinand Kirschner (1821–1896).

Dejeunerstunde: Frühstückstunde.

Servilismus: Unterwürfigkeit.

Devotion: Ergebenheit.

S. 51

Antisemitismus und Deutschenhaß. Prager Tagblatt, 30. 1. 1921.

Mit diesem Beitrag wurde das Erscheinen des ersten Buches von Anton Kuh »Juden und Deutsche. Ein Resumée« angekündigt.

Antibochismus: Gegenteil vom Deutschenhaß der Franzosen, geprägt nach dem franz. »boche« als Schimpfwort für die Deutschen.

Antiteutonismus: Gegnerschaft gegen das »Typisch-Deutsche«.

Kraus: gemeint ist Karl Kraus.

Reziprozität: Wechselbeziehung.

Ingenium: Geist, Talent.

Brief an Overbeck: Am 10. 4. 1888 schrieb Nietzsche aus Turin an seinen Freund, den prot. Theologieprofessor Franz Overbeck (1837–1905): »[. . .] ich bin wie zu Hause. Man nimmt mich come un uffiziale tedesco.«

Kompendien: kurzgefaßte Darstellungen der Tatsachen.

apriorisch: vernunftgemäß.

Kant: Immanuel Kant (1724–1804), dt. Philosoph.

Hegel: Georg Wilhelm Friedrich Hegel (1770–1831), dt. Philosoph.

Bismarcks, Treitschkes, . . .: Otto von Bismarck (1815–1898), dt. Staatsmann; Heinrich von Treitschke (1834–1896), dt. Historiker; Wilhelm I. (1797–1888), dt. Kaiser und König von Preußen; Paul von Beneckendorff und von Hindenburg (1847–1934), dt. Generalfeldmarschall (ab 1925 Reichspräsident); Thomas Mann (1875–1955), dt. Romancier; Georg Büchner (1813–1857), dt. Dramatiker; Karl Liebknecht (1871–1919), dt. Politiker; Karl Marx (1818–1883), bed. Theoretiker des Sozialismus; Wunderrabbi von Sadagora (eigentl. Israel Ben Eliser, gen. Baal Schem Tov; 1700–1770), Begründer des Chassidismus; Walter Rathenau (1867–1928), dt. Politiker und Außenminister; Spinoza (1632–1677), niederländ.-jüd. Philosoph; Rosa Luxemburg (1870–1919), dt. Politikerin.

königlich preußische Amtsvorladung: Im Juli 1904 war die bei Bruno Cassirer (1872–1941) in Berlin erschienene Buchausgabe von Frank Wedekinds Tragödie »Die Büchse der Pandora« beschlagnahmt, Wedekind und Cassirer wegen »Verbreitung unzüchtiger Schriften« angeklagt, am 12. 5. 1905 vom Berliner Kgl. Landgericht I zwar freigesprochen, das Urteil in einer Berufungsverhandlung vom Reichsgericht jedoch wieder aufgehoben worden und am 10. 1. 1906 vom Berliner Kgl. Landgericht II die »Verwüstung des Buches«, die Vernichtung, verfügt.

das rabbinisch-niederländische Interdikt: Als sich Spinoza im Jahr 1656 von der jüd. Gemeinde in Amsterdam lossagte, wurde er mit dem Bannfluch belegt.

Acosta: Gabriel (Uriel) Acosta (auch: da Costa; 1591–1640); jüd. Religionsphilosoph; entstammte einer katholisch gewordenen jüd. Familie, trat 1620 wieder zum Judentum über, wurde wegen seiner Reformbestrebungen verfolgt und beging Selbstmord.

S. 56

Mut und Milde. Prager Tagblatt, 22. 10. 1922.

Rathenau-Mörder: Der deutsche Außenminister Walther Rathenau (1867–1922) war am 24. 6. 1922 auf der Königsallee in Berlin von Mitgliedern der rechtsnationalen illegalen »Organisation Consul« erschossen worden. Die beiden 25jährigen Haupttäter,

Erwin Kern und Hermann Fischer, flohen, wurden aber am 16. 8. 1922 auf der Burg Saaleck von der Polizei gestellt. Kern wurde erschossen, Fischer tötete sich selbst. Vor dem Staatsgerichtshof in Leipzig standen nur die Helfer und Mitwisser. Die Urteile lauteten: 15 Jahre Zuchthaus für den 21jährigen Ernst Werner Techow, 8 Jahre Zuchthaus für den Jurastudenten Willy Günther, je 5 Jahre Zuchthaus für den 19jährigen späteren Schriftsteller Ernst von Salomon und für den Detektiv Waldemar Niedrig, 4 Jahre Gefängnis für den 16jährigen Gymnasiasten Hans-Gerd Techow, 3 Jahre und 1 Monat für Karl Tillessen und 2 Jahre Gefängnis für Hartmut Plaas.

»Vossische Zeitung«: älteste Zeitung Berlins, seit 24. 12. 1911 unter diesem Namen; 1913 erwarb der Ullstein-Verlag das Blatt, das, unabhängig-liberal, der Demokratischen Partei nahestand.

Georg Bernhard: (1875–1944), Publizist und Journalist; von 1909 bis 1930 Chefredakteur der »Vossischen Zeitung«. Bernhard gehörte zu der vom ehem. Universitätsprofessor Ludwig Stein (1859–1930) und dem nationalliberalen Reichstagsabgeordneten Ernst Bassermann (1854–1917) gegründeten 70köpfigen »Mittwochs-Gesellschaft«, deren Mitglieder sich aus allen Gebieten des öffentl. Lebens zusammensetzten und sich wöchentlich zu vertraulichen Gesprächen über aktuelle Fragen im Berliner Hotel Continental trafen.

»Bund für Freiheit und Ordnung«: Kartell sämtlicher angeblich aufgelöster, tatsächlich aber weiterbestehender bewaffneter Selbstschutzverbände von Groß-Berlin. Nach eigenen Angaben umfaßte der Bund 12.000 Mann.

Zirkus Busch: Der 1882 von Paul Vincenz Busch (1850–1927) gegründete Zirkus hatte in Berlin in der Nähe des S-Bahnhofs Börse am 17. 12. 1895 sein erstes festes Haus eröffnet. – Am 15. 10. 1922 kam es dort zu heftigen Zusammenstößen zwischen Angehörigen des »Bundes für Freiheit und Ordnung« und Kommunisten.

Pogromreden: Hetzreden.

Präsident des deutschen Reichstages: seit 1920 (bis August 1932) der SPD-Politiker Paul Löbe (1875–1967).

Kanzler: Josef Wirth (1874–1956), vom 10. 5. 1921 bis 14. 11. 1922 Reichskanzler unter Friedrich Ebert (1871–1925) als Reichspräsident.

Sekretär Kurt Eisners: Kurt Eisner (1867–1919), Journalist, sozialdemokrat. Politiker und bayer. Ministerpräsident, wurde am 21. 2. 1919 von Graf Anton von Arco (1897–1945) in München erschossen. – Felix Fechenbach (1894–1933) war am 20. 10. 1922 vom Volksgericht München »wegen Verbrechens des versuchten Landesverrats zu einer Gesamtstrafe von 11 Jahren Zuchthaus« verurteilt worden, weil er ein Telegramm des bayer. Gesandten beim Vatikan veröffentlicht hatte, das Deutschland in der Kriegsschuldfrage belastete.

S. 58

Sagt man »Schlieferl«? Eine gelehrte Untersuchung. Die Stunde, 29. 11. 1922.

Adabei: Der Wiener Lokalschriftsteller Vinzenz Chiavacci (1847–1916) hatte eine Reihe von typisch Wiener Alltagsfiguren geschaffen; die bekannteste Figur war, nach der »Frau Sopherl vom Naschmarkt«, sein »Herr von Adabei«, den der Illustrator Ladislaus Tuszynski (1876–1943) für die Wiener »Kronen-Zeitung« als Urbild des Wiener Genießers, der überall dabeisein muß, in karierter Hose, Samtjacke, getupfter Krawatte, »Halbkracher« (Melone) und mit Virginier darstellte und populär machte.

Weinberl: Kommis (d. i. Angestellter) des Gemischtwarenhändlers Zangler in Johann Nestroys Posse »Einen Jux will er sich machen« (1844).

Sollizitator: Gehilfe eines Rechtsanwalts.

Etymologie: Lehre von der Herkunft der Wörter.

ethnologisch: völkerkundlich.

Tarchenierer: auch Tachenierer; Faulenzer.

Eisenbach: Heinrich Eisenbach (1870–1923), Gesangskomiker; Sohn eines Kaufmanns aus Krakau, begann in Budapest seine Karriere als Clown; in den 90er Jahren wurde er nach Wien an die »Budapester Orpheumgesellschaft«, ein jüdisches Kabarett in der Leopoldstadt (2. Bezirk), verpflichtet und als Hauptdarsteller, Regisseur und Dramaturg bald die wichtigste Person des jüdischen Kabaretts in Wien. Eisenbach brillierte u. a. als Simon Dalles in der »Klabriaspartie«.

Klabrias: Kartenspiel mit Piquetkarte (32 Blatt), meist von drei Teilnehmern (mit je neun Karten) gespielt; ähnlich dem deutschen Schafkopfspiel.

»Klabriaspartie«: Posse von Adolf Bergmann (1850–1903). In jüdischem Jargon verfaßter Einakter, in dem während einer Klabriaspartie jüdische Witze erzählt werden. »Die Klabriaspartie« war die erfolgreichste Szene im Repertoire des jüdischen Kabaretts in Wien.

Numerus clausus: begrenzte Zahl von Bewerbern.

Judaica: jüdische Schriften.

Lichtental: Wiener Vorstadt (im heutigen 9. Bezirk) mit überwiegend »kleinen Leuten« als Bewohnern; im späteren 19. Jh. ein Elendsgebiet.

Thury: eigentl. Am Thury; ehem. Vorstadt (im heutigen 9. Bezirk), ans Lichtental angrenzend; benannt nach Johann Thury, einem Hofbediensteten Kaiser Ferdinands III. (1608–1657), der 1646 als erster hier ein Wohnhaus errichtet hatte.
Pülcher: verdächtiges Subjekt, Strolch.
Rüffel: grober Verweis.

S. 60
Der Windjackenbub. Die Stunde, 5. 7. 1923.
frisch-fromm-fröhlich-frei: auf einen ähnlichen Wahlspruch des »Turnvaters« Friedrich Ludwig Jahn (1778–1852) zurückgehende Variante des Sportpädagogen Hans Ferdinand Maßmann (1797–1874), einem Schüler Jahns.
Philistertum: Kleinbürgerlichkeit.
Stuckerei: angestrengtes Lernen.
Karl May: (1842–1912); beliebter und erfolgreicher Unterhaltungsschriftsteller.
Jung-Siegfried: strahlender junger Held des »Nibelungenliedes« (um 1200); mit übernatürlichen Kräften ausgestattet, überwand er schon als Jüngling das Zwergenvolk der Nibelungen und gewann deren Goldschatz und Tarnkappe.
Klein-Beowulf: nach der Titelfigur der altengl. Heldensage »Beowulf«, die von zwei Heldentaten des Gotenkönigs Beowulf berichtet, der zwar den feuerspeienden Drachen besiegt, aber tödlich verletzt wird und glücklich darüber, sich für das Wohl seines Volkes eingesetzt zu haben, stirbt.
Nowosad: Nach den Recherchen von Gerhard Botz (»Gewalt in der Politik. Attentate, Zusammenstöße, Putschversuche, Unruhen in Österreich 1918 bis 1938«, München 1983) wurde in der Nacht vom 14. zum 15. 6. 1923 im Haspelwald bei Neulengbach in Niederösterreich der 18jährige Handelsangestellte Konrad Karger aus Wien-Alsergrund von dem 19jährigen Rudolf Nowosad, Sohn eines Wiener Beamten, mit einer Beilpicke erschlagen. Da beide Nationalsozialisten waren, lag die Vermutung nahe, daß es sich um einen Fememord handelte, denn Nowosad hatte seit dem Frühjahr 1923 eine eigene Terrortruppe, die »Trutztruppe Nowosad«, die Anschläge gegen prominente Persönlichkeiten plante und – wie alle anderen Terrortruppen auch – in Verbindung zur berüchtigten »Organisation Consul« stand, die für die Ermordung Rathenaus verantwortlich war (vgl. S. 199). Das am 6. 7. 1923 gegen Nowosad eingeleitete Untersuchungsverfahren wurde am 22. 1. 1924 auf Antrag der Staatsanwaltschaft wegen angeblicher Geisteskrankheit eingestellt und Nowosad in die Heilanstalt Am Steinhof überstellt. Dort wurde er im Mai 1928 als ge-

heilt wieder entlassen, sein Antrag auf Namensänderung allerdings abgelehnt.
Ekrasit: Sprengstoff.
Kinderverzahrer: Kinderschänder.

S. 62
Wie ich es rede. Prager Tagblatt, 26. 4. 1924.
Wie ich es rede: Anspielung auf die erste Publikation des von Anton Kuh verehrten Peter Altenberg mit dem Titel »Wie ich es sehe« (1896).
Antizipation: Vorwegnahme.
die Kurbel für das Auto: Mittels einer solchen Kurbel mußte der Motor »angeworfen« werden.
gravitiert: hingeneigt.
Okkupiertheit: Besetztsein.
Va banque: ein Wagnis eingehen, riskieren.

S. 65
Ein Ausweich-Baedeker. Anregung eines Sehenswürdigkeits-Feindes. Prager Tagblatt, 17. 5. 1925.
Baedeker: Reisehandbuch; nach dem Begründer, dem Buchhändler Karl Baedeker (1801–1859).
Gemäldesammlung auf dem Belvedere: im Unteren Belvedere, 1714–1716 nach einem Entwurf von Johann Lukas von Hildebrandt (1668–1745) untergebrachte »Staatsgalerie« (heute: Österr. Barockmuseum).
Maronibrater: Straßenhändler, die während der kalten Jahreszeit auf einer kleinen Feuerstelle heiße (»gebratene«) Maroni, wie die Früchte der Edelkastanie genannt werden, anbieten.
Quattrocento: 15. Jh. in der ital. Kunst; Frührenaissance.
Degout: Abneigung, Widerwille.
Peterskirche: Hauptheiligtum der kath. Kirche in Rom; von 1506 bis 1626 erbaut und mehrfach umgestaltet.
Kolosseum: größtes Amphitheater Roms und der antiken Welt; bei Ausgrabungen im 19. Jh. freigelegt.
Correggio(s): Antonio Allegri da Correggio (1489–1534), ital. Maler.
Tizian(s): eigentl. Tiziano Vecelli(o), (1476/77 od. 1489/90–1576), ital. Maler.
Markuskirche: am Markusplatz von Venedig errichtete Kirche; 1043–1073 nach byz. Vorbild in der heutigen Form umgestaltet und später noch mehrfach erweitert.
Mestre: zu Venedig eingemeindete Stadt; 17.080 Einw. (1921).
Malamocco: zu Venedig eingemeindeter kleiner Ort; 1.100 Einwohner (1920); auf der Lidoinsel vor der Lagune von Venedig gelegen.

Ancona: ital. Hafenstadt; 69.000 Einw. (1928).
Atzgersdorf: 1120 erstmals genannte Siedlung; heute zum 23. Wiener Gemeindebezirk gehörend.

S. 67

Der ideale Mäzen. Prager Tagblatt, 15. 7. 1925.
Mäzen: Förderer von Künstlern; nach Gaius Cilius Maecenas (gest. 8 v. Chr.), dem gebildeten und geistreichen Freund von Kaiser Augustus (63 v. bis 14 n. Chr.), der in seinem Palast die bedeutendsten röm. Schriftsteller seiner Zeit versammelte und junge Talente förderte und unterstützte.
Kastellan: Hausmeister.
Sanssouci: Schloß in Potsdam; Lieblingswohnsitz von Friedrich II.
Friedrich: Friedrich II., der Große (1712–1786), preuß. König.
Voltaire: eigentl. François-Marie Arouet (1694–1778), nannte sich ab 1718 »Monsieur de Voltaire«; franz. Schriftsteller. Vom Juli 1750 bis März 1752 wohnte er auf Einladung des preuß. Königs im Potsdamer Schloß, wurde Kammerherr, erhielt den Orden »Pour le mérite« und 6.000 Taler Monatsgehalt.
Theodor Däubler: (1876–1934), dt. Schriftsteller.
ein kleiner Aufsatz: »Der Mäzen« von Peter Altenberg in: »Nachfechsung« (1916); wiederabgedruckt in »Ausgewählte Werke in zwei Bänden. Aphorismen, Skizzen und Geschichten«, hg. von Dietrich Simon, München 1979; Bd. 2, S. 66 f.
Lorenzo Medici: Lorenzo I., der Prächtige (1449–1492), Stadtherr von Florenz; unter seiner Herrschaft (1469–1492) erlangte Florenz seine Blüte; Förderer junger Künstler.
epigrammatischen: treffenden, geistreichen.
»Monsieur ...«: »Monsieur, Sie schlafen nicht?«
Harun al Raschid: (763 od. 766–809), abbasid. Kalif; schuf in Bagdad prächtige Bauten.
Mediceer: Angehöriger des Patriziergeschlechts der Medici.
Michelangelo: Michelangelo Buonarroti (1475–1564), ital. Bildhauer, Maler, Baumeister und Dichter; wurde von Lorenzo Medici gefördert.
Raffael: Raffaello Santi oder Sanzio (1483–1520), ital. Maler und Baumeister.
Rameaus Neffe: »Rameaus Neffe« von Denis Diderot (1713–1784), um 1762 entstanden und bis 1774 mehrmals umgearbeitet, wurde von Goethe ins Deutsche übersetzt. Jean-François Rameau, ein Neffe des franz. Komponisten Jean-Philippe Rameau (1683–1764), gibt sich in diesem philosophisch-satirischen Dialog selbstironisch als Narr, als Nichtsnutz, als Schnorrer. Eine Rolle, die der von Anton Kuh in der Öffentlichkeit sehr nahe kam.

Bösendorfer: Ludwig Bösendorfer (1835–1919), österr. Klavierfabrikant.
Simon: Josef Simon (1854–1926), Bankier.
Oppenheimer: Samuel Oppenheimer (um 1635–1703), Hofjude und Finanzmann.
Hemdenfabrikanten: An anderer Stelle (»Luftlinien«, S. 12–26) nannte ihn Anton Kuh »Eugen L.«
Epikureismus: Lebensauffassung, die den Genuß an erste Stelle setzt; nach der Lehre des griech. Philosophen Epikur (341–271 v. Chr.).

S. 71
Ouchy. Die Stunde, 29. 8. 1925.
Ouchy: Hafenstadt von Lausanne.
Lord Byron: George Gordon Lord Byron (1788–1822), engl. Dichter.
»The Prisoner of Chillon«: Verserzählung von Byron (dt.: »Der Gefangene von Chillon«), 1816 entstanden.
Lausanne: am Genfer See gelegene Hauptstadt des Schweizer Kantons Waadt; 81.000 Einw. (1930).
»L'institut pour le jeunes gens«: Institut für junge Leute.
Nizza: berühmtester Kurort der franz. Riviera; 185.000 Einw. (1926).
Mentone: einer der reichsten Kurorte der franz. Riviera.
paroxystischste: aufs höchste gesteigerte.
daß dort Voltaire gewohnt hat: siehe S. 237.
Frühlingserwachen: »Frühlings Erwachen.« Eine Kindertragödie (1890/91) von Frank Wedekind (1864–1918).
seine Jugend: auf Schloß Lenzburg im Kanton Aarau.
Evian les Bains: Badeort am Genfer See; 3240 Einw. (1926)
Croupier: Angestellter einer Spielbank, der das Spiel überwacht.
Boule: Kugelspiel.
»Don Juan«: Satirisches Epos (1819–1824) von Byron.

S. 74
Das Fiaker-Denkmal. Die Bühne, 5. 11. 1925.
Alexander Girardi: (1885–1918); Wiener Volksschauspieler, der zwei Monate vor seinem Tod am Burgtheater mit seiner Glanzrolle, dem Fortunatus Wurzel in Ferdinand Raimunds »Der Bauer als Millionär« (1826), debütierte.
des Fiakerliedes: Zu Pfingsten 1855, anläßlich der 100-Jahr-Feier der Wiener Fiaker, veranstaltet von der Fürstin Metternich (Pauline Fürstin Metternich-Winneburg, geb. Gräfin Sándor de Slavnicza; 1836–1921) zugunsten der Wiener Freiwilligen Feuerwehr,

wurde das »Wiener Fiakerlied«, dessen Text und Musik von Gustav Pick (1832–1921) stammten, von Alexander Girardi zum ersten Mal gesungen.

Quadrupedante putrem . . .: »Mit vierfüßigem Stampfen erschüttern den lockeren Boden die Hufe«, aus der »Aeneis« (8, 569) von Vergil (70 v. Chr. bis 19. n. Chr.).

juchten(-fest): feines, wasserdicht gemachtes Leinen.

Stößer: halbsteifer Hut.

Pepitahose: Hose aus zweifarbigem, kleinkariertem Stoff.

Hellmer: Eduard Hellmer (1850–1935), studierte Architektur, wechselte dann zur Bildhauerei und gestaltete eine Reihe von Denkmälern. Das Girardi-Denkmal, das 1929 in Wien (Karlsplatz/Ecke Friedrichstraße) errichtet wurde, stammt von Otto Hofer.

Mein Zeug: Pferdedroschke, Kutsche. Die Zeile stammt aus dem Fiakerlied.

S. 76

Traktat über das Mauscheln oder Herrn Faktors empfindliche Ohren. Prager Tagblatt, 16. 5. 1926.

Traktat: Abhandlung.

Herr Nagelstock: Dr. Walter Nagelstock, stellvertr. Chefredakteur des »Neuen Wiener Journal«.

Herr(n) Faktor(s): Emil Faktor (1876–1942), studierte in Prag Rechtswissenschaft und begann seine journalistische Tätigkeit 1899 beim »Montagsblatt aus Böhmen«, schrieb dann für die »Bohemia« und ging 1908 nach Berlin, arbeitete dort für die deutschnationale Zeitung »Der Tag« und wurde 1922 (bis 1931) Chefredakteur des »Berliner Börsen-Courier«.

Hans Liebstöckl: (1872–1934); Journalist; seit 1925 Chefredakteur der Wiener »Bühne«, für die auch Kuh schrieb.

»Berliner Börsen-Courier«: ursprüngl. unabhängig-liberale Zeitung, wurde unter dem Chefredakteur Faktor rechtsdemokratisch. Die Auflagenhöhe des Blattes, das zweimal täglich (Sonntag und Montag einmal täglich) erschien, betrug in den zwanziger Jahren 40.000.

Fadian(e): Langweiler.

Radamanthy(s): in der griech. Mythologie der Sohn des Zeus und der Europa; er galt als ein unerbittlicher Richter im Hades.

Armitschkerl: armseliger Kerl, ein Niemand.

Herrich: »Hör(e) ich« in deutsch-böhmischer Färbung.

Fi donc!: Pfui!

. . . wer nie sein Abendbrot mit Grausen ißt: Persiflierung von Goethes »Lied des Harfenspielers« aus »Wilhelm Meisters Lehrjahre« (1795): »Wer nie sein Brot mit Tränen aß . . .«.

Großvater dieses Schriftstellers: David Kuh (1819–1879; Pseud.: Karl Dornau), Mitglied des Böhmischen Landtages und Reichsratsabgeordneter; begründete 1852 den »Tagesboten aus Böhmen«; vgl. Anton Kuhs Artikel »Prag. Eine Vision der Wirklichkeit« in: »Luftlinien«, S. 12–20.

der Vater Leitartikler eines großen Blattes: Emil Kuh (1856–1912), Redakteur und späterer Chefredakteur des »Neuen Wiener Tagblattes«.

nach Vorträgen über Goethe und Nietzsche: Anspielung auf Anton Kuhs Stegreifreden.

Schmock: Name eines unparteiischen, für Zeitungen jeder politischen Richtung schreibenden Journalisten aus dem Lustspiel »Die Journalisten« (1852) von Gustav Freytag; ursprüngl. Schimpfwort aus dem Prager Getto für einen verschrobenen (jüd.) Phantasten.

S. 79

Békessy und die ihn zu Fall brachten. Békessy's Panoptikum, April 1928.

Die von Imre Békessy in Wien verlegte »Zeitschrift gegen Dummheit und Lüge« versah Anton Kuhs Beitrag mit folgendem Vorspann: »Im August 1926 bat der Herausgeber der Zeitschrift ›Pesti Futár‹ Anton Kuh um eine Äußerung über mich. Kuh schrieb den nachfolgenden Aufsatz, der in Budapest ins Ungarische übertragen wurde. Da das deutsche Manuskript nicht vorhanden war, mußte der Artikel jetzt aus dem Ungarischen wieder ins Deutsche übersetzt werden. Daß bei diesem Verfahren die stilistische Eigenart Kuh's verlorenging, ist selbstverständlich. Doch kommt es bei der Veröffentlichung an dieser Stelle nur auf die Klarstellung der Beziehungen an, die einen geistigen Menschen von der Bedeutung Anton Kuh's mehr als drei Jahre hindurch an die ›Stunde‹ und an meine Person fesseln konnten. E. B.«

Emmerich Békessy: eigentl. Imre Békessy (1866–1951), sorgte schon als junger Journalist in Budapest für Skandale, als er die Erzählung eines franz. Autors dem »Pester Lloyd« gegenüber als seine eigene ausgab oder dem »Neuen Pester Journal« ein Interview anbot, das nie stattgefunden hatte. Er arbeitete dann kurz für Béla Kun (1886–1937), kam 1919 nach Wien und gründete hier eines der größten Zeitungsimperien. Zuerst erschienen die beiden Wochenzeitungen »Die Börse« und »Die Bühne«, ab 1. 3. 1923 sechsmal in der Woche auch noch »Die Stunde«, ein reich illustriertes Boulevardblatt mit reißerischen Schlagzeilen, Trivialromanen und Berichten aus Gesellschaft, Politik, Wirtschaft und Kultur. Die tägliche Auflage lag zwischen 40.000 und 60.000

Exemplaren. Fragwürdige journalistische Methoden machten Békessy zu einem gefürchteten Mann. Einer seiner größten Feinde in Wien war Karl Kraus.

bei dessen Blatt: Anton Kuh veröffentlichte vom 2. 3. 1923 (Jg. 1, Nr. 2: »Marquis Pompadour. Generalprobe im Carl Theater«) bis zum 18. 6. 1926 (Jg. 4, Nr. 981: »Zurück zur Schule!« Lustspiel von Birabeau – Theater in der Josefstadt«) kontinuierlich in der »Stunde«.

Brutus: Marcus Iunius Brutus (85–42 v. Chr.), röm. Beamter; Anführer der Verschwörung gegen Gaius Julius Caesar (100–44 v. Chr.).

zwei, drei Leuten: Kuh meinte seinen Freund Karl Tschuppik (1877–1937), den Chefredakteur der »Stunde«, und wohl auch Stefan Grossmann (1875–1935); als Mitarbeiter war auch Alfred Polgar (1873–1955) vorgesehen, doch wegen der Parodie »Die böse Buben Stunde« (27. 1. 1924) verzichtete Békessy auf Polgars Tätigkeit, während er dem 18jährigen Billy Wilder (geb. 1906) die erste Chance gab, als Reporter bei ihm zu arbeiten.

Pedigree: Stammbaum, Ahnentafel (in der Pflanzen- und Tierwelt).

»Material«: Anspielung auf die von den beiden Herausgebern des »Österreichischen Volkswirt«, Walther Federn (Daten unbekannt) und Dr. Gustav Stolpe (1888–1947), aus Budapest eingeholte Leumundsnote, in der fünfzehn Verfahren wegen Betrug, Diebstahl, Erpressung und Verleumdung gegen Imre Békessy verzeichnet waren.

Schmöcke: Mehrzahl von Schmock.

Zugereister: Imre Békessy war der Sohn des Ungarn Antal Békessy und der Wiener Schneiderin Anna Österreicher; im Frühjahr 1919 waren sie aus Budapest nach Wien gekommen.

monoman: von einer fixen Idee besessen.

Chefredakteur der »Arbeiter-Zeitung«: Friedrich Austerlitz (1862–1931); die Position des Chefredakteurs hatte er ab 1. 1. 1895 inne.

»Arbeiter-Zeitung«: Das »Zentralorgan der österreichischen Sozialdemokratie« erschien am 12. 6. 1889 zum ersten Mal; nach dem Ersten Weltkrieg nannte sich das Blatt im Untertitel: »Zentralorgan der sozialdemokratischen Partei Deutschösterreichs«. Von 1918–1934 erschien das Blatt siebenmal in der Woche; die Auflagenhöhe lag bei mehr als 100.000.

Achtstunden-Arbeit: Auf Initiative der Sozialdemokraten, deren Vertreter in der Konstituierenden Nationalversammlung und später auch im Nationalrat Friedrich Austerlitz war, war am 17. 12. 1919 in Österreich der Achtstundentag eingeführt worden; die wöchentl. Arbeitszeit durfte 48 Stunden nicht überschreiten. Da aber die Arbeit vielerorts am Samstag bereits um ein Uhr mittags endete, mußten die restlichen Stunden auf die anderen Tage aufgeteilt werden, was wiederum bedeutete, daß die gesetzlich vorgesehene achtstündige Arbeitszeit pro Tag meist um eine Stunde übrschritten wurde.

Der Herausgeber der »Fackel«, Karl Kraus: (1874–1936); bed. österr. Journalist und Schriftsteller. Die von April 1899 bis Februar 1936 etwa zweimal im Monat erscheinende »Fackel« enthielt bis November 1911 auch Beiträge anderer Autoren, wurde ab Dezember 1911 nahezu ausschließlich von Kraus geschrieben und diente ihm als Forum für kritische, polemische und satirische Auseinandersetzungen mit seinen Zeitgenossen. Neben dem Wiener Polizeipräsidenten (und zeitweiligen Bundeskanzler) Johannes Schober (1874–1932) und dem dt. Kritiker Alfred Kerr (eigentl. Alfred Kempner; 1867–1948) war in den zwanziger Jahren Imre Békessy sein Erzfeind, den Kraus so lange der Korruption bezichtigte, bis es ihm schließlich gelang, Békessy im Juli 1926 aus Wien zu vertreiben.

Ermordung Hugo Bettauers: Am 10. 3. 1925 wurde der Journalist und Schriftsteller Hugo Bettauer (geb. 1872) in seiner Redaktion Lange Gasse 5–7 im 8. Wiener Gemeindebezirk von dem Nationalsozialisten Otto Rothstock (geb. 1904) niedergeschossen und erlag zehn Tage später seinen Verletzungen.

drohte Békessy und mir ein gleiches Schicksal: Imre Békessys Sohn Hans Habe (eigentl. János Békessy; 1911–1977) schrieb in seiner Lebensgeschichte »Ich stelle mich« (1957): »Der Polizeikommissar, der vor dem Sterbezimmer Bettauers Wache hielt, teilte meinem Vater nun mit, daß in den Räumen der nationalsozialistischen Jugendorganisation eine ›Todesliste‹ gefunden worden sei – der Name Békessy stand als zweiter auf der Liste.« (S. 111).

stigmatisiert: gezeichnet.

ein Mann der Administration: Es handelte sich um den Verlagsdirektor Eugen Forda (nähere Angaben fehlen).

S. 84

Mein Debüt als Schauspieler. Prager Tagblatt, 18. 9. 1926.

»Fannys erstes Stück«: (»Fanny's first Play« 1910), Komödie in drei Akten, mit einem Vor- und einem Nachspiel von George Bernard Shaw (1856–1950); übersetzt von Siegfried Trebitsch (1869–1956). Die Premiere im Wiener Theater in der Josefstadt war am 16. 9. 1926, Regie führte Emil Geyer.

Idiosynkrasie: Überempfindlichkeit.

Luis Rainer: Er spielte die Rolle des Herrn Trotter im Vor- und Nachspiel.

Hans Thimig: (1900–1991), spielte den Bobby.

Egon Friedell: (eigentl. Egon Friedmann; 1878–1938), spielte die Rolle des Herrn Bannal. Friedell war von 1919–1922 als Theaterkritiker tätig und von 1922 bis 1927 an den Bühnen Max Reinhardts in Berlin und Wien als Chargenspieler engagiert. Der erste Band seiner »Kulturgeschichte der Neuzeit« war 1926 bereits fertiggestellt.

Alfred Polgar: (1873–1955), Schriftsteller und Kritiker; schrieb u. a. für die »Weltbühne« und für »Das Tage-Buch«.

Leopold Jacobson: (1878–1943), Librettist und Kritiker des »Neuen Wiener Journal«.

Raoul Auernheimer: (1876–1948), Schriftsteller und Kritiker bei der »Neuen Freien Presse« in Wien.

Felix Salten: (eigentl. Siegmund Salzmann; 1869–1945), Schriftsteller und Kritiker an der »Wiener Allgemeinen Zeitung« und Feuilletonredakteur der »Zeit« in Wien.

Darvas: Lili Darvas (1904–1974), spielte die Titelrolle und die Rolle der Margarete; heiratete 1926 den ung. Dramatiker Ferenc Molnár.

Geßner: Adrienne Geßner (eigentl. Adrienne Geiringer; 1896–1987), spielte die Dora Delaney.

Terwin: Johanna Terwin-Moissi (1884–1960), seit 1919 mit dem Schauspieler Alexander Moissi (1880–1935) verheiratet; spielte die Rolle der Frau Knox; ihr Partner war Hans Moser (eigentl. Jean Julier; 1880–1964).

Woiwode: Lina Woiwode (1886–1971), spielte die Frau Gilberg; ihr Partner war Hugo Thimig (1854–1944).

Daghofer: Fritz Daghofer (1872–1936) spielte die Rolle des Herrn Vaughan.

Dirmoser: Herbert Dirmoser spielte die Rolle des Duvallet.

Goetz: Carl Goetz (1862–1932) spielte den O'Dowda.

Romberg: Hermann Romberg (1882–1929) spielte den Juggins.

S. 85

Mord im Restaurant. Prager Tagblatt, 31. 10. 1926.

10 Jahre her: Am Samstag, dem 21. 10. 1916, war der k. k. Ministerpräsident Karl Graf Stürgkh (1859–1916) von Friedrich Adler (1879–1960), Sohn Victor Adlers, des Gründers der Sozialdemokratischen Partei in Österreich (1852–1918), aus Protest gegen die Kriegspolitik erschossen worden.

Gevatter Tell: nach Schillers Schauspiel »Wilhelm Tell« (1804) ein Einzelgänger, der sich von der Verschwörung fernhält. Zum Attentat auf Geßler veranlaßt ihn die Abwehr von Gefahr.

Landvogt Geßler: Urbild des Tyrannen, der den Willen seines Widersachers Wilhelm Tell dadurch zu brechen versucht, daß er ihn zwingt, einen Apfel vom Kopf seines Sohnes zu schießen.

chevaleresk: ritterlich.

Meißl & Schadn: Hotel ersten Ranges, Kärntner Straße 16, Ecke Neuer Markt 2 (heute befindet sich an dieser Stelle das Hotel Europa) in der Wiener Innenstadt; das Restaurant war als »Mekka der Rindfleischesser« bekannt.

Beinfleisch: Rindfleischsorte (mit Knochen).

eine Woche vor Ausbruch des Weltkrieges: 21. Juli 1914.

50. Geburtstag: Frank Wedekinds 50. Geburtstag war am 24. 7. 1914; aus diesem Anlaß hatte der Direktor des Deutschen Volkstheaters in Wien, Josef Jarno (1866–1932), Wedekinds »Marquis von Keith« am 28. 4. 1914 wieder ins Programm genommen und die Wiener Volksbühne im Johann-Strauß-Theater vom 11.–13. 5. 1914 »Simson oder Scham und Eifersucht« mit Albert Steinrück (1872–1929) und dem Ehepaar Wedekind herausgebracht, während »Schloß Wetterstein« aber in Wien weiterhin verboten blieb. – Vgl. auch Anton Kuhs Beitrag »Wedekind. Aus Anlaß seines 50. Geburtstages« im Prager Tagblatt vom 24. 7. 1914 (abgedruckt auch in: »Zeitgeist«, S. 169–178).

Hugo Heller: (1870–1923); Buchhändler und Verleger; war aus Stuttgart kommend von Ignaz Brand (1844–1916) als Buchhandlungsgehilfe 1894 in die erste Wiener Volksbuchhandlung geholt worden, schied dort 1902 wieder aus und gründete 1905 eine eigene Buch- und Kunsthandlung am Bauernmarkt 3 in Wien. Er veranstaltete Kunstausstellungen, Lesungen und Vorträge, führte einige Zeit auch eine Konzertagentur.

Rabindranath Tagore: (1861–1941), ind. Dichter; erhielt 1913 den Nobelpreis für Literatur.

Graf Toggenburg: Friedrich Graf von Toggenburg (1866–?), war 1913–1917 Statthalter in Tirol und Vorarlberg.

Baron Wassilko: Georg von Wassilko-Sarecki (1864–1940), Politiker.

Graf Attems: Maximilian, Reichsgraf von Heiligenkreuz (1892–?).

Schlacht bei Lemberg: am 7. 9. 1914.

2. Isonzo-Offensive: vom 17. 7. bis 10. 8. 1915.

vor Gericht verantworten: Friedrich Adler wurde zum Tode verurteilt, dann aber zu schwerem Kerker begnadigt und am 2. 11. 1918 amnestiert (vgl. auch »Luftlinien«, S. 75–76); er lebte in London, Zürich und Brüssel, emigrierte 1940 nach Amerika, kehrte 1946 nach Europa zurück und ließ sich in Zürich nieder.

»Gänsehäufel«: Strandbad in Kaisermühlen (Wien 22.) an einem Seitenarm der Donau; war 1907 eröffnet worden.

Franz Josef: Kaiser Franz Joseph I.

S. 89

Der brave Mann. Prager Tagblatt, 15. 11. 1926.

punctus puncti: richtig: Punctum puncti für: Hauptsache.

drakonisch(e): streng, rücksichtslos.

Pallenberg(e): Max Pallenberg (1877–1934), österr. Schauspieler; vgl. auch Anton Kuhs Beiträge »Pallenberg plappert« und »Pallenberg über Hitler« aus den Jahren 1931 und 1934 in »Luftlinien«, S. 445 ff. und 481 ff.

»Kronenzeitung«: Hervorgegangen aus dem seit 2. 1. 1900 erschienenen »Illustrierten Tagblatt«, verkörperte die »Illustrierte Kronenzeitung«, wie sie seit 1. 6. 1905 hieß, den Typus des billigen, unparteiischen, volksnahen Blattes mit einem Gemisch aus Unterhaltung und lapidaren politischen Meldungen.

Kasserol: (flacher) Kochtopf.

S. 91

Dorothea Angermann. Der Querschnitt, Januar 1927.

Dorothea Angermann: Schauspiel in fünf Akten von Gerhart Hauptmann (1862–1946), 1926 entstanden. Uraufführung am 20. 11. 1926 im Theater in der Josefstadt in Wien. Regie: Max Reinhardt.

Castiglioni: Camillo Castiglioni (1879–1957), Inflationsgewinnler und Spekulant, der 1921 ein eigenes Bankhaus in Wien gegründet und Max Reinhardt 1923 das Theater in der Josefstadt finanziert hatte. 1924 wurde Castiglioni wegen verschiedener fragwürdiger Transaktionen angezeigt, konnte jedoch nicht verhaftet werden, weil er sich rechtzeitig ins Ausland abgesetzt hatte.

Gerhart Hauptmann: (1862–1946), bed. Dramatiker und Romancier; erhielt 1912 den Nobelpreis für Literatur.

dem Goethe so ähnlich sieht: vgl. in Anton Kuhs »Physiognomien« den Ausspruch: »Gerhart Hauptmann: Hotelier Goethe« (in »Luftlinien«, S. 291).

in Kerrs: Alfred Kerr (eigentl. Alfred Kempner; 1867–1948), prominenter und gefürchteter Theaterkritiker Berlins. Anläßlich der Berliner Aufführung von »Dorothea Angermann« schrieb Kerr am 19. 10. 1927 im »Berliner Tageblatt«: »Notwendig schien mir damals in Wien, ›von den fünf Fünfteln des geschriebenen Buchs unbeirrt zweieinhalb wegzusäbeln‹. Denn es ist in den Worten keineswegs erste Wahl. Jetzt wurde viel gestrichen; sehr zum Besten des Eindrucks. Für mein Gefühl noch lange nicht genug.«

Josef Chapiro: (1893–1962), veröffentlichte 1928 seine »Gespräche mit Gerhart Hauptmann«.

Konnexionen: Beziehungen.

Eckermann: Johann Peter Eckermann (1792–1854), ab 1823 Sekretär Goethes; publizierte 1836–1848 seine dreibändigen »Gespräche mit Goethe in den letzten Jahren seines Lebens«.

Tristan Bernard: (1866–1947), franz. Dichter, dessen Bühnenstücke auf dem Repertoire Max Reinhardts standen.

bimorphes Gebilde: zweifaches Gebilde; im Gegensatz zu dem gebräuchlicheren amorph für gestalt- bzw. formlos.

Rudolf Herzog: (1869–1943), erfolgreicher Unterhaltungsschriftsteller.

(Auf dem Geflügeldach): Dorothea Angermann, ein triebhaftes Geschöpf, gibt sich dort dem grobschlächtigen Mario Malloneck hin, obwohl sie einen anderen liebt.

kongenial: geistesverwandt, ebenbürtig.

power: armselig, dürftig.

sintemalen: da, weil.

S. 94

Der Leibarzt Maria Stuarts. Prager Tagblatt, 1. 1. 1928.

Jeßner: Leopold Jeßner (1878–1945), dt. Schauspieler, Theaterleiter und Regisseur; von 1919–1930 Intendant des Berliner Staatstheaters; inszenierte auch einige Spielfilme (1921: »Hintertreppe« mit Henny Porten) und verfilmte 1924 Frank Wedekinds »Erdgeist« mit Asta Nielsen.

»Maria Stuart«: nach Friedrich Schillers gleichnamiger Tragödie. In dem Film spielten u. a. Fehers Frau Magda Sonja (eigentl. Magda Sonja Vesela; 1895–?), Fritz Kortner und Franz Blei.

Staaken: westl. von Berlin gelegenes ehem. Dorf, das seit 1920 zu Berlin-Spandau gehörte.

Friedrich Feher: (eigentl. Friedrich Weiß; 1889–1950), österr. Schauspieler in Berlin, Hamburg und Prag; 1924/25 am Raimundtheater in Wien; in den zwanziger Jahren Filmarbeit als Drehbuchautor, Schauspieler und Regisseur, emigrierte nach England, wo er 1935 auch den Film »The Robber-Symphony« drehte, wieder nach einem Drehbuch von Anton Kuh. Seit 1938 in den USA; kehrte 1950 nach Deutschland zurück.

Emil Jannings: (1884–1950), einer der bedeutendsten dt. Schauspieler; von 1926 bis 1929 in Hollywood; wurde ab 1933 Star zahlreicher NS-Filme.

Harry Liedtke: (1880–1945), beliebter dt. Filmschauspieler.

der kleine Moritz: war eine von Adolf Oberländer (1845–1923) gezeichnete Karikatur in den »Fliegenden Blättern«.

S. 96

Fürchten Sie sich vor einer Maus? Prager Tagblatt, 20. 4. 1928.

»Adlon«: Berliner Nobelhotel, Unter den Linden; 1907 erbaut. Auch Anton Kuh gehörte zu den Stammgästen des Hotels.
am Tag vor seinem tödlichen Absturz: Donnerstag, 22. 9. 1927.
Maltzahn: Ago (eigentl. Adolf Georg Otto) Freiherr von Maltzahn (1877–1927), dt. Diplomat.
Sinclair Lewis: (1885–1951), amerik. Schriftsteller.
Will Rogers: (1897–1935), amerik. Filmkomiker.
Side-car: Damencocktail aus Goldwasser, Curaçao, Grapefruit- oder Orangensaft und Eis.
Mistinguett: eigentl. Jeanne-Marie Bourgeois (1875–1956), franz. Chansonette.
Paul Withman: vermutl. Paul Whiteman (1890–1967), amerik. Orchesterleiter.
Mister Zukor: Adolphe Zukor (1873–1976), Produzent und Chef der Paramount, deren Ehrenvorsitzender er noch im Alter von 103 Jahren war.
Lincoln Ayr: nicht zu ermitteln.
Thea Rasche: (1899–1971), erste dt. Kunstfliegerin; wurde als »Flying Fräulein« 1927 in den USA gefeiert. Ihr Plan eines Transatlantikfluges scheiterte an der Finanzierung. Hoch verschuldet rettete sie ihr Vater, der Direktor der Essener Aktienbrauerei, vor dem Ruin, verlangte aber von ihr, sich von der Kunstfliegerei zurückzuziehen. Sie arbeitete dann als Redakteurin einer Flugillustrierten, später als freie Journalistin.

S. 97
Kuh, Ochs, Stier. Prager Tagblatt, 25. 4. 1928.
Sonntagsnummer Ihres geschätzten Blatts: Es handelte sich um die Samstag-Ausgabe der »Bayerischen Staatszeitung« vom 14. 4. 1928.
Anekdote: Im Feuilleton auf Seite 3 der Augabe war folgender Text abgeruckt: »Herr Ochs – Frau Kuh. Es ist dreißig Jahre her. In Berlin fand zu Ehren Ibsens ein großes Bankett statt, zu dem auch der Begründer des Philharmonischen Chors, der noch gerade 39jährige Siegfried Ochs, der, wie mitgeteilt, am 19. April das 70. Lebensjahr vollendet, eingeladen war und ebenso die mit dem bekannten Prager Publizisten und Biographen Anton Kuh verehelichte Schauspielerin Lotte Lehmann. Die beiden Künstler kannten sich noch nicht. Als sie nun einander vorgestellt werden mußten, brach stürmisches Gelächter aus. Denn die Vorstellung mußte ja lauten: ›Herr Ochs – Frau Kuh‹. Es wird behauptet, Ochs habe sich am allermeisten darüber amüsiert.«.
Lotte Lehmann: (1888–1976), sang in der ersten Opernaufführung im Salzburger Festspielhaus die Leonore in *Fidelio;* emigrierte

1938 von Wien in die USA und trat dann an der Metropolitan Opera in New York auf.

zum Vermählungsbankett: Wie aus der oben wiedergegebenen Notiz hervorgeht, handelte es sich um ein Bankett zu Ehren Ibsens, der am 20. 3. 1898 seinen 70. Geburtstag feierte.

Siegfried Ochs: (1858–1929), Komponist und Autor; gründete 1882 in Berlin den Philharmonischen Chor, der, mit dem Chor der Berliner Hochschule vereinigt, wesentlicher Bestandteil des Berliner Musiklebens war.

Oskar Kuh: (1858–1930), Sohn von David Kuh, der ihm seinen »Tagesboten aus Böhmen« vermachte. Oskar Kuh führte die Zeitung als »Montagblatt in Böhmen« von 1879 bis nach dem Ersten Weltkrieg weiter.

Else Lehmann: (1886–1940), hervorragende Schauspielerin des Naturalismus; Adolf L'Arronge (1838–1908) verpflichtete sie 1891 an das Deutsche Theater in Berlin, wo sie zur führenden Charakterdarstellerin wurde.

Franz Grillparzer: geboren 1791, war er im Jahr 1872 gestorben.

Bayerische Staatszeitung: eigentl. »Bayerische Staatszeitung und Bayerischer Staatsanzeiger«, 1913 gegründet, erschien täglich; seit 1916 (bis 1934) war Max Scharre (gest. 1955) Chefredakteur.

Premiere der »Ahnfrau«: Grillparzers Trauerspiel »Die Ahnfrau« wurde am 31. 1. 1817 im Theater an der Wien uraufgeführt.

Parzen: altgriech. bzw. röm. Schicksalsgöttinnen.

Emil Kuh: (1828–1876), Journalist und Lyriker; war von 1849 bis 1859 mit Friedrich Hebbel (1813–1863) befreundet; 1865–1868 edierte er, gemeinsam mit dem Juristen Julius Glaser, eine zwölfbändige Ausgabe der »Gesammelten Werke« Friedrich Hebbels. Seine zweibändige »Biographie Friedrich Hebbels« blieb unvollendet und erschien, zu Ende geführt und herausgegeben von Rudolf Valdek (eigentl. Rudolf Wagner; 1822–1894), im Jahr 1877. Emil Kuh war mit Anton Kuh nicht verwandt.

Preisausschreiben: Anton Kuh hatte »einen Preis für jenen ausgesetzt, der imstande wäre, einen unbanalen, originellen, noch nicht dagewesenen Namenswitz über ihn zu machen, respektive einen, den der unglückliche Namensträger nicht schon über sich selbst gemacht hätte. [. . .] Nun erfuhr ich, daß ein Vortragsaffe dem Verbot zum Trotz einen vorsichtigerweise von mir selber gemachten Witz, den ihm, wie viele andere meiner Späße, der Kaffeehausklatsch eingehändigt hat, offensichtlich nachspricht, indem er mich einen Cowboy, sprich: Kuhbuben nennt.« Nach dieser Veröffentlichung in der »Stunde« vom 11. 10. 1925 wurde er von Karl Kraus verklagt.

S. 99

Idyll im Hotelhof. Prager Tagblatt, 1. 7. 1928.

euphemistisch: beschönigend.

pars pro toto: der Teil für das Ganze.

S. 101

Heimweh. Die Weltbühne, 7. 8. 1928.

Bronnen: Arnolt Bronnen (eigentl. Arnold Bronner; 1899–1959), dt. Erzähler und Dramatiker.

Brecht: Bert(olt) Brecht (1898–1956), einer der bedeutendsten dt. Schriftsteller des 20. Jhs.

Schnitzler-Premiere: Im September 1924 hatte das Schauspiel »Der einsame Weg« (1904) von Arthur Schnitzler (1867–1931) an der Berliner Tribüne Premiere; lautstark protestierten der 29jährige Arnolt Bronnen und der 26jährige Bert Brecht während der Vorstellung gegen den »Schund«.

die »schlimmen Buben in der Schule«: Nach dem Einakter von Johann Nestroy »Die schlimmen Buben in der Schule« (1847), mit dessen Uraufführung am 10. 12. 1847 das Carl-Theater in Wien eröffnet wurde. Nestroy spielte den Willibald, Wenzel Scholz (1787–1857) den Wampl. Die Musik zu der »Burleske mit Gesang« stammte von Michael Hebenstreit.

Tochter: Die 17jährige Lili Schnitzler (1909–1928) hatte am 30. 6. 1927 in Venedig den um 20 Jahre älteren faschistischen Offizier Arnoldo Cappellini (1889–Ende der 50er Jahre) geheiratet. Nach einer kurzen unglücklichen Ehe schoß sie sich am 25. 7. 1928 mit dem Revolver ihres Mannes ins Herz; einen Tag später starb sie.

Irkutsk: wichtige ostsibir. Handelsstadt; 98.000 Einw. (1926).

Schwanneke: bekannte Weinstuben in der Berliner Rankestraße 4, in denen viele Künstler und Schriftsteller, u. a. auch Anton Kuh, regelmäßig verkehrten. Inhaber war der frühere Schauspieler und Regisseur Victor Schwanneke (1880–1931).

Montur: Uniform.

Verdi: Giuseppe Verdi (1813–1901), ital. Komponist.

Amoroso: Schmachtender, Liebhaber.

Canio: Prinzipal einer Komödiantentruppe und Darsteller des Bajazzo in der gleichnamigen Oper von Ruggiero Leoncavallo (1857–1919).

Rodolfo: Dichter in »La Bohème« (1896) von Giacomo Puccini (1858–1924).

Tonio: Komödiant und Gegenspieler des Canio (siehe oben).

Ubikations-Offizier: Verwaltungsbeamter, der für die Versorgung des Militärs in den Kasernen verantwortlich war.

Mussolini: Benito Mussolini (1883–1945), ital. Faschistenführer und Staatsoberhaupt.

Schnellsiedekurs: bes. schneller Kursus bzw. Lehrgang.

S. 102

Wiener Neustadt. Prager Tagblatt, 9. 10. 1928.

Wiener Neustadt: größte Stadt Niederösterreichs mit 38.000 Einwohnern (1929).

der neugegründete Fascismus: Schon 1904 war in Trautenau (Böhmen) die Deutsche Arbeiterpartei Österreichs (DAP) unter Führung von Hans Knirsch (1877–1933) gegründet worden; sie hatte ihre Wurzeln in der deutschnationalen Bewegung Georg Ritter von Schönerers (1842–1921). Der führende Theoretiker der DAP Österreichs wurde Rudolf Jung (1882–1945). Am 5. 5. 1918 erfolgte die Namensänderung in Deutsche Nationalsozialistische Arbeiterpartei (DNSDAP); mit dem Zerfall der österr.-ung. Monarchie spaltete sich die Partei in eine sudetendeutsche und in eine deutschösterreichische Gruppe. 1927 schloß sich die österr. Gruppe der reichsdeutschen Hitlerpartei an.

am letzten Sonntag: 7. 10. 1928. Für diesen Tag hatten Heimwehr und Republikanischer Schutzbund gleichzeitig zu Großkundgebungen aufgerufen. Da beide Gruppierungen bewaffnet waren, befürchtete man Zusammenstöße, hatte das Bundesheer und Gendarmerie aufmarschieren lassen und Maschinengewehre in Stellung gebracht, Stacheldrahtverhaue errichtet und Spanische Reiter aufgestellt. Diese Maßnahmen verhinderten von Anfang an alle Zusammenstöße.

Remise(nruß): Halle für die abgestellten Züge.

Pater Seipel: Ignaz Seipel (1876–1932), Prälat und österr. Bundeskanzler (1922–1924 und 1926–1929).

Dreschflegeln und Sensen: Anspielung auf die Tatsache, daß sich die Heimwehr überwiegend aus Bewohnern der ländlichen Regionen rekrutierte, vor allem aus Kärnten, der Steiermark und Tirol.

k. u. k. Militärakademie: in der alten herzoglichen Burg von Kaiserin Maria Theresia (1717–1780) 1752 gestiftet; ab 1919 Bundeserziehungsanstalt.

»Gott erhalte«: »Gott erhalte Franz den Kaiser«. Anfang der ehem. österr. Nationalhymne, deren Text im Auftrag von Regierungspräsident Franz Joseph Graf Saurau (1760–1832) von dem Wiener Dichter Lorenz Leopold Haschka (1749–1827) verfaßt und von Joseph Haydn (1732–1809) vertont worden war. Diese »Kaiserhymne« wurde zum ersten Mal am 12. 2. 1797 zum Geburtstag von Kaiser Franz I. (1768–1835) öffentlich gesungen.

Kaisers Geburtstag: Franz Josephs Geburtstag war der 18. August (1830).

Café »Scheidl«: In der Wiener Innenstadt bei der Oper, Kärntner Straße 49.

»Walzertraum«-Leutnants: die Leutnants Niki und Montschi in der Operette »Ein Walzertraum« (1907) von Felix Dörmann (eigentl. Felix Biedermann; 1870–1928) und Leopold Jacobson (1876–1943) mit der Musik von Oscar Straus (1870–1945).

Roda Rodas Selbstbiographie: »Roda Rodas Roman« (1925) von Roda Roda (eigentl. Sandór Friedrich Rosenfeld; 1872–1954).

Maximilian: Maximilian I. (1459–1519), in Wiener Neustadt geborenb, wurde in der dortigen Schloßkapelle unter dem Hochaltar bestattet.

Semmering: beliebter Höhenkurort (900–1050 m) an der Grenze zur Steiermark.

S. 104

P. A. und die deutsche Gegenwart. Zum 10. Todestag Peter Altenbergs. Münchner Neueste Nachrichten, 10. 1. 1929.

Diogenes: Diogenes von Sinope (gest. 323 v. Chr.), griech. Philosoph; lehrte und praktizierte Bedürfnislosigkeit.

Kürschners Literaturlexikon: »Kürschners Deutscher Literatur-Kalender«, gegründet von Joseph Kürschner (1853–1902), erscheint seit 1897 und erfaßt alle wichtigen lebenden deutschsprachigen Autoren mit kurzen biogr. und bibliogr. Angaben. – Peter Altenberg ist in »Kürschners Deutschem Literatur-Kalender auf das Jahr 1897« mit der Adresse »Wien I, Herrengasse, Café Central« verzeichnet.

Grabenhotel: Im Grabenhotel (Wien 1, Dorotheergasse 3) bewohnte Peter Altenberg das Zimmer 33 von Ende Oktober 1913 an, bis er am 6. 1. 1919 mit einer schweren Lungenentzündung in das Wiener Allgemeine Krankenhaus gebracht werden mußte, wo er am 8. 1. starb.

Trinkerheilanstalt: Altenberg begann als 27jähriger mit dem Trinken; 1910 wurde er (von der Kaltwasserheilanstalt »Fango« in Wien, wo er sich vom 6. 2. bis ca. 10. 5. aufgehalten hatte) in die Nervenheilanstalt Fries in Inzersdorf bei Wien eingewiesen, nach drei Monaten entlassen und im Dezember wiederum für längere Zeit eingeliefert. Ab Dezember 1912 war Altenberg in der »Niederösterreichischen Landes-Heil- und Pflege-Anstalt für Geistes- und Nervenkranke ›Am Steinhof‹ in Wien« untergebracht und wurde erst im Mai 1913 auf Initiative seines Freundes Adolf Loos wieder entlassen.

einen »Dekadent«: einen Angekränkelten.

den dörflichen Namen »Peter« zugelegt: Der 21jährige Richard Engländer kam 1880 nach Altenberg a. d. Donau und verliebte sich dort in die 13jährige Bertha Lecher (1867–1953), die jüngste Tochter des Chefredakteurs der Wiener »Presse«, Zacharias Konrad Lecher (1829–1905). Sie wurde von der Familie »Peter« gerufen. Aus Liebe zu ihr nannte sich Richard Engländer fortan »Peter Altenberg«.

eine Art Wiener Hamlet: tiefsinniger Grübler und Denker voller Melancholie nach Shakespeares Titelfigur »Hamlet, Prinz von Dänemark« (um 1600).

Abiturium: Altenberg war 1877 bei der Reifeprüfung im Theresianum in Wien durchgefallen und schaffte es erst beim zweiten Versuch im Sommer 1878.

Falstaff: Nach der Shakespeare-Figur in »König Heinrich IV.« (um 1600) und in »Die lustigen Weiber von Windsor« (1602).

retirierte: wich zurück, zog sich zurück.

Apemantus aus Shakespeares »Timon von Athen«: siehe S. 231.

Sokrates: griech. Philosoph (470/469 bis 399 v. Chr.); wurde wegen Gefährdung der Jugend angeklagt und zum Tode verurteilt; im alten Athen wurde die Todesstrafe dadurch vollstreckt, daß man dem Verurteilten Gift (Schierlingsbecher) zu trinken gab.

Dithyrambiker: ursprüngl. Beiname des Dionysos, des griech. Gottes der Fruchtbarkeit und des Weines. Dithyrambe war das Loblied, das ihm zu Ehren bei den orgiastischen Dionysien im März/April gesungen wurde.

S. 108

Hausse in Tönen. Prager Tagblatt, 27. 6. 1929.

Hausse: Aufschwung.

»Kreutzersonate« von Tolstoi: »Die Kreutzersonate« (1891), Erzählung von Leo Tolstoi (1828–1910). Für den Gutsbesitzer Posdyschew ist Beethovens »Kreutzersonate« Inbegriff aufpeitschender Musik. Als er hört, wie seine Frau diese Musik gemeinsam mit einem jungen Musiker spielt, tötet er dic vermeintliche Ehebrecherin. – Bis 1929 war »Die Kreutzersonate« 1911 und 1914 in Rußland verfilmt worden, 1922 in Deutschland (Regie: R. Petersen) und 1926 in der Tschechoslowakei (Regie: Gustav Machaty); schließlich 1936 durch Veit Harlan.

Musik: Dem Geigenvirtuosen und Komponisten Rodolphe Kreutzer (1766–1831) hatte 1805 Ludwig van Beethoven (1770–1827) eine Sonate für Geige und Klavier (A-Dur, op. 47) gewidmet.

Bildfunk: telegr. Übertragung von Bildern, Zeichnungen und Dokumenten auf drahtlosem Wege; seit 1. 12. 1927 gab es auf der Strecke Berlin–Wien einen regelmäßigen Bildübertragungsdienst.

Seit der Tonfilm: Die erste Vorführung des amerikanischen Tonfilms »Der singende Narr« (»The Singing Fool«) aus dem Jahr 1928 mit Al Jolson (1883–1950) in der Hauptrolle hatte am 10. 6. 1929 in Berlin stattgefunden. Auch der schon 1927 mit Al Jolson gedrehte erste amerik. Tonfilm »Der Jazz-Sänger« (»The Jazz-Singer«) wurde nach der Premiere am 6. 10. 1927 zu einem Welterfolg. In Deutschland wurde der Film als Stummfilm und erst später als Tonfilm gezeigt. Im September 1928 boten die amerik. Filmgesellschaften in ihrem Verleihprogramm für 1929 ca. 150 Tonfilme an.

das »Romanische Café«: benannt nach dem im neoromanischen Stil gebauten Geschäftshaus am Kurfürstendamm in Berlin, in dem sich das von dem Berliner Kaufmann Karl Fierig eröffnete Kaffeehaus gegenüber der Gedächtniskirche befand. Ab 1918 wurde das Romanische Café zum bevorzugten Künstlertreff Berlins.

welches Werk frei ist: gemeint ist »tantiemefrei«, d. h. ohne Vertrag und ohne Zahlung zu leisten verwendbar. »Frei« wurden damals (1929) durch das Gesetz vom 10. 6. 1901 in der Fassung vom 22. 5. 1910 urheberrechtlich geschützte Werke der Literatur und der Tonkunst 30 Jahre nach dem Tod des Verfassers oder Komponisten.

Der »blinde Musiker« von Korolenko: »Der blinde Musikant« (1886), Erzählung von Vladimir G(alaktionowitsch) Korolenko (1853–1921). Die Erzählung endet mit dem ersten Konzert des blinden Pianisten Petr Popalskij.

Paganini(-Novelle): Niccolò Paganini (1782–1840), Violinvirtuose und Komponist; Urbild des dämonischen, romantischen Musikers. Conrad Veidt (1893–1943) hatte 1923 einen »Paganini«-Film produziert, in dem er selbst, unter der Regie von Heinz Goldberg, die Titelrolle spielte.

der arme Spielmann: »Der arme Spielmann« (1848). Erzählung von Franz Grillparzer (1791–1872); wurde nie verfilmt.

Postillon von Lonjumeau: komische Oper in drei Akten von Adolphe Charles Adam (1803–1856).

Lied von der Erde: eine Symphonie für Tenor und Alt- (oder Bariton-)Stimme und Orchester nach chinesischen Gedichten (1908) von Gustav Mahler (1860–1911).

Homer: (ca. 8. Jh. v. Chr.), griech. Dichter.

Kataster: amtl. Verzeichnis.

S. 110

Schmelz, der Nibelunge. Die Weltbühne, 2. 7. 1929.

Arnolt Bronnens neues Gesicht ist hier von Ignaz Wrobel gezeichnet worden: Ignaz Wrobel (d. i. Kurt Tucholsky; 1890–1935) hatte am 25. 6. 1929 in der »Weltbühne« unter dem Titel »Ein besserer Herr« einen Artikel über Bronnens neues Buch »O. S.« veröffentlicht. Tucholsky nannte das Erscheinen den »Abschied eines Literaten von der Literatur« und »eine im Tiefsten gesinnungslose Pfuscherei« und Bronnen einen »durchgefallenen Linken, als Fascist verkleidet«.

der radikale Bronnen: Kuh meint Stücke wie »Vatermord« (1920), »Geburt der Jugend« (1922), »Die Exzesse« (1923), »Anarchie in Silian« (1924), die, in den zwanziger Jahren uraufgeführt, alle zu Theaterskandalen führten.

Affirmation: Bejahung, Bekräftigung.

Unband: wildes, ungebärdiges Kind, Wildfang.

Renommist: Aufschneider.

Tantalidenfluch: Dem Geschlecht der Tantaliden gehörten, der griech. Mythologie folgend, Pelops, Atreus, Thyestes, Agamemnon und Aigisthos an. Pelops wurde von seinem Vater Tantalos geschlachtet und den Göttern als Speise vorgesetzt. Die Söhne Pelops, Atreus und Thyestes verfluchte er und trieb sie außer Landes, weil sie seinen Lieblingssohn, ihren Stiefbruder Chrysipos ermordeten. Aigisthos, Sohn des Thyestes, erschlug Atreus, dessen Sohn Agamemnon von seiner Gattin Klytaimnestra ermordet wurde, weil sie mit Aigisthos die Ehe gebrochen hatte.

ein Sproß dieses Hauses: Dr. Ferdinand Bronner (1867–1944) wurde im damals österr.-schlesischen Auschwitz geboren, war in Jägerndorf (Mähren) Hilfskraft am Gymnasium und wurde 1900 nach Wien an ein Gymnasium im 2. Bezirk als Lehrer für Deutsch (in Österr. umgangsspr. »Deutschprofessor«) berufen.

um die Zeit, wo Arnolt noch mit d geschrieben wurde: In seiner Autobiographie »Arnolt Bronnen gibt zu Protokoll« (1954) berichtet er aus dem Jahr 1911: ». . . ich trug meinen Namen lange in mir, ehe ich ihn das erste Mal niederschrieb: Bronnen. Und dazu meinen Vornamen änderte, zuerst in Arne, dann in Arnolt. Von da an wußte ich, daß dies mein Name war, und sogar meine Mitschüler haben ihn anerkannt.« (S. 19)

seines Sohnes: Arnolt Bronnen »gab zu Protokoll« (S. 22, 174, 254 f.), daß nicht Dr. Ferdinand Bronner sein Vater war, sondern dessen Schulfreund Wilhelm Andreas Schmidt (1867–1915), im Herbst 1894 evangelischer Pfarrer in Görz, einer kleinen Stadt (1903: 25.500 Einw.) nördl. von Triest. Am 18. 11. 1930 bestätigte die Mutter Arnolt Bronnens vor dem Wiener Notar Dr. Franz Wittmann, daß Dr. Ferdinand Bronner nicht der natürliche Vater ihres Sohnes Arnold war.

Franz Adamus-Bronner, Jude: Bronnens Onkel Josef behauptete, ihr »Vater sei ein Findelkind gewesen, und man hätte gesagt, er wäre von Donau-Schwaben gekommen. Aber der Großvater seiner Mutter – meiner Großmutter also – sei ein berühmter Schriftgelehrter gewesen, ein großer jüdischer Rabbi, und in einer solchen Familie sei der Vater aufgezogen worden« (S. 21). 1938 bemühte sich Ferdinand Bronner um eine »Klärung seiner Abstammung« und erhielt Anfang 1942 vom Reichssippenamt die Mitteilung, »daß Sie ungünstigenfalls als Mischling I. Grades, keinesfalls jedoch als Jude rassisch einzuordnen wären« (S. 390).

Semikolon: Strichpunkt.

dem deutschen Drama zu: Das Erstlingsdrama von Franz Adamus hieß »Familie Wawroch«, entstand 1899 und wurde am 21. 4. 1900 im Deutschen Volkstheater in Wien uraufgeführt; sein Sohn Arnold war damals bereits vier Jahre alt.

»Schmelz, der Nibelunge«: Neben »Familie Wawroch« (1899) und »Neues Leben« (1902) gehört »Schmelz, der Nibelunge« (1905) zu der Trilogie »Jahrhundertwende« von Franz Adamus. »Schmelz, der Nibelunge« wurde am 6. 3. 1905 am Wiener Raimund-Theater uraufgeführt.

Couleur(kreise): gemeint sind studentische Verbindungen.

pokuliert: zecht, trinkt viel.

reibt Salamander: studentische Trinksitte, bei der die gefüllten Gläser zu Ehren einer bestimmten Person auf der Tischplatte gerieben werden, ehe man zum Trinken ansetzt.

Kaftanjude: orthodoxer Jude.

Rosches: bösartige (judenfeindliche) Menschen.

Kommilitonen: Studiengenossen.

S. 112

Adalbert Sternberg gestorben. Graf Abraham a Sancta Clara. Prager Tagblatt, 26. 4. 1930.

Adalbert Sternberg: Adalbert (Graf) Sternberg (1868–1930); österr. Schriftsteller mit tschech. Staatsbürgerschaft; von 1904–1918 unabhängiges Mitglied des österr. Abgeordnetenhauses.

Abraham a Sancta Clara: (eigentl. Johann Ulrich Megerle; 1644–1709); streitbarer und wortgewaltiger Prediger, Satiriker und Parodist.

Leopold Sternberg: Leopold Albert Sternberg (geb. 1863).

Karl der Große: Karl I. (742–814), röm. Kaiser.

entadelt: Die österr. Nationalversammlung verbot am 3. 4. 1919 das Führen von Adelstiteln.

Karl Renner: (1870–1950); österr. Staatsmann; vom 30. 10. 1918 bis 7. 7. 1920 Staatskanzler der österr. Regierung.

donquichottischer: nach der Figur des Don Quichotte im Roman von Miguel de Cervantes Saavedra (1547–1616) aus den Jahren 1605 und 1615. Phantasie und Wirklichkeit vermengend, reiste Don Quichotte in die Welt, um seine Ideale zu verwirklichen und Mißstände zu beseitigen.

Grafen Festetics: Bei dem Bruder handelt es sich vermutl. um Tassilo I. Fürst Festetics von Tolna (1805–1933); k. u. k. Kämmerer und kgl. ung. Oberhofmeister.

power gekleidet: armselig gekleidet.

Elisabeth Windisch-Graetz: Elisabeth Marie, geb. Erzherzogin von Österreich (1883–1963), Tochter Kronprinz Rudolfs, hatte 1901 Otto Fürst zu Windisch-Graetz (1873–1952) geheiratet. 1919 wurde die Scheidung eingereicht, aber erst 1924 die Ehe getrennt.

einfachen Arbeiterrat: Leopold Petznek (1881–1956), Volksschullehrer; Landtagsabgeordneter der SPÖ.

große Entrüstung: vgl. »Illustriertes Wiener Extrablatt« vom 1. 7. 1925 und »Neues Wiener Tagblatt« vom 1. 7. 1925.

Urenkel: Franz Joseph Windisch-Graetz (1904–1981) und Ernst Weriand Windisch-Graetz (1905–1952), die beiden ältesten Söhne aus der Ehe mit Otto Windisch-Graetz (1873–1952).

Richard III.: »König Richard der Dritte« (1592/93), Historiendrama von William Shakespeare.

ihre Ermordung im Herzen: Richard läßt in dem Stück seine beiden Neffen als mögliche Kronprätendenten durch den verarmten Adeligen James Tyrell umbringen (IV, 3).

den unbequemen Grafen ausgewiesen: mit Datum vom 28. 3. 1923 berichtete das »Prager Tagblatt« am 29. 3., daß »der ehemalige Graf Adalbert Sternberg, der bekanntlich tschechoslowakischer Staatsbürger ist« aus Österreich ausgewiesen wurde. Begründet wurde die Ausweisung »mit dem Verdacht der Herausforderung zum Zweikampf«.

Oberst Wolff: Gustav Wolff (1870–1963), Oberst und Regimentskommandant; ging 1918 in die Politik und betätigte sich als Monarchist und Legitimist; Gründer und Obmann des »Kaisertreuen Volksverbandes«.

Richard von Gloucester: Der engl. König Richard III. (1452–1485) wurde 1461 zum Herzog von Gloucester erhoben.

Altan: Söller.

Ernst von Koerber: (1850–1919), war von Januar 1900 bis Dezember 1904 und von Oktober bis Dezember 1916 österr. Ministerpräsident.

»Auf dem Dache . . .«: aus dem Gedicht »Die Wassernot in Leipzig« von Gustav Hansen (1831–1904), veröffentlicht in Göpels »Deutschem Lieder- und Commersbuch« (Stuttgart 1847).

S. 118

Franz Werfel und Adalbert Sternberg. Prager Tagblatt, 24. 12. 1930.

Kommerzialratssohn: Franz Werfel (1890–1945) war der Sohn des Kommerzialrats Rudolf Werfel (1857–1941), Inhaber der Lederhandschuhfabrik Werfel & Böhm in Prag mit Filialen in London, Brüssel und Paris.

Josma Selims Lied: Josma Selim (1898–1929), Chansonette, die gemeinsam mit ihrem Mann, dem Komponisten Ralph Benatzky (1884–1957), in Wiener Kabaretts auftrat; den Text des Liedes »Draußen in Schönbrunn« (1914) hatte Fritz Grünbaum (1880–1941) geschrieben.

im Selbstverlag: Verlag der Tagesfragen, Wien 1926.

einen Band Liebesgedichte: Der Haupttitel lautete »Eros«; der von Kuh angeführte Titel war der Untertitel der Publikation.

Schwager und Schwester: Gemeint sind vermutlich Werfels Schwester Marianne Amalia (geb. 1899) und Ferdinand Rieser (1886–1947), mit dem sie seit 1924 verheiratet war. Ferdinand Rieser war anfangs in leitender Stellung in der Firma Werfel & Böhm beschäftigt und übernahm Ende der zwanziger Jahre, gemeinsam mit seinem Bruder Siegfried Rieser, das Zürcher Schauspielhaus. Unter seiner Direktion (ab 1929) wurde es die erfolgreichste deutschsprachige Bühne. Werfels erste Schwester Hanna (1894–1965) hatte 1917 den Prager Papierfabrikanten Herbert von Fuchs-Robetin geheiratet, war aber seit 1925 Freundin des Komponisten Alban Berg (1885–1935).

Kindermann: Anspielung auf Heinz Kindermann (1894–1985), Theaterwissenschaftler, Studienkollege von Joseph Roth (1894–1939). Kindermann hatte in Wien studiert und 1919 seine Laufbahn im Unterrichtsministerium als Referent für Kunsterziehung und Büchereiwesen begonnen; er habilitierte sich 1924 an der Wiener Universität, wurde 1926 a. o. Professor an der Wiener Akademie für bildende Kunst und 1927 o. Professor an der Technischen Hochschule Danzig. Früh schon hatte er sich dem Nationalsozialismus zugewandt und wurde innerhalb der Literatur- und Theaterwissenschaft einer seiner energischsten Protagonisten.

Serenissimus: veralteter Titel eines regierenden Fürsten.

aus Falstaffschem Geblüte: nach der Figur des wortgewaltigen, wohlbeleibten Phantasten und Zechers Falstaff in William Shakespeares »König Heinrich IV.« (1598) und »Die lustigen Weiber von Windsor«.

»Barbara«: »Barbara oder die Frömmigkeit« (1929), Roman von Franz Werfel, in dessen drittem Teil zahlreiche seiner Wiener Be-

kannten und Freunde aus den Jahren 1917 bis 1920 verschlüsselt, also unter anderem Namen, auftreten.

Tragödie Prokops des Großen: Prokop der Große (um 1380–1434), Priester und Anführer des radikalen Flügels der Hussiten, Taboriten genannt. Prokop steht im Mittelpunkt von Werfels Bühnenstück »Das Reich Gottes in Böhmen« (1930).

Jaroslaw: Jaroslaw von Sternberg (gest. 1273) hatte von seinem König Wenzel I. von Böhmen (1205–1253) den Auftrag erhalten, Mähren vor den Mongolen zu schützen. In der Schlacht am Berge Hostrin bei Olmütz besiegte er am 24. od. 25. 6. 1241 die Mongolen.

Holicky von Sternberg: in Franz Werfels Bühnenstück einer der Gegenspieler Prokops bei dessen Kampf gegen den böhm. Adel; sein historischer Name war Peter Sternberg Holicky (gest. 1454).

Basler Konzil: letzte mittelalterliche Kirchenversammlung (1431–1449) zur Reform der Kirche und Wiederherstellung der kirchlichen Einheit.

»Mächtige Statur . . .«: zit. nach Werfels »Gesammelte Werke. Die Dramen«, Bd. 2, S. 28 f. (1. Teil, 3. Bild).

»Dein Geist zeigt . . .«: Bei Werfel (S. 29) sagte Sternberg zu Rosenberg: »Ihr aber verzeiht mir das viehische Fressen, denn Euer Geist zeigt schon ganz das heimische Mehlspeis-Gepräge . . .« (1. Teil, 3. Bild).

»Ich bin nicht Deutscher . . .«: Bei Werfel heißt es (ebda.): »Ich bin kein Deutscher, kein Tscheche, ich bin ein Herr!«

»Kusch und sauf!« :Sternberg zu Prschibik (recte: Přibik) von Kleinau, dem Führer der radikalen Taboriten am Ende des 2. Bildes im 3. Teil.

disputiert: diskutiert.

»Ach, ich hab' . . .«: aus der Operette »Der Bettelstudent« (1882) von F. Zell (eigentl. Camillo Walzel; 1829–1895) und Richard Genée (1823–1895); Musik von Karl Millöcker (1842–1899).

Dichten heißt . . .: nach Henrik Ibsens (1828–1906) Vers: »Leben heißt: dunklen Gestalten / Spuk bekämpfen in sich. / Dichten: Gerichtstag halten / über sein eignes Ich.«

S. 122

Der unsterbliche Österreicher. Prager Tagblatt, 17. 12. 1930.

1683: 2. Belagerung Wiens durch die Türken, endete mit der Schlacht am Kahlenberg (12. 9.)

Nachkommen des Befreiers aus Belagerungsnöten (1683): Gemeint ist Ernst Rüdiger Starhemberg (1899–1956), Landesführer und seit 1930 Bundesführer der österr. Heimwehr; er war Nachkomme Ernst Rüdiger Graf Starhembergs (1638–1701), der im Sommer 1683 als Stadtkommandant Wien gegen den Ansturm der Türken verteidigte.

Hasardspiel: Glücksspiel.

»Kropf oder Adler«: in Abwandlung des Ausspruchs »Kopf oder Adler« beim Münzenwerfen. »Kropf« (statt: »Kopf«) steht für den steierischen Flügel der Heimwehr mit Walter Pfrimer (1881–1968) an der Spitze. – Siehe S. 229 f.

Ferdinand: Ferdinand I. von Habsburg-Lothringen (1793–1875), seit 1830 König von Ungarn, seit 1836 Kaiser von Österreich; 1848 mußte er zugunsten seines Neffen Franz Joseph abdanken; die Wiener nannten ihn wegen seiner geistigen Behinderung den »gütigen Ferdinand«.

Herzog Jasomirgott: Heinrich II. von Babenberg (1114–1177), Markgraf (1141–1156) und Herzog (1156–1177), wegen seines häufig wiederholten Ausspruchs »Ja so mir Gott helfe« mit dem Beinamen versehen, verzichtete zugunsten Heinrichs des Löwen (1129–1195) auf Bayern; dafür wurde Österreich 1156 zum Herzogtum erhoben.

Übelwollende Leser: Anspielung auf Karl Kraus und dessen Auseinandersetzungen mit Anton Kuh.

Seite 93: Auf dieser Seite war in der Erstausgabe des »Unsterblichen Österreichers« (1930) der Beitrag »Lärm vor dem Hause. Thema mit Variationen« abgedruckt; siehe »Luftlinien«, S. 124 f.

einmal im Konzerthaus: Gemeint ist einer seiner Stegreifvorträge im Wiener Konzerthaus in der Lothringerstraße.

Herr O-a-rsch: siehe den Beitrag »Lärm vor dem Hause«.

S. 124

Österreich 1930. Aus: »Der unsterbliche Österreicher« (München 1930, S. 5–9; dort unter dem Titel »Vorrede«)

Diminuitiv: Verkleinerungsform.

soigniert: gepflegt.

Mimikry: Anpassung.

den Grafen Coudenhove-Kalergi: Richard (Nikolaus) Graf Coudenhove-Kalergi (1894–1972) hatte 1923 die Paneuropabewegung ins Leben gerufen, die eine Vereinigung aller europäischen Staaten auf wirtschaftlicher und politischer Ebene anstrebte. Im selben Jahr publizierte er sein Manifest »Pan-Europa« und von 1924 an die gleichnamige Monatsschrift in deutscher und französischer Sprache. Am 3. 10. 1926 fand in Wien, dem Sitz des Zentralrats der »Paneuropäischen Union«, deren Präsident Coudenhove-Kalergi war, der erste Paneuropa-Kongreß unter Vorsitz des damaligen deutschen Reichstagspräsidenten Paul Löbe (1875–1967) statt; insgesamt 28 Staaten waren vertreten.

pittoresk: malerisch.

homo communis: der gemeine (im Sinn von: gewöhnliche) Mensch.

homo politicus: der politische Mensch.

A. E. I. O. U.: in der Erstausgabe von 1930 irrtümlich Kaiser Maximilian zugeschrieben und bereits im Nachdruck von 1963 (»Von Goethe abwärts«, S. 7) stillschweigend verbessert. Es war Kaiser Friedrich III. (1415–1491), der fast alle kaiserlichen Gegenstände und viele Bauwerke mit der Vokalreihe AEIOU versah; es steht möglicherweise für »Austria erit in orbe ultima« (Österreich wird bis ans Ende der Welt bestehen) bzw. für »Austria est imperare orbi universo« (Es ist Österreichs Bestimmung, die Welt zu beherrschen), oder auch für »Alles Erdreich ist Österreich untertan«.

Bahnhofsretirade: Bahnhofsabort.

Tetschen: tschech. Děčín, Bezirksstadt im nördl. Böhmen; 9.000 Einw. (1903),.

Agram: kroat. Zagreb; Hauptstadt des damaligen Kroatien mit 61.000 Einw. (1903).

kriegerische Alpenstämme: Anspielung auf die Heimwehrverbände vor allem in Tirol, Kärnten und in der Steiermark, die sich seit dem 15. 7. 1927 vehement vor allem gegen die Vorherrschaft der Sozialdemokraten in der Wiener Stadtverwaltung wandten. Siehe auch S. 225, 229 f.

Mores: Sitten.

Bridge: Kartenspiel für vier Personen.

Rummy: auch: Rommé; Kartenspiel für 3–6 Personen.

Gründung der Ringstraße: Am 20. 12. 1857 verfügte Kaiser Franz Joseph I. die Stadterneuerung Wiens; an dem internat. Wettbewerb, der am 31. 1. 1858 ausgeschrieben wurde, beteiligten sich 85 Architekten und Stadtplaner; mit den Demolierungsarbeiten des Glacis und der Basteien wurde am 29. 3. 1858 begonnen. Die 4 km lange und 57 m breite Ringstraße wurde am 1. 5. 1865 eröffnet, aber erst knapp vor dem Ersten Weltkrieg fertiggestellt.

Franz Stelzhamer: (1802–1874); Schauspieler und Schriftsteller, einer der bedeut. österr. Mundartdichter.

Pernerstorfer: Engelbert Pernerstorfer (1850–1918), österr. Journalist und Politiker; anfangs gehörte er der deutschnationalen Bewegung an, ab 1896 war er Sozialdemokrat.

außer Land zog: Ab 1927 gab Anton Kuh Berlin als seinen ordentlichen Wohnsitz an und hielt sich nur noch tage- bzw. wochenweise in Wien auf (14./15. 3. 1927, 15.–19. 10. 1928, 6.–21. 11. 1928, 21. 2.–5. 3. 1930).

unter Kremsern: Synonym für Provinzler; nach der Kleinstadt Krems a. d. Donau.

S. 129

Mendel Singer war beim Kaiser. Aus: »Der unsterbliche Österreicher« (München 1930), S. 56.

Mendel Singer/Emanuel Edler von Singer: (1846–1929); einflußreicher österr. Journalist.

an anderer Stelle: »Mendel, der Eingeweihte« auf S. 121 ff. des Buches; auch abgedruckt in »Luftlinien«, S. 71–75.

Wahlreform: Am 26. 1. 1907 sanktionierte Kaiser Franz Joseph I. das Gesetz über Einführung des allgemeinen, gleichen, geheimen und direkten Wahlrechts für Männer. Trotz einer Wahlrechtsreform im Jahre 1885 waren immer noch 75% der volljährigen Männer nicht stimmberechtigt; zuvor waren nur jene Männer wahlberechtigt gewesen, die mehr als 10 Gulden im Jahr an direkten Steuern entrichteten; das waren nur 6% aller Männer.

Firscht Montenuovo: Alfred Fürst von Montenuovo (1854–1927), langjähriger Oberhofmeister des Kaisers.

Lodomerien: Name des russ. (ukrain.) Teilfürstentums Wladimir in Wolhynien.

Großwoiwode von Siebenbürgen: Titel für den herrschenden wählbaren Großfürsten dieses Gebietes.

S. 130

Betrachtungen über den Gigolo. Der Freihafen. Blätter der Kammerspiele in Hamburg, 16. 3. 1931.

Gigolo: Eintänzer.

Epheben: im alten Griechenland die wehrfähigen Jünglinge zwischen 18 und 20 Jahren.

Bacchus: der röm. Gott des Weines.

kategorischer Imperativ: nach dem Philosophen Immanuel Kant (1724–1804): »Handle nur nach derjenigen Maxime, durch die du zugleich wollen kannst, daß sie ein allgemeines Gesetz werde« (»Grundlegung zur Metaphysik der Sitten«, 1789).

Kreutzersonate: siehe S. 108, 219.

Der Page von 1430: vermutl. Anspielung auf die Liebesballaden der Christine de Pisan (1363–1430).

Goethes »Götz«: Nicht nur Franz, der Diener und Vertraute von Götz von Berlichingen, sondern auch er selbst erliegen der Faszination von Adelheid von Wallraf, die den Jugendfreund und Gegner von Götz, Adalbert von Weislingen, heiratet, ihn dann aber vergiftet.

Strindbergs »Totentanz«: Edgar und die ehem. Schauspielerin Alice sind seit 25 Jahren miteinander verheiratet und führen im Festungsturm einer einsamen Insel eine haßerfüllte Ehe. »Totentanz« (»Dödsdansen«) des schwed. Dichters August Strindberg (1849–1912) entstand 1901.

Stendhals Madame Rênal: In dem Roman »Rot und Schwarz« (»Le rouge et le noir«, 1830) von Stendhal verliebt sich Madame Rênal, die Frau des Bürgermeisters von Verrières, in Julien Sorel, den Hauslehrer ihrer Kinder.

Sappho: (um 600 v. Chr.); griech. lyrische Dichterin auf der Insel Lesbos. – Franz Grillparzers Trauerspiel wurde am 21. 4. 1818 mit großem Erfolg am Wiener Burgtheater uraufgeführt.

entre deux âges: in mittlerem Alter.

Nobelpreisträgerin von Hellas: Nach Grilllparzer hatte Sappho die höchste griech. Auszeichnung in der Dichtkunst, den Lorbeerkranz, bei den Olympischen Spielen errungen; tatsächlich aber fanden die Wettbewerbe der Dichtkunst bei den Pythischen Spielen zu Ehren des Apollon, dem Gott des Gesanges und des Saitenspiels, statt. Sie wurden jeweils im dritten Jahr nach den Olympischen Spielen in der Ebene von Krissa bei Delphi ausgetragen.

Chiton: altgriech. Gewand aus einem Stück, lose gefaltet oder gegürtet.

S. 133

Ausverkauf einer Kultur. Salzburger Festspielwochen. Prager Tagblatt, 13. 8. 1931.

Salzburger Festspielwochen: 25. 7. bis 30. 8. 1931.

Chauvinismus: übersteigerte Vaterlandsliebe; nach der Figur des Rekruten Chauvin in dem Lustspiel »La cocarde tricolore« (1831) von Théodore Cogniard (1806–1872) und seinem Bruder Hippolyt Cogniard (1807–1882).

Grandezza: anmutig-würdevolles Benehmen.

Kulminationen: Höhepunkte.

Sänger Mayr: Richard Mayr (1877–1935); sang von 1921 bis 1934 alljährlich bei den Salzburger Festspielen; 1931 den Baron Ochs im »Rosenkavalier«, den Leporello in »Don Juan« und den Rocco in »Fidelio«.

Prätorianer: Angehörige der Leibwache röm. Kaiser und Feldherren.

Hernals: 17. Wiener Gemeindebezirk; Anfang des 19. Jhs. noch ein Industrieort mit zahlreichen Vergnügungslokalen.

submiß: ehrerbietig.

Hofapotheke: 1591 gegr. Alte fürsterzbischöfliche Hofapotheke am Alten Markt in Salzburg.

Peterskeller: eigentl. St.-Peters-Stiftskeller; volkstüml. Gaststätte, die wegen des großen Andrangs von Fremden schon 1529 vergrößert werden mußte.

Restaurant »Traube«: nahe der Salzburger Stadtkirche gelegener Gasthof.

Lindenwirtin: »Die Lindenwirtin«, österr. Spielfilm (auch unter dem Titel »Annemarie«) aus dem Jahr 1930. Unter der Regie von Georg Jacoby (1882–1964) spielte Käthe Dorsch (1890–1957) die Titelrolle.

Kalham: kleine Ortschaft nordöstl. von Salzburg.

Devotion: Unterwürfigkeit.

des 100-Mark-Protestes: Protest gegen die Verordnung der deutschen Regierung vom 18. 7. 1931, daß ab 22. 7. 1931 bei Reisen ins Ausland jeder deutsche Reichsangehörige 100 Reichsmark zu entrichten habe. Ursprünglich sollte diese Verordnung bis zum 1. 10. 1931 in Kraft bleiben, sie wurde aber am 26. 8. 1931 wieder aufgehoben.

Spanische Reitschule: 1572 als »Spanischer Reithsall« gegründeter Vorläufer der späteren Spanischen Hofreitschule für die von 1580 an in Lipizza (bei Triest) gezüchteten Hengste des Hofgestüts.

der alten bischöflichen Reitschule: Die sog. Felsenreitschule mit drei in den Felsen gehauenen Reihen von Galerien wurde 1693 von Fischer von Erlach (1656–1725) erbaut.

Menzel: Adolph von Menzel (1815–1903), dt. Maler.

an den gleichen Tagen: die Stagione l'Opera Italiana fanden statt am 25., 28., 31. 7. und 6. 8.: »Il Barbiere di Siviglia«; am 26. 7. und 4. 8. »Don Pasquale«, und am 30. 7. und 7. 8. »Il Matrimonio Segreto«.

Tommaso Alcaide: (1901–1967).

Stabile: Mariano Stabile (1888–1968) sang den Figaro in »Il Barbiere di Siviglia«, von Gioacchino Rossini (1792–1868).

Ferdinando Autori: (1884–1937); ital. Baß; sang den »Don Pasquale« in der gleichnamigen, 1832 entstandenen Oper von Gaetano Donizetti (1797–1848).

Stadttheater: Neubau nach Plänen von Helmer & Fellner; am 1. 10. 1893 mit der Ouvertüre zu Mozarts »Titus« eröffnet.

»Rosenkavalier«: »Der Rosenkavalier.« Komödie für Musik von Hugo von Hofmannsthal (1874–1929); Musik von Richard Strauss (1864–1949).

Leopold . . .: im Text von Hugo von Hofmannsthal sagt Baron Ochs von Lerchenau zu seinem Leiblakai: »Leopold, wir gehn!«.

S. 136

Schrei nach dem Amtskappel. Prager Tagblatt, 19. 9. 1931.

Putschisten von Steiermark: Gemeint ist der sog. »Pfrimer-Putsch« vom 12./13. 9. 1931. In der Nacht vom 12. September zum

13. September hatte der steirische Landeskommandant und Bundesführer der Heimwehr Walter Pfrimer (1881–1968) einen Putschversuch unternommen, in dessen Verlauf in der Oststeiermark Verkehrswege blockiert, einige Bezirkshauptmannschaften besetzt und etliche sozialdemokratische Bürgermeister verhaftet wurden. Pfrimer rief sich zum »Staatsführer« aus, wollte sich bei einem »Marsch auf Wien« mit der niederösterr. Heimwehr verbinden und die Bundesregierung stürzen. Schon nach wenigen Stunden brach der Putsch wieder zusammen; daher auch Kuhs Formulierung »Minutenmacht«.

Phaeton: in der griech. Mythologie der Sohn des Sonnengottes Helios, der sich von seinem Vater für einen Tag die Lenkung des Sonnenwagens erbeten hatte, aber die Gewalt über die Sonnenrosse verlor, einen Brand verursachte und von Zeus mit einem Blitz erschlagen wurde.

Bruck am Kapfenberg: In Kapfenberg wurden von den Putschisten zwei Arbeiter erschossen und fünf Arbeiter verwundet.

(Amts)hypertrophie: übermäßige Vergrößerung.

S. 138

Du sollst nicht paradox sein! Eine Selbstanzeige. Prager Tagblatt, 21. 10. 1931.

Selbstanzeige: Ankündigung eines Buches durch den Verfasser selbst.

paradox: widersinnig.

Schnitzler-Locke: Der Arzt und Schriftsteller Arthur Schnitzler (1862–1931) hatte dunkles gewelltes Haar mit natürlichen Locken in der Stirn.

vom Stamme jenes Bellac in Paillerons »Welt, in der man sich langweilt«: »Die Welt, in der man sich langweilt«, Komödie in drei Akten von Eduard Pailleron (1834–1899), eine Sittenkomödie, in der einige Persönlichkeiten der Pariser Gesellschaft verschlüsselt auftraten, was bei der Uraufführung am 25. 4. 1881 in Paris einen Skandal auslöste. Im Mittelpunkt der Komödie stand der Modephilosoph Professor Bellac, dessen Urbild Elme Marie Caro (1826–1887) seinerzeit an der Sorbonne mit seinem Geschwätz über Geist und Seele bei den Damen Erfolg hatte.

Oscar Wilde: (eigentl. Fingal O'Flaherty Wills, 1856–1900); geistvoller engl.-ir. Schriftsteller.

sentenziös: knapp, zugespitzt.

Lirumlarum: Herumgerede; nach dem Kindervers aus dem 19. Jh. »Lirum, larum, Löffelstiel! Alte Weiber fragen viel«.

Causeur: (amüsanter) Plauderer.

Metteur: Schriftsetzer.

auf pagina 9: Es muß richtig heißen auf Seite »94«. Dort steht (wie auch in dem Wiederabdruck in »Luftlinien«, S. 294): »Der Unruhe über die Dantons verdankte Voltaire seine Tugend, dem Neid auf Rousseau seinen Wahrheitseifer.«

Robespierre: Maximilien de Robespierre (1758–1794), franz. Revolutionär.

Danton: Georges Danton (1759–1791), franz. Rechtsanwalt und Revolutionär.

»Phentesilea« statt »Penthesilea«: Der Druckfehler auf S. 41 der Erstausgabe wurde beim Nachdruck (»Luftlinien«, S. 270) berichtigt.

»Penthesilea«: in der griech. Mythologie die Königin der Amazonen, die im Trojanischen Krieg von Achilles im Zweikampf getötet wurde.

»Apamantus« statt »Apemantus«: Der Druckfehler der Erstausgabe auf S. 13 taucht auch im Wiederabdruck (»Luftlinien«, S. 256) auf.

»Apemantus«: In Shakespeares Tragödie »Timon von Athen« (um 1608) versucht Apemantus vergeblich, den wegen Undankbarkeit der Menschen verbitterten Timon zur Rückkehr zu bewegen, damit die Senatoren Athens das Timon zugefügte Unrecht wiedergutmachen können.

S. 142

Physignomik. Aus dem Vorwort zur nächsten Auflage (a. d. Jahr 2030). Aus: »Physiognomik. Aussprüche«, München o. J. (1930), S. 7–8.

Kalauer: Hans Georg Meyer (1849–1913; »Der richtige Berliner in Wörtern und Redensarten«, Berlin 1878) führte diese Bezeichnung auf das niederlausitz. Städtchen Kalau (heute: Calau) zurück; dort wurden billige und deshalb sehr beliebte Schuhe für die Berliner Märkte hergestellt.

Aphorismus: kurz und treffend formulierter Gedanke.

La Bruyère: Das Werk »Les caractères de Théophraste, traduits du grec, avec les caractères ou les moeurs de ce siècle« des franz. Advokaten Jean de La Bruyère (1645–1696) war weniger eine getreue Übersetzung der »Charakteres« des Theophrastos (um 372–287 v. Chr.) als vielmehr ein Sittenbild der Pariser Gesellschaft, wie La Bruyère sie als Erzieher des Herzogs von Bourbon am Hofe Ludwigs XIV. (1638–1715) kennengelernt hatte. Die Übersetzung erreichte schon in den ersten sechs Jahren nach Erscheinen (1688) acht Auflagen.

S. 143

Der Aristokrat aus Wien. Prager Tagblatt, 22. 4. 1932.

Generalprobe des »Schwierigen«: Das Lustspiel »Der Schwierige« (1921) von Hugo von Hofmannsthal wurde am 16. 4. 1921 im Theater in der Josefstadt in Wien für Österreich erstaufgeführt.

Graf Mensdorff-Pouilly: Graf Albert Mensdorff-Pouilly (1861–1945), österr. Diplomat.

attenuieren: mildern.

Virginier: Virginia; lange dünne Zigarre mit einem Strohmundstück.

Ischler Kaiservilla: In dem kleinen oberösterr. Kurort (1903: 2.300 Einw.) verbrachten die Angehörigen des Kaiserhauses zwischen 1854 und 1914 jeden Sommer ihre Ferien; der die Villa umgebende Park blieb den Sommer über für die Öffentlichkeit gesperrt.

uncroyable: unglaublich.

untrouvable: unauffindbar.

Katharina Schratt: (verh. Kiss von Ittebe; 1855–1940); österr. Schauspielerin, Freundin des Kaisers.

Villa der Schratt: im 13. Wiener Gemeindebezirk, Gloriettegasse 9 (heute 19), an der Ecke zur Maxingstraße.

Abschluß der Salzburger Festspiele: am 30. August 1931; sie hatten am 25. Juli begonnen.

Graf Franz Esterházy: Franz Nikolaus Reichsgraf Esterházy, Freiherr von Galántha, Erbgraf von Forchtenstein (1896–?), Dirigent und Komponist.

Entführung: »Die Entführung aus dem Serail« von W. A. Mozart am 30. 8. 1931 im Salzburger Stadttheater in der Inszenierung von Rudolf Hartmann (1900–1988); Dirigent war Robert Heger (1886–1978).

Niedermayer: vermutl. der Flötist Josef Niedermayr.

S. 145

Wie verhalte ich mich nach einer Ohrfeige? Der Querschnitt, Januar 1933.

ergo: infolgedessen.

Verdikt: Entscheidung, Urteil.

Rekurs: Beschwerde, Einspruch.

Hektors Begräbnis: Im 24. Buch seiner »Ilias« (8. Jh. v. Chr.) beschreibt Homer Hektors Bestattung, dessen Leiche sein greiser Vater Priamos heimlich von Achill erbeten hatte, um ihn begraben zu können.

Talleyrand: Charles Maurice de Talleyrand-Périgord (1754–1838), franz. Staatsmann, dessen politische Karriere Egon Friedell in seiner »Kulturgeschichte der Neuzeit« (1931) folgendermaßen charakterisiert hatte: »Er hatte vier verschiedene französische Regierungsformen mitgemacht, und es war ihm gelungen, unter jeder von ihnen eine leitende Stellung einzunehmen. Er war Bischof unter den Bourbons, Gesandter unter der Gironde, Großkämmerer unter Napoleon gewesen und amtierte jetzt wieder [1814] als bourbonischer Minister des Äußeren unter dem zurückgekehrten Ludwig dem Achtzehnten. Er hat später sogar noch den Übergang zum Bürgerkönigtum überdauert, ohne an Ansehen zu verlieren. Er selbst sagte von sich mit geistreichem Zynismus, er habe keine Regierung eher verlassen als sie sich selbst, nur etwas früher als alle anderen Menschen, da seine Uhr ein wenig vorgehe« (III, 22).

als er auf einem Leichenbegängnis: Nach der Biographie von Duff Cooper (1950) erhielt Talleyrand die Ohrfeige nicht »auf einem Leichenbegängnis«, sondern nach Beendigung des Trauergottesdienstes in der Kathedrale von Reims am 21. 1. 1827 zum Gedenken an die Hinrichtung Ludwigs XVI. im Jahre 1793. Bei dem Täter handelte es sich nicht um den »entlassenen Polizeiminister«, sondern um Marquis Armand von Maubreuil (1782–1855), den Talleyrand schon einmal verklagt hatte. Maubreuil wurde verhaftet und zu zwei Jahren (andere Quellen sprechen von fünf Jahren) Gefängnis verurteilt. Um Mitgefühl zu erringen, stellte Talleyrand die Ohrfeige »auf dem Diwan ausgestreckt, den Kopf in einen gewaltigen Verband gehüllt«, als Mordanschlag dar.

S. 148

Emigranten. Prager Tagblatt, 16. 4. 1933.

Rekonvaleszente: Genesende.

der alte Ekdal: Hjalmar Ekdal, ein lebensuntüchtiger Phantast, hat ein gestörtes Verhältnis zur Realität.

»Wildente«: »Die Wildente«. Schauspiel von Henrik Ibsen (1828–1906), 1885 entstanden.

anachronistischen: unzeitgemäßen.

Dostojewski: Fjodor Michailowitsch Dostojewski (1821–1881), bedeut. russ. Schriftsteller; wegen hoher Spielschulden mußte er 1867 aus Rußland fliehen.

Wiesbaden und Homburg: In Wiesbaden hielt sich Dostojewskij 1863 und 1865 auf, in Bad Homburg 1867; in beiden Städten war er ständiger Besucher der Spielbanken.

Turgenjew: Iwan Sergejewitsch Turgenjew (1818–1883), russ. Schriftsteller; nach seiner Verbannung 1852 ging er 1856 ins Ausland und kehrte immer nur für kurze Zeit nach Rußland zurück.

Baden-Baden: Turgenjew wohnte 1863–1868 in Baden-Baden in der Schillerstraße 17 (das Haus wurde 1972 abgerissen); dann bis 1870 in einer eigenen Villa in der Tiergartenstraße 3 (heute: Fremersbergerstraße 47); die Villa wurde 1990 abgetragen.

Ludwig Börne: Im April 1818 hatte Löw Baruch die Änderung seines Namens in Ludwig Börne erreicht, den jüdischen Glauben abgelegt und war zum Protestantismus übergetreten, in der Hoffnung als polit. Schriftsteller in Deutschland auch außerhalb jüdischer Kreise Gehör zu finden. Wegen seiner Bewunderung für Frankreichs Errungenschaften und seinem Ruf nach einer bürgerlichen Revolution auch in Deutschland ging er im Spätherbst 1819 für kurze Zeit nach Frankreich, kehrte nach wenigen Wochen wieder nach Frankfurt zurück und wurde im März 1820 verhaftet, nach zwei Wochen aber wieder freigelassen. Statt dem Angebot Folge zu leisten, in Wien »Kaiserlicher Rat« zu werden, zog er im Sommer 1822 nach Frankreich, blieb dort bis 1824, lebte dann bis 1830 wieder in Deutschland. Im September 1830 emigrierte er freiwillig nach Paris, wo er 1837 starb.

Heine: Heinrich Heine (1797–1856) war aufgrund einer franz. Verordnung vom Oktober 1814 lebenslanges Aufenthaltsrecht in Frankreich zugesichert, wie alle Geburtenjahrgänge von 1791–1801, die während der franz. Besetzung von 1806–1813 in Düsseldorf hatten »französischen Geist« aufnehmen dürfen. Heine war im Mai 1831 nach dem Verbot einiger seiner Schriften in Berlin nach Paris gefahren. Als am 10. 12. 1835 alle seine Schriften in Preußen verboten wurden, blieb er bis zu seinem Tod in Frankreich.

Herwegh: Georg Herwegh (1817–1875), polit.-revolut. dt. Lyriker, wurde 1842 aus Preußen ausgewiesen, lebte im Asyl in der Schweiz und von 1844 bis 1848 in Paris.

Laube: Heinrich Laube (1806–1884), Journalist, Dramatiker und Erzähler, wurde 1834 aus Sachsen ausgewiesen; nach seiner Inhaftierung in Berlin wurden seine Schriften verboten. Er emigrierte 1839 nach Frankreich.

Flüchtling vor Metternichs Kerkern: Börne hatte mit seinem Artikel »Die Zeitung der freien Stadt Frankfurt«, den er am 15. 9. 1819 in seiner Wochenschrift »Zeitschwingen« veröffentlichte, den Unwillen des österr. Staatskanzlers Clemens Wenzel Fürst Metternich (1773–1859) erregt, der sich am 9. 10. brieflich bei dem österr. Abgeordneten im »Deutschen Bundestag« in Frankfurt, Johann Graf Buol-Schauenstein (1763–1834), über Börnes Artikel beschwerte, ihn als »aufrührerisch, den Frieden des Bundes störend, gegen die Grundsätze des Bundes gerichtet« bezeichnete und meinte: »Ein Beispiel mit Börne statuiert, ist sicher eines der glücklichsten.«

Ludwig Hatvany: Baron Ludwig (Lájos) von Hatvany-Deutsch (1880–1941), österr.-ung. Schriftsteller und Mäzen; nach dem 1. Weltkrieg in der »Radikalen-Partei« politisch engagiert.

Grillparzer schildert: Entgegen der Darstellung von Anton Kuh lehnte Grillparzer die Aufforderung Börnes, »mit ihm zu einem großen Diner zu fahren, wo eine große Menge Literatoren, Fremde, Polen, Refugiés und dergleichen sich versammelte«, ab (Tagebucheintragung v. 10. 5. 1836). In seiner Selbstbiographie schrieb Grillparzer 1853: »Das Schlimmste für unsere Zusammenkünfte war, daß man bei Börne immer deutsche Flüchtlinge antraf, die ihren Unsinn im Tone von anno Achtundvierzig anbrachten. So geschah es mir einmal, daß, als ich einmal meiner Unzufriedenheit über die damaligen österreichischen Zustände in Gegenwart eines solchen Exilierten Luft machte, des nächsten Tags unser Gespräch mit Nennung meines Namens in einer Pariser Zeitung erschien.«

Benedetto Croce: (1866–1952); ital. Philosoph und Historiker; als Gegner des Faschismus emigrierte er 1924 nach Nizza und 1927 nach Paris; erst 1940 konnte er nach Italien zurückkehren.

Marsch auf Rom: Mussolini hatte am 28. 10. 1922 durch den »Marsch auf Rom« die Macht an sich gerissen und war seit dem 1. 11. 1922 Regierungschef in Italien.

30. Jänner: Am 30. 1. 1933 wurde Adolf Hitler (1889–1945) von Paul von Hindenburg (1847–1934) zum deutschen Reichskanzler berufen.

Sturz Schleichers: Kurt von Schleicher (1882–1934) war vom 3. 12. 1932 bis zu seinem Rücktritt am 28. 1. 1933 deutscher Reichskanzler; er wurde im Verlauf des Röhm-Putsches ermordet.

Sanniely und Hejas: Kuh meint vermutlich den ung. Revolutionär Tibor Szamuely (1890–1919), der während der Räterepublik Stellvertreter des Volkkommissars für Verteidigung war und als fähigster milit. Führer der Räterepublik galt. – Hejas konnte nicht ermittelt werden.

Kannitverstan: von Johann Peter Hebel (1760–1826); im »Schatzkästlein des rheinischen Hausfreundes« (1811) enthalten.

Nietzsches Gedicht auf Spinoza:

An Spinoza
Dem »Eins in Allem« liebend zugewandt,
Amore dei, selig aus Verstand –
Die Schuhe aus! welch dreimal heilig Land! –
– Doch unter dieser Liebe fraß
Ein heimlich glimmender Rachebrand,
Am Judengott fraß Judenhaß . . .
Einsiedler! Hab ich dich erkannt?

Spinoza: Baruch (Benedictus) de Spinoza (1632–1677), jüd. Philosoph. Nietzsche hatte während seines Aufenthaltes in Sils-Maria (Engadin) durch die Lektüre des 2. Bandes von Kuno Fischers

(1824–1907) sechsbändiger »Geschichte der neueren Philosophie« (1852 ff.) Spinoza für sich entdeckt.

Trotzki: Leo Trotzki (eigentl. Lew Dawidowitsch Bronstein; 1879–1940), russ. Politiker; floh 1902 aus ostsibir. Gefangenschaft nach England, kehrte aber 1905 illegal nach Rußland zurück, wurde verhaftet und nach Sibirien deportiert, wo ihm 1907 wieder die Flucht gelang.

vor Stalin floh: Trotzki wurde 1923 zu einem erbitterten Gegner von Josef Stalin (eigentl. Jossif Wissarionowitsch Dschugaschwili; 1879–1953), der ihn 1928 nach Alma-Ata (Zentralasien) verbannte; 1929 wurde Trotzki auf die Insel Prinkipo (Türkei) gebracht. Vergeblich bemühte sich Trotzki bei verschiedenen Staaten um Asyl, bis sich schließlich im Sommer 1933 Frankreich bereit erklärte, die im Jahr 1916 verfügte Ausweisung zurückzunehmen.

Trotzkis Lenin-Buch: Leo Trotzki, »Über Lenin« (Berlin 1924).

Lenin: Wladimir Iljitsch Lenin (eigentl. Wladimir Iljitsch Uljanow; 1870–1924), russ. Politiker und Revolutionär; verließ nach seiner Verbannung im Juli 1900 Rußland und emigrierte nach Deutschland.

Adresse Lenins: 10, Holford Square; der Besuch fand im Oktober 1902 statt.

Frau Lenin: Nadeschda Konstantinowa Krupskaja (1869–1939); seit 1898 mit Uljanow (ab Dezember 1901 nannte er sich Lenin) verheiratet.

Kautsky: Karl Kautsky (1854–1938), führender Theoretiker des Marxismus.

Bernstein: Eduard Bernstein (1850–1932), Theoretiker und Politiker der dt. Sozialdemokratie.

Alexander Herzen: Alexander Iwanowitsch Herzen (1812–1870), russ. Philosoph und revolut. Schriftsteller.

Trotzki in Wien: Trotzki war 1907 mit seiner Lebensgefährtin Natalja Sedowa und ihrem Sohn Sergej nach Wien gekommen. Im Winter wohnten sie in Wien-Hütteldorf, im Sommer in der Fichtelgasse 40 in Wien-Sievering. Den Lebensunterhalt bestritt er mit journalistischen Arbeiten für russische Zeitungen; ab November 1909 redigierte er von Wien aus die »Prawda«. 1914 übersiedelte Trotzki in Wien-Sievering ein paar Straßen weiter in die Rodlergasse 25; kurze Zeit darauf zog er mit seiner Familie in die Schweiz.

Selbstbiographie: Leo Trotzki, »Mein Leben. Versuch einer Autobiographie« (Berlin 1924).

Ahasver: Sagengestalt des »ewigen Juden«, der nirgends sein darf und auf ewige Zeiten unstet über die ganze Erde wandern muß, aus Strafe dafür, daß er Jesus auf dem Weg zur Kreuzigung nicht vor seinem Haus rasten ließ.

Voltaire auf Schloß Ferney: Voltaire lebte in den letzten Jahren auf franz. Gebiet, unweit von Genf, zusammen mit seiner Nichte Louise Denis, geb. Mignot (1712–1790) im Schloß Ferney, das er 1758 erworben und zu einem feudalen Herrensitz ausgebaut hatte.

mit der großen Katharina: Katharina II., die Große (1729–1796), russ. Kaiserin seit 1762. Ihr Briefwechsel mit Voltaire begann 1763 (Katharina, »Korrespondenz mit Voltaire«, 1812).

Familie Calas: Der franz. prot. Kaufmann Jean Calas (1698–1762) wurde nach dem Selbstmord seines ältesten Sohnes Marc-Antoine (1731–1761) beschuldigt, ihn getötet zu haben, weil er zum Katholizismus übertreten wollte. Jean Calas wurde zum Tode verurteilt und gerädert. Seine Witwe floh in die Schweiz, fand finanzielle Unterstützung durch Voltaire und durch dessen Schrift »Sur la tolérance à l'occasion de la mort de Jean Calas«. 1765 wurde Calas durch den königl. Gerichtshof in Paris rehabilitiert; den Hinterbliebenen wurde eine Entschädigung von 36.000 Livres zugesprochen.

Rencontre: Zusammentreffen, Zusammenstoß.

mit dem Prinzen Rohan: Guy Auguste Chevalier de Rohan-Chabot, der Voltaire schon des öfteren wegen des selbstgewählten »Monsieur de Voltaire« öffentlich attackiert hatte, ließ Voltaire am 4. 2. 1726 von seiner, mit Stöcken bewaffneten, Dienerschaft zusammenschlagen. Voltaire forderte Rohan zum Duell. Die angesehene Familie intervenierte bei der Polizei, Voltaire wurde verhaftet und wanderte nach der Entlassung aus dem Gefängnis nach England aus, wo er bis Anfang 1729 blieb.

SA-Kolonne: Anspielung auf die SA, die Sturmabteilung der Nationalsozialisten, die als Schlägertruppe eingesetzt wurde.

kehrte nach Paris nur heim: Voltaire verließ am 5. 2. 1778 in Begleitung seines Kammerdieners Jean-Louis Wagnière (1739–1837) Ferney und erreichte fünf Tage später Paris, wo er am 3. 5. 1778 starb.

S. 153

Wien. Prager Tagblatt, 10. 5. 1933.

Konzeptspraktikant: Ausbildungsstufe zum Konzeptsbeamten, einem in der Justiz oder in der Verwaltung tätigen Beamten mit juristischer Bildung.

niederösterreichische Statthalterei: Niederösterr. Landesregierung in der Wiener Innenstadt, Herrengasse 11; 1846/47 von Paul Sprenger (1798–1854) erbaut.

Café Central: Kaffeehaus im 1856–1860 von Heinrich Ferstel

(1828–1883) errichteten »Palais Ferstel«, Herrengasse 14. Nach der Schließung des Café Griensteidl (Schauflergasse 2) am 21. 1. 1897 wurde das Café Central zum Treffpunkt der Literaten und Bohemiens, blieb es bis 1918, verlor dann aber einen Teil der Stammgäste an das im November 1918 eröffnete, gegenüberliegende Café Herrenhof.

Kapuziner: Schale Kaffee mit wenig Milch.

Haut: Milchhaut.

Regalia Media: österr. Zigarre aus div. überseeischen Tabakblättern; seit 1877 im Handel; wurde auf Anraten des Arztes von Kaiser Franz Joseph statt der von diesem bevorzugten (schwereren) Virginia geraucht.

Abendblatt der »Neuen Freien Presse«: 1864 gegründete führende Tageszeitung der Wiener Liberalen, die ab 1918 täglich in zwei Ausgaben erschien und eine Auflagenhöhe von über 40.000 erreichte.

Konzipist: im österr. Staatsdienst ein Konzeptsbeamter (siehe oben) niederer Kategorie.

i. P.: in Pension, im Ruhestand.

Phäaken(stadt): ursprüngl. ein sagenhaft glückliches und sorglos dahinlebendes griech. Inselvolk.

wolkenkratzerartige Bauten: Nach Plänen der Architekten Siegfried Theiß (1882–1963) und Hans Jaksch (1879–1970) wurde 1932/33 in der Herrengasse 6–8 das erste Hochhaus in Wien errichtet.

S. 155

Große Männer und ihre Städte. Prager Tagblatt, 17. 4. 1934.

Grenoble: malerische Hauptstadt des franz. Dep. Isère; 85.620 Einw. (1926).

Villach: zweitgrößte Stadt Kärntens, an der Drau gelegen; 25.000 Einw. (1931).

Stendhal: eigentl. Henri Beyle (1783–1842), franz. Schriftsteller; in Grenoble geboren.

Comtesse de Noailles: Anna de Noailles Comtesse de Matthieu, geb. Prinzessin Brancovan-Bibesco (1870–1933), franz. Lyrikerin rumän. Abstammung.

Un soir . . .: Ein Abend im Herbst, so süß, so nobel / verbergen wir uns dort in Grenoble, / die ganze Luft ist sentimental – / hier in der Stadt von Stendhal!

Berlioz: Hector Berlioz (1803–1869), franz. Komponist.

Grenoble entstammt: Berlioz wurde 1803 in dem Städtchen La Côte Saint-André (1926: 3.190 Einw.) geboren, Kantonshauptort im franz. Dep. Isère, dessen Hauptstadt Grenoble ist.

des Edlen Bayard: Pierre du Terreil, Seigneur de Bayard (1476–1524) auf Schloß Bayard bei Grenoble geboren; ein franz. Ritter, der wegen seiner Tapferkeit den Beinamen »Chevalier sans peur et sans reproche« (Ritter ohne Furcht und Tadel) erhielt.

Wilhelm Tell: Schweizer Nationalheld, Symbolgestalt der Freiheit, als er den tyrannischen habsburgischen Landvogt Geßler tötet.

Belfort: im Tal der Savoureuse gelegene franz. Stadt; 40.520 Einw. (1926).

des Löwen von Belfort: in den Felsen gehauenes Denkmal aus dem Jahr 1878, 22 m lang, 11 m hoch.

demselben Meißel: Frédéric-Auguste Bartholdi (1834–1904), franz. Bildhauer, Schöpfer von Kolossaldenkmälern.

Freiheitsstatue: 46 m hoch, am Hafeneingang von New York; 1886 errichtet.

Riesenrad: Das 64 m hohe Riesenrad im Wiener Prater war 1896/97 durch den Ingenieur Hitchins von der engl. Firma Walter Basset erbaut worden. Die erste Fahrt fand am 3. 7. 1897 statt; der Reingewinn des ersten Jahres betrug 80.000 Gulden.

Eiffelturm: von dem franz. Ingenieur Alexandre Gustave Eiffel (1832–1923) auf dem Marsfeld in Paris 1889 als damals höchstes Bauwerk der Erde errichteter Turm, der heute noch das Wahrzeichen von Paris ist.

Lion: franz. für Löwe.

Basel: zweitgrößte und wohlhabendste Stadt der Schweiz; 136.000 Einw. (1920).

Jacob Burckhardt: (1818–1897); in Basel geborener Kulturgeschichtsschreiber, der an der Universität Basel lehrte; dort lernte ihn 1869 Friedrich Nietzsche kennen.

Weltgeschichtliche Betrachtungen: die Aufzeichnungen, die Burckhardt von 1868 bis 1871 für seine Vorlesungen niederschrieb; sie erschienen postum 1905.

plebejisch: ungebildet.

Epikureer: Genußmensch; nach den Lehren des griech. Philosophen Epikur (341–271 v. Chr.).

Holbein: Gemeint ist Hans Holbein d. J. (1497/98–1543), dt. Maler; ließ sich 1519 in Basel nieder und entfaltete dort bis 1526 eine reiche Tätigkeit; von ihm stammen u. a. die Wandgemälde im Großratsaal in Basel (1521/22).

Johann Peter Hebel: (1760–1826); in Basel geborener alem. Mundartdichter.

Böcklin: Arnold Böcklin (1827–1901), schweiz. Maler und Bildhauer; in Basel geboren.

S. 158

Mohammed Poldi Weisz, der Freund des Wahhabiten-Königs. Kurzer Abriß einer Biographie. Prager Tagblatt, 6. 5. 1934.

Wahhabiten: islam. Reformbewegung im arab. Hochland.

Ibn Saud: eigentl. Abd el-Asis III. ibn Abd ar-Rahman Ibn Saud (1880–1953), eroberte 1902 Rijad und festigte seine Herrschaft mit Hilfe der Wahhabiten.

Otto Gross: (1877–1920); österr. Arzt und Psychoanalytiker; Verfechter der freien Sexualität, umschwärmter Bohemien und Anarchist; wurde ein Opfer seines lebenslangen Drogenkonsums; zeitweise zählten auch Anton Kuhs Mutter Auguste (1855–1936) und seine Schwestern Marianne (1894–1947) und Nina (1897–1953) zu den Freundinnen bzw. Geliebten von Otto Gross.

Herrenhof: Im November 1918 wurde in der Wiener Innenstadt, Herrengasse 10, vis-à-vis des Café Central, ein neues Kaffeehaus eröffnet: das Café Herrenhof; war bis 1938 das führende Literatencafé Wiens; 1961 wurde es geschlossen. – Vgl. Anton Kuh, »Central und Herrenhof« in: »Luftlinien«, S. 20–26.

sein gläubiger Johannes: Anspielung auf Johannes, den Lieblingsjünger Jesu.

Friede: Der endgültige Friede zwischen Ibn Saud und dem Imam von Yemen wurde am 27. 6. 1934 geschlossen.

Voltaires Candide und dessen Pangloss: »Candide oder Der Optimismus.« Philosophischer Roman (1759) von Voltaire. Pangloss lehrt seinen Schüler, den sanften, gutherzigen Candide, daß diese Welt die beste aller möglichen Welten sei. Durch viele Erlebnisse von diesem Glauben geheilt, heiratet Candide schließlich seine Geliebte Cunégonde, die als Sklavin verkauft worden ist, und zieht sich in die Idylle zurück. Am Ende seiner Wege steht die Maxime, sich nicht um die Welt zu kümmern, sondern zufrieden den eigenen Garten zu bebauen.

Was mit Mohammed Weisz geschah: Leopold Weisz (1900–1992) war zuletzt pakistanischer Gesandter bei der UNO.

S. 160

Die Unberühmten. Prager Tagblatt, 6. 5. 1934.

Forst: Willi Forst (eigentl. Wilhelm Anton Frohs; 1903–1980), österr. Schauspieler und Regisseur.

Ringstraßenhotel: Gemeint ist vermutl. das Hotel Bristol, Kärntner Ring 1–7.

Peter Altenberg: Anspielung auf Peter Altenbergs Faible für junge Mädchen.

Schaljapin: Fedor Iwanowitsch Schaljapin (1873–1938), berühmter russ. Sänger (Baß).

angeschmiert: angeschwindelt, gemogelt.

S. 162

In Paris überrascht . . . Prager Tagblatt, 17. 6. 1934.

Tegernsee: Der 6 km lange und 2 km breite Tegernsee in Oberbayern mit den Orten Gmund, St. Quirin und der Sommerfrische Tegernsee (1928: 2100 Einw.) am östl. und Bad Wiessee am südl. Ufer.

Bock: Abk. für das dunkle Bockbier, d. i. Starkbier.

expreß: eilig.

rekommandiert: eingeschrieben.

Recepisse: Einlieferungsschein.

arretieren: verhaften.

Commissaire: (Polizei)kommissar.

Léon Blum: (1872–1950); franz. Politiker.

des »Buchs der Lieder«: Gedichtsammlung von Heinrich Heine, 1827 erschienen.

Orchestrions: automatische Musikwerke; 1851 von Fr. Th. Kaufmann erstmals gebaut.

»Sagen Sie geschwind . . .«: nicht eruiert.

»Hupf mein Mäderl . . .«: Walzerlied von John Flynn.

»Sei gepriesen du lauschige Nacht«: Walzerlied aus der Operette »Die Landstreicher« (1899) von Carl Michael Ziehrer (1843–1922) nach dem Text von Leopold Krenn (1850–1930) und Karl Lindau (1853–1934).

Quai d'Orsay: Straße am linken Seineufer in Paris; Sitz des Ministeriums für auswärtige Angelegenheiten, der deutschen Botschaft und der franz. Deputiertenkammer (im Palais Bourbon).

dem valutarischen Verhältnis: dem Währungsverhältnis.

synonym: gleichbedeutend, sinnverwandt.

Metöken: »Mitbewohnende«; das waren freie Fremde, die in einer griech. Stadt wohnten, aber dort kein Bürgerrecht besaßen. Für die Ausübung eines Gewerbes mußten sie bes. Schutzgelder zahlen.

Aschantineger: lt. Lexikon ein »kunstfertiger westafrikanischer Negerstamm«, dessen Reich 1895 von den Engländern unterworfen und der britischen Kolonie Goldküste zugeschlagen wurde. Im Wiener Prater, im »Tiergarten am Schüttel«, den der Großgrundbesitzer Hans Graf Wilczek (1837–1922) 1863 gegründet hatte, wurden 1896 und 1897 Aschantineger in einem künstlich errichteten Dorf »ausgestellt«. Im Herbst 1897 sahen Marie Baum (1874–1964) und ihre Freundin Ricarda Huch (1864–1947) während eines Besuches in Wien Peter Altenberg mitten im Aschantidorf »auf einem niedrigen Hocker sitzend, ein winziges, kraushaariges Negerkind im Arm, an das er sich von Zeit zu Zeit mit einem Kusse gleichsam festsaugte. Ob diese Freundschaft den Armen die mangelnde Kraft zuzuführen vermochte, mag füglich bezweifelt werden. Wir bedauerten ihn, fanden jedoch die Begegnung zu weiterem Verkehr nicht anreizend.« – Vgl. auch Peter Altenbergs Skizzen »Ashantee«, die 1897 in Berlin erschienen.

»Temps«: Pariser Tageszeitung; 1861 gegründet.

»L'ingénu«: »(Le Huron ou) L'ingénue. Histoire véritable, tirée des manuscrits du Père Quesnel« (1767); die dt. Erstausgabe erschien 1784 unter dem Titel »Der Hurone. Eine wahre Geschichte« anonym.

»Prinzessin von Babylon«: »La princesse de Babylone«. 1768 entstanden; die dt. Erstausg. erschien 1769.

distinguierter Herr: vornehmer, gepflegter Herr.

Malheur: Mißgeschick.

Kuh: in franz. Phonetik kü, was der Schreibweise cul entspräche und im Deutschen »Arsch« bedeutet.

S. 164

Die Kurkapelle. Prager Tagblatt, 13. 7. 1934.

Pilgerchor aus »Tannhäuser«: »Beglückt darf nun dich, o Heimat, ich schauen«; Chor der von Rom zurückkehrenden Pilger im 3. Akt von Richard Wagners (1813–1883) Oper »Tannhäuser oder der Sängerkrieg auf Wartburg« (1845).

»Freischütz«-Ouvertüre: »Der Freischütz«. Romantische Oper von Carl Maria von Weber (1786–1826), entstanden 1817–1820; Text von Johann Friedrich Kind (1768–1820).

»Wiener Madeln«: Walzer von Carl Michael Ziehrer (1843–1922).

Synkopen: Betonung von unbetonten Takten.

Gräfenberg: kleiner Ausflugs- und Kurort in Nordmähren (1903: 6.300 Einw.) mit der 1826 von Vincenz Prießnitz (1799–1851) gegründeten Wasserheilanstalt.

das »Weite Land«: »Das weite Land.« Tragikomödie von Arthur Schnitzler (1862–1931); 1911 erschienen und in mehreren Städten gleichzeitig (u. a. Berlin, München, Prag und Wien) uraufgeführt.

Prießnitz-Umschlag: Kaltwasserumschlag mit einem Wollstoff darüber.

Tandem: Fahrrad mit zwei hintereinander angeordneten Sitzen.

Diabolo: Spiel mit einem Doppelkegel, der in Drehung versetzt, hochgeworfen und wieder aufgefangen wird.

»Les patineurs« von Waldteufel: »Der Schlittschuhläufer« von Emil Waldteufel (1837–1915).

»Zampa«: »Zampa ou la fiancée de marbre« (»Zampa oder Die

Marmorbraut«). Oper von Louis Joseph Ferdinand Hérold (1791–1833); entstanden 1831.

Karfreitagszauber: »Wie dünkt mich doch die Aue heut so schön«, Szene im 3. Akt von Richard Wagners Oper »Parsifal« (1882); der zum Gralskönig gesalbte Parsifal wird von dem Gralsritter Gurnemanz durch die blühende Aue zur Gralsburg geführt.

Weber: Gemeint ist die Oper »Der Freischütz« von C. M. von Weber (siehe oben).

Mendelssohn: Gemeint ist das »Nocturno« aus der »Musik zum Sommernachtstraum« (1826) von Felix Mendelssohn-Bartholdy (1809–1847).

Potpourri »Fesch und resch«: Melodienfolge von Rudolf Kronegger (1875–1929).

Datum 1934: Mit 140 Sprengstoffanschlägen von Nationalsozialisten in ganz Österreich hatte das Jahr begonnen; die Heimwehren wurden wieder aktiv. Im Februar kam es zu blutigen Unruhen, die mit Waffengewalt niedergezwungen wurden, neun Sozialdemokraten wurden standrechtlich erschossen, die Sozialdemokratische Partei verboten, ihr Vermögen beschlagnahmt und mit einer neuen, am 1. Mai verkündeten ständischen Verfassung die Demokratie praktisch beseitigt. Alles Gründe, sich ins Jahr 1895 zurückzusehnen.

»Venedig in Wien«: Am 18. 5. 1895 wurde im Kaisergarten des Wiener Praters eine von dem Architekten Oskar Marmorek (1863–1909) auf einer Fläche von 8.000 m^2 geschaffene Nachbildung Venedigs mit Palazzi, Kanälen, Gondeln und Gondolieri, Cafés sowie zahlreichen Theater- und Vergnügungsetablissements errichtet. Zwei Millionen Besucher wurden gleich im ersten Jahr gezählt; bis 1901 blieb »Venedig in Wien« eine der größten Attraktionen der Kaiserstadt.

S. 166

Über den Fremdenverkehr. Prager Tagblatt, 9. 8. 1934.

auf der Alten Wiese von Karlsbad: Promenade entlang des Flusses Tepl im Zentrum von Karlsbad (1903: 15.000 Einw. und mehr als 50.000 Kurgäste jährl.) zwischen Goethe-Platz und der Sprudelkolonnade.

ethnologisch: völkerkundlich.

wie der Orest auf den Pylades: In der griech. Mythologie wuchs Orest, der Sohn des Agamemnon und der Klytaimnestra, bei seinem Onkel Strophios in Phokis gemeinsam mit dessen Sohn Pylades auf; beide wurden unzertrennliche Freunde.

Schubiack: Schuft.

Rajah: engl. Schreibung von Radscha; Bezeichnung für einen eingeborenen ind. Fürsten.

S. 168

Die Tragödie Fritz Wreedes. Prager Tagblatt, 9. 10. 1934.

kleiner Wiener Pension: nach den Meldeunterlagen im Wiener Stadt- und Landesarchiv vermutl. das Hotel Hungaria, Radetzkystraße 13 im 3. Bezirk.

Kabarettconferencier: Fritz Wreede (1891–1934) trat ab 1917 in Wien neben Paul Morgan (eigentl. Paul Morgenstern; 1886–1938) in dem 1912 als »Bierkabarett Simplicissimus« gegründeten Lokal auf.

ich zur Zeitung: Anton Kuh schrieb seit 1912 im »Prager Tagblatt« auch ab dem 2. 3. 1923 regelmäßig für die Wiener Tageszeitung »Die Stunde«.

Schillers »verschleiertem Bild zu Sais«: »Das verschleierte Bild zu Sais« (1795); Gedicht von Friedrich Schiller (1759–1805).

der letzte Eigentümer von Felix Bloch Erben: Adolph Sliwinski (1858–1916) führte bis zu seinem Tode den Berliner Theaterverlag Felix Bloch Erben, zuerst in der Louisenstraße 21, in späteren Jahren in Berlin-Wilmersdorf, Nikolsburger Platz 3.

Kaiser: Georg Kaiser (1878–1945), dt. Schriftsteller und erfolgreicher Dramatiker.

Sudermann: Hermann Sudermann (1857–1928), erfolgreicher Dramatiker und Erzähler.

Flair: Spürsinn.

Klabund: (eigentl. Alfred Henschke; 1890–1928); Lyriker, Dramatiker und Erzähler.

»Sonnenuntergang«: »Vor Sonnenuntergang«. Schauspiel in fünf Akten von Gerhart Hauptmann; im Oktober 1928 begonnen und drei Jahre später, im November 1931, beendet. Die Uraufführung (in vier Akten) fand am 16. 2. 1932 im Deutschen Theater in Berlin statt, die Hauptrolle spielte Werner Krauß (1884–1959); Regie führte Max Reinhardt; bis zum 11. 5. 1932 wurde das Stück 85mal gespielt.

Nobeldichter: Am 10. 11. 1912 hatte Gerhart Hauptmann den Nobelpreis für Literatur erhalten.

S. 171

Geist im Gästebuch. Prager Tagblatt, 3. 11. 1934.

Hangerl: Serviertuch (des Kellners).

mit parnassischen (Getränken): mit göttlichen (Getränken).

Nobile: Umberto Nobile (1885–1978); ital. General, der 1926 mit dem Luftschiff den Nordpol überflog und strandete.

Kiepura: Jan Kiepura (1902–1966), pol. Tenor.
Ringelnatz: Joachim Ringelnatz (eigentl. Hans Bötticher; 1883–1934), Erzähler, Lyriker und Kabarettist.
Restaurateur Schwarz in München: jüd. Lokal in der Schlosserstraße 2, im Zentrum Münchens.
anno olim: vor ewigen Zeiten.
Gerstelsuppe: Graupensuppe.
Ex unque leonem: nach der Klaue des Löwen; d. h. vom Detail aufs Ganze schließen.
»Fresse Künstler, rede nicht!«: Nach Goethes Vorspruch »Bilde Künstler, Rede nicht / Nur ein Hauch sei Dein Gedicht« im 2. Band seiner »Werke« (S. 163) in der Ausgabe von 1815.
Abendmahl-Bild Leonardo da Vincis: das malerische Hauptwerk Leonardo da Vincis (1452–1519) im Refektorium des Dominikanerklosters von Santa Maria delle Grazie in Mailand (1496/97).
Karl Valentin: (eigentl. Valentin Ludwig Fey; 1882–1948); bayer. Volksschauspieler, Komiker und Schriftsteller.

S. 173
Der Einfall. Prager Tagblatt, 24. 2. 1935.
Veidt: Conrad Veidt (1893–1942), dt. Filmschauspieler; 1926 bis 1929 in Hollywood; mit einer Jüdin verheiratet, lebte und arbeitete er ab 1933 meist in England und ab 1940 wieder in Hollywood.
Douglas Fairbanks: (eigentl. Douglas Elton Thomas Ulman; 1883–1939); amerik. Bühnenschauspieler, wurde 1914 für den Film entdeckt und zum Idol des amerik. Stummfilms.
Edthofer: Anton Edthofer (1883–1971), Wiener Schauspieler.
Barrymore: Lionel Barrymore (eigentl. Lionel Blythe; 1878–1954), amerik. Filmschauspieler; zeitweise Direktor von Metro-Goldwyn Mayer.
Mármarosz-Sziget: an der Theiß gelegene ung. Kleinstadt.
Bekeffy: Stephan Bekeffi, Autor erfolgr. Bühnenstücke in den dreißiger Jahren; Näheres nicht bekannt.
Siegfried Geyär: Siegfried Geyer (eigentl. Siegfried Geyerhahn; 1883–1945), österr. Schriftsteller, Theaterleiter, Dramaturg und Kritiker.
Fodor: Ladislaus Fodor (eigentl. László Fodor; 1898–1978), ung. Dramatiker und Drehbuchautor.
Gajda: nicht eruiert.

S. 175

Wie soll Ihr Nekrolog aussehen? Eine kleine Anleitung für künftige Biographen zur richtigen Gestaltung des Nachruhmes. Die Literarische Welt, Berlin, 15. 4. 1927 (Jg. 3, Nr. 15/16). An der Umfrage, »veranstaltet von Hans Tasiemka«, hatten sich – außer Anton Kuh – noch Egon Friedell (1878–1938), Egon Erwin Kisch (1885–1948), Walter Mehring (1896–1981), Alfred Polgar (1873–1955) Hans Siemsen (1891–1969), Kurt Tucholsky (1890–1935) und Carl Zuckmayer (1896–1977) beteiligt.

Nekrolog: Nachruf auf einen Verstorbenen.

NAMENSREGISTER